言霊(ことだま)のラビリンス

一二三壮治(ひふみまさはる)

今日の話題社

言霊のラビリンス

言霊のラビリンス　目次

第一の階(きざはし)

蟻

蟻が問う。

蟻、身ずから に問う。

〈我れ、何でありや〉

身ずから答える。

〈我れ、問う。ゆえに、我れ、あり。

我れ、あり。ゆえに、我れ、蟻〉

蟻は、蟻である身を確かめた。蟻として生きて、今、そこに在る。さらに問い、答える。

〈我れ、今、どこにありや。

蟻は、巣から遠く離れ、見知らぬところにいる。ハラの中の磁石も、居所を教えてくれない。

我れ、知る。我れ、どこにありとも、知れず〉

○

蟻が問う。

身ずからのハラに問う。

〈我れ、問う。ゆえに、我れ、我れ、蟻。

我れ、知る。我れ、ハタラキアリ〉

蟻は、クロヤマアリ族のハタラキアリである。

ハタラキアリには、クロヤマアリ族の社会を動かすハタラキがある。巣を作り、営み、種族を守るハタラキがある。餌を探し、蓄え、種族を育むハタラキもある。時には、他の生き物との接触、諜報、謀略など極秘のハタラキもする。そのハタラキの数は、ハタラキアリの数だけある。

蟻は今いる場所まで、トラックに運ばれた。トラックには牛がいて、たっぷりの乳（チチ）があった。牛のチチは、種族にチカラを与え、イノチを養う。

蟻は、牛の乳房の上にしがみついていた。乳首に残ったチチをなめてみた。少し苦いが、悪いチチではない。ハラをゆるめた。チチを吸い、ハラに溜める。タメオキのハタラキである。

蟻のハタラキはすばやい。一つの乳房をアルキまわり、チチを余さず吸いつくした。別の乳房へ移ろうと、足を浮かす。と、牛が動いた。ぬれた足を滑らせて、蟻はまっさかさま。牛乳缶の中に落ちた。

牛乳缶の底には、目が眩むほど大量のチチが残っていた。夢中で吸って吸ってまた吸って、ハラいっぱいにタメオキした。ハラはクラに変わり、缶はカラになった。

途端にトラックが走り出した。

蟻は缶から出ようと試みる。なかなか出られない。タメオキでハラが重く、缶の内側は脂で滑る。アルキの足も、脂の上では十分なハタラキができない。

トラックは、農家の庭から市街に出る。いくつもの交差点を過ぎた。走っては止まり、走っては止まり、また走りをくりかえす。缶の口から狭い空が見え、夏の終わりのちぎれ雲がめまぐるしくよぎった。

一度だけ、牛が缶の中をのぞいた。悲しげな眼をしていた。蟻は、苦いチチの味を思い出し、買われていくのだと察した。

だれかが、乳牛（カウ）を買う。どこかで、乳牛を飼う。だれにも買われず、めったに飼われもしない蟻は、牛に比べて幸せかもしれない。

今の蟻は、そんな幸せにひたっていられない。缶の中から一刻も早く脱け出して、巣に帰らなければならない。触角が四方八方に動き、危機を感じとっている。ハラの磁石は、巣からの信号をとらえられなくなった。

蟻は、もがいた。ハラからチチを半分ほど吐き出し、身を軽くする。跳躍を試みた。蟻の身の丈の五倍も高く跳んだが、缶の半分にも達しない。壁面は、どこもかしこも脂だらけ。つるりと滑り、くるりと輪を描いて落ちた。

蟻は、あがいた。ハラから粘りのある液を出す。六本の足先すべてに塗り、壁面に足を貼り着けるようにしてアルキを進めた。缶の半分を過ぎた。今度はうまくいくと思えた。淡い希望はすぐに泡と消えた。次の一歩が、また壁の脂で滑り、すってんころりん落ちる。そこは、また底だった。

モガキも、アガキも、十分なハタラキにはならなかった。時がいたずらに過ぎた。

太陽が真上に近づき、缶の中が明るくなった。蟻は、缶の片隅に身を避けた。残ったチチが蒸発しはじめた。蒸し暑さが、蟻のオチツキを奪っていく。

トラックの揺れが激しくなった。いつのまにかでこぼこの坂道を走っている。缶の底には、蚤(のみ)のように弾みに弾む蟻一匹。蟻のハラだけは、ちっとも弾まない。

トラックが止まった。勢い余って、缶が倒れた。蟻は飛ぶように外へ這い出た。そこは、牛の牧場だった。

〈我れ、知る。我れ、チチのタメオキゆえに、ここに、あり〉

〇

蟻が問う。

外の空気を吸い込み、わずかにオチツキを取り戻して、身ずからのハラに問う。

〈我れ、ハタラキアリ。我れ、どこにありと、知るハタラキ、ありや〉

蟻は、六本の足でツチをしっかり踏みしめ、ハラをさすった。蟻の口から、タメオキのチチがちびりとこぼれてツチをぬらす。その上に円を描く。縦横十字に切る。四つの扇形ができた。

四本の後足で、四つの扇形の中心を踏み分ける。すばやく四度跳躍して、右へ右へ一回転する。続いて左へ左へ一回転し、初めの位置に戻った。

次には十字の中心に尾の先端を当て、後足を支えにして立つ。二本の触角が天に向かってまっすぐ伸びた。触角は撚り合わされ、ねじり巻かれる。蟻にとっては長い一瞬が過ぎる。

触角にヒビキがあり、今いる位置がわかった。このハタラキは、ネジマキである。磁石のハタラキが高められたのだった。

磁気は微弱だが、巣のそれは確かに北の方角から流れてくる。距離はつかめない。蟻には無限に遠く思えた。

〈我れ、知る。我れ、巣より南の、はるかかなたに、あり〉

蟻は、北の巣をめざしてアルキはじめた。ツチがアルキの足によくなじむ。身ずからツチに生きる虫としてのハラを取り戻していく。

蟻が問う。

ようやく温かくなり、活発になったハラに問う。

〈我れ、ハタラキアリなり。ハタラキアリ、いかなるアリなりや〉

ハタラキアリは、孵化してから短い幼虫期を過ごしたあと、ハラを鍛え、胆を練る鍛練期に入る。人の言葉では、蛹と呼ばれる。

蛹の時期に、ハラの中にタが形作られる。ハタラとなって、さまざまなハタラキのキを身の内と外に向けて発揮する準備が整う。脱皮のカワヌギを終えれば、晴れてハタラキアリと成る。

ハタラキのタとは、田であり、多である。

ハラの中の田は、ハタラキアリに春夏秋冬の季節のめぐりを教える。また、子々孫々にわたり生命を営々と生り鳴って成らせるイノチのイトナミのミチを教える。また、自然のあらゆる力を取り込むミチを教える。そうして田の道は、ハタラキアリの身知（ミチ）となる。

多は、変幻自在の身知である。蟻がまちがいなく巣に帰るためには、ハラに蓄えられた多によって、多様なハタラキを示すほかにミチはない。多の身知には、まだ蟻も知らない「未知の身知」が隠されている。

キは気であり、機であり、奇である。

気は、人の科学の言葉で言えば、地上にあまねく往き来する空気、磁気、電気、熱気の類をいう。

機とは機能であり、ときには臨機応変の機知にも転じる。

さらに危機に出あえば、奇想天外の奇蹟の奇にも変化する。

それが「キのミチ」であり、ハタラキアリの信じるミチである。

アリの巣は、ハタラキアリのハタラキによって、日々のイトナミが平穏に保たれている。ハタラキアリだけが、ハラを多岐にハタラキさせることができるからだ。クロヤマアリ族の命運も、ハタラキアリが握っている。多種多様なハタラキアリが、それぞれの得意なハタラキを有機的に結合させ、巣という機関全体のハタラキに高めていく。

クロヤマアリ族の巣では、他に四つの種が共存する。ハタラキアリ以外は、ハラを二、三のハタラキにしか使えない。卵を産む雌のハラミアリ、巣やハラミアリを守る兵隊のハラキリアリ、唯一の雄であるモッパラアリ、そしてただ食らうだけの幼虫や蛹のハラへラシアリという四種である。ハラへラシアリは、成長してハタラキアリ、ハラミアリ、ハラキリアリ、モッパラアリに分かれていく。

ハラミアリは、一つの巣に数匹しかいない。人の科学では「女王アリ」と呼ばれるが、巣をミチビキするチカラはない。生きている間、ただひたすらハラミ、ウミを続ける。種族のイノチの母体である。

ハラミアリのハラミを助けるのがモッパラアリの役目だ。専(もっぱ)らハラミのためのムツミに身を尽くして、短い一生を終える。ムツミができなくなれば、オハライアリとなり、オハライ箱に餌としてタメオキされる。ハラミアリとのムツミのために、彼らはハラの中にたくさんのイノチのタネをハグクミしている。

蟻は、ハタラキアリの中のハタラキアリ、カシラハタラキアリだった。生後四歳のハタラキ盛りである。

カシラハタラキアリのハラは、神々の棲む高天原(タカマハラ)とつながっている。タカマハラからハラで受けた命(めい)に則して、巣と種族の命(いのち)をツナギし、弥栄(いやさか)にミチビキするのがカシラの使命である。

〈我れ、知る。ハタラキアリ、ハラの内にタあり、ハタラとなりて、キ、示す。それ、「キのミチ」なり。我れ、また、知る。我れ、カシラハタラキアリなり〉

○

蟻が問う。

カシラハタラキアリとして、未知なるハタラキを蔵するハラに問う。

〈我れ、カシラハタラキアリ。今、なすべきハタラキや、いかに〉

蟻は、ひたすらアルキを続ける。アルキには、地磁気のハタラキを生かす。

人の科学で説明すれば、N極とS極とに絶えず変化する地磁気と同じ磁極を足の先から出し、地面から弾かれるように進む。足は、ツチに着くか着かぬかの際(きわ)にウゴキを得る。

アルキは、すべてのウゴキの基本となる。アルキ、ウゴキから多様なハタラキへと変化していく。

アルキは、ハラのハタラキを増す原動力にもなる。アルキで得た気(キ)は、いったんハラにタメオキされ、必要に応じて熱気、電気、磁気、蒸気などに換えられる。それが元気である。

巣にタドリツキするには、大量の元気が要る。ハラ一杯に元気を蓄えようと、蟻はせっせとアルキを重ねる。

ハラは減らない。餌を口にしなくても、元気があれば生きられる。元気に満たされているかぎり、一つ身はせいぜい一滴の露だけで、一日ハタラキづめにハタラキを続けることができる。

大きな道に出た。牛のトラックも通っただろう。激しい振動と磁気が、蟻の触角を震わす。このままアルキを進めれば、車の下敷きになる。蟻はアルキを止めた。信号所に回って、人を待った。

芋虫のように腰の曲がった人が来た。老いた人だった。蟻は、その人の靴に上がった。靴ひもの間にハイリコミし、ゆっくりと向こう側に運んでもらった。

小さな川に出た。近くに橋はない。川端に柳の木がなびいていた。蟻は、柳の幹から長い枝をたどり、葉の先にシガミツキした。風が来た。葉がなびいて、対岸の柳の枝に届いた。蟻が飛ぶ。別の柳葉に抱きとめられた。

〈我れ、知る。我れ、今、なすべきハタラキ、アルキなり。

アルキのハタラキ、すべてのハタラキの基なり〉

○

蟻が問う。

元気に満たされつつあるハラに問う。

〈我れ、ハタラキアリ。我れ、なぜ、アルキながら問う〉

蟻は、問わずにいられない。問えば、答えが出る。答えは、「キのミチ」をミチビキする。

巣から遠く離れ、巣のイトナミからも外れた今、蟻はカシラハタラキアリどころか、ただのハタラキアリでさえない。このまま四、五日も経てば、蟻はハタラキアリとしてのミチを完全に外れ、単独の虫となってしまう。

虫は、単独でいられない。単は、巣という支えをなくした姿である。

虫は、単独でいられない。独は、虫をけものに変える。独は、虫にとって毒ともなる。

ハタラキアリは、単独で何日もすごすと、ハラのハタラキを七、八割も失ってしまう。

蟻は、問うては答えを出す。息吹に合わせ、息をスイコミしながら問い、ハキハキしながら答えを得る。ハラの中には、問う蟻と答える蟻の二匹を持つことができる。それで、蟻は単独の毒を免れる。ハタラキも失わずに済む。

〈我れ、知る。我れ、問う、ゆえに、我れ、答える。ゆえに、我れ、あり。

我れ、あり。ゆえに、我れ、蟻〉

蟻のハラでは、信号の波が行き交っている。問う波と答える波である。身ずからハラの内で、問答を決着させることもできるし、ハラから外に向かって問いを発することもできる。蟻は、タカマハラに由来するすべての物と、波動を交換することができる。

宇宙も地球も、万物から発せられる多様な波動、すなわちイロハで成り立っている。蟻は、色も音も熱もイロハのウゴキとして認識する。触角やハラからイロハを発し、共鳴する波動、干渉する波動、反響する波動、その他もろもろの波動を識別する。イロハが共鳴すれば、蟻に害を及ぼさないものである。干渉し反響すれば、蟻にとって好ましくないものと判断できる。

蟻の前の草むらに、巨大な犬の糞があった。強いイロハで、細菌や蝿を誘っている。蟻も共鳴を覚え、立ち止まる。巣から離れた蟻には、道中の重荷になるだけだ。好ましい糞のイロハに抗って、蟻はまたアルキ出した。

巣に向かう北への道は、種々のイロハが入り交じる道である。ハラの元気もイロハも、つねにソコナイ、クルイに陥る危険と隣り合っている。送電線の下、高速道路、鉄道線路、谷底、岩の裂け目などの磁場のアレクルイする所は、避けて通らなければならない。「キのミチ」が乱されるからだ。

蟻に害を及ぼす獣や鳥や虫の気配、鳴き声など、触角を傾けるべきイロハは他にも数多くある。小さな蟻の眼には広々と見える道も、長くアルキを続けるとなると思いのほか狭い。この先、無事に巣までタドリツキするのは、カシラハタラキアリの蟻にもたやすいことではない。

蟻は、一〇メートルほど先の草むらに蛇の強烈なイロハを感じて、大きくマワリコミした。

〈我れ、知る。我れ、イロハにて問い、イロハにて答える。

また、イロハにて、世の中、知る〉

○

蟻が問う。

よくヒビキわたるイロハで、身ずからハラに問う。

〈我れ、カシラハタラキアリ。我が巣や、いかに〉

巣は、クロヤマアリ族の社会であるだけではない。住居であり、規則であり、肉体であり、精神であり、すべてである。カシラハタラキアリと言えども、巣に奉仕する存在にすぎない。ミチビキのハタラキアリにすぎないのだ。

が、カシラのハタラキしだいで、巣と種族は栄えも、滅びもする。

巣の弥栄は、餌のイタダキから始まる。イタダキの成功に向けて、カシラを筆頭にハタラキアリたちは、持てる機知と機動力を結集する。

蟻は一度、大きなイタダキの成功をミチビキした。その成功が、蟻をカシラに押し上げた。他のハタラキアリは、そのイタダキによって蟻をカツギし、カシラツギの記憶をハラにトドメオキした。

◇

巣に近い山の中腹に、葡萄園があった。

そこは、多くの虫がイタダキに集まる餌場だが、またワザワイの園でもある。葡萄園の主人は、イタダキの虫たちを知りつくし、コナ、ツナ、ワナを使いわけた。

蟻の十世代も前には、虫のイノチをオシマイにするコナが大量に用いられた。コナがまかれた後は、虫の死骸（ムクロ）がころころと転がった。やがて人は、コナが虫だけでなく土や水や葡萄、葡萄を食べる人をもソコナイすると知り、少しずつ減らしていった。

ツナは、コナほど毒性はないが、恐ろしさと種類の多さで虫たちをスクミさせている。

網や袋などの細工ツナは、ただ葡萄を覆うだけなのでウレイは少ない。スゴミがあるのは、一瞬にしてイノチをウシナイさせる殺虫ツナである。強力な殺虫ツナの一つに、火や光に向かう虫の性質を逆手にとった、電気イロハのツナがある。蟻は、飛ぶ虫が黒焦げになって落ちる姿を何度も目にした。

ツナがタクミを増すと、ワナに変わる。人はワナで、虫の触角にクルイを与える。

虫には、それぞれ好きなイロハと嫌いなイロハがある。最も好きなのは、雄なら雌、雌なら雄のイロハである。

それは、人の言葉で「性フェロモン」と呼ばれる。虫によって異なるが、たいがい異性の発する匂いや羽色、鳴き声などのイロハに魅かれる。

葡萄園の主人は、苦労を重ねて、葡萄に集まる虫の好む匂いイロハを探り当てた。「性フェロモン」によく似たイロハで、これをワナとして用いた。すぐに蛾たちがワナにはまった。触角にクルイが生じ、イロハツナでとどめを刺される蛾が跡を絶たない。それ以来、飛ぶ虫の多くが葡萄園でのイタダキにシリゴミするようになった。

ワザワイの園は、クロヤマアリ族の前にも大きく立ちはだかっていた。

過ぐる秋。野、山、畑は、草木や果実の生き生きとしたイロハにあふれかえった。虫という虫がイロメキ立ち、サザメキ合う、シャカリキの季節を迎えた。ハタラキアリたちにも、秋は一年で最もオモミを持つ。冬に備えて、できるだけ多くイタダキし、巣のクラにタメオキしなければならない。

イタダキの際には、大きく四つの役に分けられる。餌の質や量、イタダキの機会などを探るミキキ、いろいろなイロハを流して、他の虫を撹乱させるウソブキ、運搬道に誘導するテビキ、さらには運び屋のアセカキである。

二歳になった蟻は、ミキキを任された。ミキキには我が身を危険にさらすイサミが求められる。他の虫たちより先に目標の餌と周囲の様子をミキキし、仲間にマチガイのないイロハをつたえなければならない。大きな虫に嗅ぎつけられたら、イタダキは成り立たない。ミコミチガイがあれば、イノチさえ奪われかねない。

蟻は葡萄園のイタダキをモクロミした。その春からミキキの触角を伸ばし、丘の道を幾度となく上り下りした。

ワザワイの園という大きな相手だからこそ、いっそうイサミを持った。逆に、人の過信と油断の穴だらけにちがいないというミコミを立てた。それより何より、他の虫が寄りつかないのがよい。蟻は、触角がナビキにナビキするのを止められない。

葡萄園のミキキを続けるうちに、ワザワイの園と呼ばれる理由もわかった。ツナやワナを破ってハイリコミしても、大きなノゾミは持てない。葡萄の房が一つ一つ袋で覆われ、甘いイロハがほとんど外に漏れない。袋を食い破って中に入っても、木の枝をつたって運ぶのでは、アセカキの距離が長すぎる。飛ぶ虫の眼につきやすい。ましてタメオキでぱんぱんに張ったアセカキのハラは、小さな袋の穴をくぐり抜けられないだろう。あらかじめ大きな穴をあけるのも、時間がかかりすぎる。

五度目のミキキに出た帰り、蟻のノゾミはシボミした。人には過信も油断もない。ミコミは外れた。得るイロハのないハラはカラで、アルキの足どりばかりがオモミを増す。カシラに伝えるイロハも思い浮かばず、触角は垂れてヘタリコミしている。その先端に、湿っぽい風が当たった。わずかにソヨギする。触角はしだいに天を指して、ひらひらとナビキしていく。

ヒラメキが来た。ヒラメキはトキメキとなって、触角からハラへヒビキしていく。「キのミチ」が開けた。

蟻は巣へ急ぎ帰り、カシラハタラキアリにヒラメキを伝えた。カシラは、若い蟻のヒラメキにノゾミを持った。オサバキのオオハタラキを示す。

このイタダキには、百匹以上のハタラキアリが加わった。五匹ずつの小隊を組み、別々の蟻道を通り、ふだんの小イタダキと変わらないあくせくしたウゴキで、日が三時の方角に至るころには、全隊が葡萄園の東側に集まった。

小隊は、それぞれ身を隠すモグリコミの穴を掘る。穴は、地表からハタラキアリ三十匹がハイリコミできる深さにする。奥はすべてつなぐ。ハタラキアリたちは、よく動く顎と足でツチをカミクダキしていく。五列の出入口を持つ穴が掘られたのは、暗雲に覆われた日が西に傾くころだった。

時のカシラハタラキアリと蟻は、最後列の穴からオサバキを下す。最前線から第三列までの穴には、八十匹ものアセカキが待機する。ミキキが出入口から触角を出して、刻一刻と変化する外のイロハをつぶさにつかむ。第四列では、テビキが四つの穴に深々と身をヒソミさせた。すでに四方のイタダキの道は確保されている。

夜に入り、南西の風が強まった。葡萄園から聞こえる人のイロハも、ちぎれて消えた。

時のカシラは、ハラをツチにオチツキさせた。蟻も、カシラとハラを合わせる。ヒビキ合う二匹のハラのイロハが、全隊に元気をソソギした。

雨が降ってきた。

夜が更けるにつれて、雨と風が激しくなった。雨気と風気、二つの気は撚（よ）り合わされ、巨大なうねりとなって丘を襲う。葡萄園を覆う強靭な網状のツナがはためき、葡萄の木々は激しく揺れた。

ミキキの一匹が触角を巻き、シリゴミする。弱虫になった。弱虫のウレイはすぐに伝染する。蟻は、弱虫の弱音イロハが広がる前に、全隊のヒッコミをモウシコミした。すぐにカシラのオシオキのイロハが下る。

ハタラキアリたちは続々と穴の奥にヒッコミし、身をスクミさせた。出入口はハラからハキハキした粘液で塗り固められ、一滴の雨水も入らない。音イロハも聞こえない。フサギのハタラキである。全隊がヒシメキ合いながら、嵐の過ぎるのを重いイキのままじっと待つ。

またもや、どこからともなく弱虫のイロハがじわじわと湧く。触角がふれ合い、ハラを寄せ合う蟻たちは、それだけ過敏になっていた。

〈ポコポーン、ポンポコポーン〉

ハラ鼓が鳴った。重い空気が揺れる。蟻が、仲間のイサミを高めるためにハラタタキしたのだった。

ハラ鼓は、ハタラキアリたちに次々と伝わった。一匹がポンと打てば、隣はポポンと応える。短い音には長い音、低い音には高い音が呼応する。どのハタラキアリも、身ずからのイサミを鼓舞するかのようにハラタタキする。

初めはばらばらだった音イロハが、しだいに一本の木のようにまとまっていく。太い木となり、太い気のまとまりとなる。そこにカチカチと歯をタタキする虫、ポロンポロンと触角を絃にしてツマビキする虫、ヒューヒューと口でフエフキする虫が加わる。太い木に枝、葉、花、実が付いた。

穴にヒビキわたる楽の音イロハは、葡萄の木のミノリを祝い、イタダキの成功をイノリするカタとなった。穴の中には、イタダキにウレイを持つ弱虫はもう一匹もいない。

楽の音は、夜もすがら鳴り止まない。そして、ミガキにミガキを加えた朝が来る。

嵐は夜明け前に去り、風雨に洗われた日の光が東の空を染めている。ミキキたちは、穴の中で朝日のアタタカミあるイロハを感じとった。ポーンと、一番ハラ鼓の乾いた音が鳴りひびいた。次の瞬間には、ハタラキに向かうイサミのイロハが全隊をツツミコミした。

ハタラキアリたちが、一斉に穴からはい出す。前夜とは、何もかも違う。世の生き物すべてに向かってホホエミするような光と熱と匂いのイロハが、辺り一面に満ちあふれていた。

葡萄園のツナの一部が倒れ、地面には無数の葡萄が落ちている。ハタラキアリたちは、その甘いイロハにむせかえり、イタダキを忘れて酔いしれた。

時のカシラまでが、ハラの底から沸き上がる歓喜のイロハに酔った。しばしの間、身ずからのオオハタラキも忘れて立ち尽くす。蟻がカシラの前にヌカヅキして、オサバキを促す。カシラは、あわてて全隊にイタダキの号令を発した。

ハタラキアリたちが落ちた葡萄に集まり、汁をハラに収める。ハラを満杯にしたアセカキが、次々に巣へハコビコミする。ハラミアリやハラヘラシアリに与え、残りをクラにタメオキすると、再び丘へとって返した。丘と巣の間は、無数のアリの往来でツチが揺れるようだった。

人も、朝早くから働いている。枝に残った葡萄の手当てに、何人もの人が走り回る。落ちた葡萄は踏みつぶされ、皮と実と種に分かれた。アセカキは八匹から十匹のクミになって、皮を担ぎ、実を口に含み、種を転がして運んだ。人の後に付いていけば、大きな虫に襲われることもない。蝿が好む腐敗の匂いイロハもまだ出ていない。

丘の上の葡萄園は、ハタラキアリのイタダキの独壇場となった。

◇

大いなるイタダキが終わろうとしていた。太陽は中天にある。巣には、この冬と春をシノギするには十分すぎる大量の餌がタメオキされた。ハラヘラシアリのハラは減らず、ハラミアリはハラミのチカラを高めるだろう。ハタラキアリたちは、今こそ身ずからのハタラキに酔いしれてよい。

カシラハタラキアリは、巣の前で、すべてのハタラキアリの労を多とした。さらに、目覚ましいハタラキをした若い蟻には、アリガタミのイロハをオシミなく表し、全ハタラキアリのハラにトドメオキさせた。巣の中に万雷のハラタタキが沸き上がる。ツチの上の落ち葉も揺れた。

今度のハラタタキは、だれに促されたものでもない。一匹一匹のハタラキアリのハラから、自然に湧き出た熱気のイロハだった。カシラハタラキアリは、そのイロハを全ハタラキアリのハラとして受け止めた。蟻を次のカシラに立てるオモイツキが、オサバキとして伝えられる。すると、賛同を表すハラがいっそう激しくタイコタタキされ、猛烈な雷音のように巣の隅々までトドロキわたった。

カシラと蟻をトリカコミして、ハタラキアリの輪が幾重にもできた。輪の最前列から、ひれ伏すカタが始まる。平伏の波は、中心から周囲へと広がり、黒い色イロハのうねりと化す。立っている虫は、二匹だけになった。

カシラが代わる。クロヤマアリ族の存亡を決するオモミあるイトナミが、一匹のサカライもなく進められるのは、奇蹟というほかない。この奇によって、時のカシラはオオハタラキのキを閉じることになった。

二匹のハタラキアリはアルキ寄り、ひしとイダキし合う。ハラとハラが強く接し合い、一個の球となる。

カシラのハラから蟻のハラに、タマヒが送られる。球のヒである。ヒは人の言葉で霊を指す。カシラのタマヒは、代々受け継がれるオオハタラキの火とも言える。熱く燃えさかるイロハが、蟻のハラを縦横無尽にめぐって回転し、中央にぴたりとオチツキした。

カシラが、タカマハラに向かって触角をすり合わせた。その先から白と金色の混じった光イロハがしみ出る。光は平伏するアリたちの背を一瞬だけ照らし、天に向かって一気に突き進む。中空で止まる。二つの光イロハのムスビが解(ほど)けた。白い光はカシラの触角に戻り、金色の光イロハは宙にとどまっている。

若い蟻がカシラにミチビキされ、二つの触角を合わせる。同じように白い光イロハが出、中空に伸びていく。金色の光イロハとのムスビをココロミする。もし蟻のイロハがタカマハラに適わなければ、ムスビはオオマチガイとしてコバミされる。すべてのハタラキアリが、固唾を呑んで見守る。

タカマハラは若い蟻を受け入れた。二つの光イロハは堅くツナギされ、新しいムスビとなった。

ムスビされた光イロハは火の帯となって、勢いよく蟻の触角に入った。

若い蟻はなすがままに任せ、カタの一部始終をハラにトドメオキした。カシラとして最後のオオハタラキはヒツギと呼ばれる。いつかは蟻も、次のカシラに対して行わなければならない。

ヒツギをつつがなく終えた前のカシラが、ゆっくりとその場を離れる。タマヒの抜けた姿は、稲の籾がらのようにシボミしている。若いカシラだけが一匹、そこに残された。ミウゴキしようにも、タマヒとムスビのオモミでままならない。

周りのハタラキアリたちが一斉に立ち、蟻を目よりも高く担ぎ上げる。カシラカツギである。他のハタラキアリは、ハラタタキ、フエフキ、ツマビキなどの音イロハで、アリガタミを表す。一行は、そのまま巣の中の道という道をネリアルキし、新しいカシラの誕生を一族全員に知らせる。どのアリもアオギミの目で見守った。

ヒツギのカタは終わった。その年の冬が来る前に、前のカシラハタラキアリは静かにイノチのオシマイを迎えた。

蟻は、タマヒのオモミを確かめながら、身ずからキヅキする。

〈我れ、知る。ハタラキアリ、イタダキのハタラキ、あり。

我れ、知る。カシラハタラキアリ、ヒツギのオオハタラキ、あり。

我れ、カシラハタラキアリ……〉

○

蟻が問う。

カシラとしてのオオハタラキを秘めたハラに問う。

〈我れ、カシラハタラキアリ。我がハタラキの日々や、いかに〉

蟻がカシラをヒキツギして以来、イタダキのミチが定まった。イタダキに伴うミキキ、ウソブキ、アセカキなどのハタラキアリは、個々にハタラキを高めていく。餌のタメオキは増え、新たに他のアリ族や地虫たちに餌を分け与えるセワヤキも加わった。

イタダキが安定すれば、巣のイトナミはナゴミのうちに過ぎていく。一族は弥栄にツツミコミされる。

カシラの蟻としては、こんなときこそ「イのミチ」にミキキの眼と触角を向けなければならない。

「イのミチ」とは、ウレイ、ワズライ、ワザワイをもたらすミチである。そのキワミとして、他の種族とのイサカイ、アラソイ、タタカイがある。大昔は、それらもツッツキ、タタキ、ドツキなどと呼ばれ、「キのミチ」の内に含まれていたが、この三百世代ほどは得るもの少なく、失うもの多いことに一族がキヅキして、トリノゾキするミチをススミしてきた。今日の弥栄は、その土台の上にある。

イサカイ、アラソイは、種族ごとのハラのチガイに端を発する。ハラにチガイがあるのはアリの定めだが、相手の些細なマチガイや身ずからのカンチガイ、ユキチガイからハラを立て、コゼリアイ、イガミアイ、ノノシリアイのあげくに、イサカイ、アラソイに至る。

イサカイ、アラソイを続けるうちに、種族対種族、巣対巣の破滅的なタタカイにまで拡大していく。そうなる前に、互いにハラをオサエコミし、ナゴミをミチビキしなければならない。

どんなアリ族のカシラでも、イサカイ、アラソイ、タタカイをフセギするオオハタラキを持っている。ハラカラのムスビツキである。ハラカラのムスビツキは、双方のカシラがハラから何もかも出して、ハラをカラにすることから始まる。その上で、互いに相手のハラから出た液を交換してノミコミし、ハラから同胞となる。

蟻は一度、ハラカラのムスビツキによってタタカイのウレイをトリノゾキした。

隣り合うハラキリアリ族は、他の虫の餌をウバイ、カッパライしてイトナミする種族である。当然のこととしてイサカイ、アラソイをコノミとし、すぐに相手のハラを斬るフルマイに及ぶ。巣のフセギに徹するクロヤマアリ族のハラキリアリとは、ハラもハタラキも異なる。

ある日、巣の境で双方のハラキリアリがイサカイをはじめた。元をただせば、向こうが先にチョッカイを出した。チョッカイの主は、ハリキリという双つ名を持つ極道虫である。ハラにすえたり、ハラにおさめたりなど、生まれてこの方、一度もしたことがない。ひたすらイサカイやアラソイ、カッパライに明け暮れている。

蟻は、フセギに当たるハラキリアリたちにツツシミするよう厳しくオシオキしていたが、自族の若いハラキリアリがハリキリのチョッカイに負けた。ハリキリがどんなイロハを出したのか、今となってはミキキのしようもない。ハリやキリのような刺々しさで、若い虫の触角とハラを容赦なくサイナミしたのだろう。

未熟な虫は、虫の居所も悪かったか、ついにハラを立てた。立ってしまったハラは容易に収まらない。若いハラキリアリは、イキオイに身を任せる虫となった。眼にはハリキリしか見えないほどチマヨイし、キリアイを挑んだ。ハリキリは、この時を待っていた。軽く身をかわし、未熟なセメコミをあっさり避けた。アラソイ慣れしている。ネライを外された若い虫は、たたらを踏む。小面憎いことにハリキリは、相手が身を立て直すまで悠然と待つ。

他方は余裕がない。煮えたぎるハラをオサエコミできず、「キのミチ」をすっかりミウシナイした。自然とウゴキが硬くなる。迎え撃つハリキリは、ハラ八分目のチカラを知っている。

若いハラキリアリが再びセメコミしたが、これも空を切った。相手はハラを軽くしている分、動作がすばやい。その上、チカラの消耗は数倍も少ない。

ハリキリが攻勢に転じたのは、若い敵のウゴキが目に見えて鈍くなった七回目のセメコミの直後だった。まるでアリが違ったように、軽快なすり足で若い敵との間合いを詰め、身ずからのハラで相手のハラをオサエコミする。イキの上がった若いアリは、一瞬にして気を呑まれた。ハリキリのスゴミにようやくキヅキした。もう遅い。熟練したハラが殺気でフクラミし、若い生気をじわじわとウバイ取っていく。

周りにはいつのまにか両種族のアリたちが集まり、アラソイの行方を眺めていた。互いに敵意むき出しのイロハを表し、あちこちでコゼリアイも始まった。

カシラの蟻も、緊急のイロハを受けて駆けつけた。勝負の行方はすぐにミヌキできた。若いハラキリアリは、一つ身のワザワイを免れないだろう。問題はその先である。一匹のワザワイが一族のワザワイにまで広がらないように、身ずからオサバキしなければならない。

ハリキリがとどめを刺す。そのやりようは、クロヤマアリ族の一匹一匹に、身ずからの残忍さを見せつけるようにゆったりとしていた。エミこぼれんばかりに顎と牙をむき出し、動かない相手のハラを縦横に噛み裂いた。傷口から白っぽい体液がとろりと流れた。若い虫は、あっけなくイノチのオシマイとなった。ハリキリが獲物から離れる。それを合図に二匹の手下が近寄り、液をスイコミし、ムクロを運び去った。

クロヤマアリ族からニクシミとスサミのイロハが沸き上がった。どのアリもタタカイを求めて高ぶり、カシラのイサミに満ち満ちたオシオキを待っている。

彼らのハラとは裏腹に、蟻のハラは穏やかである。触角はツツシミ深く巻かれ、一つ身はミウゴキさえしない。ハラからあふれ出るイツクシミのイロハで、自族のアリたちをナゴミでツツミコミしていく。

蟻はカシラツギしたときから、アリという虫にはイサカイやアラソイが付き物だとキヅキしていた。せめて自族だけでも、その外に居たかった。が、ノゾミはノゾミでしかない。アラソイは起こった。こうなればナゴミのミチを求めようと、ハラを括った。

蟻が最初に選んだオオハタラキは、自族のアリたちへの帰巣のオシオキだった。

ほとんどのアリが、敵のチョッカイから若いイノチのオシマイに至る非道をハラに据えかねていた。そこへ帰巣のオシオキとは。血気盛んなハラキリアリたちは、モノイイのイロハをあらわにした。

蟻は、身ずからのハラづもりに任せるよう、さらに強いイロハでオシオキの念を押した。

カシラのハラの大きさは知れわたっている。すべてのアリたちがウナズキするまで、長い時間は要らない。まず、ハタラキアリが巣に向かってアルキをはじめ、十数匹のハラキリアリがニクシミのハラをさすりながら続いた。後には、カシラと左右を固める二匹のタスケハタラキアリだけが残った。ハラキリアリ族は種族を挙げてのタタカイに身構えていたが、高ぶった殺気も空しく、やり場を失った。

多勢に無勢は、しばしニラミアイ。蟻は、敵のハラを読む。多くはイキオイを失うまいと、必死で眼と牙をむく。ハリキリにシタガイするだけの虫たちは、多勢を頼りにハラのヨワミにひたすらアラガイしている。ハリキリでさえ、イサカイで見せたスゴミはどこへやら。敵のカシラに、なぜかチョッカイも出せず足をこまねいている。

双方のニラミアイは、日が一度傾くほど長く続いた。

蟻は、その間に敵のカシラと思われる一匹をミヌキした。後方から、オモシロミも無げに成り行きを眺めていた老蟻がそれである。その触角からは、タタカイをノゾミとしないイロハが伝わってくる。

先に蟻がウゴキを示した。両族の境をゆっくりと一往復し、ニラミアイの中心に立つ。身ずから種族のカシラであることを告げ、相手のカシラをマネキするカタである。

次に蟻は、ハリキリたちの頭越しに、カシラハラキリアリだけに通じるイロハ・アを送った。

老蟻は、イロハ・アをシワバミしたハラでしっかりと受け止め、イロハ・ンを返す。

ハラカラのムスビツキに条件が整った。

ハリキリのノゾミではない。ハリキリは、カシラハラキリアリにモノイイしようと牙を鳴らして振り向く。直後、前にススミ出てきたカシラの眼からデアイガシラの光イロハを受けた。老いたりとはいえ、タマヒをハラに収めたカシラのチカラは衰えていない。さしもの極道虫も、ハラに一物を抱いたまま、ツチに膝を屈してしまった。

ハラカラのムスビツキは、かつてない厳かさでイトナミされた。

司祭は、クロヤマアリの巣に寄生しているクロサスライアリが務める。両族の巣の境界線上に立ち、双方のカシラを前足でうやうやしくマネキする。

イロハ・アのカシラハタラキアリがススミ出る。タカマハラに向かい、アを三つハラから発する。続いてカシラハラキリアリがゆっくりとススミ出、イロハ・ンを三つハラからタカマハラに送った。

司祭が口で木の葉を二片キザミし、両前足で天に向かってぱたぱたとアオギする。木の葉は風の気をハラミし、チカラをウミ出す器となった。チカヅキのサカヅキである。

蟻が司祭の前に立つ。アのイロハを長く伸ばしながら、ハラの中のすべてをハキハキした。透明で黄金色に輝く蜜が、口から一滴二滴とあふれる。司祭はサカヅキで受ける。蜜は、ハラミツと呼ばれる。

どのアリ族のカシラも、ハラカラのムスビツキに備えて、常にハラを浄めておかなければならない。ハラの清らかさが、徳の高さを示すからだ。ハラミツは、ハラのナカミを映す鏡とも言える。蟻のハラミツは、左右のタスケハタラキアリをアリガタミでますますカシコミさせた。

老いたカシラハラキリアリも、蟻のハラミツにイトシミを深くした。おのが身にとって最後となるかもしれないハラカラのムスビツキが、大きなタノシミにも一族へのカタミにもなることに、ハラの底からハズミした。

老蟻は、司祭に促されてンのイロハを伸ばしながら、ハラミツを出す。ここでむせるのは無作法とされ、老いた蟻にはクルシミを伴うカタだったが、カシラとしての威厳を保ったまま、銀色に透き通ったハラミツをサカヅキに滴らせた。

ハリキリ一派の数匹は、初めて見るカシラのカタに圧倒され、ツチに頭を擦りつけた。ハリキリは白い目をして、ハラから湧き出る苦汁を呑み下していた。

司祭のサスライアリが、二つのサカヅキをもう一度天に捧げる。金と銀のハラミツは、日の光を受けてカガヤキまさる。銀のハラミツが蟻に差し出された。蟻は、またアのイロハを三つ発しながらサカヅキを右に三つ回す。ゆっくりと、口からこぼさないように呑む。

右のタスケハタラキアリが、イキを呑んだ。左のタスケハタラキアリは、涙を呑んだ。

金のハラミツがカシラハラキリアリに差し出された。老蟻はンのイロハを三つ発しながら、サカヅキを左に三つ回す。呑む。口が大きく横に開き、ハラミツは勢いよく注ぎこまれる。華麗な蟻のカタに対して、老蟻のカタには豪快さが感じられた。

ムスビツキのカタは、とどこおりなく済んだ。両族のハラは、丸く収まった。独りハリキリを除いて。

カシラ同士は、身ずからのハラに相手のハラミツをタメコミし、腹蔵のない同胞(はらから)の間柄になった。

カシラハタラキアリは、老蟻のオモミあるハラミツを得て、ハタラキの中にオチツキを加えた。

カシラハラキリアリは、若い蟻のハズミあるハラミツを得て、初々しいトキメキを取りもどした。マヨイのないトキメキのイロハは、さっそく一族への帰巣のオシオキとなって表れた。

ハラキリアリ族は、一糸乱れずにアユミ去る。最後のハリキリだけが、足を引きずるように後れた。ちらちらと蟻の方をニラミもした。ハリキリの姿が草むらに消えると、左右のハタラキアリは、はあーっと長い安堵のイキをハキハキした。カシラハタラキアリは、老蟻のハラミツをハラで温めながら、ハリキリ一派のイキオイを深いウレイとしてハラにトメオキした。

はらはらと、桜の花びらが舞い散った。

〈我れ、知る。我れ、カシラハタラキアリ。

カシラハタラキアリに、ハラミツ、あり。トキメキ、あり。オチツキ、あり。

カシラハタラキアリに、オオハタラキ、あり。ハラカラのムスビツキのオオハタラキ、あり〉

蟻が問う。

多を蔵するハラに、深く深く問う。

〈我れ、カシラハタラキアリ。

我れ、カシラのオオハタラキ、いかに果たせしや〉

蟻のハラ時計は、午の近さを知らせる。牛のトラックにはい上がったのは、日が九時の方角にある頃合だった。

蟻はマチガイの元をたどる。

ハラを天にさらし、光の熱イロハを黒い皮膚から体内にトリコミする。ハラに残る牛のチチの、さらに下にあるツチにヤワラカミをもたすためである。そのツチには、蟻が世に生まれてから今ここまでのミチが刻まれている。

ツチのイロハを読む。

このハタラキは、ヨミトキである。

◇

カシラとなった蟻は、種族のウレイ、ワズライを減らすために、速やかなオシオキとオサバキを行った。カシラが種族をミチビキするために示すオオハタラキは、それらにモウシオキを加えた三つとされる。

ウレイ、ワズライの種は尽きない。イサカイやアラソイが無くても、「キのミチ」にハタラキすれば、「イのミチ」の影がツキマトイする。ハタラキの度が過ぎて、知らず知らずヤマイやチガイにオチコミすることも少なくない。

おおよそ小さな「イのミチ」に対しては、オシオキを行う。弥栄を願う時は、オサバキが効を奏する。いよいよ事が切迫した時には、モウシオキを下す。

葡萄園でのイタダキ以来、イタダキのシクミが固まった。蟻には、それが逆にウレイとなった。毎日、同じハタラキアリが同じ道を判で押したように往復する。ミキキ、ウソブキ、テビキ、アセカキ、セワヤキは、それぞれ持ち場のことしかハラにない。やがて持ち場ごとにナジミも深まり、他の持ち場とキソイするハラが自ずと生じた。それぞれの間にシキイができるのは、短時日のことである。

カシラの蟻は、「イのミチ」の兆しをミヌキして、すぐにオシオキとオサバキを出す。オシオキは、イタダキの五役を三日おきにそっくりカエオキするというもの。オサバキでは、一つのハタラキにばかりハゲミせず、新しいハタラキもココロミし、良き「キのミチ」をキリヒラキするようミチビキした。

ココロミ、ハゲミ、シクミ、ナジミ、イトナミ。それらは「ミのミチ」である。「キのミチ」と「イのミチ」の間にあるナミナミのミチと言ってよい。「ミのミチ」については、この先、さまざま語ることになるだろう。

ともかくも、そんな日々の中で、ある画期的なハタラキが生まれた。

アリ一倍小さなハタラキアリがいた。生後二年を過ぎても、ナミナミのハタラキがあまり身につかず、イタダキに出てもアシデマトイになるばかりだった。いつも、身ずからデキソコナイだとハラを痛めていた。

ある雨上がりの日、雑木林へイタダキに出かけた帰りである。小蟻はアセカキの最後尾で、よろよろと木の実を運ぶうちに息が切れた。足を止めて呼吸を調えると、湿気の中にイノチのイブキを感じた。茸(きのこ)の胞子だった。

小蟻は小さな生き物にシタシミを持ち、微妙なウゴキをミキキするハタラキに優れている。そのことは、カシラの蟻のほかに知る虫がなかった。

アセカキの役目を忘れて、胞子と遊ぶことしばし。林には夕闇がしのび寄っていた。小蟻もさすがに慌てて、巣への道をハネアルキで急ぐ。イタダキの木の実はそのまま置き忘れ、頭上には胞子の固まりを担いでいる。巣に戻っても、一匹として小蟻の不在にも帰還にもキヅキしない。ますます自分がデキソコナイだという、カナシミに沈んだ。

小蟻は、胞子の固まりをシモクラに隠す。シモクラは、糞や土から掘り出した木の根、藁などを一時的にツメコミしておくクラである。シモクラの諸物も、そのうち何かのハタラキやイトナミに生かされる。シモクラに対して、餌をタメオキするカミクラは巣の上層にキズキされている。アリにはハラ、巣にはクラがある。

胞子のイロハは、シモクラの諸物の匂いや熱のイロハと共鳴した。小蟻は、それで仲間の触角をザワメキさせず、キヅキもされずに胞子をハグクミできるとオモイツキした。

翌日、小蟻はクラの湿気を保つために壁や床を水でぬらした。湿気が外に漏れないように、入口は人の捨てた透明な袋の切れはしでフサギした。

その翌日は、糞集めのアセカキに精を出した。シモクラが糞であふれたら、胞子にワザワイが及ぶからだ。大量の糞は別のシモクラに入れ、胞子のクラには身ずからの糞だけ残す。胞子はナジミのイロハを発した。

三日後、イタダキから戻った小蟻はシモクラの異変に驚いた。胞子が、木の根や藁から壁面、さらには天井まで、びっしりと白く霜が降りたように広がっている。イノチのイロハはフクラミし、熱気となってあふれ出た。

小蟻はハラの座りを失って、ひっくり返った。これほど熱いイロハが漏れてしまっては、一族の触角をくらますことはできない。と、思う間もなくハタラキアリが、揃ってシモクラにナダレコミしてきた。すぐに黒山のクロヤマアリだかりになった。

前に出たカシラの蟻は、いつものイツクシミのイロハで小蟻をツツミコミし、モウシヒラキを促した。小蟻はますます小さくなって、ぽつりぽつりとモウシヒラキを始める。

小蟻のイロハは、こうである。

自分は茸の親とヨシミを交わし、彼らのイトナミにイトシミを抱くようになった。その親がモノイイする。

〈ハタラキアリのイタダキって、森のメグミのウバイ、カッパライするだけだって。あるだけウバイ、捕れるだけカッパライするのって、ハタラキにタシナミがないって。ハタラキアリだったら、らしいハタラキしたら、どうだって〉

小蟻には、よくウナズキできるモノイイだった。茸の親は続ける。

〈触角と足のちっこいあんただけ、できるハタラキしたら、どうだって。茸の子って、大きくハグクミしようとするだけ、大きくハグクミされるんだって。ハグクミされる前に、食われちまったら、親としてオシミあるだけだって…〉

そうして、茸の親は小蟻に胞子のハグクミのシクミを教えてくれた。

小蟻は、親の言うようにココロミする。胞子は茸の幼虫のようなものだが、イツクシミを込めてハグクミすればよい餌になる。小蟻も、これがハタラキとして認められれば、苦手なアセカキから免れるとタクラミした。

キキコミしたハタラキアリたちは、いっせいにモノイイを付け、小蟻のモノグルイを責めた。

カシラの蟻は、大きなイツクシミでモノイイを制し、さらに小蟻のモクロミを問うた。

小蟻は、もう少しで餌になるほど大きくハグクミでき、きっと種族にメグミをもたらすとモウシヒラキした。眼はクボミし、ハラは震えている。もうハラに一切タクラミのないことが、どのアリの眼にもありありとわかった。シモクラは、沈黙のオモミで占められた。茸の胞子は、その間も健やかなイノチのイロハを発している。

蟻はハラを固めた。カシラの名において、小蟻のハタラキを見届けることにした。もし、小蟻のハタラキがモノグルイのままで終わったら、身ずからカシラをシリゾキするハラも全員に伝えた。ハタラキアリたちのモノイイは静まった。

小蟻のシニモノグルイにも似たハタラキが始まる。

胞子は、ムロの中でも決まった条件でしかハグクミできない。シモクラは、自然にできた環境である。それを零（ゼロ）からどうキズキするかが、オモミある課題として小蟻の前に立ちはだかった。

小蟻は、触角をトギ澄まして、巣のムロというムロをミキキして回る。最も適するとミヌキできるのは、ハラミアリのムロだった。それを明け渡せ、とは小蟻もモウシコミできない。触角を忙しくウゴキさせ、ムロのイロハを隅から隅までミキキするのが精一杯だった。

ハラミアリのムロとシモクラには、共通のイロハがある。特にアタタカミとウルミが、ウミ、ハグクミにナゴミをもたらすようにミヌキできた。小蟻はカシラの蟻にモウシコミして、ハラミアリのムロと同じ高さの層に新たなシモクラをキズキしようとココロミする。

初めは小蟻を冷ややかに眺めていたハタラキアリたちも、日が経つにつれて、フクラミつづける胞子のイロハを無視できなくなった。ノゾミとは反対に、シモクラをキズキするハタラキに足をとられていく。

小蟻に共鳴し、テサキを申し出る若いハタラキアリも次々と現れる。十八匹にも達した。テサキの若いアリたちはシモクラを広げ、巨大なムロとしてキズキした。円い壁面には小さな穴がいくつも穿たれ、空気と温気と湿気のイロハを調えるシクミになっている。それを境に、茸の成長が一気に速まった。

ここにまた、ナヤミが生じた。茸の子は、親になろうと成長を続ける。シモクラが、すぐに狭くなった。茸の子をイタダキして、ハラへラシアリに与えるとしても限度がある。他の餌のように、タメオキもしておけない。別のシモクラはキズキが進まず、イノチの殖えた今のシモクラでは、諸々のイロハにクルイが生じつつある。

ナヤミは、あるテサキのオモイツキで解消された。胞子の間だけ巣のムロでハグクミし、茸の親となる前に森の木にタネマキする方法である。そうすれば、ハグクミの環境にウレイを持つこともなく、半分は餌としてイタダキし、半分は親としてイトナミさせることができる。

オモイツキは、図に当たった。カシラのオサバキで、アセカキが胞子を森にハコビコミする。小蟻とテサキは、タネマキに精を出す。森のタネマキ場は、茸のマキ場に変わっていった。

タネマキ場から最初のメグミをイタダキした秋、カシラの蟻は、小蟻とテサキのハタラキを多とし、アリガタミをオシミしなかった。小蟻には、身ずから前足で頭をダキコミしてみせた。最高のイトシミのカタだった。

タネマキのシクミによって、ハラミアリはハラのチカラを増し、たくさんの卵をウミ落とした。余った茸は、セワヤキが他の生き物によろこんで分け与え、一年もの間、ヨシミをとりもつために活かされた。巣には「キのミチ」が栄え、イトナミからウレイのイロハが消えていった。

〈我れ、知る。カシラハタラキアリ、イツクシミ深いオサバキ、あり〉

タネマキの成功は、クロヤマアリ族にいくつもの変化をもたらした。良い変化は、若いハタラキアリにノゾミとハゲミを与えたことである。小蟻とテサキたちタネマキに携わるハタラキアリは、蛹からカワヌギしたばかりの若いアリたちをトリコミし、タネマキのシクミをシコミしていく。

カシラの蟻は、彼ら次世代のアリたちにノゾミをかけ、モクロミとココロミに対してオシオキやオサバキの口を差し挟まない。小蟻とテサキたちには、ココロミのためのムロまで与えた。自ずとさまざまなオモイツキの自由が保障された。

◇

小蟻とテサキ一派は、ムロをカムロと呼び、高いシキイを設けた。他のハタラキアリには、ハイリコミはおろかモノイイも許さない。カシラの蟻でさえ、めったにハイリコミできなくなった。

一派の中では、カムロから生まれるオモイツキがカムロキ、同じくココロミはカムロミで通じる。テサキたちは、身ずからをトリマキと称し、しだいに威を張りはじめる。

一方、旧来のイタダキにハゲミするハタラキアリたちは、身のオモミがソコナイされるように感じた。イサミすべき葡萄のイタダキも、タネマキの陰に追いやられた。身ずからタネマキにハゲミしようにも、小蟻一派がノゾミとしない。彼らの多くは年を取りすぎていた。ハラミアリとムツミするだけのモッパラアリ同様、オハライ箱に入る日を待つばかりの虫となりつつある。

陰と陽のイロハがカラミ合いながら、決してナジミ合わない日々の中で、あるオモイツキが生まれた。

チチタネマキのオモイツキである。

一匹の若いテサキと小蟻の間で交わされた、こんなイロハが始まりだったらしい。

〈タネマキ、茸ばかりなりや〉

〈ああ、それ、マチガイなり。生き物、みな、タネマキあり〉

〈チチや、いかに〉

〈ああ、チチ、タネマキ……オモシロミ、あり〉

オモイツキは、一冬、カムロで小蟻一派にモミコミされ、春には彼らのノゾミでフクラミにフクラミしていた。

カシラの蟻は、そのオモイツキを左右のタスケハタラキアリと共にキキコミした。即座に中止のオシオキを出す。ココロミに移すにはナヤミが多く、ウレイも大きいと判断した。

トリマキたちは、猛然とモノイイしてきた。カシラのオシオキに対するサカライにほかならない。新しいハタラキを是とする気運の中でハグクミされてきた若いアリたちは、ありったけモノイイに加わった。左右タスケアリは蟻の肩を持ち、モノイイをオサエコミにかかる。やがて、両者のイイアイになった。

イイアイは、すべてのハタラキアリに広がっていく。論は、自ずから旧世代と新世代とに二分された。日ごろのウレイを晴らしたい旧世代と、何事にもマエムキで通す新世代では、容易にナゴミに達しない。事態は、イイアイからイガミアイに変わっていった。蟻は、カシラとなって以来、初めて自族内のワズライにマキコミされた。

ワズライの因となったチチタネマキとは、そもそもどんなオモイツキだったのか。

チチとは、獣の乳である。チチには黴(かび)が出来る。それはあくまで自然のもたらすサチであり、量も限られている。そこに、小蟻一派のオモイツキの入る余地があった。

人の科学の言葉で補えば、チチに付く黴は乳酸菌である。小蟻たちはそれをミキキし、培養できるとキヅキした。連日連夜のココロミを経て、少量ながら培養にタドリツキした。一派はそれにチチサカと呼び、ハラによい餌で、巣に大きな弥栄をもたらすと考えた。チチサカは、人の言葉で「ヨーグルト」とか「乳酸菌飲料」と呼ばれる。

カシラの蟻がナヤミとしたのは、大量のチチが必要なこと、チチのイタダキにはワザワイが伴うこと、チチサカの微妙なミキキを小蟻以外のハタラキアリにシコミできるかどうか、さらにタメオキのシクミが作れるかどうか、などだ。ウレイは、チチサカを餌にキリヒラキしたとしても、ハラミアリやハラヘラシアリがヤマイにならないかということに尽きる。

イガミアイを収めるために、カシラの蟻はひとまずオサバキを出す。ココロミだけは許した。ただし、タネマキはアルキの速さで進めるようにと、オシオキも付け加えた。だが、イガミアイの種は、アリたちのハラの中に深く静かにヒソミした。

春から夏にかけて、小蟻とトリマキは、人家の前に置かれた牛乳瓶から微量のチチをモチコミしては、タネマキのココロミをくりかえす。カシラの蟻は、そのつどチチサカを呑み、ココロミのススミをミキキした。出来映えは一定しない。呑む前に乾いてしまうことがあった。マチガイで米のとぎ汁を呑まされたことがあった。悪い黴が殖えたチチサカには、ハラを下すクルシミも味わった。熱気、湿気、風気のイロハを調整する難しさは、茸のタネマキの比ではないとミヌキできた。

〈まだ、餌にできず。ココロミに、ハゲミすべし〉

カシラのイロハは、いつも同じだった。小蟻も同じハラだったが、トリマキたちはモノイイとサカライのハラを抑えきれない。

〈チチの量、もっと多く、ありせば…とても、足りず…〉と、言い訳をした。

トリマキたちは焦っている。小蟻と同じハタラキは、どのアリもできない。小蟻がイノチのオシマイを迎える前に、チチタネマキのシクミをキリヒラキしなければ、ハタラキとしてヒキツギできないからである。大量のチチをイタダキしようと、彼らは足分けしてミキキにハゲミした。

カシラの蟻は、彼らが身ずからチマヨイにキヅキすることをノゾミとしていた。

ミキキたちは、一夏じゅう足を棒にしたが、おいそれとチチをイタダキすることはできなかった。どんな獣だろうと、黙ってイタダキを許すものではない。徹してオイハライしようと、尾や鼻息などでサカライする。山羊には、アリの方が逆にイタダキされてしまうだろう。最も安全な牛のチチは、人がすっかり絞ってしまう。よほどの幸運に恵まれなければ、チチサカを作るほど大量のチチは得られない、とキヅキさせられただけだった。

ところが、夏も終わりに近いある日、その幸運が訪れた。牛とチチの缶を積んだトラックが近くに止まっている、とミキキが知らせてきた。

カシラの蟻は、ハタラキアリ十匹を率いて、その場所へ向かった。小蟻一派はすでにタドリツキしていた。トラックは、農家にやって来たばかりだった。人の発するイロハはゆったりしていて、すぐに動く気配は少ない。今だ。一刻の猶予もならない。蟻がトリマキなら、身ずからイサミして、ミキキとあわよくばチチのイタダキにハネアルキの足を踏み出したところだろう。

小蟻とトリマキは、この期に及んでタメライしつづける。マヨイの眼を交わし、触角を震わすばかりである。

カシラの蟻は、彼らにイツクシミの眼を向けている。タスケハタラキアリが、カシラに代わってイロハを発した。

〈なぜに、ミキキせぬや。なぜに、イタダキせぬや。なぜに、タメライするや〉

トリマキは、依然としてミウゴキしない。数瞬イロハを交わし合ったかと見ると、返ってきたのは意外にもモノイイだった。

〈我れら、ミキキのハタラキ、知らず。また、イタダキのハタラキ、知らず。

この先のココロミに、一匹たりとも、テサキのウシナイできず。キミらこそ、行くべきなり〉

左右のタスケハタラキアリは呆然とし、すぐにモノイイを返す。

〈このモクロミ、もともと、キミらのサカライに始まるなり。

我れら、ずっとモクロミに、ウレイあり。ミキキ、イタダキ、我れらのノゾミにあらず〉

また、イイアイになった。いつもの伝でイガミアイに変わる。時を空費しただけで、両者は一向にアユミ寄りを見せない。ついにはカシラのオサバキに委ねようという暗黙のイロハが一つになって、蟻のハラを叩いた。

カシラの蟻は、タカマハラの大御心（おおみこころ）を尋ねることにした。ハラを澄ませ、触覚を天に向けて強く問う。

〈我れ、行くべきや、否や〉

触覚が小波（さざなみ）をマネキした。ナゴミのイロハが触角に届く。蟻のハラがノゾミでフクラミする。ハラは決まった。

〈我れ、行かん〉と、その場にいるすべてのハタラキアリに、オモミのあるイロハをトドロキさせた。

一瞬ののち、喜ぶ小蟻一派のイロハと驚くハタラキアリたちのイロハがカラミ合い、場の磁気が乱れた。

カシラの蟻は、全員に向かい、身ずからのハラをタカマハラの大御心として伝えた。

いわく、〈クロヤマアリ族の興廃、このココロミにあり。我れ、カシラなれば、我れ、行かん〉
またいわく、〈ココロミ、いかなる定め、ありや。我れ、知らず。されど、タカマハラの定めたるミチに、我れ、ハラ固め、オモムキするのみ〉
さらにいわく、〈我れ、必ず帰りなん。チチのミキキ果たし、イタダキのシクミ持ちて、必ず帰りなん。いざ、みな、ハラ一つにムスビツキし、巣の弥栄、祈るべし〉
ハタラキアリたちは、カシラの気高いイロハに激しくミブルイさせ、ハラを一つにして祈った。小蟻とトリマキも、カシラのアリガタミあるモウシオキに圧倒され、弥栄を祈らずにはいられない。
左右のタスケハタラキアリは、さすがにウレイを感じて、カシラにツツシミを促したが、逆にイトシミのイロハでツツミコミされただけだった。
蟻は、トラックに向かってアルキ出した。
日は、九時の角度に至る。
〈我れ、知る。我れ、カシラハタラキアリ。
我れ、知る。カシラハタラキアリ、モウシオキのオオハタラキ、あり〉

◯

第二の階（きざはし）

梨

蟻が問う。

梨に問う。

梨園のツナとワナに守られて実を結びながら、ミノリの寸前で、フクロに空いた小さな穴から、蛾の幼虫に食い入られ、それがもとで腐敗がすすみ、デキソコナイとしてツナの外へ投げ捨てられた二十世紀梨に、蟻が問う。

〈キミ、ミチ、ありや〉

梨が答える。

〈なし〉

蟻は、夜を徹してアルキ通した。ハラの磁石をたよりに、ひたすら北の巣をめざした。トラックを降りてから、丸一日が過ぎている。どうにかワザワイもなく、ススミしてきた。

天では、夏と秋の気がせめぎあう。光と熱のツヨミあるイロハが、蟻の背をじりじりと灼く。

巣はまだ、はるかに遠い。気も遠くなるような、その隔たりは、微かな磁気イロハが伝えてくれる。

南西の風に乗って、アマミたっぷりの匂いイロハが漂ってきた。磁気イロハは覆い隠された。梨園だった。

蟻は触角をわずかにソヨギさせただけで、アルキを止めない。今はイタダキの必要もない。ハラは、強いキヅキで占められている。

〈我れ、カシラハタラキアリ。我れ、オオハタラキ、あり。

我れ、巣へ帰るノゾミ、あり〉

巣では、みなカシラの帰りをマチノゾミしているだろう。一族のことを思うと、足は自ずとハネアルキになった。

その足が止まる。止めさせたのは、道端で腐れゆく梨の実だった。果肉は半ばソコナイされ、芯も露(あら)わになっている。イノチのイロハは、ひどくか細い。

蟻の眼には、梨もまた、ミチから外れた一つ実のように映った。蟻のミチは「身知」だが、梨のミチは「実知」と変わる。

イノチある物には、イトナミがある。一つ身(一つ実)にかかわり、イトナミに伴うミチが「ミのミチ」である。

動植物は、ムツミ、ウミ、ハグクミなどイノチのイトナミを主たるミチとしている。互いに「ミのミチ」の軌道上にあれば、動植物のさまざまなチガイを超えてシタシミ、ナジミを持てる。さらにフカミにススミすれば、タノシミやカナシミを共有することもできる。そこに、ナゴミが生まれる。

「キのミチ」に生きるハタラキアリも例外ではない。他の生き物と接するときは、「ミのミチ」を足がかりにする。

蟻が問う。共にツチに生きる物のヨシミから、梨に問う。

〈キミ、ノゾミ、ありや〉

〈なし〉

また問う。

〈キミ、ナヤミ、ありや〉

〈なし〉

梨の答えは、そっけない。蟻はイトシミをこめて、さらに問う。

〈キミ、何か、カタミのイロハ、ありや〉

〈なし。何も、なし。まったく、なし。なしといったら、なし〉

コバミのイロハは刺々しい。虫が好かないのだろうか。

蟻と梨とのチガイは、動物と植物のチガイだけではなさそうだ。蟻には巣へ帰るノゾミがあり、梨にはイノチを永らえるノゾミさえなし、と見える。「ミのミチ」から外れてしまえば、梨に残されているのはイノチのオシマイという「イのミチ」だけである。

梨の一つ実をムシバミする細菌にはイキオイがある。梨のイノチは、持ってもせいぜい今日一日だろう。そっとしておくのも、タシナミかもしれない。蟻は立ち去ろうとする。その黒い背を、小さなイノチのイロハが追いかけてきた。生き生きとしたノゾミをフクミするイロハだった。

それは、梨の芯から伝わる。蟻は一粒種のイロハだとキヅキした。梨を置き去りにすれば、小さな種のイノチも、もろともにオシマイとなる。

〈一粒種のイノチのために、我れ、ハタラキせん〉

そのオモイツキが、蟻を衝き動かす。問いになった。

〈キミ、内なるイノチ、知るや〉

〈なし、といったら、なし〉

サカライのイロハも荒らかに、梨が答える。蟻の問いも、ろくろくキキコミしない。蟻はハラにチカラをこめて、同じ問いを問う。

〈キミ、キミの内なるイノチ、知るや〉

梨は、気圧(けお)された。陰にこもったイロハをしぼり出す。

〈…ろくで、なしの虫め。

この実、そのこと、知らぬで、なし。

知らぬで、なしも、この実、もはや、イノチのイトナミに、ノゾミなし。

内なるイノチにも、ノゾミなし〉

蟻は、梨の答えにミコミを持った。ハズミをつけて問う。

〈キミに、イロハ、あり。イロハあれば、イノチ、あり。これ、マチガイ、ありや〉

〈救いよう、なしの虫め。

この実、イロハ、なしで、なし。イノチ、なしで、なし。なしでなしも、イノチ長く、なし。

この実、ツチへ還るほかに、ミチ、なし。ゆえに、この実、むなし……〉

梨は、〈なし、なし〉をくりかえす。そのイロハで実ずからシズミコミし、一つ実をますますソコナイしていく。

「ミのミチ」さえミウシナイさせる「イのミチ」にオチコミしている。

蟻は、問う。梨に「ミのミチ」を問う。

〈キミ、今、ここに、あり。ここに、イトナミ、あり。それ、ノミコミ、ありや〉

気疎(けうと)そうに、梨が答える。

〈性懲りも、なしの、虫め。

この実、イトナミに、ノゾミ、なし。イノチに、ミコミ、なし〉

蟻が反問する。

〈キミのイノチ、まだ、一日、あり〉

〈わずか、一日しか、なし〉と、梨。

〈一日のイトナミ、あり。ノゾミ、あり。ミコミ、あり〉と、蟻。

〈ききわけ、なしの、虫よ。

この実のイトナミ、わずか一日しか、なし。ノゾミ、なし。ミコミ、なし〉

蟻がツヨミのあるイロハで、問う。

〈キミに、一日のイトナミ、あり。我れに、また、一日のイトナミ、あり。いずれの一日に、オモミ、ありや。カルミ、ありや〉

〈虫よ。キミの一日に、オモミ、なしで、なし。この実の一日に、カルミ、なしで、なし〉

梨の答えを受けて、蟻は問う。

〈我が一日に、なぜに、オモミ、ありや。キミの一日に、なぜに、カルミ、ありや〉

〈なぜに、といえば、キミの身、一日の次に、また明日、一日のイトナミ、ノゾミ、なしで、なし。しかるに、この実、一日の次に、明日のイトナミ、ノゾミ、なし〉

蟻は、なおも問い詰める。

〈それ、ノミコミできず。この身また、今日一日にて、イノチのオシマイ、ありさえ、ありうべし。されば、我れと、キミの一日、共に、オモミ、あり。イトナミ、あり。ノゾミ、あり〉

〈ああ、虫よ、蟻よ。どのミチ、この実の一日に、さしたるイトナミ、なし。ノゾミ、なし〉と、梨は譲らない。

蟻もイロハを止めない。梨にとっては、蟻のイロハがただ一つのノゾミだとミヌキしている。そこで、問う。

〈されば、キミの一日、実ずから、半日に、四半日に、チヂミさせるに、オシミありや、なしや〉

梨は、答えに詰まる。しなびた柄が、右へ左へマヨイで揺れる。

〈あ、蟻よ。こ、この実のイノチ、一日、なしで、なし。せっかくの一日のイノチ、半日に、四半日に、チヂミさせる、つもり、なし〉

蟻は首を振り振り、問い返す。

〈それ、ノミコミできず。

一日に、ノゾミなし、ならば、半日に、四半日に、チヂミさせるに、何のオシミ、ありや。

どのミチ、キミの一日、カルミあり、ならんや〉

〈ナ、ナゴリオシミ、なしで、なし〉と、窮した梨が答える。

蟻がさらに問う。

〈ナゴリオシミ…、それ、何のことなりや〉

〈こ、この世に、イトナミせし日々の、ノゾミ、タノシミ、ユメミなしで、なし〉

〈それ、キミ一つ実の、「ミのミチ」なり〉

蟻は念を押す。そのイロハが、梨の実に「ミのミチ」をもう一度ヨビコミさせた。蟻は続ける。

〈キミ、ナゴリオシミありて、キキミミあらば、どうか、キキコミしたまえ。

キミに、一日、あり。我れに、一日、あり。いずれにも、オモミ、あり。ノゾミ、あり。

ノゾミ、あるかぎり、キミ、我れ共に、イトナミに、ハゲミするのみの、イノチなり。

我れに、一瞬一瞬のイトナミ、あり。キミに、また一瞬一瞬のイトナミ、あり。それ、やがて、一日と、なる〉

蟻のイロハにはアタタカミがあった。梨の実は、少しずつナゴミにツツミコミされていく。

〈キミに、一日、あり。キミの実まで、代々の木のイノチに、それぞれの一日、また一日、ありき。

ナヤミ、ウレイの一日も、ありき。キミ、それら代々の、一日一日のオモミ、ノミコミ、ありや〉

〈なし〉と、梨はシズミコミしたまま答える。

蟻は、ここを先途とセメコミする。

〈キミのイノチ、キミの一日に、オモミ、あり。

そのオモミ、代々のイノチの、一日一日のイトナミの、オモミなり〉

梨はダマリコミするのみ。蟻は触角を振り立てて、なおもセメコミする。

〈キミの、一つ実より前に、幾十、幾百世代、あり。無数のナヤミ、あり。幾多のクルシミ、あり。

キミの一日、それらのナヤミより、それらのクルシミより、オモミありと、我れ、ノミコミできず〉

梨は、ウラミのイロハを返す。

〈か、かわいげ、なしの、虫め。

この実とて、ナヤミ、クルシミ、なしで、なし。それ、虫めに、ノミコミできるはず、なし〉

〈キミ、一つ実のイノチのオシミばかり、あり。ナゴリオシミ、すなわちイノチのオシミなり。

キミのナヤミ、クルシミ、一日にて、イノチのオシマイとともに、オシマイ、あり。

キミのナヤミ、クルシミ、前後、幾百世代の、イノチのイトナミより、オモミありや〉

〈む、虫めに、何もノミコミできるはず、なし〉と、くりかえす梨。一つ実は揺れに揺れている。

蟻が問う。抜き差しならない問いを、問う。

〈キミ、我がノミコミ、キキコミするチカラ、ありや。

我がハラに、ハタラキ、あり。我がハラに、キミの祖先にまつわる、カキオキ、あり。

キミ、そのカキオキ、キキコミするチカラ、ありや〉

梨にモノイイの間も与えず…

〈我れ、キミに、ウレイ、あり。

カキオキに、ツヨミのイロハあり。ともすると、キミのイノチ、チヂミさせるツヨミ、あり。

キミ、一つ実のイノチに、オシミ、あり。キミ、残りのイノチ、チヂミさせるに、オシミ、あり。

我れ、イノチ、オシミするキミに、オシエコミするハラ、ありえず〉

蟻は決めつけた。こうなると、梨も後には引けない。腐れゆく一つ実をモノイイとサカライの熱イロハに委ね、ミブルイしながら答える。

〈ツ、ツツシミ、なしの、虫め。

こ、この一つ実に、さんざんなサゲスミ、なしで、なし。ノゾミなしの実に、サイナミなしで、なし。

もともと、虫など、コノミでなしの、この実。虫のイドミならば、ノゾミとするところ、なしで、なし。

このイノチ、半日に、四半日に、チヂミするに、なんのタメライもなし。

キキコミする、イノチのチカラ、なしで、なし。

カキオキとやらに、オモシロミ、なしならば、蟻とて、ウラミなしで、なし〉

梨は実ずから、蟻のタクラミにミチビキされた。〈されば…〉と、蟻はハラの奥の古いツチをホリコミし、黒い炭素ツチに刻まれた紋様をさすする。何やらイロハが生じる。それを触角から、干からびた梨の柄に送りはじめる。

梨の知覚には、光や音の幻影となってウツシコミされる。

それは、蟻から二十一代前のカシラハタラキアリが遺した、野生の山梨にまつわるカキオキである。

蟻の一方の祖先は、ある山のふもとで巣をイトナミするクロヤマアリ族だった。

その頃、山では人がゴルフ場というものを造るために、木々のキリハライを続けていた。人はキリハライを「伐採」と呼ぶ。山には木々のウレイ、ワズライのイロハが満ちあふれた。山梨も〈明日は我が幹〉と、キリハライの機械音に花も実もスクミさせるばかりだった。

山梨のウレイは、祖先アリのハラにも伝わる。アリたちは毎年、山梨の木からたくさんのメグミをイタダキしてきた。秋は、山梨の実、皮、種のイタダキ。冬は、枯れ葉で巣のフサギをし、また餌としてタメオキもした。

山梨の木が枝を伸ばす南の斜面には、アリのほかにもさまざまな生き物が集まり、互いに受けつ与えつのナジミ、カラミ、ツルミのイトナミを何世代も続けていた。山の生き物たちは、山梨がキリハライのウレイにある今こそ、これまでのメグミに報いようとハラを一つにした。それぞれが、山梨のためにフクミを出し合う。

無数のフクミから、タクラミがまとまった。タクラミには、蜜蜂が深くカラミしている。身ずからミキキも申し出た。山梨の花蜜のメグミを受ける虫として、ウレイのオモミが他の虫よりずっと大きかったからだ。

そのタクラミ、タクラ、ミ、タク、ラ、ミ……。ぷつっ。

音と像のイロハが途切れた。

〈どう、なした〉と、梨。えぐれた果肉から、果汁がしたたっている。クルシミのイロハか、タノシミのイロハか、蟻にはわからない。蟻は、眼にハニカミのイロハを浮かべながら答える。

〈我れ、ハタラキに、まだ慣れず。

お許し、ありたし。さて、続き、あり…〉

◇

……蜜蜂は養蜂業者にハグクミされている。山梨の花蜜を集め、アマミたっぷりの蜂蜜としてタメコミする。蜂蜜は、養蜂業者の手で多くの人々に分かち与えられてきた。山梨があり、蜜蜂がいて、養蜂業者がハタラキをする。そのカラミが一つのイトナミのシクミとなっている。さらに、その上には山を所有する人がいた。

山を所有する人は、養蜂業者に山へのハイリコミを許した。そのアリガタミから、養蜂業者は毎年、蜂蜜と王乳を届けた。王乳は、人の言葉で「ロイヤルゼリー」とも言う。

山を所有する人には、オサナゴの孫がいる。まだ母親のチチから離れない。その孫を雀蜂がヒトツキした。蜜蜂がタクラミを伝えて、雀蜂にハタラキさせたのだった。

孫は火が着いたように泣きわめく。ひとしきり泣き終わると、顔を火照らせて熱イロハを出した。

雀蜂は、刺しかげんをわきまえている。毒の量を減らした。イノチに別状はない。

それを知らない人はみな、孫の急変にウレイを深めた。孫の首が、ぷくりと腫(は)れ上がっていた。

「雀蜂だな」と、ある人が言った。「雀蜂にちげえねえ」と、別の人が応じた。

すぐに医者が呼ばれる。ヌクミのある手で腫れをさすり「大丈夫だ。明日には治る」と言い、塗り薬を置いて帰った。

翌日になった。孫の首の腫れは引かず、赤い顔からは汗がニジミ出ている。母親が付き添い汗をふき、ぬれた布を何度も替える。

「治らないな」と、ある人。「おかしいな」は、別の人。

また医者が呼ばれたが、「心配は要らん。明日には必ず治る」と言い、解熱薬を置いて帰った。

さらに一日、二日と過ぎた。孫の首の腫れは、ますますフクラミした。塗り薬も解熱薬も効き目がない。孫の顔はヤマイの色イロハが濃い。

「このままじゃ大変なことになるな」と、ある人がつぶやいた。「死ぬかもしれないな」と、別の人がささやいた。二人の表情が固まった。

突然、母親が金切声イロハを発して、家の中を走りはじめた。ミキキに来ていた一匹の蜜蜂を雀蜂とミマチガイし、「また来たかー。また刺す気かー」と叫びながら、ほうきを持って追いかける。

蜜蜂は、タクラミの一味だけに叩きつぶされてもモノイイはできない。そこへ、養蜂業者がのそっと現れた。母親は、雀蜂へのウラミを養蜂業者にぶつけた。

「何か、用ぉ、用ぉ、用ぉ、よ、お……」

ぷつんっ。

〈また、なしたか。口ほどに、なしの、虫よ。

せっかくのおはなしも、タノシミ、なし〉

苛立つ梨。

〈お許し、ありや。これから、さらにタノシミ、オモシロミ、あり〉

蟻は平身低頭するばかり。

〈ハタラキ、なしの、虫よ。

この実、そのおはなしに、ウタガイも、なしで、なし〉

梨はイキオイに乗じて、蟻にモノイイをぶつける。

〈何か、ウタガイ、ありや〉と、蟻が触角を向ける。

〈そのおはなし、なんとなし、おひれ、はひれ、なしで、なし。

そのおはなしに、人の声イロハ、少なく、なし。

虫よ、キミ、人の声イロハ、ノミコミ、できるはず、なし。

この実、そこに、ウタガイ、なしで、なし。それ、どう、なした〉

梨のウタガイに、蟻はホホエミを返す。

〈それ、いわく、あり。まさに我れら、人の声イロハ、ノミコミできず。

されど、人の声イロハ、ノミコミできる生き物、多くあり。狐（きつね）、あり。狸（たぬき）、あり。犬、あり。烏、あり。

我れら、狐狸（こり）と犬と烏より、人の声イロハ、マタギキ、あり。ノミコミ、ありや〉

梨は〈ふんっ、埒（らち）も、なし〉とイロハを吐き捨て、おはなしの先を促す。

◇

……家の奥から、山を所有する人がゆっくりと現れ、嫁の前に立って用件を聞く。

もじもじ養蜂業者は、ぼそぼそ低い声で答える。

「あの、坊っちゃんが雀蜂に刺されて、大変だそうで……」

山を所有する人は、身ずからが蜂に刺されでもしたように、顔をユガミさせて応じた。

「それが、どうかしました、か」

山を所有する人のスゴミに圧倒され、養蜂業者は首をスクミさせて言う。

「あの、もし、よろしかったら、使っていただきたい薬がありまして…」

山を所有する人は、黙って養蜂業者をニラミつけた。

「こん人は、また、ろくでもないことを言って」と、嫁がカミついた。養蜂業者は手にした紙袋を震わせる。

山を所有する人は、養蜂業者と紙袋を見くらべ、声イロハにオモミをこめて言った。

「それで治らんかったら、どうなさるん、か」

「そ、そりゃあ、治る保証はありませんが、わ、わたしも何かお役に立ちたいと思いまして…」

「ふん、さよう、か。ほなら、貰(もろ)うとこう、かい」

山を所有する人は、サゲスミの眼で紙袋を受け取り、後ろもふり向かず嫁に手渡す。そのままウデグミをして、ダマリコミ。養蜂業者は悪いことをしたように、背中にマルミを見せながら帰っていった。

その翌日も一日、山を所有する人の家は重いウレイに包まれた。人の出入りが慌ただしい。薬や見舞品が届けられ、仏壇の前は山のようになった。養蜂業者の紙袋だけは、ほうきといっしょに納戸にホウリコミされている。届いた薬もひととおり使われたが、孫に回復の兆しは見えない。

「こりゃ、今晩が峠かもしれんな」と、ある人がツツシミなく言った。「そうだな、葬式の準備をしておいた方がいいかもしれんな」と、別の人がタメライなく応じた。

その晩。

孫の寝床の回りには、山を所有する人の家族が集まる。孫は虫の息で唇も乾き、顔の色イロハが蒼黒く変わった。山を所有する人は、シボミした眼で孫の顔を見つめ、こみ上げるものをこらえる。カナシミも峠である。

山の生き物たちのタクラミも、峠に差し掛かる。ミキキの蜜蜂が一匹、庭から家にハイリコミする。閉め切った寝間の隣室にマワリコミしていく。その欄間から、大きな羽音イロハをオクリコミした。

〈ブブン、ブンブン、ブンブブン〉

シワバミした老人の顔がはっと上を向く。わずかにノゾミを含んだ眼で嫁に声をかける。

「あれ、どうした、かい」

嫁は、弱った魚のような赤い眼で、山を所有する人の顔を見た。

「あれって…」

「蜂蜜屋の持ってきた、あれじゃがな」

「ああ、あれ」

「おお、あれじゃ、あれ、持って来ぉ」

「はあ…」

嫁はうつろな眼差しのまま、ゆっくりと立ち上がる。実のところ、仕舞った場所を覚えていない。家の人たちと手分けして探し、小一時間ばかり経ってから、ようやく納戸で見つけた。

嫁は早足で寝間へ戻る。山を所有する人は、アタタカミのない目で嫁を迎えた。紙袋をひったくる。中には薬瓶と紙切れが入っていた。細かな走り書きの文字が並ぶ。「嫁よ、読め」と、手渡す。嫁が読む。

『これは雀蜂の解毒薬です。私どもが普段から持ち歩いているもので、きっとお坊ちゃんにも効くだろうと思います。よろしかったら、お使いください。

まず、患部にはお灸のもぐさのように盛って塗り、消毒した針で中心を突き刺します。痛いのは一瞬で、すぐに楽になります。

それから飲み薬は、この薬1に対して、ロイヤルゼリー1、蜂蜜1、ぬるめのお湯3の割合で溶いて作ります。これを大体三、四時間おきに飲ませてください。』

山を所有する人は、ウデグミして聞き終えると、あごで嫁に指図した。嫁は、走り書きどおりに薬を用いる。夜通し看病が続けられた。

翌朝、家じゅうにナゴミをもたらす朝日が差し込む。ウレイ、ワズライのイロハもすっかり消えていた。孫は持ちこたえ、高熱も去った。みな安堵にひたり、山を所有する人も、ようやくカナシミを忘れて眠った。

「蜂蜜屋の手柄だね」と、ある人が言った。「イノチの恩人ってやつだな」と、別の人がうなずいた。

翌晩、山を所有する人は養蜂業者を家に招いた。養蜂業者が身をチヂミさせて入ってきた。山を所有する人は身ずから出迎え、丁重に客間へ通す。改めて深々と頭を下げた。

「あんたのお陰で、孫のイノチが助かった。このとおり、お礼を申し上げます。

ついては、祝いの膳を調えたんだが、お受けいただけますまい、か」

「そんな、お礼だなんて、とんでもない。こちらこそ、いつも蜂のことで、ご心配ばかりおかけしまして…」

「ははは、今度ばかりは、わしも胆が縮みました。だが丸くおさまったのは、まっこと、めでたいかぎりですわぃ。どうか、祝いの杯(さかづき)を受けてくだされ、や」

「それが、私は下戸でございまして…。そうですか。では、形だけでも…」

山を所有する人は、独りで杯を重ね、上機嫌で話をした。養蜂業者は、主人の話に相槌を打ち、遠慮がちに料理を食べては舌鼓を打った。蜂蜜の味見で鍛えた舌は、カルミのある音イロハを出す。それを聞いて、山を所有する人が言う。

「あんた、いい蜂蜜を作るっちゅう評判だ、な。何か秘訣はあるんです、かぃ」

「秘訣だなんて、そんな……。私はただ、いい花と蜜蜂がムツミするのを助けるだけで、自然任せの頼りない職人です」

「さよう、か。いい花、なあ。ここらには、いい花がたくさんあったが、なあ」

「そうですね。親父の時代は、年じゅういろんな花見ができたなんて聞かされました」

「そうだ、なあ。昔は、山に入るのも楽しかったが、なあ」

座は、しみじみとした空気に包まれる。養蜂業者がカシコミし、ツツシミして言った。

「本日はお招きにあずかりまして、ありがとうございました。お坊ちゃんの御回復、心からお祝い申し上げます」

「あんた、そりぁ、言葉が逆ですわぃ。お礼をせんとならんのは、こっちです」

「もう十分に頂戴いたしました。私は、これで…」

養蜂業者が腰を上げる。山を所有する人は引き止める。

「いや、それでは、わしの気がすまん。どうか、年寄りの気持ちを汲んで、頼みを聞いてもらいたい」

「はあ、どんなことでしょうか」

「いやいや、礼をしたいのだ。何か、わしにできることがあったら、させてもらいたい」

「ですから、それは、もう十分に…」

「ははは、あんたはまっこと、遠慮深いお人、だな。ますます、気に入った」

山を所有する人は杯を一気に干すと、養蜂業者を見つめる。隣室でまた、蜜蜂が羽音を鳴らす。〈ブン、ブブン〉。

老人は、「うん」と言って膝を打つ。

「あんた、いい花と言うた、な。いい花がある。こんだ、ゴルフ場になる山の大きな山梨の木、な。あれ、あんたにやろうかい、のぉ」

「あ、あの山梨の木ですか」

養蜂業者は、思わず身を乗り出した。

「あんたも、いい花が咲くと思う、だろ。どうだろう。あれを差し上げたいが、受け取ってくれんか、のぉ」

「あ、ありがとうございます。よ、よろこんでいただきます。だ、大事にします」

「そうか、受け取ってくれる、か。よかった。あんたなら、うまく育ててくれるだろう」

山を所有する人は、養蜂業者の手を取ってアリガタミを表す。養蜂業者は、山を所有する人よりも大きなアリガタミを感じた。山梨もアリガタミ。蜜蜂もアリガタミ。蟻の祖先たちもアリガタミ。山は、山梨と縁（えにし）あるすべての生き物のアリガタミでフクラミした。

○

蟻が問う。ヤスミを入れながら、梨に問う。

〈山梨と縁ある、すべての生きもののアリガタミ、キミ、ノミコミ、ありや。「ミのミチ」のカラミ、イトナミ、アリガタミ、キミ、ノミコミ、ありや〉

梨は、トマドイを隠せない。

〈能、なしの、虫よ。この実、山梨と、縁、なし。アリガタミ、ノミコミする、理由も、なし〉

蟻はウナズキし、また問う。

〈山梨のイノチのおはなし、続き、あり。キミこそ、キキコミするチカラ、ありや〉

抑えがたいタノシミのイロハを隠しながら、梨が答える。

〈なさけ、なしの、虫よ。キミのハタラキ、確かなら、この実、キキコミするチカラ、イノチのチカラ、なしで、なし〉

〈ならば、マチノゾミ、ありたし〉と、蟻がまたカキオキのイロハを梨に送る。

蟻は、このオオハタラキが、ヒモトキだとキヅキする。どうやら、ヒモトキにも慣れてきた。

◇

山梨は、養蜂業者から果樹農家、さらに造園業者へとハグクミの手が移る。

原木はまず枝打ちされ、掘り起こされ、根を包まれ、造園業者の土地に運ばれた。そこでしばらくトメオキされ、枝分けした十株の苗木が果樹農家の土地にウエコミされる。苗木は野生のツヨミを見せて、伸びやかに生長する。最初の十株は、養蜂業者の蜜蜂を使ったムツミで実が成った。次の年には別の梨の種とムツミが行われ、果実にアマミが増した。このムツミは、人の科学で「受粉」とか「交配」と呼ばれる。

さらに三年目には、また別の種というように毎年ムツミがくりかえされ、五年目に二十世紀梨となった。「品種改良」である。ムツミに努めた果樹農家は、人の世に弥栄をもたらした。

梨は七年目に全国梨品評会で最優秀賞を受ける。すると各地の農家が、果樹農家に枝分けや株分け、花粉の分配、さらには講演を求めて、引きも切らず訪れるようになった。

果樹農家はツツシミしながら、「梨の祖先が良かったんです。私どもはマチガイのないようにハグクミしただけです」と、語った。

果樹農家は、さまざまな人のノゾミをよく聞いた。代わりに、果樹農家も一つのノゾミを出した。養蜂業者に養蜂の場所を使わせることである。相手はみなノミコミした。

「あの山梨の枝ぶりみたように、よくまあ縁が広がるもんだ」とも、果樹農家は言った。

十年目には、全国の二十世紀梨の四分の一以上が山梨の子孫になった。

〈キミも、また…〉と、蟻は腐れゆく梨に告げる。

その年、養蜂業者は、果樹農家、造園業者と連れ立って、山を所有する人のもとへ挨拶に出かけた。道すがら、山の景色の変わりように養蜂業者は目を疑った。雑木林はすっかりチヂミし、竹だけが猛々しいイキオイを見せていた。ゴルフ場の予定地は、有刺鉄線のツナで囲われ、人の気配もない。「立入禁止」の看板が風に揺れた。

「ごめんくださぃ。いらっしゃいますか」

養蜂業者が、山を所有する人の家の玄関先で奥に声を掛けた。返事はない。二度三度と呼んだが、重々しい静寂のイロハが返ってくるばかり。三人は顔を見合わす。家の荒れようをカイマミして、一様にため息をつく。

「誰も居ないみたいすね。どうしますか」と、庭木のスサミにいたたまれない造園業者。

「近所の人に聞いてみますか」

と、山を所有する人に会って、どうしても礼を述べたい養蜂業者。返事を待たずに隣家に入って行った。残った二人は、山や家を覆う凶々しいイロハに立ちすくみ、遠い山並みや空をそぞろに眺めている。

養蜂業者が戻ってきた。

「どうやら、開発会社との間でゴルフ場の建設をめぐって大問題が起こり、大変な借金を抱え込んで、一家は離散されたそうです」

シズミした声イロハで言う。山を所有する人に会ったこともない二人は、何度も聞いた話に接するときのように無関心な表情でうなずいた。

「梨の木は残った、ですな」

果樹農家がハズミのある声で言った。言いながら、足は車の方へ向かう。顔は、無用の場所から一刻も早く立ち去りたい、と語っている。

三人を呑み込んだ車は、逃げるように山を下りていった。

○

蟻が問う。シタシミのイロハで、梨に問う。

〈キミ、イノチのイトナミ、ノミコミ、ありや〉

梨は、ヨワミのイロハであえいでいる。蟻の眼には、余命を四半日分もチヂミさせた梨のヘコミがミヌキできる。

おはなしのキキコミにハゲミするあまり、一つ実をサイナミしてしまったようだ。

それは、梨が全き「ミのミチ」に立ち返ったしるしでもある。梨は、わずかにアタタカミのあるイロハで答える。

〈虫よ、蟻よ。キミのカキオキに、オモシロミ、なしで、なし。

この実、山梨の木に、ウラヤミ、なしで、なし。ナツカシミも、なしで、なし〉

蟻が、ウナズキを返す。ウナズキは、梨にハズミを与える。

〈蟻よ。この実、「ミのミチ」のカラミ、イトナミ、アリガタミ、ノミコミなしで、なし。

なしで、なしも、この実に、山梨のような、カラミ、なし〉

梨のイロハに、蟻はなおもウナズキで報いる。しばらく、梨に実ずからカエリミをさせるつもりである。

イノチのオシマイに向かう梨の実から、もうアマミの匂いイロハは立たない。腐肉から発するクサミとエグミの匂いイロハばかり。だが、蛾も蝿も近寄らない。蟻が四囲に蟻酸をハキハキして、匂いイロハの拡散をフサギしているからだ。蟻は、梨と二つミだけで、心おきなくナジミを深めたい。

蟻が、ハネアルキで梨の皮に這い上がった。梨はわずかにスクミしただけで、モノイイもしない。蟻のココロミに実を任せている。蟻の触角が、梨の柄の先端に触れた。この上ないイトシミのイロハが送られた。

蟻のイロハは梨に通じた。イロハは、こう語っていた。

〈キミに、カラミ、あり。我れ、キミと共に、あり〉

山の生き物たちが山梨のためにタクラミしたように、蟻は梨のためにハタラキしようとモウシコミしている。

梨は、まだナヤミの中にいる。ナヤミのナカミを問うことが、蟻のノゾミではない。梨が実ずからカエリミし、
実ずから蟻にナジミするのをじっと待つ。

〈蟻よ。キミのハタラキに、ミコミ、なしで、なし。

なしで、なしも、この実、虫とのカラミ、ノゾミで、なし〉

梨が、クルシミのイロハをニジミさせる。

蟻が問う。

〈それ、なぜ、なりや〉

〈この実、虫に、ウラミ、なしで、なし。

ある虫、この実のイトナミ、ノゾミ、みんな、ソコナイすること、なしで、なし〉

蟻は、もっと梨の実の上にチカヅキしようと、問う。

〈我れ、キミの実の上ばなし、キキコミする、ノゾミ、あり。

もし、キミに、ノゾミあらば、我れ、キミの、おはなし、カキオキする、ハラあり。ノゾミ、ありや〉

梨は、ナヤミの内にもナジミのイロハを返す。

〈蟻よ。キミのモウシコミに、アリガタミ、なしで、なし。

この実、実の上ばなし、なしで、なし。

おはなし、イノチのカタミに、するつもり、なしで、なし〉
と、梨は実ずからおはなしを語り始める。

◇

二十世紀梨の苗木が株分けされて、この梨園に届いたのは十二年前だという。

梨園の人は、最初の数年で株をできるだけ増やそうと、ムツミにムツミを重ねた。さまざまな品種とのムツミもココロミした。ヤマイに強い今の品種に落ち着くまで七、八年を要した。もともと虫のセメコミを受けやすい梨は、ハグクミにも骨が折れたらしい。

梨のイロハを借りれば、〈初めのハグクミ、ツヨミのハグクミのほかに、何もなし〉だった。

その間に、梨園では四季のハゲミのシクミが確立された。

梨は昨秋、まだイノチの蕾(つぼみ)として枝の中で眠っていた。花として、果としてイックシミされることをユメミする日々だった。

晩秋から冬にかけて、梨園の人はツチにヤスミとナゴミを与える。この時期にコナをフリマキする。古枝をマビキし、季節外れのクルイ芽もトリノゾキする。ツチがヤスミすれば、枝や蕾もヤスミせざるをえない。

蕾の梨が眠る枝は、梨園の人にノゾミを与えた。

「蒼くてヤワラカミのある、良い枝だ。我が梨園(りえん)の次の主役は、この枝でハグクミしよう。きっと、団十郎や玉三郎並みの看板役者が出来る。こりゃあ、長十郎梨より上だな。はっはっは…」

人は、そう語り、エミで表情を崩した。声イロハはイトシミのイロハとなって、枝から蕾の梨にも伝わった。

霜の時期も、人はツナの内で火を焚き、枝々をアタタカミでツツミコミした。

梨は、ナツカシミのイロハを発する。

〈この実、かつて、ユメミなしで、なし。ナゴミなしで、なし。

今や、ユメミ、なし。ナゴミ、なし〉

言いつつ、実ずからの過ぎにし「ミのミチ」をイトオシミする。

眠りから目覚める春が来る。梨にとっては、芽から葉、葉から花へとカワリミする季節でもある。蟻が卵から孵(かえ)り、ハラヘラシアリの幼虫、蛹の時期を過ごすのに似ている。

梨は、蕾のハズミを一気に外へ向け、芽から葉、同時に花を咲かせるイノチのチカラを表した。世の中は、アタタカミとウルミにあふれる爛漫の気でフクラミしていた。

梨園の人は、葉と花の形から果実としての将来がカイマミできる。その眼と手でノゾミあるものを残し、多くはツミ取る。エリゴノミにさらされる厳しい時期だったが、梨はなんのナヤミもなく、第一番にハグクミの組にクミ入れられた。

「梨は葉を大事にしないと、ハナシにならん」

人は手を動かしながら、そんな話をしてホホエミし合った。

花と咲けば、ムツミがはじまる。人の手が取り持つムツミは、梨にとってもタノシミだった。たった一日だが、イノチのイトナミにノゾミが大きく開けてくる。

花粉はツヨミのある木から予め採取されている。人は小筆を使い、花粉をヌリコミしてくれる。雄しべのツヨミが梨の雌しべにシミコミし、新しいイノチのナゴミをもたらした。

「人は目鼻だちの良いのが別嬪。梨だって芽花だちの良いのが別品だ」と、ヌリコミを終えた人は言った。

梨は、カナシミのイロハを交える。

〈この実、かつて、イトナミなしで、なし。タノシミなしで、なし。

今や、イトナミ、なし。タノシミ、なし〉

梨がまたノゾミをミウシナイし、イノチをチヂミさせる。蟻は、問いのイロハをサシハサミする。

〈夏や、いかに。夏こそ、ノゾミの季節なり〉

夏には、梨のノゾミがフクラミし、幼果にまでハグクミされた。ここでもまた、マビキで数が減らされる。さらにミコミあるものだけが残る。梨は、人のミコミもノゾミも一つ実に受けつづけた。

ここまで来れば、秋のミノリは間近だ。それほどのナヤミもクルシミもない。一つ実のイトナミは、アリガタミのうちに結びを迎えるはずだった。

長い梅雨が終わろうとしていた。空には、アタタカミのある太陽が現れ、梨の葉と幼果にイツクシミの光イロハを浴びせる。人も光イロハにハズミして、袋掛けのハゲミをする。次々にフクロにツツミコミされ、梨の番が来た。

梨園の人が言った。

「おねえさんがた、フクロが破れて破水したら、赤ん坊と同じで水子になるぞ」

ツヨミのあるオオワライの声イロハが上がり、梨の柄をびりびりと痺れさせた。梨に生まれて初めてのイタミが、果肉の隅々まで走った。

人の手が触れる。ヤワラカミのあるフクロが、梨をツツミコミする。光イロハが薄らいだ。梨は、その時、また蕾のユメミのような感覚にマヨイコミした。ユメミであればよい、というノゾミがそうさせたのかもしれない。

梨は、アマミにあふれた秋をユメミする。人の収穫が始まる。色、形、艶（つや）イロハやアマミをカンガミし、ノゾミある果実から収穫する。数日おいて、二回、三回と続けられる。梨は艶やかにフクラミし、最高のミノリを見せる。当然、いの一番に収穫される。

皮の裂けたのや形の悪いデキソコナイには、容赦ないマビキの手が下る。それらを尻目に、梨は「特上」と書かれた箱にツメコミされる。出荷されても、人の店にハコビコミされるまで、デキソコナイになるウレイは去らない。人のアリガタミを受けるまで、一つ実をスクミさせるような時間が過ぎていく。

人のハグクミにメグミで応える梨のイトナミは、いよいよ晴れの日を迎える。店のタナにヒラヅミされる。特上の証（あか）しである。シナの下るものはヤマヅミされる。梨を求める人は、ミノリのアリガタミをノミコミする人でなければならない。梨は、アマミのイロハを振りまく。イトシミの手が伸びてくる。

梨は、最もノゾミとする人の手にツツミコミされる。その手は、ツツシミしながら梨のマルミをイツクシミする。四つに割られ、タクミな手さばきで皮がむかれる。梨は、ここぞとばかりにアマミのイロハをオシミなく発する。人は口に運び、しゃりしゃりとカルミある音イロハを立ててカミカミする。ノミコミされた梨は、人の身の奥深くにハイリコミしていく。

梨園の人がよく言っていた。

「春に芽生えた蕾のうちで、果実までハグクミされて人の口に入るのは、一割にも満たない」

それでも梨作りのハゲミをやめない。その理由を、いつか別の農家の人に言った。

「この土地に生まれたからさ。ここは、梨に適した土地だ。梨も、ここがコノミらしい。梨にとって良い環境なら、人の都合は二の次だ」

このイロハだけは、梨園にハグクミされるすべての梨の木の、根にも葉にも枝にも花にも深くシミコミした。

「おれは、自分の子どもにだって、こんなに手をかけない。昔から梨作りは難しいと言われているが、だからこそやめられないんだ。それだけ、収穫の喜びも大きいからね」

夏が来る前に、梨園の人は言った。梨は、そのイロハを水といっしょにスイコミした。

夏の終わりに、梨のアマミあふれるユメミが破られた。フクロの穴もろとも、破られた。フクロには小さな穴が空いていた。蛾の幼虫が、ぬっとハイリコミしてきた。

◇

実の上ばなしで、梨のイノチのイロハが急激にシボミした。イノチは、あと半日にチヂミした。

蟻が、イトシミのイロハで問う。

〈キミ、その虫に、イタダキされたりや〉

梨はモノイイを返す。

〈それ、イタダキで、なし。モノグルイの虫の、ムシクイで、なしで、なし。

この実、イノチのイトナミ、なし。ノゾミ、なし。ウラミ、なしで、なし〉

蟻は、ヤワラカミのイロハで応じる。

〈キミ、それ、天のシクミなれば、ウラミ、すなわちサカウラミなり。

我れら虫、天のシクミによりて、少なからず、イノチのイタダキ、あり。

キミ、もとより、虫にイタダキされるべき、一つ実なり〉

〈蟻よ。それ、百も承知で、なしで、なし。

天のシクミ、ノミコミすること、なしで、なし。

なしで、なしも、この実、もともと、イタダキされるべき、梨で、なし〉

蟻の触角が伸びて、梨の柄にカタムキする。梨が、その触角に向けてオモミのあるイロハをぶつける。

〈この実、虫らに、イタダキされる、梨で、なし。

モノグルイの蛾、天のシクミに、サカライし、この実、ムシクイし、ソコナイしたり〉

弱々しいイロハが、逆にオモミとなって蟻のハラにクイコミした。

天のシクミとは、イノチあるもののイトナミに伴う定めである。地上にウミ落とされた生き物が、すべて等しくイノチのオシマイまでイトナミできるわけではない。多くは他の生き物の餌として、一つ身（実）を捧げるハゲミが課される。それらは、天のメグミとされる。いわば、「ミのミチ」に即した約束である。

梨の実も、生長の半ばでマビキされるもの、虫にイタダキされるもの、人の口に入るものの数は、天のシクミとして予め定められている。梨園の人が一割の収穫で納得するのも、それをノミコミしているからにほかならない。

つまり、梨園には梨園の、天のシクミがある。

梨園における天のシクミは、蛾や蟻だけでなく、果実をイタダキしようとする、すべての虫や鳥がノミコミしていたはずだ。にもかかわらず、それにサカライしてムシクイした蛾がいる。

蟻は、かつて葡萄園でのオオイタダキで、巣に余るほどのタメオキをした。だが、それをクロヤマアリ族だけのメグミとはしなかった。セワヤキにハタラキさせて、他の虫に分け与えた。天のシクミがあったからである。タカマハラは、蟻のハラにオオイタダキとセワヤキのシクミを伝えてきた。

山であれ、森であれ、梨園であれ、動植物は天のシクミに基づいて、日々イトナミにハゲミしなければならない。一つ身一つ実のハゲミから、生き物どうしのナゴミも生まれる。

蟻が問う。ウレイを隠して、梨に問う。

〈キミ、マチガイ、あらずや〉

〈マチガイ、なし。蛾、天のシクミに、サカライ、なしで、なし。

この実、蛾に、ウラミ、ツラミ、なしで、なし〉

〈キミ、ウラミ、ツラミ、今なお、タメコミした、ままなりや〉

〈蛾の、ツミツグナイ、なしで、なし。すでに、ウラミ、ツラミの、タメコミ、なし〉

どんな生き物でも、天のシクミにサカライすれば、実ずからツミヅクナイを求められる。天が、サカライによるフツリアイを解消させ、ナゴミを回復しようとオサバキの鉄槌を下すのだ。梨がウラミをタメコミしたままでいても、サカライの蛾には、遅かれ早かれツミツグナイのワザワイがもたらされるだろう。

天のシクミは、天のシクミによって、自ずとナゴミを得る。生き物のサカライに対して、別の生き物が何らかのノロイをハカライしてはならない。ノロイの応酬からセメギアイ、イサカイ、タタカイへと発展してしまうからだ。

蟻は、一抹のウレイをハラに感じて問う。

〈キミ、サカライの蛾に、ノロイのハカライ、ありや、いかが〉

梨は、あっさり答える。

〈ノロイのハカライ、なしで、なし。この実、蛾に、ノロイの梨のつぶて、ウチコミ、なしで、なし〉

蟻の最も恐れていたウレイが、オモイコミではなくなった。梨は、〈梨のつぶて〉をウチコミしていたという。

もう蟻にタメライは許されない。

蟻が問う。一つ一つのイロハにオモミを込めて、問う。

〈キミ、ノロイのムクイ、ノミコミありや〉

梨が、ツツシミもなしに答える。

〈この実、ノミコミ、なし。ノミコミする、ノゾミも、なし〉

蟻のハラは、徐々にハタラキへオモムキしていく。オモミにスゴミを加えて、梨に問う。

〈我れ、キミに、ノミコミさせる、ハラあり。いかに〉

梨は、すぐにイロハを返す。

〈蟻よ。また、おはなしで、なしや。

この実、キミのおはなし、キキコミする、チカラ、なし。ノゾミも、なし。タノシミも、なし。

この実、ささやかな、ナゴミのまま、イノチのオシマイ、迎えることこそ、ノゾミで、なしで、なし〉

それは、明確なコバミだった。蟻はついに、一つ身をオサバキへとオモムキさせなければならない。

〈キミ、なし、なしで、すべてナゴミありと、オモイコミ、ありや。

イノチ、ありしこと、あり。イトナミ、ありしこと、あり。ノゾミ、ありしこと、あり。

それらさえ、なし、なしと、なして、実ずからのワズライに、ノロイのつぶて、ウチコミしたり。

ノロイのムクイ、ノミコミせぬまま、イノチのオシマイ、迎えれば、きっと世の中に、クルイあり〉

蟻の烈しいイロハは、梨の芯までびりびりとヒビキわたる。

〈ノミコミなきまま、キミ一つ実のみ、ナゴミありと、よもやオモイコミ、あるまい。

我れ、キミに、ノロイのムクイ、ノミコミさせる、ハラあり。さあ、いかに〉

〈こ、この実、ノ、ノロイのムクイ、キキコミする、イノチのチカラ、なしで、なし〉

梨は、ミブルイしながら受け入れた。

今度のヒモトキは、梨のイノチをぎりぎりまでチヂミさせるだろう。梨は、それを感じたからこそ、一つ実だけのナゴミにニゲコミしたかった。蟻は、梨にステミをノゾミしている。蟻もステミで、ヒモトキにかかる。

〈しかと、キキコミせよ〉と、梨の柄にツヨミのあるヒモトキのイロハを送る。

それは、蟻からさかのぼること四十九代前のクロヤマアリ族と、山の生き物たちを襲ったワザワイである。

○

ヒムロ山という緑濃い山があった。栗、椎、櫟、楢などの広葉樹が枝を広げ、たくさんの生き物を養っていた。

虫は、蟻、蜂、蝶、蛾、蛇など。鳥は、鶯、杜鵑、雲雀、鶉公、梟など。獣は、鼠、栗鼠、狐、狸、鹿、猪など。

山には人も入り、木の枝を伐り、炭を焼き、季節の山菜や木の実を採って食べた。長い歳月を経て、ヒムロ山には、生き物たちのイトナミのシクミができていた。それは、天のシクミと完全にナジミしていた。

ワザワイは、栗の実をめぐる、蛾と栗鼠のイサカイが発端だった。

栗鼠は大昔からヒムロ山で栗をイタダキし、ウレイのないまま何十世代もイノチのイトナミを重ねてきた。

ある年、里の桃園からツナとコナとワナにオイハライされた蛾の大群が、山にウツリスミするようになった。彼らは初めから、天のシクミをカエリミしない。すぐに栗の花や葉、幹をコノミのままムシクイしはじめた。その秋は、栗の実の数がめっきり減り、栗鼠たちはやむなく椎の実や団栗(どんぐり)のイタダキでシノギした。

あくる年は、栗の開花が一段と減り、秋のウレイが大きくなった。栗鼠は、天のシクミも、栗のミノリに応じたイノチのイトナミもよくノミコミしている。一方の蛾は、昨日今日のウツリスミの身で、天のシクミにサカライしつづける。他の生き物から一斉にモノイイのイロハが上がった。

栗鼠の代表が、蛾の巣へ行く。静かに、シタシミのイロハで天のシクミにミチビキしようとした。蛾はモノイイで応じる。栗の木をトリコミした以上、イタダキも我れらのコノミのままだという。栗鼠は、蛾をチカラでオサエコミもできるが、生態系の上にいる生き物としてオモミを忘れない。ひたすらツツシミを求めた。蛾は、サカライのイロハを改めない。

両者のクイチガイは大きい。栗鼠たちはウレイを深め、蛾のツミを鳥たちに訴えた。元来、山の虫のオサエコミにハゲミする鳥たちである。〈蛾をメシトリにしろ〉と、口々にイサミのイロハをさえずりながら、疾風(はやて)のように蛾の棲(す)む藪(やぶ)をセメコミした。

無益なサカライをつづける無数の蛾が、イノチをウバイ取られた。鳥たちの口ばしには、ツツシミもタシナミもない。ツッコミ、サシコミ、カミカミに、蛾はクルシミのイロハを上げるばかり。当然のムクイだと、山の生き物すべてがノミコミした。

生き残った蛾たちのハラには、ノロイの雲が沸き上がった。スジチガイのノロイだが、蛾はもとより我を張る虫である。「イのミチ」だろうと、カエリミしない。

その年の秋、栗の実は栗鼠たちのハラを十分にフクラミさせ、傍目には山のイトナミにもナゴミが戻ったように見えた。蟻の祖先にも、ノロイの雲はミヌキできなかった。雲は蛾のハラの中で、黒々とハグクミされていく。

あの二つの冬が来る。

数の減った蛾は、例年よりも卵ウミが少ない。その分、一つ一つの卵は親のウミとハグクミのチカラを一つ身に受け、常の倍も大きくフクラミした。その巨体には、ノロイのイロハをフクミした体液がタメコミされた。

一冬を蛹としてツチの中で過ごした新世代の蛾たちは、よくネムリコミし、ツチのチカラを十分にスイコミした。ノロイのイロハもみなぎった。

あくる春。ツチからはい出した蛹の行列は、タメライもなく栗の木をめざす。ノロイの磁気がミチビキするかのようだった。栗の木には、ノゾミをフクミした薄緑の若葉が開いていた。蛹が幹から枝を這い上がり、若葉を襲う。最初の栗の木は、またたく間にムシクイされ、枯れ木のような立ち姿になった。

蛹はイキオイを得て、次の栗の木にオソイかかる。凄まじいムシクイぶりを見ていた一本の木は、イタミ、クルシミ、カナシミのイロハを上げた。

〈おい待て、この蛹んぼ。そんなツツシミのないムシクイは許さんゾ〉

そのイロハの間に、蛹たちは若葉の四半分を食い進んだ。

〈ちょっ、ちょっと、おい。それじゃ、実が作れないじゃないかッ〉

そのイロハの間に、すでに若葉の半分を食い終えた。

〈なぁ、おい、蛹君。もう十分だろ。これくらいでやめとくのが虫のタシナミだよ〉

そのイロハの間にも、若葉は残り四半分というところまで食い散らされている。

〈ひゃー、さぶぅ。頼むよ。助けてくれぇ〉

そのイロハの間に、栗の木は若葉をほとんどウシナイした。

栗林に、ワズライとモノグルイのイロハが駆け巡った。残りの栗の木が、ウレイの色イロハに染まっていく。蛹のムシクイは、衰えを知らない。むしろハズミがついて、一本の木に要する時間はどんどん短くなっていく。異常なイロハをミキキした栗鼠や鳥たちは、栗林へ急ぐ。林の中はワズライ、モノグルイが深まり、アレクルイの場と化していた。栗の木はウラミのイロハを上げつづけ、木の葉には早くもノロイの赤い色イロハがニジミした。栗鼠や鳥たちが、聖なるタタカイをイドミかける。蛾の天敵が、時と所を得て牙をむいた。蛹のイノチがウバイ去られていく。

たとえ天敵と言えども、ウバイ取ってよいイノチの数は決まっている。天敵とは、天のシクミを堅く守り、他の動植物を限られた数だけイタダキできる種に与えられた資格だからである。天のシクミを人が「生態系」と呼び、アリガタミを持つ理由もそこにある。

アレクルイは続く。栗鼠や野鼠(のねずみ)たちの前歯は、蛹をカミカミするにマヨイがない。鳥たちの口ばしは、タメライなく蛹をツッツキする。蛹は、一匹残らずイノチのオシマイに至った。栗の木のほとんどが、若葉をソコナイした。林は、死のような静けさにツツミコミされた。

日が高くなっていた。

○

蟻がハラに新しいイブキを入れる。と同時に、梨のイノチのイロハをカンガミする。皮にも実にも、ヨワミの色イロハがニジミしている。蟻は、梨のイノチがもう四半日も持たないとミヌキした。

蟻はハラを決して、ツヨミのあるイロハを発する。最後のヒモトキが映し出される。

◇

ヒムロ山には、ノロイのイロハが渦巻いた。ノロイにノロイでムクイする日々が続く。

蛾の成虫は、身をノロイの鎧（よろい）で固めた。雄と雌とがハラをシメシアイさせ、ウラミとニクシミのムツミを重ねる。ノロイの卵がウミにウミ落とされていく。栗の木は、ノロイのイロハを次の葉や花にソソギコミする。ノロイの木から萌え出る葉は、みな激しいノロイのために、形や葉脈にクルイを来した。

他の生き物たちも、ノロイとノロイのセメギアイのウレイを身ずからトリコミした。イトナミにも徐々にクルイが生じる。一つ、二つの種のウレイやワズライだけでは済むはずがない。花は、ツツシミのない匂いイロハで蜂や蝶にマドイを与え、タノシミ多いはずの雌雄のムツミに、ユキチガイとスレチガイのウレイをもたらした。

獣も、他の生き物のムツミのウレイを一つ身にセオイコミする。多くの獣が、雄のムツミのハタラキを殺（そ）がれた。栗鼠のウレイはとりわけ大きい。ニクシミのために、ムツミのチカラがソコナイされた。夏が終わるころには、蛾へのニクシミがサカウラミに変わった。林で蛾を見つければ、有無もなくイノチをウバイした。両者のアラソイは、泥沼のフカミにはまっていった。

そして、二度目の冬が来る。ヒムロ山は、イノチの炎が消えたように静まりかえっていた。

栗をイタダキに来る獣や鳥は少ない。椎の実や団栗も栗とイロハを合わせるように、いつになくミノリを減らした。落葉樹は、早くから葉の色イロハを錆びさせ、忌まわしい一年を終えるハゲミに余念がない。山に入った人は降り敷かれた枯葉を踏みしめ、「ごほん」とシブミの深い音イロハを一つ残しただけで何のイタダキもせず、足早に坂道を下っていった。木枯らしが、スサミし切った木立の間をびゅうびゅうとすり抜けていく。

雨は、二十日以上も降らない。ヒムロ山は風の季節のまん中でスクミしている。あらゆる動物と植物が、ツチに生きるもののチカラのヨワミを感じながら、風がサタヤミするのをじっと待つ。木の葉ずれはとうに終わり、枝と枝のコスレアイが激しくなった。

どの木の枝かは、もう知るよしもない。蟻の祖先は、〈ノロイの木なり〉とカキオキした。二つの枝先が激しくモミアイ、コスレアイして、小さな小さな火種をウミ起こしたのだった。

火種は、枝から枝へ次々にウツリスミした。枝々の種火は、強風にあおられイサミの大火にハグクミされていく。黒煙が広がり、林をツツミコミする。火と煙の幕は、赤と黒の網のツナのようにアツミを帯び、鋼のようなツヨミを鍛えていった。

初めに獣たちがイロハのクルイにキヅキした。嗅覚にものを言わせ、それぞれ種族ごとに風上や谷川へシリゾキ、ニゲコミする。鳥たちは、林に広がるワザワイのイロハにシリゴミして、あちこちからばたばたと飛び立った。

その間にも、炎は風をはらんでイキオイを増していく。一つ身のチヂミとスクミでウゴキの鈍くなった小さな獣や小鳥は、炎の渦にマキコミされた。

虫は明暗が分かれた。蟻や蛇などツチに棲む虫はツチのフカミへニゲコミし、ワザワイを免れた。ワザワイを身ずからにヒキコミしたのは、蛾や蝶などの飛ぶ虫たちだった。彼らは、鳥のようにすばやく飛べない。炎の赤い舌がぺろりと触れただけで羽を焦がし、鱗粉をきらめかせてキリキリマイでツチに墜ちた。

一頭また一頭と焼け落ちていく蛾の姿は、赤や黒色イロハの枯葉が降るように見えた。

栗の木は、蛾のワザワイをどんな思いでカイマミしただろうか。カナシミか、アワレミか。ここに至ってもなお、ノロイのイロハを発し続けたとは思えない。身ずから、蛾以上に大きなワザワイにツツミコミされていたのだから。山越えの風下に群生する栗の木は、火のイキオイをまともに受けた。数百本の木立は、あっという間に風と火の激流にノミコミされた。一本は、焼け細った幹を風にへし折られた。別の一本は、焦げた根にイノチの痕跡を残すだけで、その枝も幹も炭や灰と化した。

「ばちん」と、何かの弾ける音イロハがした。栗の実だった。

山火事は、丸三日続いた。

人が空から水とコナを撒いて消火にハゲミしたが、北風がフキコミしている間、火のイキオイは衰えなかった。三日目にようやく北風がサタヤミし、消火は一挙にはかどった。

夕方にかけて時雨（しぐれ）が降った。くすぶる焼けぼっくいからも煙が消えた。

ヒムロ山に静けさが戻った。何も鳴かない、何も動かない。

ミキキのハタラキアリが這い出てきた。沈黙の冬の下で、おのがハラのイロハだけがハラ鼓のように鳴り響く。

時のカシラハタラキアリは、ハラにカキオキした。

〈ノロイのムクイ、オオワザワイとなりて、あり〉

○

蟻が、一つ一つイロハを確かめるように、梨に問う。

〈キミ、ノロイのムクイ、ノミコミ、ありや〉

梨には返すイロハがない。腐り細った実を、スクミさせるだけである。イノチのイロハは、カスミにカスミゆく。

残り、数十息あるかなきか。蟻の触角を微かにユラギさせた、ノロイのイロハもすっかり消えている。

蟻は、問いを急ぐ。

〈キミに、二つ、問い、あり。

一つ、キミ、ノロイの梨のつぶて、ウチコミしたる蛾、どこの、どの蛾、なりや〉

きれぎれのイロハで、梨が答える。今は、蟻のミチビキだけがイノチの支えになっている。

〈知る、はず、な、し。蛾に、アザ、ムキ、なし、で、な、し。

どこの、どの蛾と、知る、すべ、な、し〉

〈その蛾に、何か、ツヨミのイロハ、ありや〉

〈ツヨミのイロハ、なし、で、な、し。

その幼虫、ヒズミのイロハ、なし、で、な、し…〉

〈それ、どんなイロハ、なりや〉

〈ガッキリキリ、ガッキリ、キリ…〉

梨のイノチのイロハは、一波ごとにソコナイされていく。

蟻がまた問う。

〈もう一つ、キミの実の内に、イノチの一粒種、あり。その種に、ハグクミのミチ、ありや〉

ノゾミの薄いイロハが、梨の柄から伝わる。

〈梨に、なし。蟻に、なしで、な、し。そ、の、ミチ…〉

梨の示したミチは、険しいミチである。

梨は今も、一粒種のハグクミを続ける。実ずからイノチを削りながら、種に養分をオクリコミしている。一つ実にイノチのオシマイが訪れても、一粒種はフクミした養分で少しの間だけイノチを保つことができる。その時間は、せいぜい二日。その先も一粒種をハグクミしつづけるには、母なる実のイノチがオシマイになる前に、他の生き物のハラを借りて、種として成熟するまでトメオキするしかない。他の生き物とは、ふつう種を噛(か)まずにノミコミする鳥や獣に限られる。やがて糞と共にツチの上に落とし、種をウエコミする役目の動物である。

蟻は、種をトメオキできるだろうか。事ここに至って、タメライは許されない。鳥や獣にできて、虫にできないはずもない。〈なし、なし〉の梨に、〈あり、あり〉の蟻のミチを示すのが何よりの餞(はなむけ)である。

イノチの縁や「ミのミチ」を梨にクドキしたのも、蟻だった。初めのイロハが、再び蟻のハラにヒビキする。

〈一粒種のイノチのために、我れ、ハタラキせん〉

蟻はハラを固めた。

〈我れ、カシラハタラキアリ。

我れに、オオハタラキ、あり。我れに、トメオキのハタラキ、あり。

キミの一粒種、必ず、イノチのツナギ、あり。ノゾミ、あり。

キミ、ノゾミしたまえ、タノミしたまえ。

我れ、ノゾミかなえん、タノミかなえん〉

梨に否やはない。時をオシミながら、一粒種にイノリのイロハをオクリコミした。梨のイノリは、イノチのオシマイを急速にヨビコミするだろう。そのステミのハゲミが、やがてミノリのメグミにつながるにちがいない。

梨の芯がぱっくりと割れた。粒状の細胞がべちゃっと垂れて、中から黒々と硬そうな種がぽろりとこぼれてきた。

蟻は、そのたくましいイノチのイロハに打たれた。梨の消え入りそうなイロハがクルシミと共に届く。

〈ハラに、ノミコミ、せよ、早く、は、や、く…〉

促されるまま、蟻は種をすうっとノミコミした。不思議なことに、蟻の一つ身より大きな種がなんの障りもなくハイリコミし、ハラの中でイノチのイロハを盛んに発しはじめた。ハタラキの奇が起こった。

傍らでは、母なる梨のイノチにオシマイの時が来た。柄と皮だけになった梨は、ナゴリオシミのイロハを表す。

〈一粒種、良き、時に、良き、ツチに、タネマキ、して、たもれ。

キミなら、それ、キヅキ、すること、な、し、で、な、し。

この実、クイ、な、し。ノロイ、な、し。この実、ノゾ、ミ、あ、り。ミチ、あ、り。
ありが、とう、かた、じけ、なし…〉
蟻は、梨のオシマイロハをハラにキザミした。
梨の実知は、蟻の身知となった。梨の実と蟻の身は、オナジミとなった。

○

蟻が問う。身ずからハラに問う。
〈我れ、カシラハタラキアリ。我れ、オオハタラキ、ありや〉
ノゾミを持って答える。
〈我れ、知る。我れ、ヒモトキのオオハタラキ、あり。
我れ、知る。我れ、トメオキのハタラキ、あり〉
蟻は、またアルキはじめる。
二日目の太陽も、四時の方角に傾いた。

第三の階（きざはし）

蛾

蟻が問う。

蛾に問う。

日中は、梨園に近い藪の中で、鳥や蜂、蝿などの天敵を避けて、さまざまなアザムキのイロハで身をツツミコミしながら、じっと息をひそめ、夜になるたび梨園を襲っては、闇にまぎれて梨をイタダキするモモシンクイガに、蟻が問う。

〈キミ、ミチ、ありや〉

蛾は、アザムキで固めたイロハを返す。

〈がが、あったが、なくなったが〉

○

蟻は、梨のつぶてのワザワイをトリノゾキするために、蛾が数多く棲む薮の中へ分け入った。

薮の中は見通しが悪く、蛾のアザムキのイロハも濃い。アザムキは、人の科学で「擬態」とか「カモフラージュ」と呼ばれ、主に天敵の五感をくらますために用いられる。鳥の目に似せた羽紋のアザムキ、鳥の羽音に似せた飛翔のアザムキ、天敵の嫌う匂いイロハを発するアザムキなど、蛾の種類と同じ数だけアザムキの方法がある。

黒蟻と蛾は、天敵どうしではない。互いにニクシミはないが、あまりシタシミもない。ただ、どちらかと言えば、蛾の方が黒蟻の身のツヨミや多様なハタラキにシリゴミするところがある。

蟻には、蛾のアザムキもあまり効かない。アザムキのイロハをかいくぐり、マコトをミヌキできるからだ。蟻の目の前にいるモモシンクイガは、その名がすでにアザムキである。モモと冠していながら、桃だけでなくあらゆる果物に口ばしを伸ばす。

蟻は、モモシンクイガこそ、天のシクミにサカライした蛾だと、すっかりミヌキした。

ウタガイのある蛾は三種いた。他はマイマイガとナシケンモン。蟻は、三種すべてのモノイイを聞いた。

◇

最初に、マイマイガのキキコミをした。

〈がが、その日のことだが、我れらが、梨園には日が暮れてから向かったが。

が、大きな体が、目立つが、我慢だが。ゆっくり行ったが。すっかり遅くなったが。

もう、ナシケンモンが、モモシンクイガが、がつがつ、梨にクイツキしていたが。

いちばん梨が好きな蛾が、ナシケンモンだが、ガッツキしていたが〉

梨の割り当ては？

〈ナシケンモンが五、モモシンクイガが四、我れらが、たった一だが。

ナシケンモンが得だが、薮の中のいちばん奥に棲んでいるが〉

割り当てはどう決めるのか？

〈蛾の頭数で決まるが。方法が、毎年同じだが。

ナシケンモンが八百頭、モモシンクイガが八百頭、我がマイマイガが三百頭だからだが〉

梨園からいちばん近くに棲むのは？

〈我がマイマイガが、いちばん近いが、端だが。それが我れらのイタダキが、たった一のところだが〉

薮の中のなわばりの広さは？

〈割り当てと同じだが。五と四と一だが〉

薮に帰った順番は？

〈我れらが一番だが。次がモモシンクイガだが。最後がナシケンモンだが〉

梨のイタダキはノゾミどおりか？

〈当然だが。が、我れらが分が、たった一だが、数のウレイが少ないが〉

これだけのモウシヒラキに、アザムキが無数に散りばめられている。我欲の強いマイマイガが、どう見てもフツリアイの割り当てにサカライしないとは信じられない。蟻がその気になれば、どれもこれもモノイイの種にできる。

たとえば、マイマイガは三種の中でいちばん天敵が多く、体も大きい。なわばりが端で、しかも狭いとあっては、天敵のフセギにウレイが大きすぎる。蟻は、そのマイマイガとたまたま藪の端近くで出合ったが、なわばりの中心はずっと奥にあるはずだ。

蛾のアザムキが、すべて我欲のためとはかぎらない。ときには蛾全体の利益を守るためもあるし、単に習い性の場合もある。蟻は、マイマイガのアザムキにウタガイを差し挟まない。むしろナジミを持つようにハゲミする。そうしなければ相手がシタシミを寄せず、キキコミも難しくなる。ツツシミの上にも、ツツシミを身ずから課した。

表面的には、蟻のツヨミある「キのミチ」が「ミのミチ」にオサエコミされている。

マイマイガのモウシヒラキは簡単に済ませた。長くなれば、アザムキの数が増えるだけである。

蟻は、アリガタミを示し、梨園でイタダキしておいた梨の汁を与えた。マイマイガは、貪るようにスイコミした。このときばかりはアザムキを忘れている。

◇

次に、モモシンクイガのモノイイをキキコミした。

〈好きなのが、桃、葡萄、梨の順だが。桃がいちばんいいが。が、芯まで食えるが〉

梨はどれくらい食べたか?

〈イタダキのシクミがあるが、我れらが少ないが。桃多いが、梨少ないが。我れら我慢だが〉

梨の割り当ては?

〈マイマイガが四、ナシケンモンが三、我がモモシンクイガが三だが。

マイマイガが、いちばん体が大きいが、割り当てもが大きいが〉

梨園に入った順番は？

〈マイマイガ、我がモモシンクイガ、ナシケンモンの順だが〉

帰った順番は？

〈我がモモシンクイガが一番先だが。後が知らんが〉

梨の味はどうだった？

〈梨がまずいが。桃がコノミだが、梨が葡萄よりコノミでないが〉

梨のイタダキはノゾミどおりか？

〈ノゾミ以上だが。我がモモシンクイガだが、桃があるが、葡萄もあるが〉

蟻はモモシンクイガのアザムキに対してミヌキを重ねる。マイマイガにした同じ問いと異なる問いとを、タクミに使い分けた。それもミヌキに含まれる。二者のモウシヒラキの異同から、マコトがほのかにミヌキできる。

一種だけのモノイイならミヌキで十分だが、複雑にカラミ合う三種のアザムキから一つのマコトを引き出すには、さらにフカミのあるオオハタラキが要る。それが、ナゾトキである。

蟻のハラでは、ナゾトキのハタラキが鍛えられつつある。

平面的なミヌキが立体的になって、ナゾトキに変わる。人の数学にたとえるなら、X軸とY軸を得た。あとはZ軸で、三次元の立体が完成する。そのZ軸、すなわちナシケンモンのモノイイをキキコミする。

〈梨園に行った順だが、モモシンクイガが先だが。

次がマイマイガだが。我がナシケンモンが最後だが〉

薮に帰った順は？

〈我がナシケンモン、モモシンクイガ、マイマイガの順だが〉

帰りの順番は毎晩同じか？

〈我がナシケンモンが、いつも最初に帰るが。後の順がわからんが〉

天のシクミに満足しているか？

〈満足だが。天のシクミだが、仕方がないが。マチガイができないが〉

蟻は三種の蛾に、マチガイや梨のノロイについて何も伝えていない。カルハズミなイロハでアザムキにイキオイを付けるのは、得策でないとオモイツキしたからだった。

ナシケンモンが身ずからマチガイに触れたことで、ムシクイをしていないとミヌキできた。もしムシクイの蛾がそれをイロハに出せば、必ず羽に波紋を生じる。シロとクロの横縞のイロハがゆらゆらと表れるのだ。

ナシケンモンのイロハに変化はなかった。

蟻は、ナシケンモンのクルシミをノミコミしている。アザムキのない名にウレイがある。梨のことでワズライが起これば、まっさきにウタガイを掛けられる。自ずと、ほかの蛾よりモノイイに熱イロハが入る。

蟻のハラに、またオモイツキが浮かんだ。ウタガイのないナシケンモンに、わざと鋭い問いをぶつける。

〈梨のイタダキのシクミに、サカライの蛾、あり。キミ、知るや〉

ナシケンモンは激しくミブルイした。羽の色や柄イロハにユガミ、ヒズミが走る。ぱらぱらと鱗粉がこぼれた。

〈ががが、知らんが、知らんが。我れらが、関せずだが〉と、必死にアラガイする。

蟻は、蛾にアザムキのイロハでトリックロイする暇（いとま）も与えず、問う。

〈梨の実に、卵産む蛾、ありや〉

〈ががが、その蛾が、モモシンクイガだが。マイマイガが、葉がコノミだが、ががが……〉

ナシケンモンは、秘すべきマコトをハキハキして気絶した。羽がへたり、木の小枝からへなへなと落ちた。

蟻は蛾を木の根元にミチビキし、気付けに梨の果汁を口移しでソソギコミする。アザムキを性（さが）とする虫のヨワミに、同じ虫として微かなアワレミも禁じえない。前足で頭をさすり、有りあまるイトシミを表した。

○

蟻はナゾトキを深めて、次のようなマコトに達した。

《その夜、梨園に出かけたのはモモシンクイガ、ナシケンモン、マイマイガの順である。

帰りは、モモシンクイガだけがだいぶ早く、他の二種はしばらくしてから相前後して飛び去ったと考えられる。

モモシンクイガも、ここだけはマコトをモウシヒラキしている。

ナシケンモンは、梨に関するウタガイを受けやすく、日頃から用心深い。それだけに、最後まで残ることはありえない。マイマイガより一瞬でも早く飛び立とうとして、ほぼ同時になった。

藪の中でも奥に棲むのはナシケンモンだろう。割り当てがいちばん多いのもナシケンモン。それだけ、他の二種に比べて余裕がない。いつも慌ただしいイタダキを強いられる。

モモシンクイガは、ナシケンモンの方にウタガイの矛先をかわそうとした。マイマイガは、葉を食う蛾である。

梨の実にムシクイがあれば、ウタガイは他の二種にかかる。そのうち梨をコノミとする度合から、ナシケンモンは圧倒的に分が悪い。それを逆手に取って、モモシンクイガは〈梨がコノミでないが〉と、重ねてアザムキした。

ムシクイの当夜、モモシンクイガは、人の言葉でいわゆる「アリバイ」を作るために、驚くほど早く帰巣する姿を見せている。他の二種ともモモシンクイガを二番目の帰巣者にしたのは、その印象が眼に強く焼き付いているからだろう。おそらく梨園のそばにしばらく隠れ、二種の帰巣を見送った後、ふたたびシノビコミして、天のシクミにサカライしたものとミヌキできる。

サカライの気配を隠すアザムキも念が入っている。三種の蛾の割り当てをほぼ均等にした。身ずから天のシクミに不満がないことを、蟻にノミコミさせるためのアザムキである。

マイマイガの言う（ナシケンモン五、モモシンクイガ四、マイマイガ一）で、マイマイガとモモシンクイガの数を入れ替えたものがマコトに近いだろう。モモシンクイガにすればフツリアイな比率だが、天のシクミだけにノミコミせざるを得ない。

その比率が、やはりマイマイガの説を信じて頭数に応じたものだとすれば、モモシンクイガは最も少ないはずだ。五倍ずつ多めにアザムキしたとして、マイマイガとナシケンモンが各百六十頭、モモシンクイガが六十頭程度か。

薮の広さからして、全部の蛾を合わせて四百頭足らずなら、十分にイトナミできる。天敵にオソイコミされずに生き残る蛾の頭数をカンガミすれば、まず妥当なところだろう。

モモシンクイガは、今の比率を変えるのがノゾミにちがいない。数のフツリアイが巣のイトナミにウレイをもたらすことは、蛾も蟻と変わらない。そこで、無理をしてまで産卵数を増やしたかった。それが、イタダキのシクミにサカライした動機である》と。

薮の中、蟻がモモシンクイガに対するオサバキに向かって、アルキの足をさかんに動かす。

アルキながら、ハラの奥の奥をまさぐる。虫が未分化だった、はるか大昔の炭素ツチの層から、蟻と蛾に関するカキオキをヒモトキするつもりである。

それは、時のカシラのテチガイで消されたり、意図的にユガミさせせられたカキオキの中から、辛うじてソコナイを免れた隠しイロハとして見つかった。

○

今から数百万世代もさかのぼる。黒蟻族の中から、虫のミチを一変させる偉大なミチビキの一匹が現れた。「義老」と呼ばれ、みんなにアオギミされたハタラキアリである。

時代は、虫と虫のタタカイが止まない殺伐たるミチの途上にあった。地球にはまだ、人どころか、禽獣の一種も現れていない。植物と昆虫だけが、世の中狭しとイトナミを続けていた。

黒蟻族は、白蟻族との長いタタカイに勝利し、ツチの上の王座をウバイ取るイキオイを見せた。白蟻族は、それまで地球においてあまりにも専横すぎた。地球の先住者である樹木のイタダキに飽くことなくハゲミし、大気圏を作る樹木のハタラキを妨げ続けてきた。そのまま白蟻のイタダキによる自然のソコナイが続けば、地球は白蟻だけの惑星に変わっていたかもしれない。

黒蟻は、地球存亡の危機にタカマハラが送りたもうた白蟻の天敵であった。黒蟻のハラには、白蟻のイキオイを減じるハタラキがスリコミされていた。ハタラキアリとは言っても、現在のハタラキアリには遠く及ばない。カミツキが得意なハラキリアリの亜種にすぎなかった。

白蟻の眼には、黒蟻が怪物と映ったことだろう。セメコミしては、敏捷なウゴキとツヨミに満ちた身のチカラをもって相手をオサエコミし、ウケミに回れば、キチン質の鎧(よろい)で白蟻の顎(あご)も牙(きば)もフセギする。対する白蟻には、セメコミの武器(ミ)もフセギの武器(フタ)もない。一匹の黒蟻に、六匹の白蟻があっさりイノチのオシマイにオイコミされた。オイコミを免れた数少ない白蟻たちは、ツチの奥深くモグリコミし、弱虫にオチコミしていった。

白蟻をオイハライする黒蟻族のテナミに、樹木や他の虫たちはアリガタミのイロハをオシミすることなく表した。虫の世に初めてナゴミをもたらす虫として、黒蟻に大きなノゾミをかけた。

やがて、そのノゾミは裏切られる。白が黒に取って代わっただけだった。黒蟻族のアレクルイが、目に余るようになっていく。ノゾミが大きかっただけに、樹木や虫たちのハカナミは測りしれない。

そのままツチの上はしばらく、黒蟻が我がもの顔でフルマイする歳月が続く。世代だけがいたずらに重なった。黒蟻族のカシラが、白蟻族との長いタタカイの歴史を知らない世代にヒキツギされると、黒蟻族こそ地球誕生の時からの王者であるとノミコミする、カンチガイの説が広まった。彼らは、他の虫の巣にシノビコミし、何もかもウバイし、イトナミのジクミをすべてソコナイするといった悪辣なハタラキをくりかえす。それこそが黒蟻のミチだと、自他共にノミコミされるようになった。

義老が世に出たのは、そんな時代の真っただ中である。

地球の暴悪な王たらんとする黒蟻族のタカノゾミに、正面からトマドイとウタガイのモノイイを投げかけ、真の蟻のミチをクドキしはじめる。弟子がヨリツキし、クドキをキキコミするためにトリカコミする虫の数もしだいに増えていく。彼らハラのある虫たちは、純粋なアオギミのイロハを持って義老にナジミし、それぞれの巣に帰っては、一族に師のクドキの一節一節をオシエコミしていった。

義老のクドキのナカミは、一言で言えば「義のミチ」である。

最もよく知られたクドキのイロハに「大いなるミチ、廃れて、大義、あり」という一節がある。大義とは、正義、信義、忠義、恩義などをツツミコミし、身一つにカカズライせず、すべてのイノチのイトナミのために尽くすハラのことである。身一つにカカズライすれば、そこには必ず「我（が）」が生じる。「我」に「羊」を冠して、美しく飾ることが黒蟻にノゾミされるべき「義」のミチだと、義老はイツクシミを込めてミチビキした。

「義のミチ」は、義理として黒蟻のハタラキを律するようになった。ハタラキアリのイトナミそのものが、これを境に変わる。今のハタラキアリがハラの中にタ（田・多）を据え、キ（気・機・奇）を発現する「キのミチ」は、「義のミチ」のカルミあるミチにほかならない。「キのミチ」も「ギのミチ」も、ヒトシナミと見なしてよい。

「義のミチ」は、良いハタラキの規範となった。義老以前は、ノロイもタタカイもハタラキのうちに含まれていた。それらが「イのミチ」としてサゲスミされるようになったのも、「義のミチ」が定まってからである。

義老と弟子たちは、「義のミチ」を日々のイトナミの上にウツシコミしていく。同時に、「義のミチ」にサカライするのは「我（が）のミチ」だとして、時のカシラやトリマキたちに強くモノイイした。

時のカシラは、しだいにツヨミを増す義老一派に、ワズライを募らせる。初めはイロハのオサエコミ程度だったが、義老をカシラにカツギするタクラミがフクラミするに及んで、アクマバライの名の下に徹底的なオイハライを開始した。

義老をアオギミする黒蟻たちは、「義のミチ」のタタカイだとハラを決めて、シニモノグルイでサカライする。やがて黒蟻族を二分するアラソイ、そしてタタカイへと発展した。

当の義老は、いかなるタタカイも「不義、なり」の態度を貫く。ついには、サカライする弟子の黒蟻たちを破門し、「和して、同ぜず」のイロハを残して野に下った。

◇

黒蟻族同士のタタカイは、義老がイノチのオシマイを迎えた後も、なお二千世代以上も続いた。

長いタタカイにマクヒキするハズミとなったのは、藪や森林でイキオイを伸ばす新しい虫の出現だった。人の科学が考える「進化の系統」で見れば、昆虫類は白蟻から黒蟻、黒蟻から羽蟻、羽蟻から蜂へ、蜂から蝶へとススミした。それから一段と進化し、蝶の亜種として世にウミ出されたのが、新しい虫である。

新しい虫は、黒蟻にないアザムキを武器に森林でイタダキをくりかえし、イトナミの領域を広げる。黒蟻が同族同士のタタカイに明け暮れている間に、森林の「生態系」にすっかりトケコミしていった。羽の音や色柄イロハでアザムキしては、蜂や蝶がコノミとする花の蜜をヌスミ、ときにはカッパライもした。森には天敵もいない。新顔が我がもの顔に、また我がままになっていくのも無理からぬことだった。

あるいは、彼らも地上の王になったとユメミしていたのかもしれない。

長いタタカイに飽いていた黒蟻両派のカシラは、この新しい虫を共通の敵とすることで「ハラカラのムスビツキ」を行い、トキメキもオチツキもない互いのハラミツを交わした。〈敵の敵は味方〉というハラに基づく、ユガミの多いムスビツキだった。それでもともかく、黒蟻族内のタタカイは一時的にサタヤミとなった。

俄然、黒蟻族の眼は新しい虫に向かう。またもやイサカイが始まった。黒蟻たちはイキオイをつけようというハカライから、敵を「我のミチ」の虫だとして「蛾」と呼んでサゲスミした。彼らの発するイロハが「ガガガ…」と騒がしいこともあり、蛾の名は世の生き物たちにナジミをもって受け入れられた。人もやがて、その名を採用する。ある百年間、黒蟻族はすべて「義の虫」、蛾族はすべて「我の虫」という一方的なイロハがまことしやかに言いふらされた。初めは軽いサゲスミのイロハであっても、長く続けるうちに本質的なナカミにすり替わってしまう。そのフクミが下地となって「義によって成敗（オイハライ）する」という、大義名分まででっち上げられた。

黒蟻族による蛾の大オイハライ時代が来る。

その後の十世代だけでも、ハラキリアリがイノチをウバイ取った蛾の頭数は、その時代に生きている白蟻と黒蟻を合わせた数よりも多いと言われた。ヒモトキするだに血なまぐさいカキオキは、黒蟻の史上最悪の汚点として、カシラを継ぐ蟻たちのハラのタマヒにイタミとともにキザミされることになった。

蛾のハタラキであるアザムキにも〈不義なり、不正義なり〉とモノイイを付け、黒蟻がカツギする「義のミチ」のソコナイだなどと難癖をつけては、寄ってたかってツグナイを求めた世代もある。

自族にワズライやワザワイが起こると、すべて蛾のせいにし、マコトをユガミさせるハカライが黒蟻のナライとなった。そうした不当なトリアツカイに対して、蛾族は一貫してサカライとハムカイで応じ、アザムキのチカラをますます高めていった。

蛾の体が蟻をはるかに上回るほどフクラミし、巨大化したのはこの時期である。人の科学風に説明すれば、黒蟻とのタタカイが、蛾に巨大化という進化を選択させた。蛾にとっては、それもまたアザムキの一例にすぎない。

それから事態は一変する。蛾が蟻のチカラに負えなくなってきたのだ。せいぜい蛾のムクロをイタダキする程度で、どんなにイサミとツヨミを誇るハラキリアリでも、生きた蛾をオサエコミすることなどできなくなった。黒蟻族としては、蛾のオイハライから足を引かざるを得ない。

蛾は蛾で、蟻にウラミ、ツラミ、ニクシミはあるが、今度は、もっと恐るべき天敵へのアザムキで忙しくなった。蛙、蜂、蝿などである。せっかくタドリツキした巨大化の果てに、さらに厄介な敵のセメコミが待っていようとは、蛾の身になればユメミもノゾミもあったものではない。

黒蟻と蛾の、どちらからともなくタタカイをヤスミにするタクラミが伝えられ、カシラどうし「虫は相身互い」というナジミのイロハを交換し合った。両者の間にようやくシタシミが生まれた。そのまま、かりそめのナゴミが続くことになる。

ここ数百世代は、お互いに森林の減少や人のつくるツナ、コナ、ワナなど共通のウレイ、ワズライを抱え、森や野原で会うたび「虫は相身互い」のイロハを交わし合い、ナジミ、ヨシミをいっそう深めている。

○

満天星（どうだん）の葉の上で、蟻が一頭のモモシンクイガにチカヅキする。触角が接するほど近くに迫る。何らかのウレイからか、モモシンクイガの触角がスクミを見せる。

蟻が問う。

〈キミ、ナシケンモン、知るや〉

蛾の一つ身にユルミが戻る。ハズミのあるイロハで答える。

〈が、知っていたが、もう知らんが〉

蟻は、蛾のアザムキにホホエミを返す。ミキキするのはマコトだけでよい。モモシンクイガのノロイの子を一刻も早くミヌキし、しかるべきオサバキをする目的がある。無駄なイロハはミキキしない。

これからがハタラキの見せどころである。蟻はモモシンクイガのノゾミを餌にして、マコトをミチビキ出すことにする。カケヒキのハタラキである。ただ単に、互いのノゾミをヤリトリするだけならトリヒキとなる。相手が蛾では、アザムキが妨げになってトリヒキは成り立ちにくい。

蟻がカケヒキを選んだのは、周到なオモイツキを重ねた結果だった。

〈ナシケンモン、多数の卵ウミ、あり。次の世代、今の三倍のウミ、あり〉

蟻が、モモシンクイガにウレイの種をモチコミする。モモシンクイガはイキをノミコミし、口をあんぐりと開けたままダマリコミ。蟻はさらにタタミかける。

〈我ら、ウレイ、あり。梨のイタダキに、ウレイ、あり〉

それは蟻のハラではなく、モモシンクイガのハラの内そのものだった。案の定、蟻のウレイにナジミするイロハが返ってくる。蟻は、相手にアザムキの隙を与えない。

〈我ら、多数の卵ウミ、あり。

なれど、梨のイタダキに、天のシクミ、あり。梨の実のウミの数に、限り、あり。

次の秋、梨の数、少なきこと、マチガイなく、マコトなり。

次のイタダキ、きっと、ウレイ、あり。ともすると、ワズライ、あり〉

蟻は、あたかも藪に棲む黒蟻族のカシラででもあるかのように言った。モモシンクイガは、次の秋のイタダキにまで気が回らない。ただ蟻のイロハにナジミするばかりで、アザムキの色イロハも出ない。一つ身が薄緑の満天星に紛れる迷彩色から、元の土気色に変わっていることにも、まったく気づいていない。

蟻の問いが核心を衝く。

〈キミら、卵ウミ、多数、ありや〉

蛾は、びくっとしてアザムキの迷彩色に戻る。すぐに、また土気色。マコトとアザムキの間で揺れうごくハラの内が、色イロハにはっきりと表れる。

〈がが、我れらが、卵ウミが、少ないが〉

結局、アザムキの答えが返ってきた。

モモシンクイガにすれば、それも一つのマコトかもしれない。ナシケンモンの三倍に比べれば、確かに〈少ない〉。シクミにサカライしてまで卵ウミにハゲミしたところで、せいぜい二倍程度だろう。天敵に襲われる頭数をフクミすれば、微増でしかない。

蟻のミヌキは、モモシンクイガのハラの奥にまで達する。蛾の身、羽、口ばしのウゴメキの端々まで鋭くミキキする。微妙なイロハの綾も見逃さない。どうやらこの蛾は、ウレイやワズライとは無縁だという態度を通すつもりのようだ。蟻は、それに乗じる。

〈我れ、キミに、ウラヤミ、あり。

我れら一族、梨のイタダキに、大なるウレイ、あり。中なるワズライ、あり。

なれど、我れ、ハラ、あり。ハタラキ、あり。ノゾミ、あり〉

蛾が触角を伸ばしてきた。オモシロミを覚えたらしい。蟻のハタラキには、大昔からスゴミを感じてきただけに、人の言葉で言えば「興味津々」のようすだ。

蟻は、イロハにチカラをこめて問う。

〈我れ、トリヒキのハラ、あり。キミ、トリヒキのハラ、ありや。キミ、大なるモモシンクイガなりや。カシラなりや。大なるハラ、ありや〉

蛾はマコトのイロハが漏れそう。口と触角を小刻みに震わす。リキミかえって、どうにか堪えている。

むろん、相手はカシラなどではない。蟻は初めからミヌキしつくしていた。薮の端にいたところを見ると、ミキキのような蛾にちがいない。

蛾は羽に青筋を立て、ミブルイしながらアザムキのイロハで答える。

〈がが、我れが、モモシンクイガのカシラだが。

がが、大なるハラ、あるが〉

身ずからのアザムキにワルヨイし、偉大なカケヒキの主役にでもなったかのようなチマヨイのワナにかかった。

蟻は、それをぐいぐいテビキするように架空のオモイツキを伝える。概略は、以下のとおり。

《蛾が、ナシケンモンとモモシンクイガの幼虫やサナギの違いを教えれば、天敵の虫や鳥などをけしかけて襲わせ、ナシケンモンの頭数を減らす。成虫のナシケンモンには、梨のイタダキを邪魔するチョッカイで、彼らが身ずから卵ウミを減らすようにミチビキする。彼らがイタダキしそこねた割り当ての梨は、蟻とモモシンクイガでウバイし、

山分けする。山分けの割合は、蟻二、蛾八》

モモシンクイガにとって、よだれの出るトリヒキのナカミである。それでも蛾は、すぐにノミコミしない。

〈山分けが、蟻が一、我れらが九だが〉と出た。

蟻は、そのモウシコミをノミコミした。もとより、蟻二として、蛾にワリビキの余地を残しておいた。いっそ零(ゼロ)でもかまわないが、それでは相手もウタガイを抱く。蟻は、イロハにアリガタミを持たせて答えた。

〈キミら蛾、九、我れら蟻、一にて、ノミコミしたり。

このトリヒキ、キミらに、大なるアリガタミ、あり。

キミら、蛾に、大なるノゾミ、あり〉

〈がが、我れらが九だが、蟻が一だが。我れらが九だが、蟻が一だが、ががが…〉

蛾は我欲で目がクラミし、チマヨイの深みにオチコミした。アザムキをすっかり忘れている。蟻がすかさず問う。

〈モモシンクイガの幼虫、ありや〉

〈あるが〉

〈どこに、ありや〉

〈鈴掛(すずかけ)の木の下だが〉

〈大なる幼虫、ありや〉

〈鈴掛だが。がが、菘(すずな)だが、清白(すずしろ)だが、雀もいるが〉

蛾がチマヨイから覚めつつある。徐々にアザムキのチカラを取り戻す。

蟻は、ミキキすべきことはした。ミヌキすべきことはした。すぐに、ノロイの幼虫を見つけなければならない。

鈴掛の木の方へ足を向ける。蛾が羽を激しく振る。

〈がが、待つが。何を急ぐが〉

蟻はカエリミせず、アルキを速める。蛾は、低空をよたよたと舞いながら後を追う。

〈がが、待つが。どこだが。どこ行くだが。

ががが、トリヒキ、決まりだがが。もう、決まりだがが。

我れらが決めるが、しばらく待つがいいが…〉

蛾は、今さらカシラではないとも言えずに慌てふためく。蟻のハネアルキに付いていくのがやっとである。蟻のアルキする方向からは、さまざまな木々のイロハに混じって、鈴掛の木の匂いイロハが流れてくる。

〈菘だが、清白だが、雀もいるが〉と、蛾は無駄なアザムキのイロハをくりかえす。アザムキ転じてワルアガキとなる。

鈴掛の木立に着いた。蛾はウレイ、トマドイ、マヨイ、クルイを極め、空中を右往左往して定まらない。

〈がが、いないが、何もないが〉と、ワルアガキが続く。

蟻は、何も触角に届かないようすで辺りをハイアルキする。やがて節の多い一本の鈴掛の木の下で足を止めた。

蛾も空中で止まった。凍りついたのかもしれない。

静かに、蟻が問う。

〈大なる幼虫、ここに、ありや〉

問う必要もない。確かなキヅキがあった。これから先は、カシラハタラキアリとしてオオハタラキを示すだけである。

〈ワザワイのもと、ここに、あり〉

蛾が辛うじて片羽を動かす。蟻は、ハラの夕のキを強めてふたたび問う。

〈大なるワザワイのもと、ここに、あり。

モモシンクイガの、マコトのカシラ、ありや〉

蛾は弾かれたように飛んでいき、総勢五十頭近い蛾の群れを引きつれて戻ってきた。

アザムキの一団が、ちっぽけな一匹の蟻をトリカコミする。中から大柄な蛾が舞い降りてきて、蟻をニラミアイにヒキコミする。その眼には、岩のようなオモミがある。

〈ががが、がいなるガガガイのもと、がり、がってが〉

カシラと思しい。アザムキというより、イロハそのものがシブミを帯びている。ふつうの蟻なら触角がしびれるだろう。体長一センチ足らず、銀灰色の羽には紫褐色の三角紋がニジミ出ている。時折アリガタミを示すかのように羽を広げ、銀鱗を散らす。一瞬、背景が遠のき、鋭く突き出た口ばしが眼前に殺到するようなマヨイをおぼえる。

カシラハタラキアリの蟻は動じない。ハラはオオハタラキへのチカラに満ちている。蛾のカシラの方がたじろぐ。相手を容易ならない蟻だとノミコミした。蛾には、黒蟻族にクルシミをもたらされた先天の記憶（スリコミ）がある。眼の前の小さな蟻が、巨大な天敵のようにカイマミされた。

アザムキに生きるものは、身ずからのアザムキによってクルシミを呼び込む。蟻のマコトをアザムキだとオモイチガイし、完全無欠のハタラキだと勝手に恐れ入ってしまった。蛾のヨワミは、すべてその類いのオモイチガイやミコミチガイに端を発している。

　蟻が問う。

〈大なる、ワザワイのもと、あり。モモシンクイガ、それ、知るや〉

〈が、知らんが〉

　カシラ蛾は、ツツシミしつつ答える。アザムキのイロハも小さい。通じないことをノミコミしている。その点、カシラだけのことはある。蛾と言えども、ハラにオチツキがある。

〈皆の蛾衆が、知るがが〉と、空中の一団をカエリミしたが、〈知らぬが、存ぜぬが〉の大合唱イロハ。アザムキの匂いイロハが辺りをツツミコミする。イロハ匂へど散りぬるを、ただ待つわけにはいかない。

〈天のシクミに、サカライ、あり。よって、梨のつぶて、ウチコミ、あり。梨のノロイ、あり。ワザワイのもと、あり〉

と、蟻は一気にハラを割って伝えた。空中にミブルイの波紋が広がる。

　蟻が問う。カシラ蛾に問う。

〈モモシンクイガに、マチガイの蛾、あり。キミ、知るや〉

〈ががあ、知らんが。まことにマコトだが〉と、カシラ蛾。アザムキなのは一目瞭然。

　蟻は、三種の蛾のモウシヒラキからナゾトキしたマコトを示す。カシラ蛾は、頭からノミコミしようとしない。逆に口ばしをとがらせ、ナゾトキにモノイイを付ける。

〈我れら、いちばん先に帰ったが。

それ、マコトだが。が、我れら、舞い戻った姿、見た虫、いないが〉

なるほど蟻のナゾトキは、人の言葉で言う「状況証拠」にすぎない。モモシンクイガが最もウタガイを持ちうる蛾というだけである。人の言葉で言う「物的証拠」を示さなければ、カシラ蛾は強気の構えをくずさないだろう。

蟻は、それを悠然と受け流す。答えにはナゴミがある。

〈見た虫、なし〉

カシラ蛾は〈そら、見ろ〉と言わぬばかりに、傲然とアザムキの胸をそらす。

〈なれど、聞いた梨、なしで、なし〉と、蟻は梨のイロハをまねて返す。さらに決然としたイロハを突きつける。

〈大なるノロイの幼虫、異なイロハ、あり。ガッキリキリ、ガッキリキリ。

鈴掛の木の下に、蛾の幼虫多く、あり。我れ、大なるノロイの幼虫、ミヌキしたり。

大なるノロイの幼虫、この木の下に、あり〉

ここに至って、空中の一団もようやくアザムキのイロハを弱めた。蟻の前に、ことごとくまたことごとしく、身をチヂミさせている。何かタクラミの匂いイロハがニジミする。

蟻が問う。

〈我れ、大なる幼虫、ツチより出す、ハラ、あり。

カシラのキミ、ノミコミ、ありや〉

空中の蛾が急に動き出した。と、見る見る二つの巨大な靴底の形になった。靴底は、あたかも歩く人の足のように上から蟻をオイコミする。〈つぶすが、ぺちゃんこだが〉と、アザムキの音イロハも恐ろしい。

蟻も初めは胆をつぶした。すぐにアザムキをミヌキする。複数の蛾が隊を組んで行うクミアザムキだった。蟻の身すれすれに接近するだけで、踏みつぶされる恐れはない。

蟻のハラにオチツキが戻ってきた。

次のクミアザムキは、巨大なガラガラ蛇。約五十頭の蛾らが頭となり、牙となり、腹となって蟻に襲いかかる。その速さ、その自在な身のこなし、その紋様、すべてが蛇以上に蛇らしい。シャーッという音イロハにまで、すさまじいばかりのアザムキの冴えがある。

蟻は平然とミヌキする。「木を見て、森を見ない」のがミヌキの骨（こつ）だとわかった。部分に目を向ければ、ただ一頭一頭の蛾にすぎない。蟻が見覚えのあるミキキの蛾にキヅキして、眼前で触角をぐるぐる回すと、蛇の牙が眼をクラミさせて欠け落ちた。途端に総くずれ。蛇の身がちりぢりに分かれて飛び散った。

クミアザムキもワルアガキに変わる。

芸の総ざらえのように次から次へと変化して、蟻のスクミを誘おうとする。蟷螂（かまきり）、オオアリクイ、雪あらし、防虫スプレー、火炎放射器……。

蟻はスクミするどころか、人のオサナゴが遊ぶ「万華鏡」をノゾキミするようなタノシミに浸る。カシラ蛾が無駄なワルアガキをやめさせ、蟻に触角を差しのべる。

〈が、わかったが。マチガイがあったが、我れ、知っているが。
我れ、マチガイの蛾に、ツグナイさせるが。マチガイには、ヤツザキのツグナイだが〉

と、堂々としたイロハを発して、羽をさっと一ふり。

十頭ばかりの蛾が蟻の前に立ちふさがり、幕が開くようなカタをしたのが始まりだった。

残った蛾の中から一頭の蛾がはじき出され、しずしずとカシラ蛾の前にひれ伏す。カシラ蛾は天をアオギミし、何か音イロハを発した後、両の羽で蛾の頭を左右にドツキする。ツグナイの蛾はますます頭（こうべ）を垂れ、ツチに額ずく。と思うと、口ばしでツチをホリコミしはじめた。

どうやらツグナイの蛾が、我が子をツチから掘り出すのだと、蟻にもノミコミできた。出てきた。巨大な幼虫である。親蛾の姿が隠れるほど丸々とフクラミし、不規則なノビチヂミをくりかえす。

カシラ蛾は、親子蛾の正面で低くハバタキをしたままオサバキのナカミを伝える。蟻のハラには、ガガガという雑音のイロハにしか聞こえない。

カシラ蛾が高く飛んでシリゾキすると、残りの蛾の群が一斉に親子蛾をオソイコミした。

殺伐としたイロハの中で、足をこまねいてタタズミする蟻。ハラが、ワルヨイするほど揺れ動く。

蟻はキノマヨイに包まれた。薮の中にハイリコミしたのは、ノロイの子のイノチをツナギし、なおかつワザワイの種をトリノゾキするためだった。回りくどいミチながら、三種の蛾のモウシヒラキからナゾトキをココロミしたのは、ウラミ、ツラミやウレイ、ワズライをどこにも残さないオモイツキがあったからだ。

このままモモシンクイガ式のオシオキに任せていては、親子蛾のイノチのオシマイで何もかもマクヒキになる。それでは、別のウレイ、ワズライがきっと残る。

蟻は止めに入ろうとした。幕の十頭がさえぎる。目まぐるしく動いて厚いツナを張る。蟻は立往生するほかない。

ヤツザキにされた親子の羽や足が鱗粉とともに宙に舞った。

蟻にとって、これほどのカナシミはない。酷たらしいオシオキを見ながら「義のミチ」も、オオハタラキもできずにいる。蟻が続けているのは、たった一つのハタラキでしかない。それは、足のコマネキ。

蟻はキを取り直し、ハラをさする。トメオキした梨の種がハラの中で転がった。ヒラメキ一閃。

蟻が梨の種に変わった。種を明かせば、蟻がハラから種をハキハキし、ツチに半分ウメコミして蟻のように見せかけただけである。蟻なりのアザムキかもしれない。マコトの蟻はツチにモグリコミし、ツナの向こうのオシオキの場にススミする。どうやら幕の蛾たちは気づかない。

蟻は出た。見た。勝った。

オシオキの蛾たちが親子にクイツキし、ヤツザキにしている。というのは、クミアザムキで、鈴掛の木立の中を奥へ奥へニゲコミしていくカシラ蛾と幼虫の後ろ姿がマコトだった。

◯

黒々とした腐葉ツチの上に、薮椿が濃い緑の陰を落とす辺り。蟻は、ようやくカシラ蛾に追いついた。

蟻が問う。カシラ蛾に問う。

〈我れ、大なるワザワイ、止めるハタラキ、あり。

キミ、ノゾミ、ありや〉

カシラ蛾は、蟻のねばりにほとほと呆れ、答えるチカラも抜けてしまった。アザムキの性を持つ蛾には、マコトにそこまでこだわる蟻のハラがとてもノミコミできない。

アザムキはソノバシノギにすぎず、ハタラキとしての根がない。蟻が世のため「義のミチ」に則したハタラキを尽くそうとするのに対して、蛾は我が身一つの我欲におぼれてアザムキをくりかえす。いわば、ミチが違う。

蛾はカシラとして、最後のサカライを試みる。モノイイである。

〈蛇（じゃ）のミチは蛇（へび）、というが。

とどのつまりが、蛾のミチは蛾、蟻のミチは蟻、だが。

ワザワイが蛾に来るが、かまわんが。我れら蛾が、モモシンクイガが、我慢だが。

蛾の種類が、多くあるが。別の種類の蛾が、ときどき味方だが、だいたい敵だが。

蛾のミチが、アザムキのキソイアイだが。敵のワザワイが、味方のサチだが。

が、マチガイがあるが、味方のワザワイがあるが、かまわんが、我慢だが〉

蟻は、蛾のサカライにモノイイで応じようとはしない。蛾の身にサカウラミを残さないためにも、言いたいことは言わせ、キキコミするだけはするつもりなのである。

蛾のカシラは、身ずからのサカライのイロハにホロヨイして続ける。

〈蟻のミチは蟻だが。黒蟻のミチは黒蟻のミチだが。

黒蟻が、白蟻、数多くヤツザキにしたが。それが、黒蟻のミチだが。

が、味方の多く、黒蟻にヤツザキにされるのが、白蟻のミチだがか。

ならば、白蟻のミチ、ワザワイのミチだが。

黒蟻、サチだが、白蟻、ワザワイだが。それが、蟻のミチだがか。

ならば、蛾のミチも、蟻のミチも、同じミチだが。どうだが、どうだがが。

敵がサチ多いのが、味方のワズライだが。敵がワズライ多いのが、味方のサチだが。

敵味方が全部がサチだってが、そんなことが、あるわけがないが。

それがミチだが。それがミチだろうが。どうだが、どうだがが、どうだがが〉

蛾はますますサカライのイロハにワルヨイし、くどいヨッパライと変わらない。

蟻は微かにキノマヨイを覚えるが、今は大きな義心が身一つのハゲミになっている。蛾のサカライを丸ごとハラにトメオキし、揺るぎないイロハで問う。

〈大なるワザワイあれば、敵もワザワイあり、味方もワザワイあり。

世の中、生きとし生けるもの、すべてワザワイ、あり。

モモシンクイガのカシラのキミ、大なるワザワイ、知るや〉

〈知らんが。が、それがどうしたが〉と、蛾のカシラは顎をしゃくる。

ヨッパライの蛾はアザムキよりも扱いやすい。イキオイに圧倒されるかもしれないが、マコトとマコトの問答ができるからだ。

◇

〈しからば…〉と、蟻はすっかりタクミになったヒモトキの映像イロハをカシラ蛾に送る。

梨に示したものと同じヒムロ山の悲劇である。蛾に合わせてクミ直し、スゴミのイロハをいやが上にもミチビキする。特に蛾が火にトリコミされる場面は長く、スサミ、イタミ、クルシミのイロハに彩られている。

《……ヒムロ山の火事で、ワザワイを身ずからにヒキコミしたのは、蛾や蝶などの空中の虫たちだった。

惑乱（ニゲマドイ）する蛾の中でも、とりわけノロイの子をウミ落としたアカエグリバの最期（オシマイ）は凄惨（スゴミ）を極めた。

異変（ワズライ）を知らされたとき、アカエグリバのほとんどは夜のイタダキに備え、山裾の南側に群生する山躑躅（やまつつじ）の薮の中で休息（ヤスミ）していた。すぐに二、三頭、ばたばたとミキキに出る。

火のイキオイは、すでに天を摩すばかりにフクラミし、幾重もの煙のツナと化していた。乾いた樹木、山下ろしの北風、飛び火、火だるまとなって走る小動物などが誘因（テビキ）となって、火事の延焼（ススミ）はことのほか速い。麓からも火の手が上がり、四方八方から火に囲まれた。アカエグリバに避難（ニゲコミ）の方向は見当たらない。ただ凝然（タチスクミ）とするばかり。

アカエグリバのカシラは、卵や幼虫を保護（カカエコミ）するよう指令（オシオキ）を出す。それがかえって、被害（ワザワイ）を増す結果を招いた。蟻がその場に直面していたら、きっとツチの中にそのままウメオキしただろう。祖先の蟻たちも、ハタラキに落ち度（マチガイ）はない。土深いウメオキで、卵や幼虫を一つ身も死傷（ソコナイ）させなかった。

火がアカエグリバの群れを八方から侵略（セメコミ）してくる。親蛾たちは悲痛（イタミ・クルシミ）の絶叫（イロハ）を張り上げながら、あるは半狂乱（モノグルイ）のままツチを掘り、またあるは産卵（タマゴウミ）した山葡萄の木を求めて右往左往（サマヨイ）する。その姿は、生きながら亡霊のようだった。

直後、彼らはマコトの死霊となる。ツチを掘る蛾は、焼け落ちる木に粉砕（キリキザミ）された。宙を浮遊（タダヨイ）する蛾は、火炎の渦に吸収（マキコミ）された。

ささくれ立った羽は油紙のように燃えやすい。あちこちでぽっぽっと火がつき、落下の舞い（キリキリマイ）も見せずに空中で灰になった。寸前までイノチがあった虫とも思えない。初めから、この世に存在しなかったように軽々しいイノチの消滅（ウシナイ）だった。

幼虫をようやく掘り出した親蛾もいた。我が子を慈愛（イツクシミ）のイロハで抱擁（ツツミコミ）する。幼虫の一つ身を撫（な）で、摩（さす）り、舐（な）める。それは親として、自然に出た行動（ハゲミ）だった。この幼虫もまたノロイのイロハを包含（フクミ）し、憎々しいまでに肥満（フクラミ）していた。先に焼けたのは親蛾である。羽に火がつき、胸からハラへ移る。さらに足、そして頭。舐める口ばしから幼虫に引火した。幼虫のハラのまん中から小さな煙が上がる。チチチという軽快な音イロハとともに、肥体が焼かれていく。幼虫はのたうちまわり、身を伸縮（ノビチヂミ）させた。白い身が狐色から焦げ色となり、イノチのオシマイにはただの丸い黒石に変（カワリミ）じた。

ノロイのイロハはどこへ飛翔（ウツリミ）したのだろうか。黒石の中には、すでにない。
あった。ヒムロ山の上空。火の上昇気流に乗って吹き上げられ、漂流（タダヨイ）している。棲み家の身や実、幹を無くした生き物たちの霊（ミタマ）がウレイ、ワズライ、モノグルイ、ノロイなど、とりどりの悪しきイロハを内蔵（トリコミ）したまま、接触（フレアイ）や衝突（セメギアイ）、随従（ツキシタガイ）や忌避（ケギライ）を繰り広げる。

どうやら栗の木と蛾のノロイの霊（ミタマ）どうしが遭遇（デアイ）したらしい。罵倒合戦（ノノシリアイ）が始まる。〈そっちが悪い〉〈何を、悪いのはそっちだ〉〈山を返せ。幹を返せ。実を返せ〉〈薮を返せ。卵を返せ。幼虫を返せ〉と、互いに譲らない。しだいに他の浮遊霊（サマヨイミタマ）も同調（シタガイ）して、混乱（ドロジアイ）は収拾（オサエコミ）がつかなくなった。

業火が来た。

山火事の火柱の中心から天を貫く勢いで、青々とした冷たい炎が立つ。ウレイ、ワズライ、モノグルイ、ノロイ、ドロジアイのイロハまでもが一瞬にして凍りつき、大きな網で搦（から）め取られた。

業火は、火事の炎に増して苛烈だった。霊（ミタマ）を侵蝕（ムシバミ）した「イのミチ」のイロハに、容赦のない鉄槌を振り下ろす。

無数のイロハが業火の冷熱に凍りついたまま、粒々にクダキ尽くされ、粉々にコナヒキされて完全な無に帰した。

三日後、最後の煙が上がって消えた。ヒムロ山からノロイは消えた。イノチのチカラも消えた。

穴からはい出したカシラハタラキアリは、もう一つカキオキをハラに刻んだ。

〈ノロイのムクイに、業火のシクミ、あり〉と。》

◇

蟻が問う。蛾に問う。

〈モモシンクイガのカシラ、キミ、大なるワザワイ、知るや〉

カシラ蛾はヨッパライから醒め、魂消(たまげ)ている。アザムキの元気もない。

かたわらで幼虫がガッキリキリ、ガッキリキリ。むずかる。そのヒズミのあるイロハに後押しされて、カシラ蛾が答える。

〈が、「虫は相身互い」だが。蛾と蟻が、ずっとずっと相身互いだったが。

トリヒキだが。今が見逃すがいいが。我れらが、蟻のマチガイ、いつか見逃すが〉

〈トリヒキに、オカドチガイ、あり。まず、キミら、天のシクミに、マチガイ、あり。

いずれ、キミら蛾に、さらに、世の中に、大なるワザワイ、あり。

我れらに、「義のミチ」、ただ一つのミチ、あり。我れらのミチに、大なるノゾミ、あり〉

蟻は、あくまでも蛾のツツシミを待つ。ひたすらノミコミを待つ。

その間も幼虫は何も知らぬげに、ガッキリキリ、ガッキリキリ。急きたてる。カシラ蛾が問う。

〈我が蛾の子、イノチのウシナイになるがか〉

蟻は、胸を張って答える。

〈イノチ、あり。身一つ、あり。ミタマ、あり。

我れ、カシラハタラキアリ。我れに、オオハタラキ、あり。

イノチ、ツナギするハタラキ、あり。ノロイ、トリノゾキするハタラキ、あり〉

続けざまに、蟻が問う。

〈キミ、イノチのノゾミ、我れにかけるハラ、ありや〉

カシラ蛾に残されたミチは一つしかない。ガッキリキリ、ガッキリキリ、ガッキリキリ。幼虫はもうツチに戻りたい。カシラ蛾がついにノミコミする。

〈がってんだが、イノチのノゾミ、キミにかけるが〉と。

これでまた一つ、蟻にオオハタラキが加わることになる。タマミガキである。これまでカシラハタラキアリの中でも偉大な三匹が、はるか古代に幾度か用いただけの神秘のオオハタラキとしてカキオキされている。

蟻はヒモトキをくりかえし、ハラの中で幾度もココロミする。人の英語で言えば「シミュレーション」である。ともかく、今できうるハタラキをすべてツギコミして事にオモムキしなければならない。蟻の一つ身をずっしりとしたオモミがツツミコミする。

ガッキリキリ、ガッキリキリ。また、蛾の幼虫が鳴く。蟻のオモミがカルミに変わり、ハズミが付いた。

幼虫のハラに前足で円を描く。次に十文字を書く。二つ斜線を加えて八方とする。幼虫のハラと身ずからのハラを合わす。古代の磁気イロハをハラに満たす。イロハはらせん状に上昇する。幼虫のハラが小さく震えた。

幼虫のハラはフクラミしていく。マルミのある何かが下へ下へススミする。肛門から白いものが頭を出す。蟻が幼虫の尻をさすると、するりとこぼれ出てきた。これこそミタマである。

蟻はミタマを前足で受け止める。球形の四分の一ほど大きくヘコミしている。「梨のつぶて」のツヨミの程度がわかる。幼虫は、ムクロのようにぺちゃんとしおれた。

蟻は空気をハラいっぱいにスイコミし、糸のように細い呼気をミタマにフキフキしていく。まず、ヘコミした反対側の曲面をフキフキ。回しながらフキフキし、フキフキしては回しをくりかえす。

球全体の凹凸が消えていく。一回り小さくなった。蟻は球を前足の上で軽くハズミさせ、ハラで受ける。空中でしだいにマルミを帯びる。ハズミ、マルミ、ハズミ、マルミ。その度に球はカガヤキも増す。

球のすべての面が蟻のハラとクッツキした。蟻のイツクシミとイトシミのイロハをたっぷりフクミしていく。いよいよ球を幼虫に戻す。蟻は球をくるくる回して、いったん口にクワエコミし、ハラまでノミコミする。これもまた梨の種と同じように、身の丈より大きな球がすっと入った。

幼虫の前に立つ。口と口を重ねる。一気に息をハキハキする。ミタマは、すとんと幼虫のハラに落ちた。

フクラミを回復した幼虫が、イロハを発する。

〈ハッキリリ、ハッキリリ〉

妙なるイロハである。タマミガキのオオハタラキは済んだ。

カシラ蛾は、タマミガキの奇跡を見た唯一つ身の蛾となった。身ずからのミタマも清められたような感覚にツツミコミされている。

そこへモモシンクイガの集団が、騒々しいイロハを響かせてやって来た。

〈種だが。梨の種だが。

蟻が種になったが。蟻が種だったが。

がめったが。我れらがモモシンクイガ、がっぽりと、種、がめったが〉

二頭の蛾が、カシラ蛾の前に梨の種をうやうやしく置いた。残りは、カシラ蛾のイトシミのイロハを待つ。

カシラ蛾は奇蹟の余韻に浸っているのか、ウツセミのようにダマリコミを続ける。

蟻が数歩前にアルキ出た。蛾の群れが一様にスクミし、やがて口々にモノイイしはじめた。

〈蟻だが。梨の種と蟻だが。二つ身だが。どうなっているんだが。

この蟻が。アザムキ、使っただが。どうしてくれようが〉

〈ががが、がっつ〉

カシラ蛾の一喝が飛んだ。大音声イロハをまともに受けて、蛾の群れはチヂミ上がった。

カシラ蛾は、イトシミのイロハを込めて一団に伝えた。

〈このカシラハタラキアリが、我がモモシンクイガのイノチのツナギしてくれたが。

我れら、昔から蟻と、相身互いだったが、今がマコトに、この蟻様が、相身互いを示されたが。

その梨の種だが、この蟻様のものだが。ツツシミして、こちらにモチコミするがいいが〉

蛾たちは訳もノミコミできないまま、梨の種を蟻の前に置く。

少し離れたところから蟻が足でマネキすると、種はころころ転がって蟻の口にハイリコミし、再びハラの中に収まった。蛾たちは眼を丸くしたり、三角にしたり。

蟻は身ずからハラの磁気を強めて、種をスイコミしたにすぎない。蛾の目には、これもアザムキとしか見えない。蟻にとっては、ただのトメオキである。

カシラ蛾は蟻の足を取り、オモミを込めてアリガタミを表す。

〈がが、これからがが、マコトにマコトの《虫は相身互い》だがが。

がが、なにさま、蟻様のおかげさまだがが。ありがとう、ありがとう、ありがががとう〉

そのまま羽の音イロハを残して飛び立つ。その後に蛾たちが続く。その航跡はユガミとヒズミを描いた。幼虫をカカエコミする最後の二頭が飛び去ると、そこには小さな小さな蟻一匹。

夜が近い。トラックを降りてから、三日目の太陽が沈もうとしている。

○

蟻が問う。身ずからハラに問う。

〈我れ、カシラハタラキアリ。我れ、いかなるハタラキ、ありや〉

答える。

〈我れ、ナゾトキのオオハタラキ、あり。

我れ、タマミガキのオオハタラキ、あり〉

第四の階(きざはし)

白蟻

蟻が問う。

白蟻に問う。

廃屋になってはいるが、百年以上前に建てられて大黒柱や梁は太く、囲炉裏も土間もかまども昔のままに残された、かつて豪農だった人の木と紙と萱(かや)でできた家を土台から食らいはじめ、もうすでに木質部分の三割を空洞(ウロ)にしてしまった白蟻族のハタラキシロアリに、蟻が問う。

〈キミ、ミチ、ありや〉

白蟻が答える。

〈我れら、「ミのミチ」一筋で、ありんす〉

○

蟻は、イロヌキのハタラキを用いて白蟻の巣にシノビコミした。

イロヌキは、黒い皮膚から一色ずつ色イロハを抜いてゆき、白くするハタラキである。黒はすべての色イロハをフクミする。イロヌキのかげんで、赤蟻にもカワリミできる。白蟻になるイロヌキは最も難しい。青っぽくなったり、赤みが残ったりする。

白蟻の白は透明に近く、やや黄色味を帯びている。蟻は巣の中にシノビコミしてから、他の白蟻を見て色イロハをナジミさせた。どこから見ても、白蟻になった。

白蟻の巣は、光がまったく差しこまない闇の世界である。

白蟻は、白日に身をさらすことができない。日光を浴びたが最期、イノチのチカラを絶たれる。白い地肌が焼け、身の中のさまざまなイロハに致命的なクルイを来すからだ。白蟻のミチは、そんな白い身（ミ）に伴う知（チ）として形作られる。

蟻は危険な賭けをしようとしている。

黒蟻と白蟻は、三百万年来、敵としてタタカイを続けた。勝利したのは、常に黒蟻の方である。それは、光と闇のどちらの世界でも生きられ、ツヨミのある武器を備えているからだった。が、地下に入れば白蟻にヨワミはない。黒蟻だと露見すれば、毒液のウチコミを加えられるだろう。

蟻が白蟻の巣にシノビコミしたのは、キノマヨイを晴らしたいからだった。蛾のカシラにぶつけられたサカライのイロハがハラに留まり、キノマヨイの種になった。

錆びた調子のイロハが、くりかえし蟻のハラにサシコミする。

〈……蟻のミチは蟻だが。黒蟻のミチは黒蟻のミチだが。
黒蟻が、白蟻、数多くヤツザキにしたが。それが、黒蟻のミチだが。
が、味方の多く、黒蟻にヤツザキにされるのが、白蟻のミチだがか。
ならば、白蟻のミチ、ワザワイのミチだが。
黒蟻、サチだが、白蟻、ワザワイだが。それが、蟻のミチだがか。
ならば、蛾のミチも、蟻のミチも、同じミチだが。どうだが、どうだがが……〉

キノマヨイは、ハラの中でしだいにオモミを増して、蟻をセメサイナミする。白蟻の巣にハイリコミし、彼らのミチをミキキする以外に、蟻はキノマヨイから逃れる術（すべ）をオモイツキできなかった。

蟻は生まれてから、白蟻とのタタカイどころかイサカイも知らない。だからといって、白蟻との永いタタカイの過去を消せるわけではない。ヒモトキによって、白蟻を亡きものにした無数の記憶（カキオキ）は歴々とよみがえる。黒蟻族の一世代をヒキツギしたカシラとして、祖先の行ったフルマイに知らん顔をキメコミすることはできなかった。

○

蟻は、ハタラキシロアリの群れに入ってハゲミする。

白蟻たちは廃屋の古い木材を食うだけ食い、ハラにタメコミする。人の科学の説明によれば、ハラの中には多量の原生動物を持ってい、その多（タ）によって「木質セルロース」を消化し、巣のハラミシロアリやハラヘラシシロアリにイノチのタツキとして与える。

ハタラキシロアリは、ほとんど分け前を取らない。いわば巣の「共同の胃袋」として、せっせとハゲミを続けるだけである。

ハラの構造が異なる蟻は、木をそれほどタメコミできない。黒蟻が持っているカミツキやクライツキ程度のハタラキでは、古びたとはいえ樹齢三百年の木は難物だ。ハタラキシロアリの食いっぷりには、さすがの蟻もあきれた。

一匹の白蟻が見かねてイロハを送ってきた。もっとも眼のない白蟻だから、見かねてと言うよりウレイを感じてと言ったほうがよい。

〈キミ、ウレイ、ありんすか〉

〈ハゲミに、少しウレイ、あり〉と正直に答えたのは、別のハゲミがあれば替えてもらいたいからだった。

白蟻は人が好いとみえ、さらにシタシミのイロハを送ってくる。黒蟻の交信イロハとは微妙に違い、心地よいカルミがある。

〈ヤマイ、ありんすか〉

〈ハラに、少しヤマイ、ありんす〉

蟻は即答して、相手がウタガイを抱く間も与えない。白蟻の交信イロハもまねた。

〈「ヤスミ、のち、ハゲミ、みんな、ナグサミ、タノシミ」で、ありんす。お忘れありんしたか〉

〈思い出したで、ありんす。ヤマイに、ヤスミで、ありんした〉

〈オモイチガイ、ありんす。「ヤマイ、まず、ヤスミ」で、ありんす〉

〈そうで、ありんした。ハラに、ヤマイ、ありんして、オモイチガイ、ありんした〉

どうも危ない。このまま交信を続けていれば、遅かれ早かれぼろが出る。せっかくイロヌキをしてシノビコミした努力も水の泡となる。

蟻はヤマイにかこつけて、この人の好さそうな虫から、白蟻社会のミチを聞き出そうとオモイツキした。甘えんばかりのシタシミのイロハを白蟻に向ける。

〈ヤマイ、ありんす。オモイチガイ、いろいろありんす。それ、我がウレイで、ありんす。ノゾミ、ありんす。我がオモイチガイ、正してほしいで、ありんす〉

白蟻はシタシミばかりかアワレミまでおぼえて、触角をしならせながら答える。

〈「キオクチガイ、ミコミチガイ、カンチガイ、大きなマチガイのもと」でありんす。ようござんす。キミのノゾミのままに、我れ、ココロミ、するでありんす〉

こうして白蟻のミチがシコミされた。蟻はヤマイを装いながらも、カシコミして触角を傾ける。

◇

白蟻は木を餌とし、次々に木を滅ぼす。ミチもそこから始まる。

木は「キのミチ」のキに通じる。黒蟻がハタラキを高め、キの拡大によってミチの実現をめざすのに対して、白蟻はキの拡大を戒め、オサエコミする。それによって、木とキの征服者として身を立てるのだ。

人の好いハタラキシロアリのイロハを借りれば、

「キには、キバを。キは、ただ、イノチのタツキ」となる。

白蟻のハタラキと言えば、イタダキやアリツキ程度にとどまっている。イノチのイトナミのために必要な最小限のハタラキである。

白蟻の社会では、「キのミチ」の代わりに「ミのミチ」の徹底が図られる。シタシミが白蟻どうしのハラをつないでいる。シタシミと、さらにススミしたヨシミが基本となって、相手へのツツシミ、アワレミ、カナシミ、イトシミなどが生まれる。「ミのミチ」が生殖に向けられれば、ムツミ、カラミ、ツマコミ、ハラミ、ウミ……と変化する。そうして、イノチのイトナミにもタシナミが保たれる。

「ミのミチ」は、すべての動植物に共有のミチだが、ここまでススミさせる生き物は見当たらない。

また、人の好いハタラキシロアリのイロハを借りれば、

「我がミには、ツツシミ。仲間のミには、イトシミ。

親のミには、アリガタミ。子のミには、イツクシミ。

すべての白蟻のミには、シタシミ、ヨシミ」

白蟻も、黒蟻と同じように「イのミチ」を戒める。そこにも「ミのミチ」が生かされている。巣全体のウレイ、ワズライ、ワザワイから個々のマヨイ、ウタガイ、マチガイなども「ミのミチ」によってオサエコミする。「イのミチ」には「ヤマイ、まず、ヤスミ」と同じように、それぞれ対処法が定められている。ちなみに集めてみると、

「マヨイのとき、よく、カエリミ。カエリミ、するほど、マヨイなし」

マヨイは身（ミ）の振り方にかかわるものだから、一つ身をいつもカエリミして、正しいミチに立ちかえらせることをオシエコミしている。

「ミのほど、ヒトシナミが、よし。ヒトシナミのミに、ウレイなし」

人の言葉で言えば、「平等の原則」である。他の白蟻より多く求めたり、先んじようとするハラさえなければ、すべての白蟻がウレイなく生きていけるということである。

「ウタガイ、それ、すなわち敵。シタシミ、それ、すなわち味方。ウタガイ持つな、シタシミ持て」

仲間にウタガイのイロハを持つと、そこにさまざまなウレイ、ワズライが生じる。どんな場合も、まず相手にシタシミを寄せれば、シタシミのイロハが互いの二つ身に循環し、間柄は必ず好転するということを示している。

「イサカイ、アラソイ、黒のミチ。ツツシミ、イトシミ、白のミチ」

これは、天敵である黒蟻を意識している。黒蟻は「イのミチ」にハタラキすることが多く、対する白蟻は理想の「ミのミチ」をじっくりスミしている、ということらしい。

白蟻の教訓にはノゾミがある。日ごろの生活規範から、黒蟻への警戒心を高めるものまで揃っている。蟻には聞き捨てならないものも多い。偏見としか言えないイロハも多く混じっている。それも由ないことではない。敗北を喫しつづけた悲惨なアラソイ、タタカイ以外に黒蟻とのナジミがない白蟻にすれば、黒蟻の存在そのものが最大のウレイなのは蟻にもノミコミできた。

「黒は焦土の色、白は浄土の色」というイロハもあった。

人の好いハタラキシロアリは、黒蟻社会がカシラハタラキアリの独裁（ハカライ）によるミチ無き社会で、内部では常にクライアラソイが続けられている、といった。クライアラソイは、人の言葉では「権力闘争」とか「暗闘」と訳される。これもマコトに反する、と蟻は言いたい。

どうやら白蟻の社会にはカシラがいないらしい。「ミのミチ」のシクミがカシラの代役を果たしている。そして、どの白蟻もカシラに似たオチツキとトキメキを持ち、一介のハタラキシロアリとしてハゲミする。それだけは、蟻が身ずからカシラハタラキアリとしてめざす理想に近い。

もしモウシヒラキの機会が与えられたら、蟻には一つだけ言いたいことがある。カシラのオモミあるハタラキについてである。それさえも、ハタラキを断じてオサエコミする白蟻にはノミコミされないだろうか。身ずからカエリミすれば、黒蟻も白蟻に偏見を抱いている。仇敵であり、餌であり、毒虫だという見方が大半だ。結局、互いにミコミチガイを犯していることになる。

人の好いハタラキシロアリに伝えられたイロハは、一部始終、漏らさず蟻のハラに収まった。

◯

蟻は巣の出入口近くにいる。

人の好いハタラキシロアリのモウシコミで、一日だけモノミにしてもらった。偵察と警備を掛け持ちし、黒蟻族ではミキキとフセギの二つの役目に当たる。

白蟻のモノミは、タルミしきっている。白蟻の巣をセメコミし、ワザワイをもたらす生き物はほとんどいないからだ。黒蟻でさえも、毒液のウチコミを恐れて容易に近づけない。

モノミの白蟻たちは、ことごとくハゲミを忘れ、巣と民家の間の土中を一、二度往復したかと思うと、ヤスミをたっぷりとる。思い思いに一つ身をくつろがせ、シタシミのイロハを交しあう。一匹がヤスミをとれば、他の白蟻もそれに倣うのは、ヒトシナミのハラがあるからだ。

蟻はすきを見て巣の外に出る。ツチの下でイロヌキを解いた。元の黒蟻になる。光イロハが膚にスイコミされていく。イロヌキを続けていると、他のハタラキがソコナイされる。一日に数度はイロヌキを解いて、黒蟻の基本的なハタラキを身ずからミガキしなければならない。かつてイロヌキを忘れて、そのまま白蟻族に同化してしまったハタラキアリもいたとカキオキに残っている。

蟻には新たなウレイがある。キノマヨイとは別の何かがハラを打つのだ。その正体は、わからない。とりあえず、廃屋と周辺をミキキしておくことにした。

廃屋は檜と欅（けやき）を主材として建てられている。白蟻のハイリコミは、床下から複数箇所に無計画でススミし、とりわけ湿気の多い北側にイタミがひどい。建物の周囲よりも中心部のソコナイが目立つ。

囲炉裏が切ってある居間の大黒柱は、表面の硬質な黒光りからは想像もできないほど食い散らされ、いつ倒れても不思議ではない。

鼠も去った。餌のない人家には、ノゾミのかけらもない。蟻が好き勝手に走り回っても、とがめるものはいない。白蟻のイタダキにサカライする天敵もいない。白蟻は、廃屋が建っているかぎり、檜や欅が残っているかぎり、安定した餌に支えられて子孫をウミ増やしつづけるだろう。

蟻は廃屋の構造と間取りのミキキをもとに、ハラに絵を描いた。オモイエガキである。置き去りにされた家具、調度品、鍋釜、食器のたぐいも、置き場と数をすべてノミコミした。オモイエガキは、丹念なミキキのハタラキによって鍛え上げられていく。

動かない空間のオモイエガキは造作もない。白蟻社会のように、たえず動き、変化する現象の場合は、ハラの中でヒモトキも交えて複雑なオモイエガキを重ねなければならない。このハタラキも、カシラとしてヒツギしたハラのタマヒによってキリヒラキされた。

土間に降り、床下から白蟻の巣にもどりかける。人の足音が伝わる。重い。一歩一歩、引きずるような足取り。ずるずる、がさがさ。廃屋に近づいてくる。蟻は、人の柄をミキキしておくことにした。

玄関先に男が立った。立て付けの悪い戸を蹴飛ばしながら開ける。よろめくように身を入れる。前のめりに土間を抜けると、土足で居間に上がり、そのままあおむけに倒れた。「酒精アルコール」の匂いイロハが、埃だらけの空気を押しのけて部屋に充満した。

男は強い匂いイロハを放つ。身から出る匂いと外から染みついた匂いが、複雑に混じり合っている。急に高くなったり、か細くなったりと変化の激しい音イロハも発した。人の言葉で、鼾という音イロハである。

かつて、公園や橋の下で見かけた人に似ている。蟻にとっては、ワズライの少ない人である。

蟻は白蟻の巣に戻ることにした。ツチの下で、すぐにイロヌキをした。

◇

白蟻の巣は、廃屋にハイリコミした人の噂イロハで持ちきりになった。まるで蜂の巣を突ついたようだ。白蟻たちは、たちまちウレイ、ワズライの虜となった。

〈コナマキで、ありんすか〉というウタガイが、ワズライの元になっている。コナマキとは、人の言葉で「白蟻駆除屋」のことだ。どうやら人を見たら、まずコナマキかとウタガイを持つのは、白蟻たちにスリコミされた習性らしい。

人が来た翌日は、半日ほどイタダキがヤスミになった。蟻にはアリガタミが大きい。ハラにクルシミを与える、あの過酷な餌のタメコミもせずにすむ。
白蟻の社会をじっくりミキキする時間ができた。巣にカシラがいないとすれば、イトナミはどのように続けられるのか。世代交替のテツヅキはあるのかないのか。不慮のワザワイに遭ったらどうするのか。「ミのミチ」は黒蟻の「キのミチ」と比べて、どれほどタカマハラの大御心(おおみこころ)に適っているのかなど、ミキキしたいことは山ほどある。それらのシクミを白蟻に問うことはできない。問えば無用のウタガイを招く。身ずからミキキを重ねて、オモイエガキするしかない。

廃屋の地下には無数の巣穴がある。一つの穴に二、三千の白蟻が棲む。他の穴と深所でつながり、いつもウツリスミによって数の平均化が行われる。

このウツリスミも、ヒトシナミのシクミに基づいている。だれかの命令で動くのではない。白蟻たちがそれぞれのコノミで動く。ただ、個々の穴のコミぐあいだけは、ノミコミしておかなければならない。一つの穴だけがウツリスミの白蟻でフクラミすれば、イトナミにナヤミが生じるからだ。

蟻にシタシミとアワレミを表した人の好い白蟻も、あっさり別の穴へウツリスミしてしまった。

巣穴の中は蒸し暑い。黒蟻には真夏のクラのように感じられる。光を怖れ、出入口を完全にフサギしているためだ。黒蟻のままでいたら、熱イロハをスイコミしすぎて、厚いキチン質の皮に黴(かび)が生えるかもしれない。

イロヌキのもう一つのアリガタミがわかった。蟻は巣に戻ったら、夏をイロヌキしたままシノギしようとオモイツキした。

巣穴の中層あたりで、ハタラキシロアリがみんなにタメコミの餌を分けていた。ハラヘラシシロアリの蛹(さなぎ)や幼虫キした。

が並ぶ。蛹にはハラの底から〈グェーッ〉というイロハとともに出した餌を、幼虫にはハラの上の方から〈オェーッ〉と出して餌を与えた。おそらく蛹には腸から、幼虫には胃からタメコミを出したのだろうと、蟻はオモイエガキした。

蟻のハラをさする蛹があった。〈タメコミをくれ〉という合図である。蟻は腸から餌を与えた。

〈ニガミ、ありんす〉と、蛹が口をユガミさせた。

〈すこし、ヤマイ、ありんした〉と、蟻はモウシヒラキする。

蛹はオモシロミを感じたようだ。

〈もっと、ニガミ、ほしいでありんす〉と餌をねだる。蟻が出す。蛹が食う。出す。食う。出す。食う。

満腹になった蛹のイロハが、オモシロミからシタシミに変わっている。蛹は成虫へのハグクミ途上にある。異なる味にタメライを覚えるどころか、成熟した成虫のフカミある味だとノミコミした。

〈こんなニガミ、初めてでありんす。今まで、アマミだけでありんした〉

蛹が率直なイロハを伝える。蟻はトマドイを隠して、ホホエミを返す。

〈フカミも、ありんす。ナツカシミも、ありんす。

我れ、やがて、ハタラキシロアリになるでありんす。

いつか、こんなタメコミ、したいでありんす。どうするで、ありんすか〉

触角をぶるぶる波打たせてオクリコミされる蛹のイロハは、アタタカミとハズミで、はちきれんばかりである。

蟻は、少しだけハラを割りたくなってきた。蛹を巣の奥にサソイコミしながら、イロハを交しはじめた。

〈ハラにハタラキ、ありんす〉
〈ハタラキで、ありんすか。ハタラキに、マチガイありんせんか〉
〈良いハタラキも、ありんす〉
〈どんなハタラキで、ありんすか〉
〈トキメキ。オチツキ。良いハタラキで、ありんす〉
〈トキメキ。オチツキ。そんなハタラキ、ありんすか。我がハラに、ありんすか〉
〈ありんす。今も、良いハタラキの一つしているで、ありんす〉
〈マコトで、ありんすか〉
〈マコトで、ありんす。今、アルキしているで、ありんす〉
〈アルキ、よいハタラキで、ありんすか〉
〈アルキ、すべての良いハタラキのもとで、ありんす〉

　蟻はほかに白蟻のいない広々とした空洞（ウロ）に入り、黒蟻流のアルキのカタを示した。普通に前進するマエアルキ、後じさりするウシロアルキ、速歩のハネアルキ、ハラをツチに着けて前進するハイアルキ、横や斜めに、また前後に瞬速で位置を変えていくトビアルキの五つのカタがある。それらを組み合わせて、無数のクミアルキが生まれる。

　白蟻には眼が無い。アルキのカタは、位置イロハとして触角でオオヅカミする。眼があったとしても、これまで白蟻の巣の中では見ることがなかっただろう。アルキはただのアユミであり、マエアルキとウシロアルキの代わりにカワリミがあるにすぎない。蛹は、全身を耳目にしてキキコミ、カイマミした。

〈キミ、アルキのカタ、してみないで、ありんすか〉

と、蟻が促す。蛹はアリガタミを表してココロミするが、足が未発達でハイアルキくらいしかできない。それを知っていて、蟻はやさしくオシエコミする。

〈ハラで、アルキしてみるで、ありんす〉

純真な蛹は、蟻のイロハをすぐにトリコミする。

〈ハラで、ありんすね〉

〈まず、身一つで、ハラのオモミ、カルミ、身ずからノミコミするで、ありんす〉

〈このミ、シコミのすべて、ノミコミするで、ありんすよ〉

こうしてアルキのシコミが始まる。

蟻は、初めから衝撃を受けた。白蟻の蛹には、天与のノミコミのチカラがある。白い綿に水が染み入るように、白い身の気孔という気孔からシコミのイロハがシミコミしていく。

白く透明感のある蛹の体は、あたかも水晶体のようだ。蟻のイロハを瞬時にトリコミし、正確に時をキザミする「クォーツ振動」（人の科学でよく知られる）のように、寸分たがわぬアルキのカタとして再現してみせた。

黒蟻がハラに重きを置くとしたら、白蟻はすべてをミで処理する。ミには、身だけではなく、身を超えた未知の何かが含まれる。蟻には、「ミのミチ」の奥のフカミがまざまざとオモイエガキされた。

蟻は発すべきイロハを忘れて、ただ見ほれた。黒蟻社会では個々の「キのミチ」に任せることが多く、成虫から蛹や幼虫にミチをシコミするシクミが軽く扱われている。一つ身の自由が大きいぶん、新しいハタラキが生まれる可能性も大きい。半面、優れたハタラキが社会全体で共有されにくいウラミがある。

蛹のノミコミのチカラに眼を見はりながら、蟻は白蟻と敵対する愚かさにキヅキさせられた。

〈キミ、アルキのカタ、丸ごとノミコミしたで、ありんす〉

そうイロハを伝えて、触角で蛹の頭を撫でた。

〈次のシコミ、何でありんすか〉

気をよくした蛹は、ハニカミを示しながらも、ますます貪欲になる。

〈アルキのカタの上に、カワリミ、ハズミ、フクラミ、ありんす〉と、蟻は「ミのミチ」に置きかえてクドキし、難易度の高い変化のカタを身ずからココロミしてみせた。五つのアルキのカタを基本にして、速度を変えたり複雑な回転や静止を入れたりする、人の「踊り」のようなウゴキをくりかえす。

蛹は蟻のウゴキが終わるのを待ちかねたように、さっそく難しいカタにトリクミする。体の中からアタタカミがニジミするらしく、熱イロハを蒸気に替えながらカタにハマリコミしていく。

蟻は、もっと大きな驚嘆を示さずにいられない。蛹はめまぐるしく姿を変える雲のように、ときには玉のように、ときには撚(よ)り合わされた紐(ひも)のように、軟らかな身を思うがままに使いこなし、カワリミ、ハズミ、フクラミを完璧にまねた。ハラのオモミ、カルミの均衡も思うがまま。わずかなテホドキを受けただけで、シコミの師である蟻を超えるほどのハタラキぶりである。もうなんのシコミが要るだろう。

〈キミ、もう何もかもノミコミしたで、ありんす。ほかの蛹にも、シコミできるで、ありんす〉

人の言葉で言えば「免許皆伝」である。蛹は、戯れにもう一度ハズミをココロミしてみせ、アリガタミを一つ身いっぱいに表した。

蟻は、素直にイトシミを持てない。ハラの中で黒蟻族の蛹と引き比べて、ウレイを深めてしまった。これが黒蟻の蛹だったなら、次のカシラとしてタマヒを託す虫に決めただろう。

今、蟻の巣には次代のカシラにふさわしいハタラキアリがいない。それとも、あの異才を持つ小蟻が一皮むけて、カシラにふさわしいオモミを加えてくれるだろうか。ああ、我が巣、我が一族は今ごろどうなっているのだろうか。

キノマヨイは消えるどころか、別のウレイまでヨビコミした。

蟻は蛹の全身をもう一度撫で、シタシミのイロハを送る。蛹がどんな白蟻にハグクミされるのか、まず見ることはできない。そのことに、なんとなくオシミも覚えた。

ハズミのイロハとシズミのイロハの二つ身が別れ、巣穴の上と下へそれぞれアルキする。後は、元の空洞(ウロ)。するると、壁面のツチを押し出して、一匹の老いたハタラキシロアリがぬっと現れた。広間のまん中に立つ。ゆっくりした動作ながらアルキのカタを確かめるようにココロミする。シワバミした身には、隠しきれないタノシミのイロハがあふれていた。

○

コナマキのウタガイに揺れた一日が終わろうとしている。

蟻にとっては、アリガタミの多い一日になった。白蟻の巣を隅から隅までアルキ回り、豊富なタツキに恵まれて、イサカイも少ないイトナミをミキキしつくした。老若雌雄、あらゆる層の白蟻たちとナジミを持つこともできた。ただ一つの不満は、白蟻社会を動かしているカシラのような存在に、とうとう出会えなかったことだけである。

黒蟻の社会とは違うタカマハラを持っていることはわかる。だが、カシラが種族を代表して、タカマハラとハラで交信するのではない。個々の白蟻が交信するのでもなさそうだ。言ってみれば、巣そのものがタカマハラの命に添って存在している。

そのことをほのかにオモイエガキさせる場面があった。

巣の奥に、ハラミのチカラを失ったハラミシロアリがいた。それまでふんだんに与えられていた餌が、この数日、全く断たれた。身はどんどん痩せ衰え、イノチのオシマイを待つばかりである。

黒蟻社会では、ハラミアリの功績をカンガミして、イノチのオシマイまでヒッコミを認める。餌もわずかながら与えられる。白蟻社会では、ハラミシロアリも役目が終われば、タメコミの餌にされてしまうだけである。

蟻は、その老いたハラミシロアリにアワレミを持ち、ついナグサミのイロハを送ってしまった。

〈エサ、ありんすよ〉

老ハラミシロアリは、タルミのきた白いハラを薄い朱に染めて、猛然とサカライのイロハを返す。

〈なに、チマヨイ申すで、ありんすか。スに申しわけ、立たないで、ありんす。

「エサオシミ、すなわち、イトオシミ」忘れたで、ありんすか〉

かえってウタガイのイロハをぶつけられ、蟻は〈エサ、ありんすよ〉〈エサ、ありんすよ〉と、相手構わず言う

モノグルイの白蟻を装いながら立ち去った。

老ハラミシロアリは、確かに〈スに…〉と発した。それが、ただの巣のフクミでないことは蟻にもミヌキできる。

それ以上は、雲をツカミするようで、とんとわからない。

◇

蟻は、もう白蟻の巣を去らなければならない。これ以上の長居は、身のウレイとワズライを深めるばかりである。次の日の出を待って脱出(アシヌキ)しようとハラに決めた。朝日が地上を満たせば、白蟻たちが追跡(アトオイ)してくる恐れもない。地表近くにいて、地熱イロハの上昇にキヅキしたらすぐに飛び出そうと、身をノビチヂミさせて待つ。

蟻は眠らない。イロヌキのハタラキを保ったままハラをクツロギさせる。ツチの上に出たら、ハネアルキで白蟻の巣から一気にトオノキするつもりだ。

朝が近い。イノチのアタタカミを感じる。夜気に冷やされて鈍ったイノチのチカラが再びふつふつと沸き上がる。ときおりまた、例の得体の知れないウレイがハラを叩く。ウレイのイロハは、コナマキではないらしい人の軒のイロハと重なり、触角を断続的に痺(しび)れさせる。

◯

朝が来た。

遠くで一番鶏が鳴く。蟻は地表からわずか数歩の地下でイロヌキを解き、一目散に外へ飛び出す。土間に出た。開け放たれた戸から長々と朝日が差しこむ。高軒の人が囲炉裏端に横たわっている。

民家の外は光にあふれていた。蟻の漆黒の背も光で鈍色に照り返り、その熱イロハを浴びるだけ浴びた。黒蟻に生まれたアリガタミを、今この時ほど感じたことはない。光線の一筋一筋のイロハが膚からスイコミされ、ハラの中では生来の勝れたハタラキが復活するように感じられた。触角が勃然と伸び立った。

北の方角には棲み慣れた巣がある。永遠の敵である白蟻のイトナミをミキキしてほのかに知った「ミのミチ」は、後のカシラへの良いカキオキになるだろう。

アルキの足は、まだ大地の磁気を十分に捉えていない。蟻は、一歩二歩と慎重に足をススミさせていく。

どどーん。

その大地が鳴った。

揺れる、揺れる、揺れる。初めは上下に、続いて横に、斜めに。

大きな物ほど激しく揺れる。裏山の檜が揺れる。欅が揺れる。竹が揺れる。庭の柿が、松が、桜が、梅が震える。垣根の青木が波打つ。打ち捨てられた畑を埋める西洋蒲公英や白詰草や白粉花や女郎花らが立ち騒ぐ。犬の遠吠えがこだまする。烏たちが激しくわめき散らし、雀や鳩の群れが空のあちこちを逃げまどう。

小さな小さな蟻だけは、数ミリ四方の地面にしっかりと足を踏みしめて揺るがない。

揺りもどしが来た。右へ揺れたものは左へ、左へ傾いたものは右へ反転させられた。

びしっ、ばきっ、どんがらがっちゃーんという大音響のイロハが後ろで続けざまに起こり、そのとき初めて蟻の触角は痺れるような衝撃を受けた。得体の知れないウレイの因は、この地震を予告するイロハだったのだ。

民家がもうもうと煙を上げている。煙と見えるが、土ぼこりである。民家は土ぼこりにツツミコミされた。

土ぼこりが鎮まるにつれて、茅葺きの屋根がひしゃげ落ちて、ヘタリコミした牛のような姿の民家が浮かびあがる。柱はことごとく折れ、最後の大黒柱が折れるにおよんで、家はそっくり返るように後方へ倒れた。

「げっほーんくそっ、ぺっ、げほーんくそっ、ぺっぺっ」と、人が何かに八つ当たりするような憤ろしいイロハを咳や痰唾ごと吐きすてながら、のそりのそりと外へ出てきた。人は、そのまま梅の木の下に尻餅をつき、土ぼこりと煤（すす）で汚れた顔を撫でつけた。

人と入れ違いに、蟻は民家のほうへ猛然と走った。

民家の柱には、もう白蟻がハイリコミして、イタダキ、アリツキを始めたころである。柱や根太が折れて白い身を白日にさらしてしまえば、死に虫が大量に出て、巣のイトナミに深刻なワズライをもたらす。最悪の場合、ハラミアリをすべてウシナイするワザワイもありうる。

たとえ白蟻のことだろうと、ワズライやワザワイをそのまま見すごしにはできない。

土間には、もうすでにいくつか死骸（ムクロ）が転がっていた。虫の息で身もだえする白蟻もいる。幸い、土ぼこりが日光のイロハを弱めていたが、時が経てばその幕も除かれる。ムクロの数はさらに増えるだろう。

おそらく巣に戻る通路は、一斉にニゲコミしようとするハタラキシロアリの群れで埋めつくされ、人の言う「圧死」や「窒息死」も起こっているにちがいない。蟻は、大地震のワザワイをカシラとしてよくノミコミしていた。カシラがオオハタラキで全員をミチビキすれば、そんなニゲソコナイも起こらない。

蟻はカシラのいない白蟻社会にアワレミを覚えた。アワレミは、ハタラキのチカラに変わる。蟻のハラにはオモイエガキで作った民家の見取図が表れ、トッテオキのハタラキに向かってオモイツキが練り上げられていく。

蟻の眼が光った。その眼には、かまどと折れた煙突が映った。その身は、神速なハネアルキに転じた。

蟻は煙突の中を縦横無尽にユキキして、こびり付いた煤を削りながらスイコミした。それだけでは足りず、かまどの下にわずかに残っている置き炭を顎でカミクダキ、カミクダキしながら、その粉も次々にスイコミする。

木材のイタダキにあれほど苦しんだ蟻が、大量の煤と炭をハラにタメコミしてしまった。

また、ハネアルキになった。折れた柱の上で傾く梁まで上る。一つ身を露出してモガキクルシミする白蟻たちの上から、蟻はハラの中で墨に変わった煤と炭を霧にしてフキフキする。

この一連のハタラキは、オスミツキである。

一本の柱が済むと、次、また次とオスミツキは続く。墨が底をつけば、またスイコミに走る。ハタラキが一つのクミを成していて、ウゴキに無駄がない。

オスミツキを受けた白蟻たちは闇の世界と同じように元気を取りもどし、まっ黒なクロアリモドキとなってほうほうの態で巣にひしめき帰っていく。瀕死の白蟻たちも、元気なクロアリモドキの手厚いナグサミを受けて、背や足を借りながら三々五々巣にたどり着く。

白蟻の巣は、上を下への大騒ぎになった。地震のワザワイで混乱しているところにクロアリモドキの白蟻たちが帰ってきたのだから、皆〈すわ、黒蟻のアレクルイ〉と慌てふためいた。一も二もなく、毒液のウチコミに及んだチマヨイの白蟻もいて、マヨイとクルイのイロハがしばらく狭い巣穴に渦巻いた。

巣は落盤であちこちがふさがり、生き埋めになったハラミシロアリと卵をカカエコミしてニゲコミするハタラキシロアリの足が足りない。この際ハタラキシロアリもハラキリも、モッパラもない。蛹さえも未発達の足をハラで補い、成虫のカワリミとなって仲間のナグサミにハゲミ尽くした。

最後の一匹を巣にハコビコミし終えた蟻は、巣の中でイロハのクルイを正す。

〈クロアリモドキ、白蟻で、ありんす。アレクルイ、チマヨイの、イ、ロハ〉

カシラハタラキアリのツヨミあるイロハが巣の隅々にまで達した。

〈イ、ロハ〉は「イのミチ」の広がりをフセギし、只（ただ）のイロハに変えてしまうマジナイロハである。そのイロハは白蟻たちの触角にシミコミして、ナゴミとアリガタミのイロハになって返ってきた。

次に蟻は、一匹のクロアリモドキの全身に湿ったツチをつけてミガキしてみせ、身ずからタシナミするようミチビキする。クロアリモドキたちは、元の白蟻にもどって互いにしみじみシタシミ、イトシミを交し合う。

さらに蟻は、ハラミシロアリと卵をツチの下から救い出すために、ジュズツナギのハタラキを示して見せた。ジュズツナギは、まず生き埋めの場所までハタラキシロアリが斜めに穴を掘ることから始まる。貫通した穴には、蛹たちをツナギして並べる。穴の下では、数匹のハタラキシロアリがハラミシロアリと卵を蛹の背中に載せる。蛹たちは、背中を波打たせながら、上へ上へ転がしてハコビコミするというクミハタラキである。

初めはぎこちなかった蛹たちだが、二、三回くりかえすうちにウゴキにナレシタシミしていく。蟻がミコミしたとおりのノミコミの速さだった。ジュズツナギは、ハラミアリだけでなく、餌のハコビコミにも用いられた。

助け上げられたばかりの一匹のハラミシロアリは、チマヨイから覚めやらず、そこらでヤスミするモッパラシロアリを次から次に招きよせ、いつになく熱烈なムツミとツマコミを始めた。イノチのウレイが身ずからの産卵欲に火をつけ、ひたすらなイノチのイトナミにハズミを与えたのだった。

やがて、はかなくイノチをウシナイさせたハタラキシロアリの数を補って余りある卵がウミ落とされるだろう。

蟻は巣のソコナイをミキキし、白蟻たちを大中小の集団に分けてハゲミに当たらせた。露出した出入口はフサギされ、落盤したツチはウロに盛り重ねられる。ツチを運ぶために、ここでもジュズツナギが役に立った。

蛹たちは、日ごろのオサナゴアツカイから免れ、一匹前のハタラキシロアリに変わらぬ大きなチカラを表した。

中でも、不思議なウゴキをする蛹の集団が持てはやされている。蟻がアルキのカタをシコミした、あの蛹が率いる十匹の集団である。

彼らには、ジュズツナギで背中を波打たせることなど序の口である。一匹一匹が複雑なカワリミ、ハズミ、フクラミを律動的にこなし、それでいてクミのナゴミが崩れない。よく統制のとれたタクミのカタで、あらゆるハゲミにめざましい成果を上げた。彼らは、だれ言うとなく〈カルハズミ〉と呼ばれた。

カルハズミは、復興の速度よりも速く蛹たちの間に流行した。ちょうど新しいイノチのチカラを求める巣の気運にも適い、老若雌雄の白蟻すべてがナジミを持った。巣では早くも一つの勢力となりつつある。カルハズミに刺激を受けた成虫たちは、もっと大きなハゲミを身ずからに課さなければならなくなった。

巣の復興は急速に進んだ。

◇

蟻は、いつのまにかウタガイのツナに囲まれていた。

初めは一、二匹にすぎなかったウタガイのイロハが、カルハズミの流行とアユミを合わせるように、触角から触角に伝わり、しだいに巣の常識としてオモミを加えていく。知らぬは、当の蟻ばかり。

蟻の回りには、ハタラキシロアリとハラキリシロアリが数匹、いつも即かず離れずツキマトイする。彼らは表向きシタシミのイロハをヨソオイし、ハゲミもそつなくこなしながら、蟻の化けの皮がはがれたら一挙にトリカコミ、オサエコミしてしまおうと身構えている。

蟻もうかつだった。身ずからのハタラキで白蟻のワザワイを救うことにばかり気をとられ、イロヌキすることを忘れた。初めはクロアリモドキの一匹と見られていたが、いつまでもミダシナミを替えないものだから、ウタガイを招く羽目になった。もっともイロヌキをしていたら、これほどのハタラキもできなかったのだが。

ウタガイのツナは二重三重になり、仮に蟻が最初のトリカコミを突破しても、地表に脱出できる可能性は少ない。それとも、何かまたトッテオキのハタラキがあるのだろうか。

白蟻たちのイトナミにノゾミやタノシミが戻ったのをカイマミするにつれて、さすがの蟻もウレイを抱きはじめた。身がすり切れるほどハタラキづめだったのに、肌は今だに黒々としている。シタシミをもって接していたハタラキシロアリたちも、ときに刺すようなウタガイのイロハを発した。

トリカコミの一団が、いつもいっしょなのも不自然だ。蟻がハネアルキすれば、足を速めて必死に追いすがる。ココロミにハイアルキすれば、意味もわからずにハイアルキをまねる。ウシロアルキしたときなどは、どう動いていいのかわからずにあちらでごつん、こちらでばたんと、ぶつかり合ったり、転んだりした。それでもなお、しつこくツキマトイする。

一団は、地表近くの辻にさしかかる。蟻がモウシコミをする。

〈我れ、そろそろ、ミダシナミ、したいでありんす〉

トリカコミの一匹が大げさなナグサミのイロハで答える。

〈そうそう、キミ、そろそろ、ミダシナミ、したらいいでありんす。

キミ、もう十分に、ハゲミ、したでありんす。

我ら、キミの、白い清らかな身、カイマミしたいでありんす。

さあさあ、ここで、すぐ、ココロミしたらいいでありんす〉

他のトリカコミたちはユルミなく身構え、とりわけ地表側は五匹のハラキリシロアリがカタクミしてアツミある壁を作った。ほんの十歩ほどのアルキで地表なのだが、これより上には行けない。さりとて左右の土壁を掘り進むのも難しい。壁の向こうには、別のハラキリシロアリがヒソミしている。無数の白蟻がオサエコミのときを待つ。

蟻は観念した。サカライするつもりはない。ひとときはシタシミ、ヨシミを交した白蟻たちである。どんなオサバキをするのか、一つ身を任せてみようとハラを固めた。

そうと決まれば、蟻はカシラハタラキアリらしく、トキメキとオチツキに満ちたカタを示さなければならない。巣のある北の方角に向かって前足をすり合わせ、その足で全身の土汚れを払い落とす。ハラの前は特に念入りにミガキする。尾の先をぐっとツチにオチツキさせる。そして、胸を反らせて天をフリアオギし、触角を白蟻の巣の隅々に届く角度と感度に調えて、雷鳴のようなイロハを発した。

〈我れ、黒蟻なり。我れ、クロヤマアリ族の、カシラハタラキアリなり〉

○

蟻のオサバキはオシラスで行われることになった。異例のことである。

本来、侵入者である黒蟻は問答無用で毒液のえじきにされる。カシラのカタが、白蟻たちにアリガタミを与えたらしい。また、ワザワイに際してオオハタラキを示し、白蟻族のためにハゲミを続けたこともアワレミを誘った。

オシラスは円形の床一面に白いスナがまかれ、筋目が浮き立つほど掃き清めてある。天井は、人の言葉でいうところの「ドーム」を成す。地震によるソコナイは少しも見られない。硬い岩質のツチをホリコミしてキズキしたらしい。スナ地の周りを円環状に階段が囲む。一段目にはハタラキシロアリ、二段目にはハラキリシロアリ、三段目には蛹と幼虫が、それぞれ陣取る。彼らはタカミと呼ばれる。

あの人の好いハタラキシロアリがいる。カルミハズミを率いる、あのノミコミのよい蛹の姿も見える。

オシラスでは、すべての虫が身ずからマコトを告白しなければならない。もしマコトに反するマチガイを言えば、イイマチガイだろうとオモイチガイだろうと、ツグナイとして頭とハラを十回ずつカミカミされる。尋問に答えずダマリコミを通せば「シラを切る」虫として、触角を切り落とされる。ハラの白さを見せる以外に、ツミツグナイから逃れるミチはない。

ここでもまた、「ミのミチ」のシクミが規範（カガミ）として厳然とニラミを利かせる。ただし、日ごろに比べてユルミを以て運用される。ふだんオサエコミされているウラミ、ツラミ、ニクシミなどの悪しき「ミのミチ」も、この場ではノゾミともタノシミともされる。そんなユガミに満ちたタノシミの時を、タカミの衆は今や遅しと待っている。

四匹のハラキリシロアリに伴われて蟻が入ってきた。

オシラスのまん中にススミすると、蟻を残して四匹は去る。蟻はオシラスの天井と階段席とをゆっくり眺める。シノビコミの間には、全くミキキできかったウロである。無理もない。ふだんはツチに丸ごとウメコミされている。オシラスが開かれるのは、黒白（こくびゃく）を決すべき（白蟻側からいえば、白黒（しろくろ）をはっきりさせるべき）重大なツミのウタガイが生じた場合に限られている。

いよいよオギンミが始まる。人の言葉では「裁判」である。オギンミのオシクミともいい、カタが固まっている。三匹のハタラキシロアリが訊問に立つ。それぞれツキナミ、ツッコミ、オイコミという。

最初のツキナミが蟻と向き合い、穏やかなイロハを送る。それでもドームの天井に反響し、タカミの白蟻たちの触角には十分すぎるツヨミがある。

〈キミ、カナシミ、ありんせんか〉

蟻は首をかしげる。質問の意図がわからない。〈なし〉と答える。すると、ツキナミは低いイロハで〈あり〉と答えるよう促す。〈あり〉でなければ、オクヤミにならないという。蟻はオクヤミというカタだとオモイエガキし、ツキナミのオシエコミに従う。

ツキナミのオクヤミはしばらく続き、オギンミを受ける蟻に対する、身ずからのイトシミのオモミをことさらに強調した。タカミの衆は、ツキナミのイトシミにナジミする。続いて……

〈この世に、ウラミ、ツラミ、ありんせんか。

この世に、ハカナミ、ありんせんか〉

これも、答えは〈あり〉でなければならない。蟻のハカナミを誘い、満場の白蟻にアワレミを乞うシクミである。蟻は唯々諾々として〈あり〉をくりかえす。オギンミを権威づけようとするカタだと、種々のカタに慣れた蟻はノミコミした。

蟻のハカナミと白蟻のアワレミの交換が何度となく続く。オシラスには、アワレミのイロハがじわじわとフクラミしていく。フクラミの極限（キワミ）を見計らって、ツキナミがイロハを強めた。

〈されど、キミ、そのツミ、スゴミありんす。タクラミありんす。

我れ、もはや、シリゴミするのみで、ありんす。

〈次なるツッコミに、オギンミ、代わるでありんす〉

フクラミしたアワレミが破裂するようにシボミし、またしてもタカミの席は蟻へのニクシミのイロハ一色に変わった。振幅が大きい。アワレミの大きさは、そのままニクシミの大きさに転じてフクラミしている。

蟻はオサバキされる身を忘れて、シクミのタクミさに感じ入った。

ツッコミが立つと、場内は待っていたかのように静まりかえる。その静寂は、自ずとオギンミが核心に入ることを伝える。タカミのイロハが、オギンミの指標にも旗色にもなっているのだ。

〈キミ、三つの大きなツミ、ありんす。

一つ、我れらの巣、黒い汚れた足で、アルキしたツミ、ありんす。

二つ、我れらのイトナミ、黒い汚れた目と触角で、ミキキしたツミ、ありんす。

三つ、我れら白蟻の身、黒い汚れたハタラキに、ミチビキしたツミ、ありんす。

それらすべて、黒蟻の「キのミチ」、ツミのミチでありんす〉

単刀直入だった。ツッコミのイロハの切っ先は鋭い。タカミの衆のニクシミのイロハも、これによってセメコミすべきネライが定まった。

〈キミ、それらすべて、ノミコミするで、ありんすか〉

〈するハラ、あり〉

蟻の答えは短い。シクミどおりに身を委ねるハラである。

〈キミ、それらのツミ、なぜ、ハタラキしたでありんすか〉

問いに対して、蛾との問答によって生じたキノマヨイのことやイロヌキしてシノビコミしたことまで、蟻は正直に答える。

〈イロヌキ……、それ、どんな汚れたハタラキでありんすか〉

〈我れ、黒い肌、白に変えるハタラキ、あり〉

タカミの席から激しいニクシミのイロハが飛ぶ。場内は騒然とする。ニクシミのイキオイ余って席から転げ落ちたハタラキシロアリを、ハラキリシロアリが助け上げる一幕もあった。

〈タカミの衆!〉

丸天井をつんざくようなツッコミのイロハが響いた。余韻の後には、オモミのある静粛。一、二拍おいて…

〈どうか、黒蟻に、アワレミ、賜わるでありんす。

きっと、黒蟻の、ツミのがれのモノイイでありんす。

きっと、マチガイでありんす。キミ、そうでありんすな〉

〈我れ、黒い肌、白に変えるハタラキ、あり〉

またニクシミのイロハが沸き上がる。ツッコミは、ニクシミが熟していくのを確かめつつ…

〈キミ、タカミの衆の、アワレミにも、キワミあるでありんす。

マチガイなら、はやくカエリミすることこそ、身のためでありんす。

マチガイのツグナイ、十カミカミのイタミ、ありんす。

よくよく、カエリミしてみるで、ありんす〉

〈我れ、黒い肌、白に変えるハタラキ、あ…〉

タカミの衆のイロハより速く、

〈おいっ、キミッ！　黒蟻っ！〉

ツヨミをみなぎらせたツッコミのイロハがかぶさる。タカミの席は、機先を制されて水を打ったように静か。

〈それなら、イロヌキとやら、いまここで、ココロミするでありんすか。

もし、できないなら、オオワライされて、アワレミもないで、ありんすよ。

もし、できないなら、ツミ、もう一つウワヅミで、ありんすよ。

もし、できないなら、キミ、全くノゾミなしで、ありんすよ。良いで、ありんすね〉

ダマリコミの膜を破って、タカミの席からココロミを促すイロハが高鳴る。どうも、ツッコミのフクミのままに運ばれていく。これも、シクミどおりなのかもしれない。

〈さあ、キミ。今さら、マチガイだと、カエリミできないでありんす〉

ツッコミは、大げさな身ぶりで蟻の肩に前足を置く。案外シタシミのイロハが感じられる。

〈我れ、イロヌキのハタラキ、あり〉

〈よしっ！　キミ、ココロミするがいいで、ありんす。

タカミの衆！　汚れたハタラキのココロミ、タノシミにしていただくで、ありんす。

そんな汚れたハタラキ、できたらオナグサミで、ありんす。さあ、存分にココロミしたらいいで、ありんす〉

ツッコミがそそくさと離れ、白い砂の上には黒い蟻がぽつんと取り残された。

蟻のハラに、カシラとしてのトキメキとオチツキが戻ってくる。ハラにはタがタメオキされている。大きなハタラとなって、キをウミ出す。全身からキがハキハキされ、イロヌキのハタラキになった。

蟻は、いつもよりゆっくり一色ずつカミクダキするように脱色して見せる。イロハのチカラの弱い紫から、順々にイロヌキされていく。一色ごとに、タカミの席から強い波風のようなトマドイのイロハが起こる。七回目には、薄紅色の蟻がオシラスのまん中にいた。

八回目にかかる。色イロハは、すうっと褪(あ)せていく。白蟻になった。タカミの席からイロハの波風が凪(な)いだ。

ツッコミが、ゆったりとした足どりで戻る。タカミの衆ほどにトマドイのイロハはない。むしろ、タカミの衆のイロハを一つ一つタノシミつくすように忙しく触角を動かす。また何か、フクミでもあるのだろうか。タカミの衆の耳目がツッコミに集まった。

〈キミ、白蟻で、ありんせんか〉

あたかもタカミの衆のイロハを代弁するかのように、ツッコミが言う。蟻が首を左右に振る。

〈白蟻でありんす。マコトに、白蟻でありんす〉

蟻は首を振るばかり。

〈タカミの衆！　この虫、我れらのナジミ、白蟻で、ありんせんか〉

〈白蟻！　白蟻！　し、ろ、あ、り！〉と、ツッコミにナジミするイロハが小波(サザナミ)立ち、だんだんと怒涛(オオナミ)に変わっていく。ツッコミは、蟻をタカミの席の方に引き回してアユミを続け、蟻の白い身を上下八方にとくと見せつけた。タカミの群れが最前列に殺到(カケコミ)し、触角を大きな眼に変えてカイマミした。

人の好いハタラキシロアリのホホエミする白い顔があった。アルキのシコミを受けた蛹は、カルハズミの仲間とともにアオギミのイロハを蟻にオクリコミする。ほかにも、ヨシミを交した白蟻たちがそこかしこにいる。

蟻はトマドイを抱えて一回りした。ツッコミのヤワラカミある表情からは、フクミのイロハをミヌキできない。

中央に戻った。ツッコミが、タカミの席を見回して問う。

〈タカミの衆！　このハタラキシロアリに、シタシミ、ヨシミ、ありんすか〉

一斉に〈ありんす〉の大きなイロハが上がる。

〈キミ、白蟻ならば、三つのツミ、ありんせん。

一つ、我れらの巣、白い清らかな足で、アユミしたツミ、ありんせん。

二つ、我れらのイトナミ、白い澄んだ目と触角で、モノミしたツミ、ありんせん。

三つ、我れら白蟻の身、白い気高いハゲミに、ヒキコミしたツミ、ありんせん〉

ツッコミは、イロハそのものにオモミを加えながら告げた。タカミの衆も同調（ナジミ）する。

〈キミ、マコトに白蟻で、ありんすな〉

〈否〉と答えようとした蟻のハラに、〈ありんす、と答えよ。ノゾミ、あり〉と、ツヨミのあるイロハが届いた。

明らかに黒蟻のイロハだった。蟻はタカミの席を見回す。白一色。黒蟻の姿は見えない。するとまた、〈ありんす、と答えよ、さあ〉。蟻は思わず…

〈あ、ありんす〉

ツッコミは答えをしっかりと受け止める。

〈そうで、ありんしょ。そうで、ありんしょうとも。
タカミの衆！　このハタラキシロアリ、我れらのオナジミでありんす。
シタシミ、ありんす。ヨシミ、ありんす。イトシミ、ありんす。
アタタカミ、ありんす。ヤワラカミ、ありんす。オモミ、ありんす。
たった一つだけ、ありんせん。オギンミすべきツミ、ありんせん。
これすべて、「ミのミチ」のシクミで、ありんす。
これにて、我れ、ツッコミ、終えるでありんす。
こののち、オイコミ、アタタカミあるオギンミするで、ありんす〉

満面にホホエミを浮かべてツッコミが去る。タカミの席から、ツッコミにナジミするアシブミの音イロハが鳴りやまない。

オギンミはここで、しばし休廷（ヤスミ）に入る。

◇

オシラスに、でっぷりとフクラミしたオイコミの白蟻がやって来る。ウロの中央には、イロヌキしたままの蟻がタタズミする。オイコミは触角を一度も蟻に向けず、マルミのある背中にシズミコミのイロハをニジミさせている。オイコミはツッコミのオギンミにいささか不満を感じた。初めは三つのツミを数え上げておきながら、最後には〈ツミなし〉の結論を残して去った。オシクミである以上、オイコミと言えどもツッコミのハゲミとそのナカミにアリガタミを持ち、ツツシミのうちにオギンミを続けなければならない。

タカミの衆のイロハは〈ツミなし〉に傾いている。それにサカライして、この上ツッコミを続けることは、オイコミにも許されない。ただナヤミとして、二、三のウタガイをサシハサミすることは許されている。

ところで、このオイコミには困ったコノミがある。〈ツミ、ありんす〉という、人の言葉で言うところの「有罪宣告」を無上のタノシミとしているのだ。フクラミした一つ身も、このコノミで作り上げたといってもよい。

〈ツミ、ありんす〉と、フカミとオモミあるイロハを発するために、ハゲミにハゲミを重ねた。そのために、餌のエリゴノミまでしている。アブラミの多い榧(かや)、松、胡桃(くるみ)などの木と木の実しか口にしない。そのアツミある一つ身から発せられるケレンミたっぷりのイロハに、ナツカシミやアリガタミを覚える年嵩(としかさ)の白蟻もなくはないが、若い成虫や蛹たちにはことごとくケギライされている。

ツッコミの結論が〈ツミ、ありんす〉ならば、オイコミのオギンミは手短に終わり、〈ツミなし〉ならば長くなるのが常である。タカミの席では、もう〈長くなるで、ありんす〉のイロハが交されている。

〈キミよ。オギンミ、我れにて、オイコミで、ありんす。少しカエリミするで、ありんす。

初めに、ツキナミのオギンミ、ありんした。

次に、ツッコミのオギンミ、ありんした。

ツキナミ、キミのツミ、スゴミありんす。タクラミありんす。で、ありんした、な。

ツッコミ、オギンミすべきツミ、ありんせん。で、ありんした、な。

そうで、ありんした、な〉

蟻はうなずく。タカミの席からも同意(ナジミ)のイロハ。

〈ところで、我れ、一つナヤミ、ありんす。

初め、ツミありで、ありんした、な。次、ツミなしで、ありんした、な。

さて、我れ、どちらのオモミ、カエリミすればいいで、ありんす、かな。

我れ、オイコミに、ナヤミ大きいで、ありんす〉

タカミの衆は〈ツッコミ、ツッコミ〉と、ノゾミを込めたイロハの大合唱。オイコミは無反応に続ける。

〈キミ、たしかイロヌキとやらに、ハゲミしたで、ありんす、な。

我れら白蟻、「ミのミチ」にハゲミする、身でありんす、ぞよ。

イロヌキ、マコトに「ミのミチ」で、ありんす、かな。

我れに、アワレミ乞うで、ありんす。

我れ、きっとカンチガイしているで、ありんすで、ありんす、な〉

肥満（フクラミ）のためにオモミを伴うオイコミの身ぶり足ぶりは、どうにも大げさでクサミがある。アリガタミを強いるようなイヤミだと感じる白蟻も少なからずいる。

〈イロヌキ、マコトに「ミのミチ」ならば、我れ、できるはずでありんす、な。

我れに、またアワレミ乞うで、ありんす。

我れ、イロヌキとやらに、ハゲミできないで、ありんす、ぞよ〉

ナヤミを打ち明けるオイコミのフクミは、人の仕掛けるワナのように入り組んでいて、タカミの衆にはノミコミしにくい。ただ触角を傾けて、オイコミのテナミを見守るしかない。

〈我れ、まだ、イロヌキ、よくノミコミできないで、ありんす、ぞよ。

マコトに「ミのミチ」で、ありんす、か。我れ、じっくりと、カイマミしたいで、ありんす、ぞよ。

キミ、もう一度、イロヌキのココロミ、してほしいで、ありんす、わいな。

我がナヤミ、それだけでありんす、ぞよ。

タカミの衆！　いかがでありんす、か〉

〈イロヌキ、イロヌキ、イロヌキ……〉と、ツナミのようなイロハが沸き上がる。タカミの衆としても、もう一度イロヌキをカイマミして、タノシミを新たにしたいのだ。

オギンミのシクミでは、ここで大勢のイロハにサカライすることはできない。ダマリコミと同じように「シラを切る」ことに当たるからだ。

蟻は、シクミに身を任せるつもりでハラをさする。〈イロヌキのほかに、ミチあり〉と、また例の黒蟻のイロハが届く。今度は、蟻のハラにもオチツキがある。イロハの主を確かめようと、サカライをオモイツキした。

〈タカミの衆も、オノゾミでありんす、ぞよ。

さあ、キミ、もう一度イロヌキに、ハゲミするで、ありんす、かな〉

蟻のイロヌキが始まる。瞬時にして黒い色イロハに戻る。タカミの席にウラミとニクシミが波打つ。蟻の虜は、またも色イロハを次々に変え、またしても白蟻になった。シタシミとイトシミのイロハが盛りかえす。

〈さあ、タカミの衆、オノゾミかなったで、ありんす、かな〉と、オイコミが問う。

タノシミに浸りきったタカミの衆のアシブミが、その返答に代えられた。

〈この次、我がナヤミのために、ハゲミするときで、ありんす、ぞよ〉

オイコミはしたたかである。重ねてイロヌキをさせるつもりでいる。蟻にイトシミを感じるタカミの衆を味方につければ、サカライすることもできたはずだが、蟻はそんなワズライの多いタクラミにハラを染めない。

そこにまた、あのイロハが届いた。〈イロヌキのほかに、ミチあり〉。それがかえって引き金になった。むしろ、そのイロハにサカライしてでも、なんとか発信元の虫をミヌキしたい。蟻は、タメライもなく黒蟻に戻った。

〈キミッ、待つでありんす、ぞよ!〉

オイコミのオモミたっぷりなイロハがオシラスにこだまする。

〈キミ、黒蟻で、ありんせん、か。

黒蟻の身で、イロヌキのハタラキしたで、ありんせん、か。

その黒い汚れた「キのミチ」で、清く汚れなき白蟻の我れら、アザムキしているで、ありんせん、か〉

タカミの席のイロハが、ウラミとニクシミに変わる。オイコミのタクミなオギンミに乗せられた。二の矢は間髪を入れない。

〈キミ、黒蟻で、ありんす、な。

マコトに、白蟻でありんすなら、イロヌキでなく、たとえばカワリミで、ありんすはずで、ありんす、ぞ。

つまり、白蟻でありんすなら、「ミのミチ」によって、黒蟻になるミチで、ありんすはずで、ありんす、ぞ。

我れら白蟻、黒蟻にカワリミするミチ、ただの一匹も、ありんせん、ぞ。

これにより、キミ、黒蟻でありんすこと、マコトにマコトでありんす、ぞよ〉

オイコミのフクミどおりに事が運ばれていく。ここに至っても、蟻は敵のシクミに身を委ねたまま、何のハタラキも示さないでいる。ただハラだけは、オチツキを保って動かない。

〈我れ、黒蟻なり。我れ、クロヤマアリ族の、カシラハタラキアリなり〉

オシラスがマコトの場である以上、蟻の答えは一つしかなかった。

〈キ、キミ、黒蟻と認めるで、ありんすで、ありんす、な。

キミ、黒蟻で、ありんす、な。あの、黒く、汚れた、悪どい、黒蟻で、ありんす、な。

キミ、我れらのウレイとワズライの種の、最悪の仇敵、黒蟻で、ありんす、な。

キミ、我れらのニクシミとサゲスミの的の、ハラ黒い虫、黒蟻で、ありんす、な。

マコトに黒蟻で、ありんすなら、もう、これ以上、オギンミなしで、ありんす、ぞよ〉

オイコミは身ずからのノゾミどおりになったにもかかわらず、なおもサゲスミで蟻にクルシミを与えようとする。

勝利の味にワルヨイしているとしか見えない。

〈キミ、大きなツミ、四つありんす、ぞよ。

一つ、我れらの巣、黒い汚れた足で、アルキしたツミ、ありんす、ぞよ。

二つ、我れらのイトナミ、黒い汚れた目と触角で、ミキキしたツミ、ありんす、ぞよ。

三つ、我れら白蟻の身、黒い汚れたハタラキに、ミチビキしたツミ、ありんす、ぞよ。

四つ、我れらの白く清い色イロハ、黒い汚れたイロヌキで、アザムキしたツミ、ありんす、ぞよ。

よって、アワレミ乞うまでもなく、キミ、大きなツミ、ありんすで、ありんす〉

オイコミは、おのがイロハにうっとりとホレコミした。一つ身にはアカミが差し、イロハにはアツミが加わる。そのハラが揺れて…

〈汚れた黒蟻の身に、最もふさわしい、汚れた「キのミチ」でのツグナイ、ぴったりで、ありんす、ぞよ。すなわち、ツミツグナイ、クビキの上、ヤツザキで、ありんす、ぞよ〉

あまりにも厳しいオイコミの断罪(オシオキ)に、タカミの衆は息をノミコミした。だれ一匹サカライのイロハをサシハサミすることもできない。今になって、ワザワイの最中に示した蟻のオオハタラキをカンガミする白蟻もいたが、それをモノイイとしてイロハに表すハラはなかった。

オシラスには、蟻へのアワレミと白蟻身ずからへのカエリミのイロハがイリクミした。

〈我れら白蟻のオギンミ、最後に、キミの小さなノゾミ、キキコミするシクミ、ありんすで、ありんす。何か、小さなノゾミ、ありんすなら、モウシコミするがいいで、ありんす〉

それ、我れらのキミへの、アワレミでありんす、ぞよ。

オイコミは、ただオシクミにハゲミする役目がら、半ば投げやりにノゾミをキキコミする。

〈我れ、問うこと、あり〉と、蟻がノゾミをモウシコミする。

〈それ、タカミの衆に、アワレミ乞うで、ありんす、ぞよ。

タカミの衆！　黒蟻の最後のノゾミ、問うことで、ありんす。いかがで、ありんす、かな〉

場内に、揺れるような承諾のアシブミが起こる。〈カチッ〉と、オイコミが小さくハガミした。

〈キミ、アリガタミ、よくフクミし、深くノミコミするで、ありんす、ぞ。

ささ、最後のノゾミ、せいぜい果たすがいいで、ありんす。

問いのココロミ、短くするでありんす、よ。我れ、答えるでありんす、ぞよ〉

◇

蟻がとうとう問う。ニガミをカミカミつぶして待つ、オイコミの白蟻に問う。

〈我れ、黒蟻。我れに、ツミ、ありや。

はたまた、我がハタラキに、ツミ、ありや〉

〈それ、ウタガイなし。黒蟻に、ツミ、ありんす、ぞよ〉

〈ならば、黒蟻すべて、ツミ、ありや〉

〈すべて、ツミ、ありんす、ぞよ〉

〈ならば、黒蟻、この世にあり。それ、ツミ、ありや〉

〈黒蟻、この世にありんすこと、そのまま、大きなツミでありんす、ぞよ〉

〈ノミコミ、あり。さらに、問う。

黒蟻、この世にあり。それ、スのオシクミなり。

黒蟻、この世にあり。それ、ツミならば、スにツミ、ありや。それ、いかに〉

白蟻族が信奉（アオギミ）するらしい〈ス〉のことを持ち出したのは、すべての白蟻に少なからぬ困惑（トマドイ）をもたらした。しかも黒蟻は恐れげもなく〈スにツミ、ありや〉と問うた。結果、オイコミのオギンミのユガミを鋭く衝いた。ツミは、本来イトナミの上のマチガイに対して問うべきだが、オイコミは黒蟻の身そのものをアゲツライした。

白蟻の「ミのミチ」によれば、ツミは、シタシミやイトシミなどの正しいハゲミや日ごろのナミナミのイトナミの中で、身に積もるゴミとしてオサエコミしようもなく生じるものとされている。半ばハゲミの上のハズミであり、半ばイトナミのオモミによるキシミやヒズミだとノミコミすればよい。したがって、ハゲミやイトナミがクルシミに変わる前にヤスミを入れて、一つ身にナゴミをトリコミする。モノミの白蟻たちがタルミしきって見えたのも、ツミを作らないためのタシナミにすぎなかった。

たまたまツミを犯した仲間へのナグサミにも、深いイトシミが感じられる。人の好いハタラキシロアリは「ツミをニクミし、身をニクミせず」とオシエコミしてくれた。そのシクミが他の生き物にも当てはまるとすれば、蟻の「ニクミすべきツミ」を明らかにしなければならない。オイコミは、よもや蟻が白蟻族の「ミのミチ」のシクミをそこまでノミコミしているとは思いもよらず、「身をニクミする」オサバキを下してしまった。

オイコミ以上に、タカミの衆がそれぞれカエリミし、ナヤミやタメライにオチコミした。〈スのツミ〉とは盲点だった。白蟻にとって黒蟻は、確かに悪の存在にほかならない。その悪の存在もまた〈ス〉が創りたもうたとは、地下の数種の生物と樹木しか知らない白蟻には、天地がひっくり返るような恐るべきモノイイである。タカミの衆は、左右をきょろきょろ見回してひそひそイロハを交し合うが、かえってナヤミをタメライからウレイにまで傷口を広げたにすぎなかった。

ついでながら、蟻にツグナイを免れたいハラはない。イノチのオシマイに至るツグナイだろうと、クイは残らないだろう。この場の問いも、白蟻の「ミのミチ」をとことんまでミキキしたい切なるノゾミから発せられた。

カシラハタラキアリならば、イノチのオシマイを常にハラに置いてハタラキするものである。

〈終わりで、ありんす、ぞ。小さなノゾミ、聞きとどけたで、ありんす、ぞ。
さあ、ツグナイの場で、クビキの上、ヤツザキで、ありんす、ぞ〉

オイコミがうやむやのうちに、オギンミを打ち切りにしようとする。タカミの衆は一匹として同調（ナジミ）しない。オシラスにウレイを残したまま、ツグナイの場に移るのは前代未聞のことである。それは、タカミの席にいる蛹や幼虫たち後の世代に対してハジライの種となる。

ふりかえれば、すべてが前代未聞である。黒蟻をオシラスでオギンミしたのも、黒蟻のノゾミで許した問いからウレイに突き落とされたのも。

オイコミとしては、問答無用で黒蟻をツミツグナイに処すべきだった。その点が、唯一のクイとなった。蟻へのタカミの衆のアワレミも、人の言葉では「情状酌量の要求」だが、硬軟おりまぜたイロハでうまくマルメコミするだけの自信があった。タカミの衆のウレイがここまで広がっては、オイコミの足にもハラにも余る。

タクラミに窮したオイコミは、ついに強引なオサエコミをはかる。

〈黒蟻のオギンミ、今までココロミ、一つも、ありんせん、ぞ。
これ以上のオギンミ、我れら白蟻族の長いイトナミに、ハジライ残すで、ありんす、ぞよ〉

前例主義である。タカミの衆も、白蟻族の長いイトナミ、という大きなカンガミの視点からイイフクミされれば、身をチヂミさせてダマリコミするしかない。五匹、十匹と、しぶしぶながらオイコミに賛同（ナジミ）のイロハを送る。

タカミの席に付和雷同のイロハがじわじわと広がりはじめたときが、オイコミにとって生涯最大のアリガタミを得た時間だったかもしれない。

〈オギンミ、これにて、オイコミで、ありんす、ぞ。一同！　アユミするで、ありんす、ぞよ〉

つややかで朗々としたオイコミのイロハが、ドームの曲面を柔らかく撫でた。と、その時……

〈そのオイコミに、ナヤミ、ありんす〉

タカミの席からシブミのあるイロハが上がった。

時間が止まる。事態はまた、前代未聞の方向に動く。

老いた白蟻がタカミの衆の間を縫って、悠々とアユミを進める。

筆者は覚えている。蟻が蛹にアルキをシコミした空洞（ウロ）の壁から這い出てきた、あの老白蟻である。

オシラスのオイコミはアオギミしなければならない。先の代のオイコミとしてハゲミし、今のオイコミをシコミして、オギンミのシクミをすべてノミコミするまでハグクミしたハタラキシロアリである。

〈ナヤミ、ありんす〉

老白蟻はもう一度、高々とイロハを発した。タカミの席に、自ずとアオギミのイロハが広がる。

〈この黒蟻の問うことに、我れら白蟻、答えていないで、ありんす〉

〈アリガタミあるイロハで、ありんすが、老白先生。

我れら、すでにノゾミ、ノミコミしたで、ありんす〉

オイコミがアオギミのイロハのまま答える。

〈されば、キミの《黒蟻、この世にありんすこと、そのまま、大きなツミでありんす》のイロハで、ありんす。それ、そのまま、オイコミのイロハとして、後の世代にシコミするで、ありんすな〉

オギンミの判例として後世に残すのかと、老白蟻は尋ねている。

〈老白先生。黒蟻のオギンミ、先の世代のオイコミに従うだけで、ありんす、が〉

〈つまり、「ツミをニクミし、身をニクミせず」の「ミのミチ」に、サカライするでありんす、な〉

〈老白先生。黒蟻、「キのミチ」の虫でありんす。

我れら白蟻の、アリガタミある「ミのミチ」、黒蟻にナジミさせること、オカドチガイで、ありんせん、か〉

〈されど、この黒蟻、我が巣にて、イロヌキして白蟻で、ありんした。

白蟻で「ミのミチ」にハゲミしたならば、「身をニクミせず」でありんせんか〉

〈老白先生！　この虫のマコトの身、黒蟻で、ありんす、ぞ〉

オイコミは、老白蟻のモノイイからノゾミどおりツッコミのハゲミができた。前のツッコミには、どこかハゲミが足りないというウラミがあった。黒蟻のオギンミに「ミのミチ」のシクミなど無用で、即座にツミツグナイを課しても、白蟻族のどこからもモノイイは出ないはずだった。黒蟻の黒い汚れた身ゆえに、「身をニクミしてもよい」という原則を通せばよかったのだ。

〈ノミコミしたで、ありんす、わい〉

老白蟻は諒とした。

オイコミの表情にもヤワラカミが戻る。老白蟻に一礼して、オシラスから立ち去ろうとする。その背中を、ハラから湧き出るようなイロハがセメコミする。

〈我れ、ニクミされるべき、黒い汚れた一つ身に、あり。しかと、モノミせよ〉

そう言って老白蟻が始めたのは、イロヌキの逆のハタラキ、イロウキだった。白い身が紫に染まり、続いて青、緑と順々に一色一色、色イロハを加える。七色目の赤で、とうとう黒蟻に変わった。

オシラスが凍りついた。白いスナが、白蟻たちの知らない雪のようになった。その冷たいスナの上で、老いさらばえた黒蟻が一つ身をスクミさせている。

カナシミは突然やってきた。

老白先生がチカラ尽きるように倒れた。老いの身に、イロウキのハタラキが堪えたのだった。

白蟻たちは呆然と立ちつくす。老白先生が黒蟻であった。そのマコトは、ノミコミするにはオモミがありすぎる。ナヤミが大きすぎる。黒蟻に対して自ずと感じてしまうニクシミのイロハと、老白先生に対するアオギミのイロハがイリクミし、オシラスにいるすべての白蟻は、これまで味わったことのないウレイにツツミコミされた。

蟻がハネアルキで近寄り、先生をイダキ上げる。ハラとハラが接する。イノチのかよわいイロハが伝わる。

〈「ミのミチ」に、アリガタミ、あり。ナゴミのミチ、あり。

「ミのミチ」のアリガタミ、ヒトシナミに、あり。

「キのミチ」に、ハタラキのミチ、あり。ともに、サチ、あり。

キミ、カシラハタラキアリ、オオハタラキ、あり。

キミのハタラキに、ノゾミ、あ…り〉

老白先生は、蟻のアタタカミを感じながら息を引きとった。そのモウシオキは、ハラからハラへヒツギのようにシミコミした。

オシラスは、しばらく静寂にシズミコミした。卵の中のような空間で、どの白蟻も孵化を待つ幼虫のように息をひそめている。白蟻たちのヒトシナミのカナシミは、底無しに深い。

こうなると、オイコミはミコミがない。オギンミのオシクミというアリガタミを楯に、弱虫をツミにオイコミするしかタシナミがないことを、すべてのタカミの衆にカイマミされてしまった。フクラミのある身をシボミさせて、ただミブルイするばかりである。

蟻は知っている。老白先生がモウシオキしたように、カシラのオオハタラキがあれば、すぐにもオヒラキにできることを。だが、蟻はこれ以上出すぎたハタラキをするわけにはいかない。それは、もう一つツミをウワヅミすることになるからだ。

〈タカミの衆！　我れに、同じくツミ、ありんす〉

静寂を破ったのは、あの人の好いハタラキシロアリだった。虚をつかれて、どの虫の触角にも意味のないイロハにしか聞こえなかった。

〈我れに、ツミ、ありんす。我れ、先生とオナジミの、黒蟻で、ありんす〉

今度は、すべてのタカミの衆がマチガイなく聞き分けた。そして、一匹の黒蟻を見とめた。

続いて蟻をオギンミしたツッコミが立ち、同じイロハを発する。さらに〈我れも〉〈我れも〉…と十五匹の白蟻がタカミの席で立ち上がり、老白先生と同じように次々とイロウキをココロミし、そろって黒蟻に姿を変えた。

あれよあれよという間に、白蟻の中にぽつぽつと黒い粒々。まるで塩の中の胡麻……。

蟻のツミツグナイは延期になった。身柄は狭いウロにホウリコミされている。

オサバキが下るまで、一日二日待たなければならないと、ヨウスミの白蟻がオシエコミしてくれた。

白蟻の巣は、まだワズライを抱えたままだろう。先生を含めて十六匹もの黒蟻がシノビコミを白状したのは、蟻にとっても驚きだった。しかも、みんな知らん顔をしてミコミあるハタラキシロアリとして白蟻のイトナミを続けていた。

後でわかったのだが、人の好いハタラキシロアリとツッコミは、老白先生を慕ってシノビコミした二匹だった。その他の黒蟻も、黒いままシノビコミしたところを先生に救われ、イロヌキのシコミを受けて白蟻になっていた。蟻と同じように、身ずからイロヌキをしてシノビコミした黒蟻は、先生以外にいない。

白蟻の社会にはカシラが居ないと蟻はオモイエガキしていたが、アオギミされる虫として老白先生が居た。先生も蟻と同じように、ハタラキアリとして白蟻のイトナミをミキキするつもりでシノビコミしたのだろうか。ミキキを続けるうちに、白蟻の「ミのミチ」に大きなミコミとノゾミをミヌキしたのではないか……。

蟻は、それからさらに深いオモイエガキにノメリコミしていく。

「ミのミチ」は、身や実ある物、すなわち人の仏教で言う「衆生（しゅじょう）」が予め持つイノチのミチである。黒蟻や白蟻には言うまでもなく、梨や蛾にも備わっている。そのミチは、ムツミ、ウミ、ハグクミと続くイノチのイトナミを柱に、梁に当たるタシナミやイトシミなどで人の家のようにクミ建てられている。

先生は、白蟻の「ミのミチ」にノゾミをかけ、白蟻として生きるミチを選んだ。そして、「ミのミチ」をさらにフクラミさせ、アリガタミを高めるハゲミにノメリコミしていった。そのハゲミは、生来のハタラキを忘れるほど長く、白蟻と変わらないほどにトケコミもした。はたとキヅキしたときは、すでに老境に達していた。もし、蟻がシノビコミしてツミツグナイにオイコミされることがなければ、先生は白蟻として一族のアオギミを一つ身に受けたままイノチのオシマイを全うしたはずである。

先生は、身ずからのイノチをもカエリミせず、蟻のイノチを救った。蟻は、ハラのイタミを禁じえない。しかし、先生には、身ずからのイノチよりもっとオモミのあるノゾミがあったのだ、とノミコミできる。そうでなければ、縁もゆかりもない一匹の黒蟻のために、そこまで身ずからをオイコミする理由がない。黒蟻である身を秘したままイノチ果てるより、告白することの意義のオモミにキヅキしたにちがいないのだ。

先生のハラの内は、どうだったのだろうか。

蟻のオモイエガキは、ここでまた人の好いハタラキシロアリからキキコミしたイロハにタドリツキする。

「ツミをニクミして、身をニクミせず」

先生が黒蟻の身を告白できずにいたのは、そのイロハが白蟻社会に十分にシミコミしていなかった何よりの証拠ではないか。先生にとっても、白蟻と黒蟻のイサカイはナヤミの種であったし、白蟻の黒蟻に対する今も変わらぬウラミやサゲスミにもハラを痛めていたことだろう。

このイロハについて、先生ほど鋭くツッコミを入れた虫が白蟻の中にいるはずはない。なんとなれば、それが白蟻だけに用いられるのではないと、他の社会を知らない白蟻たちにキヅキすることができないからだ。白蟻の巣の中だけなら、「身をニクミせず」というほどのニクシミを向ける相手は皆無に等しい。つまり、イロハのフクミは、ほとんどウツロなものとしてノミコミされることになる。

蟻のモノイイは、先生にもカエリミの機会を与えた。〈イロヌキのほかに、ミチあり〉と、再三イロハを送ったのはやはり先生だった。蟻が翻らないとノミコミして、身ずから黒蟻だとモウシヒラキした。その間の先生のハラのウゴキまでオモイエガキできないが、蟻にはハラに強くヒビキするものがある。

そもそも先生がミチビキした新しい「ミのミチ」の大義は、どこにあるのか。

「ツミをニクミして、身をニクミせず」は、まず他の白蟻へのイトシミをオシエコミしている。さらにまた先生は、オシマイロハで〈「ミのミチ」のアリガタミ、ヒトシナミに、あり〉とモウシオキされた。そこには、自他の関係をヒトシナミにしたいという先生の切なるノゾミが込められている。

ヒトシナミ、ナジミ、ナゴミ、ツツシミ……などは、言わば良い「ミのミチ」である。他方、悪い「ミのミチ」としてニクミ（ニクシミ）、サゲスミ、ウラミ、サイナミなどが数えられる。両方を比べてみれば、良いミチは他にイトシミを与え、悪いミチは他にツラミを与えるハゲミやココロミだとキヅキできる。

白蟻のイトナミにクミコミされた多数のシクミは、良い「ミのミチ」のミチしるべとなっている。オギンミの場でのみ悪い「ミのミチ」が解放されるのは、そこが唯一黒白を明確にするオシラスだからだろう。そこにすべての白蟻がタカミとして集まり、良いミチと悪いミチを改めて知らす（ノミコミさせる）というタクミなシクミがある。オシラスは、良い「ミのミチ」と悪い「ミのミチ」のカンガミの場だとも言える。

オギンミのシクミには、もう一つのフクミがあるのではないか。それは、ツミツグナイにオイコミする過程（ミチ）にある。ツミツグナイはすべて、タカミの衆のイロハによって決まるが、彼らのハラにはナジミ、イトシミ、ニクシミ、サゲスミといった、言わばツミを測る目盛りができている。彼らがウタガイのある仲間のオギンミにハゲミすることは、ツミに対してフツリアイなく、すべての白蟻がノミコミし、ナゴミを得るためのココロミとなるはずだ。それらは、すべて「ヒトシナミのミチ」だと言い替えられる。

蟻は、ホウリコミされたウロじゅうをアルキ回る。壁をハイアルキする。天井はサカサアルキする。蟻の強い足跡で、ウロは随所にケズリコミができた。壁面の一部から硝子の破片が現れていた。蟻の黒い顔がウツリコミした。自ずと黒蟻の身をカエリミできる。

この白蟻の巣では、敵同士である白蟻と黒蟻がヒトシナミにイトナミしていた。そのイトナミの姿こそ、すべての虫のノゾミである。もっとも白蟻たちは、イロヌキした黒蟻を白蟻だとオモイコミしていたのだが。老白先生は蟻にも、イロヌキしたまま白蟻社会にナジミすることをノゾミした。ところが蟻は、先生のノゾミにサカライした。

蟻は、ツミツグナイによるイノチのウレイもものかは、はっきりと言った。

〈我れ、黒蟻なり。我れ、クロヤマアリ族の、カシラハタラキアリなり〉

先生は、それで黒蟻族のカシラとしてツラヌキしようとする蟻のハラをノミコミした。そして、別のタクラミを持った。それは、身ずから蟻の身代わりとなってツミツグナイするタクラミだった。先生はイノチのオシマイに至り、蟻はひとまずワザワイからニゲコミすることができた。

先生のミチビキした「ミのミチ」は、白蟻の巣にあるかぎり他の衆生に伝わらない。蟻が身ずからの巣に戻れば、黒蟻社会にウエコミされ、またカシラのヒツギによって未来永劫にヒキツギされると、先生はキヅキしたのだろう。きっと、そうにちがいない。

先生はイロウキをしてみせた。白蟻のイトナミにノメリコミするうちに、黒蟻のハタラキもほとんど忘れていた。あのイロウキは、身ずからススミしてイノチを賭け、蟻にノゾミを託すための最期のハタラキだった。先生のノゾミを無にすることはできない。

蟻は、そこまでオモイエガキを進めた。先生のモウシオキどおり、カシラとしてオオハタラキにハゲミするハラも固まっている。そのためには、どうしてもイノチをツナギしなければならない。

ここまでも、イノチのオシマイに無頓着だったわけではない。ただオシラスでは、オギンミのシクミをミキキするハタラキがイノチのウレイを忘れさせた。

オギンミは、ツミツグナイのナカミによってはイノチのウレイが深まるかもしれないが、蟻には得がたいミキキとなった。もし、最初のミキキだけで巣に帰っていたら、白蟻社会の半分もノミコできず、ここまで「ミのミチ」をオモイエガキすることもできなかった。むしろ、オモイチガイの種を残すだけになっていたかもしれない。

蟻にはまだ、ノミコミできないことが幾つかある。たとえば、〈ス〉とは何か。オシラスのスか。ヤスミのスか。蟻は、それをタカマハラとヒトシナミの大きな何かだとオモイエガキする。巣をミチビキしつづける大きな何かであることはマチガイないだろう。それならば、地球の先住虫である白蟻のハラの夕のようなものとでもオモイエガキして、ただカシコミすればよい。チガイを一つ一つアゲツライし、イサカイの種にするまでもないのだ。

老白先生が、別の黒蟻族のカシラだった、というオモイエガキはどうだろうか。とんでもないオモイチガイとはいえない。カンガミしてみれば、カシラだったと信じてよいオチツキもあった。カシラだったからこそ、蟻のオオハタラキをノミコミし、それにノゾミも持ちえたのだろう。

蟻は今こそ、なんとしても巣に戻りたい。切にノゾミもする。先生のモウシオキと「ミのミチ」のシクミをノミコミした以上、それをタマヒにトメオキして、次のカシラにヒツギするのが蟻の務めだとはっきりキヅキした。

蟻のキノマヨイは、ほとんど消えている。

〇

蟻のツミツグナイは、トコロバライと決まった。人の言葉では「追放」である。巣に帰りたい蟻としては願ってもない。白蟻たちのフクミにはアタタカミを感じる。

それを告げに来たのは、ツッコミと人の好いハタラキ（シロ）アリ、それにカルハズミの面々だった。

ウロから出され、巣の出口までアルキを共に進める道すがら、ツッコミがシタシミとアオギミのイロハをオシミもなく表して、オサバキの次第を伝える。

オイコミを初め多くの成虫は、蟻のツグナイはあくまでも黒蟻として〈クビキの上、ヤツザキ〉だと言い張った。

一方、老白先生のアリガタミを忘れられないハタラキシロアリも多少はいたが、ツッコミや人の好いハタラキシロアリら十五匹にはナヤミもモノイイも許されない以上、少数のナヤミとして押し切られそうになった。

そこに割って入ったのが、カルハズミの面々だった。

〈我れらの代にまで、大きなハジライ、残すフクミで、ありんすか〉

そのイロハの痛烈なこと。シクミを守ろうとするあまり、いつのまにかシクミにすっかりトリコミされている成虫たちは、全く返すイロハが見つからない。身ずからのハニカミで、一様に肩をスクミさせるだけだった。

カルハズミのカシラ格になった、あのノミコミのよい蛹は、若いイキゴミのままにイロハを発しつづける。

いわく。前代未聞のワズライとなった以上、ありきたりのシクミだけではヒトシナミにナゴミが得られるミコミもない。ここはシクミにとらわれず、新しいカンガミとココロミにノゾミを託すべきである。

いわく。オギンミをカエリミするまでもなく、蟻の〈ツミなし〉なのは明らかである。黒蟻ゆえにツミを問えば、老白先生ほか十六匹すべてのツミも問わなければならない。それはどの白蟻のノゾミでもない。残った十五匹は、イロヌキしたまま白蟻のイトナミを続けるなら、今後も白蟻たちとシタシミやヨシミを深めればよい。ただ蟻だけは、クロヤマアリ族のカシラとしてツラヌキしたいノゾミをキキコミし、トコロバライにしてはどうか。

いわく。我れら蛹は、すでに蟻のアルキのシコミをノミコミし、強くアリガタミを感じている。成虫にしても、老白先生やイロヌキした黒蟻たちのハグクミ、シコミ、イツクシミなど、アタタカミあるフクミとココロミを無視することはできないはずだ。先生たちと続けてきたイトナミのオモミは、我れら白蟻の身に深くシミコミし、それぞれの身と切っても切れないものになっているのではないか。

つまり、サゲスミする黒蟻の「キのミチ」は、我れら白蟻の体液にまでトケコミした。そうであるならば、老白先生や他の元黒蟻たちには、今までどおりイトシミとアオギミを向けるべきだ……と。

オギンミは、ほとんど蛹のイロハどおりになった。タカミの衆の鳴り止まないアシブミとハラヅツミが、支持（ナジミ）の大きさを物語っていた。

すべてをハラで受け止めた蟻は、蛹をイダキし、ありったけのアリガタミとイトシミのイロハを送った。蛹は、ハニカミで白い頬を朱にソメコミした。

地表の近くまで来た。蟻が、ツッコミと人の好いハタラキシロアリに前足を差し出す。二匹はアシクミを返した。

互いの足から足へ、しみじみとしたヨシミのイロハが行き交った。ツッコミが、白蟻のイロハでモウシコミする。

〈キミに、我れら、タノミ、ありんす〉

タノミは、他の身に何かを託すことである。相手がほかならないカシラハタラキアリであるからには、ハラのタノミコミ、つまりオオハタラキをタノミすることになる。蟻は、白蟻族のハラからのタノミをハラに収めた。

別れの時が来た。

蟻は、ツッコミと人の好いハタラキシロアリにホホエミを投げかけ、蛹にはイトシミとノゾミのイロハをソソギする。カルハズミたちはアオギミのフクミを込めて、息の揃ったアルキのカタを見せた。

蟻は地上に出た。風にナツカシミを覚えた。「ミのミチ」のイトナミの癖が抜けない。

白蟻の巣にシノビコミしてから、五日と半日が過ぎていた。

○

蟻が問う。身ずからハラに問う。

〈我れ、カシラハタラキアリ。我れ、いかなるハタラキ、ありや〉

答える。

〈我れ、イロヌキのハタラキ、あり。オスミツキのハタラキ、あり。オモイエガキのハタラキ、あり。

我れ、老白先生のモウシオキ、ヒキツギするオオハタラキ、あり〉

第五の階（きざはし）

砒素

蟻が問う。

砒素（ひそ）に問う。

夜を待ってシノビコミしたコナマキの倉庫（クラ）に、山と積まれた段ボール箱やブリキ缶の奥で、タナにひっそりと並ぶコナのうち、一つだけ蓋（ふた）が開いた容器の口から、毒のイロハをシミ出させる砒素に、蟻が問う。

〈キミ、ミチ、ありや〉

砒素が、ひそやかに冷やかに言う。

〈ひそひそ…ぼちぼち…〉

○

蟻は、白蟻のタノミを受けてやってきた。タノミとは、白蟻たちのワズライの種になっているコナマキをミキキし、オオハタラキでなんとかコナのチカラをオサエコミしてほしいというものだった。

考えてみれば、虫が好い。人の好いハタラキシロアリは、とくに虫が好い。

〈キの「キのミチ」に、我れらが「ミのミチ」足すでありんす。

オオハタラキ、ますます、ミコミありで、ありんす〉などと、白蟻族のノゾミを求めた。

ツミツグナイは、トコロバライという蟻のノゾミどおりになった。この上は、タノミを託し、蟻のハゲミを求めた。

それによって、白蟻とのヨシミに応えたい。彼らのワズライの種をそのままにしておけば、もっと大きなワズライやワザワイを招くことになりかねない。黒蟻にとっても、コナはウレイ、ワズライの種になっている。

コナマキの倉庫はすぐにわかった。最近まかれた畑のコナの匂いイロハをたどって、小さな川のそばにある建物にたどり着く。白蟻の巣を出て、半日もかかった。

蟻は、白蟻とちがってコナマキとは呼ばない。「イのミチ」に仕えるコナアキナイと呼ぶ。この先は、コナアキナイと書くことにする。

コナアキナイの家には三人の人が棲んでいる。日中は倉庫内の調合台でコナを混ぜ、農家に届けていた。

砒素の蓋を閉め忘れたのは、体から熱いイロハを発する若い人だった。

夕方、両親らしい二人が若い人に声高なイロハを投げつけて去った後、独りでぶつぶつとくすぶった声イロハを漏（も）らしながらコナの整理をし、テチガイを犯した。そのまま、若い人も慌ただしく倉庫を後にした。「バイク」という乗り物のカルミのある音イロハが遠ざかる。

蟻は無人の倉庫に入り、タナに上がった。さまざまなコナの残りイロハが入り混じっていて、ワルヨイに陥りそうである。おびただしい種類のコナから、コナアキナイの主人のモノグルイぶりがカイマミできる。

砒素の毒をトリコミしないように、蟻はドクヌキをする。

ドクヌキは、蟻の身を作っている物質のうち、砒素とムツミしやすい酵素をしばらく眠らせるハタラキである。

ムツミがススミすれば、細胞の代謝（ハタラキ）がソコナイされてしまう。やがて、イノチのオシマイさえ招きかねない。

この場合、ムツミは人の化学で「化合」とか「化学反応」と呼ばれる。「生殖」または「受精」などを意味する生き物のムツミと、シクミの上では似ている。

砒素は、プラスチックの容器から思いきり伸びをするように、イキオイづいて空中に広がっていく。

蟻が、また問う。

〈キミ、タクラミ、ありや〉

〈ひそひそ…ふんふん…お前には、関係ない。引っ込んでいろ〉

砒素は時をオシミするように、ひたすら空気を汚染（サイナミ）しつづける。

〈我れ、キミに、シタシミあり。イロハ、交すハラ、あり〉

〈ひそひそ…やれやれ…蟻にシタシミを持たれるとは、俺様も、ヤキが回ったかな。

くんくん…シタシミなどというが、お前、ドクヌキしているじゃないか。

つんつん…俺は、ムツミもできないやつに興味はない〉

〈キミと、ムツミすれば、我れ、イノチのオシマイ、あり〉

〈ひそひそ…へらへら…笑止な。ちっぽけな蟻でも、イノチが惜しいと見える〉

〈イノチ、タカマハラの賜物なり。我れ、オシミ、あり〉

〈ひそひそ…びしびし…お前のイノチなど、ゴミのようなものだ。

ずけずけ…俺様にとっては、人のイノチだって、イチコロなのだ〉

砒素は傲然と言い放つ。蟻はサカライのイロハを返す。

〈なれど、キミ、コナアキナイの人のテサキとして、あり。身ずからのミチ、なし〉

〈ひそひそ…おいおい…なめるなよ。なめたら、舌の先から尻の穴まで、イチコロだぞ。

ぬけぬけ…人の方が、俺様のテサキなのだ。何を隠そう、俺様こそ、人にハゲミさせる大魔王だ〉

それから〈ひそひそ…かくかく…しかじか〉と、砒素が持ち出したのは、人をテサキにして起こした数々の毒殺事件だった。今から百五十年から二百年前、人の地理学で言う「ヨーロッパ地域」での話がほとんどである。妻が夫を殺す。夫が間男を殺す。間男が妻を殺す。夫婦が両親を殺す。主人が使用人を殺す。使用人が主人を殺す。ありとあらゆる人が、砒素で人のイノチをオシマイにしようと夢中になった。

当時はまだ、砒素の質量（オモミ）を測定（ノミコミ）する装置（シクミ）が発明（ツクリコミ）されたか、されないかという時代である。取り扱いの方法（カタ）も固まっていない。それより何より、砒素の入手が今よりずっと容易だった。

殺人者は、コーヒーやスープ、菓子など、相手の好きな餌に砒素を混入（シミコミ）させ、まんまと目的（ノゾミ）を達した。オサバキによってツミツグナイをさせられた者も、そうでない者もいる。

人のカシラのイノチをイチコロにした話もあった。

カシラと聞いて、さすがの蟻も触角が立った。人の言葉で補うと、「ナポレオン」という名を持つカシラである。暗殺者は、チマヨイからか闇雲に大量のコナを使ったらしい。ナポレオンの死後、髪の毛から普通の人の十三倍もの砒素が検出された。

それらの事件がもたらした災厄（ワザワイ）によって、砒素は毒薬界の魔王として人を恐怖（スクミ）させるコナになったという。

〈ひそひそ…からから…どうだ、わかったか。だから、人は俺様に、絶対にサカライできんのだ〉

砒素は威勢（イキオイ）を見せつける。蟻は、少しもスクミすることなく問う。

〈なれど、キミ、人に作りられしコナなり。単なる、シナの一つにあらずや〉

〈ひそひそ…ぷんぷん…イロハの減らない奴め。未熟なイロハのくせにサカライおる。いらいら…もういい、俺様は、蟻の相手をしている暇はないのだ。失せろ〉

とうとう砒素の剣幕を誘ってしまった。蟻はいったん引き下がる。

◇

若い人が帰ってきた。白いビニール袋をぶらさげている。台所に入ると、丸や四角の箱の蓋を乱暴にむしり開き、ある箱には湯を注ぐ。やがて餌をがつがつ食らいはじめた。蟻は、白蟻の食いっぷりをオモイエガキした。

巣を離れて久しい蟻は、もうどんな餌にも触角が靡（なび）かない。

若い人の眼は、きょろきょろと落ち着かない。食卓の上に積まれた紙を開いたり、大きな四角い箱の絶えず変化する色と音イロハに耳目を向けている。後で知ったのだが、紙は「マンガ雑誌」、箱は「テレビ」と呼ばれるものである。

人は餌を見ているでもなく、マンガ雑誌やテレビを見ているでもない。鼻からは、ズンズンチャッチャといった不規則な音イロハが漏れる。蟻のいる鴨居の方に眼を向けることもあったが、蟻に気づいたわけではない。眼はすぐに別の方に逸れた。

蟻は床に下り、大胆にも人の背中に這い上った。汚れた薄布の下は熱っぽく、しきりに汗をかいている。背を落ちていく二筋の汗が、蟻の足下で一筋に合流して膨れ上がった。蟻は布にシガミツキする。

餌を食い終えたらしい。うーっと、獣じみたイロハを上げる。椅子にもたれた。しばらく動かない。眠っているわけではない。天井を見上げた眼だけは、絶えまなく定めなく動いている。

蟻は人の肩にいる。生き物の上にいる実感を持てない。人はせかせかとウゴキを止めないものだとミキキしていたが、これでは大きな岩と変わらない。汗だけが止むことなく流れ、巨大なイノチのイトナミを感じさせる。

やがて、人はのろのろと動きはじめた。動きにトキメキを感じない。何かに引かれ、何かに押されるように前へ進む。全くのろい。まるでノロイをかけられた牛だ。

若い人の足が止まった。また倉庫（クラ）の中だった。そこはもう、砒素の毒イロハが充満（フクラミ）するムロと化していた。

蟻はあわててドクヌキした。人は迷うことなく砒素のタナへ向かう。開いた蓋を見たが、閉めようとしない。鳥のように落ち着かない眼で、何かを待つ。

〈ひそひそ…よしよし…寂しいんだろう。独りぼっちだもんなぁ。
私でよければ、話相手になってあげようじゃないか〉

蟻のハラにも、イトシミ深い砒素のイロハが伝わる。明らかに若い人の方へ毒イロハをオクリコミしている。

〈ひそひそ…そもそも…若者というのは、もっと自由であるべきだ。
その若さで、夢も希望も無いかのように、世をハカナミしては身にも心にも毒だよ。
もっと自由に、自分の思いどおりに人生を変えていかなければいけない〉
若い人は、きょとんとした表情のまま。時折、軽くうなずく。
〈ひそひそ…ほらほら…キミだって、ずっとそう考えていたはずだ。
私のほうが、キミの両親よりも、キミのことを深く理解（ノミコミ）しているのだ。
だいたい、あの両親はキミを理解するどころか、愛情（イトシミ）も感じていない。
ひそひそ…まあまあ…悪く思わんでくれたまえ。
キミのことを思うと、両親の振る舞いは腹に据えかねるのだ。
父親は実の親だからまだましだが、後妻は徹底的にキミをないがしろにしている。
ひそひそ…ずばずば…あの後妻こそ、毒婦だ。鬼だ、蛇だ、夜叉だ。
私も、ずいぶんいろいろな人間を見てきたが、あんなに薄情なのも珍しい。
父親をたぶらかしては、この家を自分の思い通りにしようとしている。
ひそひそ…ぶつぶつ…あまり大きな声では言えないが、借金もだいぶ増えている。
ここにあるコナも、ほとんど借金で手に入れたものだ。むろん、この私もね。
膨らんだ借金が、ますますキミの自由を奪うことになるんだが、キミは人が好いなぁ。
父親の言うことには、まったく逆らわないからね。いったい、どういうことなんだ〉

若い人は頭を抱えて肩を震わす。蟻の足にも震えが伝わる。

〈ひそひそ…ふむふむ…そうか、長いこと父一人子一人で暮らしてきたからねぇ。

父親の苦労（クルシミ）をずいぶん見ているし、キミも頭が上がらないわけだね。

キミは心優しい人なんだなぁ。だが、後妻には、そんな優しさは通じない。

キミの優しさに、憎悪（ニクシミ）と侮蔑（サゲスミ）で報いているだけじゃないか。

ひそひそ…じわじわ…あの後妻さえいなければ、キミはもっと自由になれるはずだ。

自由というものは、黙っていても転がり込んでくるものじゃない。奪い取るものだ。

後妻が、もともとキミのものである自由を奪っているから、キミは不自由なのだ。

この不均衡（フツリアイ）を解消しなければ、キミの自由も幸福も永久にやって来ないのだ〉

今度は蟻が、砒素の毒イロハにミブルイを催す。若い人にはむろん、その振動は伝わらない。

〈ひそひそ…そろそろ…私はキミの味方だ。唯一にして無二の味方なのだ。

キミも、私の味方だ。私のすべてを知っている。私たちは一味なのだ。そうだろう。

私はキミのために、この味（ミ）を捧げつくしたい。それだけが望み（ノゾミ）なのだ。

さあ、なんの迷い（マヨイ）も要らない。私を、この私を、キミの自由のために使うのだ〉

若い人の目が据った。小さな紙に砒素のコナを小さなさじで三つすくって入れ、手早く折り畳む。紙包みをズボンのポケットに収める。手慣れた素早い動きだった。

蟻も、ポケットに砒素を追う。

◇

蟻が問う。砒素に問う。

〈キミ、ワザワイ、広げるタクラミ、ありや〉

〈ひそひそ…どきどき…な、なんだ。あ、蟻か。脅(おど)かすな〉

紙包みの隙間から、くぐもった砒素のイロハが漏れる。蟻は包みの外にいる。

〈キミの、イザナイ、おそるべし。若い人の、キノマヨイ、おそるべし〉

〈ひそひそ…おやおや…カイマミしていたのか。どうだ。人が俺様のテサキだと、よくノミコミできただろう〉

砒素は紙にツツミコミされて、すっかり上機嫌。蟻はウレイにツツミコミされて、まるっきり不機嫌。

〈若い人、キミのテサキとなるフクミありや、まだ、知れず〉

〈ひそひそ…ゆうゆう…「細工は流々(りゅうりゅう)、仕上げをご覧(ろう)じろ」だ〉

〈それ、なんのイロハなりや〉

〈ひそひそ…へらへら…人のイロハだ。蟻にはノミコミできまい。まあ、カイマミしてろってことだ〉

〈キミ、人のイロハ、知るや〉

〈ひそひそ…つらつら…思うに、人とのツキアイも長い。知っていて不思議はなかろう。
そもそも…人のイロハは、幼稚なものだ。俺様には、造作ないことなのだ〉

〈人のイロハ、いかに知るや〉

〈ひそひそ…よせよせ…蟻にはとうてい無理だ。第一、知ってどうする〉

〈我れ、人にシタシミ、あり。人のイロハ、知るノゾミ、あり〉

〈ひそひそ…やれやれ…何にでもシタシミを持つ奴だ。身のほど知らず、とはお前のことだ。まずまず…どうあがいても、俺様のようなハカライができるはずはない。にやにや…だが、俺様を大魔王と認めるなら、人のイロハのイくらいは、シコミしてやってもいいぞ〉

蟻のハラは出来ている。大事の前だ。ハジライを甘んじて受ける。

〈キミ、まさに毒薬界の大魔王なり。我れ、人のイロハ、知りたし。キミのオシエコミ、ノゾミするなり〉

〈ひそひそ…よしよし…よくぞ言った。見所のある奴だ。よくよくニラミすれば、お前もだいぶ腹黒い。にたにた…何か、タクラミがあってここに来たんだろう。いい根性だ、気に入った。シコミしてやる。いちいち…人のイロハを教えるのは、手間がかかる。そうだ、特別お前に、問いを許す。さあ、問うがいい〉

蟻は、あえて身をカガミコミして問う。

〈大魔王様。若い人、なぜ、キノマヨイしたで、ありんすか。大魔王様のイロハ、人のイロハに、どう、シミコミさせたで、ありんすか〉

と、白蟻風のイロハを発する。アリガタミをフクミさせるのに効果がある。砒素は、味(ミ)もだえするほど有頂天になってオシエコミしはじめた。

それは、こういうことである。

若い人は、日ごろ両親に対して反発(サカライ)する気持ちがある。それを暴発(アレクルイ)させないように抑制(オサエコミ)しているのが、人のイロハによって生まれる調整(ナゴミ)のチカラだ。「理性」という言葉で、人は言い表わしている。

人のイロハは、五つの出入口を通してユキキする。人の言葉で「五感」と呼ばれる。五感は常に同時に働くが、一つを集中的に働かせると、他は開いていながら一時的に閉じた状態になる。その特徴(シクミ)を砒素は衝いた。

若い人は、食後で五感が鈍っていた。眼も耳も半ば閉じていた。それでも眼は他の五感よりもよく働く。彼は眼のウゴキを止めないので、なおさら強い刺激に感応(ナジミ)しやすい。

砒素がイザナイのイロハを発すると、人はすぐに反応した。

砒素は「ミ入る」と言った。砒素を見たために、眼から砒素のイロハが侵入(ハイリコミ)した。そうして砒素の味(ミ)は人の身に付き、心までも侵蝕(ムシバミ)していく。それが「ミ入る」シクミだという。

次に砒素は、嗅覚を押さえた。麻痺(クルイ)させるイロハを鼻から左脳に送り、人のイロハを一時的に混乱(チマヨイ)させた。人の科学では、左脳は「言語脳」と呼ばれる。その中にある音イロハを司るハタラキを刺激(セメサイナミ)して、イザナイのイロハを送り、若い人に幻覚(モノグルイ)を起こさせたのだ。

〈キミの容器の蓋、閉めざること、人の大きなマチガイなりし〉

蟻が嘆息を漏らすと、砒素は味(ミ)ずから説明する。

〈ひそひそ…なになに…あれも、俺様がイザナイしたのだ。
ただただ…コナを片付けるとき、鼻に劇しいイロハを送り、瞬間的に眼をクラミさせたのだ。
そもそも…俺様をトリアツカイするのに、あやつは未熟すぎるのだ〉

砒素はますます増上慢になり、イロハが滑らかになった。人の成熟と未熟についての解説(ナゾトキ)までココロミする。いわく——人の五つのイロハのうち、嗅覚と触覚は他の動物より退化(ヒッコミ)している。味覚は偏った発達(ススミ)をしたために、毒を判別するチカラを失くした。嗅覚と味覚が鈍いから、砒素などのコナのワザワイをたやすく被(こうむ)ってしまう。半面、人の視覚と聴覚は他の動物よりはるかに優れている。遠くのものをミキキできるのではない。微妙なイロハを見分け、聞き分けることができるのだ。そのチカラによってマナやカナを生み出し、イロハの交換を行うという独自のミチを開いた。

成熟した人は、マナとカナを自由自在に使いこなし、正しいミチを選ぶ。未熟な人は、マナやカナよりもシナに眼をウバイされがちで、ミチにサマヨイすることが多い。

シナとナジミするにも、マナ、カナのイロハによってミチを知らなければ、ウレイやワズライが必ず来る。砒素がネライとするのは、シナに眼をウバイされがちな未熟な人で、その定まらない眼差しのイロハを見れば、すぐに識別(ミヌキ)できるという。

人は、虫のように卵、幼虫、蛹、成虫と順序を追って養育(ハグクミ)されるのではない。幼虫に当たるのはオサナゴ、成虫に当たるのがオトナ、老いたオトナの雄はオキナ、雌はオウナと別々に名づけられるが、それは実際の成熟とは関係がない。それらは仮の名であり、人の成熟は、やはりミチにサマヨイするかどうかでしか測れないのだ――と。

蟻は、キキコミするだけはした。そっとポケットを出る。

若い人は自室で、紙包みを机の引出しに仕舞った。

○

無人の倉庫に戻ると、蟻は猛烈な速さでマナとカナについてヒモトキをはじめた。例によって、ハラをさする。

初めに、人には眼で見るイロハと耳で聞くイロハがあることを知る。砒素の言ったマナとカナは、眼で見るイロハだとわかった。人の言葉ではマナが「漢字」、カナが「ひらがな」や「カタカナ」と呼ばれる。

蟻より十代ほど前、野原に放り出されたランドセルに入り、半分にちぎったコッペパンをイタダキするのが得意なカシラハタラキアリがいた。そのカキオキが役に立った。

あるとき、オサナゴの放り出したランドセルから本が飛び出し、ページがぱらぱらと風でめくれた。そのカシラは、パンにシガミツキしながら全ページをウツシコミした。単純なカナが眼に映った。

《あいうえお　かきくけこ　さしすせそ……》

カナの五十音である。

蟻は、そのヒモトキでカナの配列を無造作にハラに入れる。触角を動かし、すべて宙になぞってノミコミした。

《えんぴつ　ほん　ぼうし　くつ　がっこう　せんせい　ともだち……》

カナといっしょに、さまざまなカタが並べてエガキしてある。蟻は、シナや人のカタを示すイロハだと察した。

こうして本を一冊丸ごとハラに入れた。

蟻のハラでは、ヨミカキのハタラキが芽生えはじめている。ヨミカキは、人のマナとカナを読み書くハタラキで、ヒモトキとオモイエガキの下地があって初めてキリヒラキできる。

ランドセル好きなカシラのミキキした本には、『小学校教科書』と書かれている。

チョコレートのかけらに誘われて、潜りこんだ教科書は少し難しくなった。マナが増えたが、どれもシナや人のカタだとわかればノミコミは速い。

文（フミ）のノミコミが進んだのは、次のような記述（カキコミ）からだった。

《いろいろな名前と文

わたしたちの目に見え、耳にきこえるものには、みんな名前がついています。

大昔から、わたしたち日本人の祖先が、いろいろなものに名前をつけてきたからです。長い間かけて、ほとんどのものに名前がつけられ、それぞれのちがいを区別できるようになってきました。

空、雲、土、木、花、虫、山、川、海など、すがたや形が見えるものは、はじめに名前がつけられました。「すがたや形の名前」です。

次にようすを示す名がつけられました。美しい、明るい、白い、大きい、小さい、楽しいなどの「ようすの名前」です。

この二つができたので、美しい花、白い雲などの言い方ができるようになりました。

三ばん目には、「動きの名前」が生まれます。歩く、走る、食べる、読む、書く、話すなどです。

これで「小さい虫が歩く」というように、文を作ることができるようになりました。

でも、その文の中には、三つの名前と関係のないものが入っています。「が」です。

これは、どの名前でしょうか。

文を書くとき、名前と名前をつなぐ助けになるので、「助けの名前」ということができます。「が」のほかにも、「に」「を」「は」「へ」「や」「から」「まで」など、たくさんあります。

これで、名前は全部でしょうか。もっとあります。

「これ」や「どの」など、よくわからないものが、この文の中にもよく出てきました。近くにあれば「これ」や

「この」と言い、少しはなれれば「それ」や「その」と言い、もっとはなれていれば「あれ」や「あの」と言い、なにかわからなければ「どれ」や「どの」と言います。

これらは「代わりの名前」です。ほんとうの名前の代わりに使います。「それをください」とか「この花が好きです」などと文にします。……》

蟻は無我夢中である。ヒモトキを続けるうちに、タノシミも湧いてきた。しだいに、人のイロハが精妙(タクミ)なカタやシクミとして作られていることをノミコミする。

「いろいろな名前と文」の文(フミ)は、さらに続く。

《文では、そのほかに「飾りの名前」が大切な働きをします。「飾りの名前」は、今までに出てきたいろいろな名前を飾ります。

たとえば、「ようすの名前」を飾るときは、「いちばん美しい花」「わたのように白い雲」というふうに使います。また、「動きの名前」を飾るときは「小さな虫がすばやく歩く」とか、「大きな牛がゆっくり歩く」などと言います。

これら五つの名前を組み合わせれば、人に伝えるための文を作ることができます。…》

蟻は、こうしてヨミカキの基本を覚えた。

次に倉庫(クラ)の中をアルキして、実地にヨミカキのハタラキを高める。

砒素の容器に貼られた紙のイロハは「ヒ素」と、カナとマナを混ぜて書かれていた。蟻身ずからのことは「蟻」とマナで記されたり、「アリ」とカナで記されたりしている。なんとなく落ち着かない。

「白アリ用」「蛾用」などの見るイロハには、身がスクミするのを覚えた。

蟻が恐れているツナは「防護網」とか「防虫ネット」、コナは「殺虫剤」、ワナは「防虫装置」や「防虫灯」などと重々しいマナで書き換えてあった。

蟻は、人のミチを「ナのミチ」ではないかとオモイエガキする。身ずからウミ出したカナとマナによって、何にでも名を付けるからだ。ツナ、コナ、ワナも、オサナゴ、オトナ、オキナ、オウナも、みんな「ナのミチ」の産物と見なされる。

人にとっては、きっと「ヒ素」も「蟻」もシナの一つでしかない。シナもまた、「ナのミチ」にトリコミされている。何もかも人の便宜（オコノミ）に応じて名が付けられ、シナに成り下がる。「ヒ素」は品、「蟻」は科（シナ）のマナを当てることができる。

蟻が知る砒素や蟻は、人が付けた名と人の理解（ノミコミ）をはるかに超えたイノチのシクミとイロハのフクミを持っている。「ナのミチ」は、シナを限定して表しすぎる。偏りもある。人それぞれのノミコミにもチガイが生まれるはずだ。お互いの理解（ノミコミ）にクイチガイやユキチガイが生じたら、人は一体どうするのだろうか。

人は、そのクイチガイやユキチガイがオオマチガイでさえなければ、ウレイやワズライを持つには及ばないという考えらしい。砒素が説明（クドキ）したように、シナが多くなればなるほどシナに眼をウバイ取られて、ミチにサマヨイする人が増えることになるだろう。

◇

蟻は、そんなウレイの多いオモイエガキが深まる前に、ハタラキを止めた。

夜が更けた。

夫婦が帰ってきた。何かをイイアイする声イロハが、蟻の触角に届く。

砒素なら、二人のハラを鮮やかに読み分けることができただろう。蟻にできたことといえば、壁から天井を伝い、蛍光灯の上に身をヒソミさせることだけだった。

足音が倉庫に近づいてくる。鍵を回し、扉が開く音イロハが立つ。急に、明るい光のイロハが室内を満たす。蟻の下の蛍光灯が人の姿を浮かび上がらせた。父親だとミヌキできた。

酒にヨッパライしてふらつく足で、父親はコナを調べる。タナを一段一段、コナの器を一つ一つ丁寧に確かめる。

父親は砒素の器を二、三度振って、かさかさっという乾いた音を聞いた。とろんと目尻の下がった眼で、いとおしげに中を透かして見る。蓋を開けた。鼻を近づけ、砒素のイロハを思い切りスイコミする。鼻孔の毛先の水分と砒素をつかんだ。蓋(ふた)はもう閉まっている。若い人が閉めたのだ。砒素が閉めさせたのかもしれない。

砒素が速やかにムツミした。

父親は、満足げに倉庫(クラ)を出ていった。

棲み家の方が静かになった。コナアキナイの家族はネムリコミしたようだ。

◇

蟻は、ヨミカキにもっとミガキをかけなければならない。コナに関するノミコミも、もっと深めたい。その上で、できるだけ早く何か良いオモイツキを得たい。その前に若い人がイザナイのまま砒素を使ってしまったら、どんなワザワイが広がるかしれないからだ。

倉庫にある本のどれかに、砒素の毒をオサエコミするハタラキについて書いてあるはずだ。今から一冊一冊、一ページ一ページ虱つぶしにヨミカキする余裕はない。蟻は、人の匂いイロハが最も濃い本にモグリコミすればよいと、オモイツキした。

『危険物取扱の手引き』という本がある。

蟻はヨミカキする。以下、その一部である。

《法二十一　砒素

指二十三　砒素化合物及びこれを含有する製剤。ただし、次に掲げるものを除く。

イ　メタンアルソン酸カルシウム及びこれを含有する製剤

ロ　メタンアルソン酸鉄及びこれを含有する製剤

砒素は、鉱物界にひろく分布しており、天然に白砒石（三酸化砒素）、鶏冠石、雄黄（いずれも硫化砒素）、硫砒鉄鉱（硫化砒素と硫化鉄の結合したもの）などとして産出する。

砒素化合物は多数存在するが、なかでも砒酸及び亜砒酸化合物として有用なものが多い。

砒素化合物はそのほとんどすべてが有毒であるが、亜砒酸はその代表的なものである。砒素化合物による急性中毒は、自殺以外はまれで、工業的には慢性中毒として現われる。危険工業としては、砒鉱採掘、砒素化合物を含む色素の製造、造花、壁紙、色紙の製造、金属細工、ガラス工業などで、人体には主として粉塵として吸収され、消化器より吸収される。……》

蟻のヨミカキは、まだ十分に発達していない。ヨミカキできないマナやオモイエガキできないシナも多くある。今は、そんなことにカカズライしている時ではない。いったんハラにカキオキし、オモミあるナカミだとわかれば、改めてヒモトキによってフカミに至るまでノミコミすればよい。

ヒモトキから、ジビキという新しいハタラキも芽生えつつある。ジビキに役に立つカキオキもあった。

蟻から十六代前のカシラハタラキアリが残していた。火事で焼けた家のイタダキの時だった。

『化学事典』という分厚い本が数冊投げ出されていた。紙の一部は焼け焦げ、消火の水を浴びて、ページが薔薇の花びらのようにめくれ上がった。

時のカシラは、イタダキのたびにページの間を通り抜け、その本の記述（カキコミ）をほとんどハラにウツシオキした。人の言葉で言うところの「化学用語」が丁寧に解説（エトキ）されている。

蟻はこの『化学事典』をジビキして、ヨミカキに役立てた。砒素のムツミについても、ことごとくノミコミした。闇の中に白い蟻の姿がある。知らず知らずイロヌキしていることに、蟻はまったくキヅキしていない。ノミコミがいいのは、水晶体と化した一つ身のチカラである。

人のいいハタラキシロアリが別れ際に発したイロハも、ヨシミの上の儀礼（カタ）だとばかりは言えない。ここまですでに、蟻は「ミのミチ」の助けを幾度も借りた。ヨミカキのハタラキも、厳密に言えば「ヨミ」と「カキ」の二つがムツミしたミチである。

『殺虫才』という本もヨミカキし、ノミコミした。重要な箇所がいくつかあった。

《アリの巣を破壊する方法は、ヒ素を砕いて、小麦か、そのほかの穀類の粉（コナ）にまぜるのがいい》

カシラハタラキアリである蟻は、代々伝わるイロハとして、巣の全員に〈イタダキに、アセカキ、あり。アセカキ少ない餌、ワザワイ、あり〉とモウシオキしていた。餌には足がない。向こうからやって来る餌は、何かのワナかイザナイであることが多い。つまり、ワザワイを招きやすいのだ。

『殺虫才』の記述（カキコミ）は、次世代にぜひともモウシツギしなければならない。

《化学者は、アリの蟻酸の性質からみて、アルカリの中でも、とくにアンモニアがアリの体内組成を攻撃し、体内構成にとって最も重要な原理を奪いとって、その結果、アリを殺すことができる、と考えている》

蟻酸とは何か。『化学事典』には出ていない。そのままオモイエガキすれば蟻の酸である。これをトメオキしたまま、酸とアルカリについてジビキする。

《…水溶液の酸性、アルカリ性は、水素イオンの濃度によって決まる。水素イオン濃度はpH（ピーエイチ）で表し、ピーエイチ7を中性として、7未満なら酸性、7を超えればアルカリ性となる…》

蟻酸は酸性だと考えられる。きっとアルカリ性のアンモニアとアラソイさせて、蟻酸のチカラをソコナイさせるのだろう。アンモニアの項を『化学事典』で引くと、「尿などに含まれ強い匂いがある」と記されている。

蟻は、別のヒモトキからオモイエガキを広げた。

蟻たちは、強敵に出遭ってイノチのウレイに至ると、蟻酸を出してアラガイする。ある日、自族のハタラキアリが犬に襲われた。いよいよ追いつめられると、犬の鼻面に蟻酸をハキハキした。犬は一瞬ヒルミしたが、片方の後足を上げて、尿をオミマイした。そのハタラキアリは、口から泡を出して倒れた。イノチのオシマイだった。

いつもなら、犬の尿がイノチのオシマイを招くことはない。キチン質の皮膚が、尿をフセギする。あのハタラキアリは、ハキハキした蟻酸と尿のアンモニアがムツミして、身ずからの毒になったのだろう。

蟻は、先の記述の中の「アンモニア」を、犬の尿より数倍濃い液なのだとオモイエガキした。それを確信（キヅキ）させたのは、次のような記述だった。

《毒は量である。致死量や濃度を知ることが重要である》

◇

足音がする。シノビコミするような静かな足どり。それでも蟻には、触角をびりびり震わすほど大きなイロハとなって伝わる。ゆっくりと気配を消しながら倉庫（クラ）に近づき、ひそやかにひめやかに、砒素のように侵入（ハイリコミ）してきた。

懐中電灯の光で足元しか見えない。蟻には、母親だとノミコミできた。紛れもなく、砒素がニクシミを込めて口汚く罵（ののし）った後妻、その人である。

いったい、何をしようというのか。忍び足で、真夜中に、懐中電灯まで用意して。

タナを調べている。何かコナの器を取り出した。

この人も砒素だった。人はなぜ、こんなにも砒素にシタシミを持つのだろうか。

おや、何をする。蓋（ふた）を開けた。なんだ。さじで山盛り三杯すくう。紙に取った。また紙包みだ。それを胸に密着した布のすき間に入れた。

もう一つ、蟻のウレイが増えた。若い人より量が多い分、ウレイにはオモミがある。

後妻は、すぐに出ていかない。まだ何かを探している。どうやら本だ。わかった。砒素のチカラを知りたいのだ。

一冊、取り出した。本の表には『毒のイロハ』と書いてある。

懐中電灯の弱い光を当てて読みはじめた。夜目の利く蟻には十分すぎる。闇に紛れて後妻の肩に飛び降りた。肩越しにヨミカキする。蟻は一ページをすぐに読み終えるが、後妻は一マナ一カナ指で追って読むので遅い。指が止まった。重要な部分らしい。

　こうカキコミしてある。

《致死量は〇・一二グラムで、耳かき一杯程度である。……》

　後妻はペンと紙を取り出した。懐中電灯を開いたページの上に置いた。本と紙を同時に照らすのは難しい。何度も舌打ちしながら、蟻にはヨミコミできない歪んだマナとカナで走り書きする。蟻は後妻の体から発するイロハに、穏やかでないものを感じた。

　突然、蟻のいる肩の方を振り返った。蟻は危うく身をかわす。

　後妻が闇を凝視(ニラミ)する。蟻の微かなイロハを感じたのだろうか。突き刺すようなスゴミのある目だ。ウラミとカナシミもフクミし、闇に棲むすべてのものたちをダマリコミさせた。蟻も触角と眼をそらす。

　後妻は出ていった。

　さすがの蟻も、後妻に対するドクヌキを知らない。知っていれば、マチガイなくしていた。しばらく触角は痺(しび)れ、ハラのイロハがすぐにはナゴミを取り戻せない。

　後妻は、はしなくも読むべき本をオシエコミしてくれた。が、アリガタミを感じてはいられない。後妻が何かのハカライから大量の砒素を手にした以上、ウレイだけが大きくフクラミしたからだ。

　蟻はすぐさま、『毒のイロハ』の中に潜ってヨミカキを始めた。

《砒素を含む砒素化合物は種類も多く、特に酸化して出来る亜砒酸は猛毒で知られる。

砒素化合物は、水や空気中でも分解され毒性を失うということはない。

砒素は、人間の細胞にエネルギーを供給するＡＴＰ（アデノシン三リン酸）の機能を阻害する。体重六〇キロの人間の致死量は〇・一二グラムで、耳かき一杯程度である。ただし、砒素の影響には個人差があることを付け加えておかなければならない。

解毒剤として最も有効なのはＢＡＬ（バル）である。

バルは一定時間ごとの筋肉注射で用いる。体内で砒素を含む重金属と結合し、生命体の酵素と重金属の結びつきを断つ働きをする。そして、重金属と結合した後は、細胞に入り込むことはなく、そのまま腎臓に回り、尿と一緒に排出される。……》

ここまでヨミカキして、蟻は人が「化学」と名づけているミチを、さまざまなコナやシナの「ムツミ・ウミ」の法（シクミ）だとノミコミした。要するに「ミのミチ」の一種である。マナとカナで「味（ミ）のミチ」と当てられる。

人の身の内では、さまざまな「味（ミ）」を持つ液体が行き来している。砒素は、そのうちのアデノシン三リン酸とムツミする。そこでハラミかつウミ落とされる味が、人にとって毒味となる。

「毒は量である」。軽いムツミだけで済む少量なら、人のイノチもオシマイにはならない。大量になるほどハラミ、ウミが進み、イノチにワザワイをもたらし、ついにはイチコロとなる。膿（うみ）というマナとも合致する。

砒素は、こううそぶいていた。

〈なめたら、舌の先から尻の穴まで、イチコロだぞ〉

しかし、「毒は量である」。量をオサエコミすれば、ワザワイを避けられるにちがいない。そのキヅキを境に、蟻の深く長いオモイエガキが始まる。

オモイエガキはやがて、オモイツキからヒラメキというオオハタラキに転じて終わった。

○

若い人が眠っている。

蟻は人の鼻下にある溝に伏す。人の呼吸に身を翻弄されないように、薄いひげに足をカラミツキさせる。ハラをさすり、口から霧状のものをフキフキした。シタシミとイトシミとアタタカミのイロハを気体にしたもの、とでも言えようか。霧は人の吸気によって、鼻から肺へ、肺から血液にトリコミされ、脳にまで達した。

若い人はユメミに落ちる。

昨夕の倉庫（クラ）での光景である。

……父親がホホエミしながら話しかける。

「寅男、ご苦労だったね。今日はこれで終わりにしよう。いつもより取り扱いが多かったから、風呂できれいに洗うんだぞ。それに今夜は特別だ。いっしょに食事に出よう」

「わかりました。でも、お父さんとお義母（かあ）さんから先に入ってください。ぼくが後片付けしておきますから」

寅男が笑顔で返す。

義母が言う。

「あら、寅男さん。それはいけないわ。わたしはちっとも汚れていないんだから、お父さんの後に、あなた、お入りなさい」

「いや、お義母さん。せっかくの寅男の言葉だから、先に入らせてもらおうじゃないか。じゃあ寅男、あとは頼んだよ」

「だいじょうぶです。ゆっくりどうぞ」

父と義母が母屋へ去る。倉庫に独り残った寅男は、薬品の整理を続ける。砒素の蓋もきちんと閉めた。

整理が済んでも、壁に貼った確認事項を声に出しながら「位置よし、数よし、容器よし」と一つ一つ念を入れた。

ファミリーレストランの場面に変わる。

寅男が言う。

「お父さん、お義母さん、結婚一周年、おめでとうございます。これ、プレゼントです」

「まあ、何かしら。開けてもいい」と義母。

中から温泉旅行のチケットが出てきた。

「おお、これは豪勢だ。ずいぶん無理をさせてしまったんじゃないか」と父が言う。

「いえ…。できれば、もっと豪華な所にしたかったくらいです」

「寅男さん。本当にありがとう。もう、言葉にならないくらいうれしいわ」

義母はそう言って、涙を流す。父がその手を取る。

「寅男。俺からも礼を言うよ。ありがとう」

「いや、お父さん。お礼を言わなければならないのは、ぼくの方です。

それどころか、お詫びしなければいけないと思ってるんです。ちょっと聞いてもらえますか」

両親のやさしい眼差しに促されて、寅男が言う。

「もうそろそろ母の十三回忌です。お父さんには、男手一つでここまで育ててもらって、本当に感謝しています。でも、再婚話を聞かされたときには正直驚いたし、反対したい気持ちもありました。それで、この一年間、なんとなくお義母さんには遠慮があったし、お父さんにも少し反抗的な態度をとることもありました。いいえ、いいんです。わかってます。

ぼくはなんの取り柄もないくせに、人見知りばかり激しいから、お義母さんにはずいぶん辛い思いをさせたでしょうね。どうか許してください。

ぼく、お義母さんがとても素晴しい人だって、ようやくわかったんです。しょうがないですね、一年もかかってしまって……。

この間、ぼくが薬品を頭からかぶったとき、お義母さんは風呂場にやって来て、すごい力でごしごし体を洗ってくれましたね。涙が出ましたよ。あんな鼻が曲がるような匂いのする薬なのに、いやな顔も見せずに……。

そのとき思ったんです。ぼくの母親は、この人なんだって…」

寅男は、眼に涙を浮かべる。つられて、義母はまた涙ぐんだ。父は唇を噛みしめ、涙をこらえて言う。

「そうか、寅男。よく言ってくれた。お前こそ、わしらの大事な息子だ。

さあさあ、めでたい日だ。もう、めそめそするのはやめにしよう」

三人はこぼれるような笑顔で食事を続けた……。

◇

若い人は、同じ夢をくりかえしユメミする。

蟻はなおも、鼻からイロハを送り続ける。砒素に「ミ入られ」て見た幻想は、解毒されたように鼻から抜けた。「ミ出た」のだ。

砒素は若い人をイザナイし、抑圧しているオモイを刺激してモノオモイに陥らせた。モノオモイをくりかえせば、やがて身ずからキノマヨイやモノグルイに奔ることになる。人の化学の原理にたとえれば、砒素は「イのミチ」の爆弾の導火線に、イザナイという火を点けたのだった。

逆に蟻は、若い人がいつもノゾミとして持っているイロハをミチビキした。その量はオサエコミしたオモイとヒトシナミに多かった。砒素が点火した導火線は、ノゾミの「ミ出づ（水）」に消された。

蟻には、夜明け前にまだやることがある。

両親の寝室にハイリコミする。二人とも、カナシミとクルシミの表情をたたえてネムリコミしていた。

後妻の鼻孔からシノビコミする。涙腺から涙の出る音をたよりに、眼球の後ろにマワリコミする。視神経から伝わる脳のイロハを触角で受け止め、この人の記憶をヒモトキする。凝り固まったツチの層から、ずっしりとオモミのあるイロハがよみがえる……

幼いころ、父親の暴力を受けた。左耳の聴力が衰えたのはそれからだ。人の言葉に耳を傾けるのが億劫になった。それ以上に、心の痛手が大きかった。人のやさしさや愛情が信じられない性質を、身ずから作り上げてしまった。

中学二年のとき、父親が交通事故で死んだ。涙が流れた。暴力から解放される嬉しさからだった。母親は薄情な人で、父親の勤めていた建設会社から、見舞金や労災保険をできるだけ多く受け取ることにばかり腐心した。でも、そのおかげで高校にまで行かせてもらった。

高校を卒業すると、いろいろな職業を転々とした。信用金庫の職員、スーパーの店員、保険の外交員、ガソリンスタンドの事務員、タクシー会社の事務員、パチンコ店の店員。どれも長続きしないのは、職場の人たちと心から打ち解けることができなかったからだ。母親と同居していたが、その母親も心臓発作であっけないくらい簡単に死んでしまった。私が二十九歳のときだった。

母親が死んでしまうと、自分自身が理想の母親になりたいと考えるようになった。そのために、理想の結婚相手を見つけようとした。

三十五歳のとき、最初の結婚をした。

理想の相手ではなかった。パチンコ店によく通う同い年の遊び人だった。定職にもつかず、パチンコや競輪、競馬、麻雀と、ギャンブルで日々を食いつなぐだけの男だった。

町で声をかけられた。

「あんた、前に〈パーラー・ペリカン〉にいた人でしょ」

愛想がよかった。食事に誘われた。ただ、結婚したいという願望だけで結婚した。ギャンブル好きなのを知っていたが、結婚したら変わるだろうと高を括った。変わらなかった。

初めは貞淑な妻を演じた。耐え忍ぶことを美しいと思った。母親が遺してくれた預金を少しずつ渡した。そのうち、通帳ごと取られた。

「でかい勝負ができないような男は、生きてる値打ちがない」

そううそぶいて、とうとう預金を使い果たしてしまった。暴力が始まった。金がある間は手を出さなかったが、金蔓(かねづる)が切れて男も本性が出た。

男は「この闇夜女め。ツキなしってんだ。お前の運の悪さが俺に感染(うつ)っちまった」などと言っては、殴り蹴った。何十発目かの拳が左耳に当たって、完全に聞こえなくなった。男の悪罵ごと蓋(ふた)が閉じた。

別れた。それでも、約三年続いた。我慢の限界だった。前にも増して人が信じられなくなった。特に男を見ると、身をすくめて目を伏せるようになった。

四十歳になった。カウンセリングを受けて、少し自信が出てきた。看護士補の仕事を勧められて、資格も取った。カウンセラーの先生のクリニックで働きはじめた。悩みを打ち明けながら働けるので、ストレスが後に残らない。仕事では自分の経験が役に立った。親や夫の暴力に悩んだり、トラウマを持っている人の多さに驚いた。助けを求める人生から、助けを授ける人生に変化したのが嬉しかった。人を信じる喜びに満たされた。何もかも好転しはじめたように感じられた。

そんなとき、あの男に会った。

私はもう四十六歳になっていた。男は慢性砒素中毒で来院した。神経も病んでいるようだった。五十二歳だといっていた。深い悲しみを胸に沈めながら、砒素の毒で麻痺させているような印象を受けた。生まれて初めて男というものに引かれた。

想像なのに確信があった。男はきっと、他人に言えない心の傷を持っているのだろう。自分の過去と男の過去が共鳴するのを感じた。

男が通院する日を待ち遠しく思うようになった。暗く沈んだしわの多い顔なのに、会うと心が晴れた。

「いかがですか」「まあまあです」

その程度の会話で心が通い合う。この男が存在することで、私にも存在する理由があると思えた。男も、私を特別な存在だと思うようになったらしい。

ある日、絞り出すような声で「結婚はされているんですか」と聞いてくれた。私は「いいえ」とはっきり答えた。胸の内で、〈もしこの次結婚するんでしたら、相手はあなたしかいません〉と言っていた。男は、なんとなく朗かになったようだった。

次の通院の日、結婚を申し込まれた。すぐに「はい」と返事をしていた。

二十三歳になる息子がいることは聞いていた。私も、初婚ではないことを正直に伝えた。

結婚した。夫は私をとても気づかってくれた。謙遜かもしれないが、「よく俺のような男の所へ来てくれた」と言う。私はそんな言葉を聞きたくない。「人生を棒に振った」と言われているようだった。やさしすぎるのも、心を傷つけるものだと思った。

息子とは、今だに打ち解けられない。夫以上に鬱屈したものを感じる。夫に問いただすと、「母親が砒素で自殺したせいかもしれない」と聞かされた。トラウマになっているのだろう。彼も孤独でもがいている。

心の傷。三人三様。もがいている。私が晴れやかに振る舞えば、明るくなると思った。無理がある。私だって、もともと明るくなんかない。

息子を励まそうと「若いんだから、もっと元気出しなさい」とも言った。昔、だれかに言われたような気がする。私はまるで言葉の暴力のように感じ、ますます傷ついたことを思い出す。息子はただ悲しげな顔をして、部屋に引きこもってしまった。

心の傷。癒されない。みんな自分から癒そうとしない。大事にしている。傷が無くなれば、自分の存在も無くなるように思っている。

私も小学校を卒業するころには、親の暴力なんかなんでもない、と思うようになった。そう思わなければ、生きていけなかった。

暴力はただの雨だったのだ。天井から雨漏りがするような少し強い雨だった。いつまでも畳がぬれたままでは暮らしていけない。ぬれたら、拭いて乾かさなければ。

心の傷。傷つきやすければ、やさしい言葉にだって傷つく。夫のやさしさ。「こんな仕事に付き合わせて済まないな」「俺が死ねば保険金が下りるから心配するな」「息子は放っておいていいんだよ。そんなに気を揉んでいたら、お前まで病気になってしまう」。

やさしい言葉が、暴力より大きな痛みになるとは知らなかった。心に傷を持つ親子の中に入って、私だけが明朗快活ではいられない。それは心の絆のない家族でしかない。私はむしろ、心の傷を分かち合いたかった。

傷を分かち合い、なめ合って、本当の絆が生まれるのだろうか。わからない。

息子には、あまり言葉をかけないことにした。カウンセラーの先生に「普通に接すればいいんですよ」と、アドバイスされた。その普通がわからなかった。「夫婦が仲良くすることが大事です」とも励まされた。

心の傷。傷口は、じゅくじゅく化膿して毒になる。毒に侵されて、膿に浸されて幸せを考える命の力が奪われる。

心の傷は毒。みんな毒を大切に飼っている。

昨夜は、先生から招待を受けていた。私たちの仲人で、昨日は結婚記念日だった。息子に「後かたづけと留守番をお願いね」と言うと、ぷいっとそっぽを向いた。夫が息子を激しく責めた。私は夫をなだめたが、暗い絶望的な気分になった。

息子は両親の愛情を十分に知らない。たった一人の肉親の愛情を、私が奪っている。夫婦が仲良くすればするほど、自分が疎外されているように感じるのだろう。

私は、この家に嫁いできたことで、かつての私のような人間をもう一人育てているだけではないか。

先生の家では、夫の手前、悩みを言えなかった。気詰まりになった。夫はわだかまりを感じたのか、珍しく酒を過ごした。帰宅してから、言い合いをしてしまった。

深夜、あれやこれやを思い、なかなか寝つけない。砒素のことが思い浮かんだ。幸い、夫はすっかり寝入っている。最後は、この家の不幸を私が清算してしまおう。

砒素を手に入れた。私のバッグの中にある。砒素は自由の翼。砒素は、この世の不幸も心の傷も、何から何まで解決してくれるだろう。

ああ、砒素、砒素、砒素……。

◇

蟻は後妻の鼻孔から抜け出た。そのまま頭の天辺に移動する。触角からイロハを送る。

後妻もユメミをする。息子と同じファミリーレストランの夢。何度も何度も見る。顔にホホエミが浮かんだ。

蟻は、口でファスナーを開けてバッグに入る。砒素の包みをクワエコミし、引きずり出す。そのまま仏壇の裏の隙間に隠す。表に出ると、前妻の写真が蟻に笑いかけた。

父親にも頭の天辺から夢のイロハをオクリコミした。ユメミが終わると、両目から涙を流した。

蟻のオオハタラキは終わらない。父親の耳から左脳の方にマワリコミし、ヨミカキのイロハを送る。次いで右脳の側にマワリコミして、ヒラメキのイロハを送った。

父親の顔面に、穏やかなナゴミのイロハが浮かんだ。

すべてが終わり、蟻は隣室の居間に去る。蛍光灯の上に陣取った。

〈「細工は流々(りゅうりゅう)、仕上げをご覧(ろう)じろ」か〉

○

晴れ晴れと朝が来た。川の音イロハも朝の光イロハにナゴミしている。

夫婦が元気に起き、互いの顔を見交わす。どちらからともなくホホエミがこぼれる。

後妻は台所に立ち、朝食のしたくをする。父親は居間で新聞を開く。息子が爽やかな顔で二階から降りてきた。

「お父さん。おはようございます」

「おはよう。昨日は本当にありがとう。我が人生最良の日だった」

後妻が朝食を運んできて加わる。

「寅男さん。私も改めてお礼を言います。ありがとう」

「いいえ、ぼくの方こそ。お義母さん、これからもよろしくお願いします」

父親が立ち上がって、二人の肩に手を置く。

「二人に聞いてもらいたいことがある。朝食の前に、ちょっといいかな」

二人はうなずいて姿勢を正す。父親が言う。

「実は、この仕事をやめようと思う。いや、ずっと考えていたんだ。

体が心配なだけじゃない。農林業の人たちとずっと話し合ってきたが、みんな、農薬や殺虫剤をばらまく時代は終わったといっている。俺もそう思う。

水を買って飲むような世の中になってしまうとは、子どものころは考えなかった。自然はなんでも吸収してくれると思っていたが、毒は毒だった。自然も毒で破壊されている。

自然が力を失っていく様子を見るのは、山育ちの俺には堪えられないんだ」

息子が目を輝かせて父親を見つめている。父親は勇気（イサミ）を得た。

「これまで無理をして、この商売を続けてきた。親の跡を継いだんだが、何もいいことはなかった。俺は体を壊し、前の女房はあんなことになってしまった。

せめて、お前たちの幸せを守るために、すっぱり辞めようと思ったんだ。

借金は薬品を返品したり、この土地と家を売ればなんとか返済できるだろう。俺の計算では、少しばかり手元に残るものもできるはずだ。

それで山里に廃屋とわずかの農地を買って、自然農業をやろうと思うが、どうだろう」

息子が間髪を入れず、父親の手を取った。

「お父さん。賛成です。いっしょにやりましょう。ぼくもずっとそんな生活を夢見ていたんです」

「そうか。賛成してくれるか、寅男。お母さんは、どうだい」

「私は、二人がいいなら、何も言うことはありません。どこへでもついていきます」

「いや、そうか。俺は、まったく……なんて勘違いをしていたんだ」

父親が激しくむせび泣く。

「どうしたんですか、お父さん」

「いや、すまない。泣いたりして……。お前たちを信じなかった自分が情けなくってな。無理をして、こんな商売にしがみついていたなんて……」

「ああ、そうだったんですか。いや、ぼくも、お父さんはこの仕事が大好きで、いろいろな薬を調合するのが趣味みたいな人なんだと思っていました」

「私も寅男さんと気持ちは同じよ。お父さんは、あんな怖い毒薬に囲まれているのが大好きなんだと、そう思っていました」

「いや、とんでもない。大好きなものか。死んだ親父が残してくれた商売だから、なんとか寅男にも残せたらと思って、それだけを念じて続けてきたんだよ。言ってみれば、墓守りみたいな気持ちだった。

そうか、これで気が晴れた。今日の天気のようにな。

善は急げ、だ。さっそく今日から廃業の準備を始めよう」

食卓の上で、腹の底から笑う三人の声がカラミ合う。

○

蟻が問う。砒素に問う。

机の引出しに仕舞われたまま、いつまでも出番の来ない紙包みの砒素に問う。

〈キミ、ミチ、ありや〉

〈ひそひそ…じりじり…蟻か。どうもようすが変だ。どうなっているのか、こっちが聞きたいくらいだ〉

〈キミに、ミチ、なし〉

〈ひそひそ…いらいら…なんだと。どういうことだ〉

〈「若い人は、キミのイザナイから、逃れたということだ。わかったか、大まぬけ王」〉

〈ひそひそ…わなわな…そ、それは、お前。ひ、人のイロハ…〉

〈「そうだ。キミの言うほど、幼稚でもなかったが、キミのワザワイをフセギする程度のイロハは、なんとかノミコミできた」〉

〈ひそひそ…かりかり…蟻め。俺様としたことが、どうやらお前をなめすぎたようだな。おらおら…それで、どうする。ここで、ずっと俺様の邪魔をしつづけるつもりか〉

蟻は紙包みの中にトビコミした。触角で砒素のざらついた膚をなでる。

〈ひそひそ…びくびく…な、なんだ。お、俺様とムツミでもしようというのか〉

〈「いや、正確に言うと、ちょっと違うね」、我がハラミツ、キミと、ムツミせん〉

そう答えて、蟻は砒素に向かって液体をハキハキする。

〈ひそひそ…ちりちり…あちちち、な、なんだ、こりゃあ〉

〈「気の毒だが、キミの毒だ。確か、バルと言ったかな」〉

〈ひそひそ…だらだら…あ、あなた。バ、バルまで、ご存じなの。ねえ、お願い、おやめになって〉

〈我れ、毒のこと、知りたり。「毒をもって、毒を制す」と〉と、元の蟻のイロハで決めつけた。

〈ひそひそ…どくどく…毒、毒って言わないでよ。あたいは人のテサキにすぎないんだから。
ずきずき…ああ、痛い。どうしてこんな目にあわなきゃいけないの、教えて〉

蟻が問う。ほぼ半分に溶けてしまった砒素に問う。

〈キミ、モウシヒラキ、ありや〉

〈ひそひそ…さらさら…今さら、モウシヒラキなんてあるもんですか。
なきなき…どうせなら、もっと静かな地球の奥深くで、ひそかに暮らしていたかったわ。
ぶつぶつ…人があたいをでたらめにトリアツカイするから、こんな目にあうんだわ〉

砒素は、もともと自然界で他の物質とムツミして存在していた。人がそれを無理矢理引き離し、味（ミ）一つにした。

単独という毒に、砒素もまたオイコミされていたのだった。

サマヨイのまま単独行を続ける蟻は、身につまされる。

〈キミ、良きハタラキも、あり〉

〈ひそひそ…そうそう…そうなのよ。でも、ちょっとおだてに乗りすぎたのね、きっと。
しおしお…今まで、ずいぶん悪い奴らに利用（トリアツカイ）されすぎたんだわ〉

〈たとえば、どんな奴らなりや〉

〈ひそひそ…だめだめ…とても、そんなこと言えやしないわ。あとが恐いもの。

ちちちら…でも、あなた、なんだか、とてもタノミになりそうだから、そっとオシエコミしようかしら〉

〈オシエコミあれば、我れ、キミに、アリガタミ、あり〉

砒素は、蟻を近くに招き寄せて伝える。

〈ひそひそ…ひそひそ…ひそひそ…ひそひそ…〉

○

その日から、コナアキナイの家族は次々に廃業の手続きや諸々の整理を済ませ、約一か月後に倉庫と住居を空にして出ていった。手元には、わずかな資金と二通の不動産売買契約書が残った。トラックに家財道具一式を積んで去った日は、蟻もとうに姿を消している。

筆者には不可解な点が多い。コナアキナイの家族にいったい何が起こったのか、いまだに釈然としない。

寅男という若い人が砒素のイザナイから覚めたのは、ノミコミするにしても、その他のことは全く狐に、いや蟻にツマミされたような印象である。

これでは、とてもこれから先、「蟻のミチ」を案内することはできない。どうする。

筆者が、問うしかない。

蟻に問う。筆者が問う。

〈砒素を盗み隠した後妻が、急に考えを改めたのは、どういう理由からなのか〉

蟻は、ヨミカキのハタラキを存分に発揮して答える。

〈「理由」というイロハに当てはまる答えはない。言わば、あれも一つの「ミチ」なのだ。

後妻の過去（カキオキ）をヒモトキして、あの人の「ミチ」がわかった。簡単に説明（ナゾトキ）すると、オサナゴのころ父親から受けた暴力が「ミチ」の始まりになっている。暴力は初め、いわば負の「ミのミチ」として記憶（カキコミ）された。カナシミ、ウラミ、ツラミである。父親が亡くなってからも、後妻の感情のシクミはカナシミ、ウラミ、ツラミを基本にクミ立てられた。

ミチは身知なのだ。負の「ミのミチ」を歩き出した人は、もっと明るく幸せな正の「ミのミチ」に身を転じるのが難しくなる。たとえば、シタシミ、イトシミ、タノシミ、アタタカミなどを知らずに過ごすことになる。

後妻がノミコミした「心の傷」は、負の「ミのミチ」のミチしるべになっていた。それがカナシミ、ウラミ、ツラミをいつまでもくりかえしウミつづける種になった。これにキヅキしたのが、我れには大きなミノリだった〉

〈まだ、よくわからないが…〉と、筆者は追及する。

〈つまり「心の傷」という言葉のイロハは、後妻の脳の中に凝り固まっていた。言い方を替えれば、あまりにも大きなイロハとなって、ほかの身知がウミ、ハグクミされるのを妨げたのだ。

ところで、キミは「心の傷」なんてものが本当にあると思うか。

わからない、か。ということは、「あり」といえば有り、「なし」といえば無しだな。

我れは、こう思う。後妻は「心の傷」という言葉のイロハによってその存在を認め、身ずからノゾミしてフクラミさせた。あげくに、なんでもかでも「心の傷」のせいにしていた、と。

後妻について、そこまでオモイエガキできたら、あとは簡単だった。

触角から「心の傷」と逆のイロハを送った。これは説明（ナゾトキ）のしようがない。ハラから出すときは別のイロハだが、後妻の脳には「心の傷などあるわけがない」というイロハとなってヒビキする。

　補足すれば、マナやカナといった眼で見るイロハが、人の脳にどう伝わるのかシクミをノミコミして、それと同じイロハを耳からでなく、脳へ直にオクリコミしたのだ〉

〈そんなことができるのか〉と、筆者はツッコミを入れる。

〈正直にいうと、これは砒素との問答からノミコミし、ヒラメキを得た。

砒素のイロハが人にイザナイとして作用するとすれば、人が身ずから作り上げたマナとカナのイロハもさまざまな作用を及ぼすはずだ。ここで、後妻の記憶（カキコミ）をヒモトキした内容を少し思い出してほしい。

後妻は「（心の傷の）傷口は、じゅくじゅく化膿して毒になる。毒に侵されて、幸せを考える命の力が奪われる。

心の傷は毒。みんな毒を飼っている」と考えていた。

砒素も、心の傷も、毒になる。が、毒にしているのは、人のオモイコミというイロハそのものにすぎない。そこから我れは、毒によるワザワイをトリノゾキするには、人のイロハを変えるしかない、というキヅキに達した。

それから、一つだけ付け加えておくと、我がハラはタカマハラと通じていて、ハラのイロハもタカマハラのイロハをトリツギしているにすぎない。人にも、タカマハラのイロハをオクリコミしただけだ〉

　蟻に問う。筆者が、次の問いを蟻に問う。

〈コナアキナイの家族はなぜ、三人そろって前夜の記憶（カキコミ）を変えてしまったのか〉

〈確かにユメミするようにハタラキかけはしたが、それよりも三人のノゾミが同じだったことが重要だ。そのノゾ

ミの強さが、レストランの場面をウミ出させ、翌朝のマコトの情景につなげた、としか言いようがない〉

〈しかし、現実（マコト）となれば、温泉旅行のチケットや父親の計画など、話が出来すぎている〉と、筆者は食い下がる。

蟻の答えは、あっさりしたものだった。

〈息子は、ちゃんとチケットを用意していたのだ。そして、父親も前々から廃業や転業の計画を持っていた。それだけだ。

それに、そんなことは正の「ミのミチ」を求めようとするチカラの前には、さしたる問題ではないらしい。いったん正のミチのチケットを手に入れたら、人はもうまっしぐらにそちらの方向にアルキするということがわかった。父親は、たとえ計画を持っていなかったとしても、きっと、あの晴れやかな朝にふさわしいイロハを発しようとしただろう。我れは、それを信じる〉

筆者はまだ半信半疑で、もう一つ蟻に問う。

〈砒素をバルで処置したが、どこで手に入れたのか〉

〈あれはバルではない。蟻酸の濃いのをウチコミした。ただ、我れが人のイロハをノミコミしたことに動転（チマヨイ）した砒素が、「バルだ」というイロハもウタガイなく信じただけだ。

蟻酸でも、まったく効かないわけではない。砒素はアルカリ物質だから、酸性物質とムツミするのだが、蟻酸はあまりにもツヨミがありすぎて、ムツミよりもナゴミしてしまったのだ。人の化学で言う、「中和」だ。

我がドクヌキのハタラキもオモイエガキしてみた。ドクヌキは、身のイロハを変えるのだからイロヌキの応用とも言える。ところで、人の化学には「染色法」というムツミのカタがあることをご存じか。ヒモトキによると、物質同士の色イロハの変化をカンガミしながら、ムツミをココロミするものらしい。砒素の灰色イロハから、イロハの好き嫌いもオモイエガキできたというわけだ。

つまり我れは、砒素がコノミでない色イロハによって、砒素の色イロハをイロヌキしたのだとも言い替えられる。このシクミが分かれば、蟻酸にちょっと細工するのは難しくない。それで、およそノミコミしてもらえるだろうか。無力化させた砒素は、包みごと息子の机の中から引っぱり出しておいた。もう目に触れさせないようにしたのだ。後妻のバッグから奪ったものも……。

もう、これくらいで勘弁してくれ。どうも、問われるのは苦手だ〉

○

蟻が問う。身ずからに問う。

〈我れ、カシラハタラキアリ。我れ、オオハタラキ、あり。我れに、いかなるハタラキ、ありや〉

身ずから答える。

〈我れに、ドクヌキのオオハタラキ、あり。我れに、ヨミカキのオオハタラキ、あり〉

第六の階(きざはし)

鸚鵡

蟻が問う。

鸚鵡(おうむ)に問う。

北の巣をめざす道すがら、山裾に広がる町の小高い丘の上にある、虹色のレンガと白い壁が輝く宏壮な屋敷で、オサナゴにイトシミをもってハグクミされ、籠の中の窮屈さを除けば、それほどウレイもなさそうに暮らす褐色の羽のフクロウオウムに、蟻が問う。

〈キミ、ミチ、ありや〉

鸚鵡が鸚鵡返しに答える。

〈キミ、ミチ、ありや〉

蟻は、鸚鵡という鳥をヒモトキでほのかにノミコミしていた。蟻の五代前のカシラが、ミキキに出た鳥アキナイの店先で、人声に似た音イロハを立て続ける白い鸚鵡に出合ったことがある。時のカシラには、モノグルイした白鳩としかノミコミできなかった。

それとは種類を異にするが、鸚鵡という鳥にチカヅキするのは、蟻にとって初めてのことである。

〈キミ、ミチ、ありや〉

また、問うてみた。

〈キミ、ミチ、ありや〉

再び鸚鵡返し。問えば、そっくりそのままのイロハが返ってくる。双方のイロハには、触角から発するか、口ばしから発するかの差があるだけだ。ココロミにもう一度問う。

〈キミ、ミチ、ありや〉

〈キミ、ミチ、ありや〉

答えは同じだった。違うのは、鸚鵡のイロハに、ややサゲスミの色が加わったことくらいである。

鸚鵡が問いをそのまま返すのは、問いをよくカンガミしろというフクミではないか。蟻は、そうオモイエガキした。カンガミとは、身ずからを鏡に写すようにカエリミすることである。

まず、蟻には鸚鵡に問うだけのナジミはあるのか。ない。鸚鵡にすれば、籠の中にずかずかとノリコミしてきた蟻に対して、ナジミどころかナミナミのシタシミさえ持てないのが当然である。

蟻は、初めに鸚鵡にチカヅキした理由をクドキしなければならなかった。

蟻には、問い正すべきウレイがある。砒素からキキコミしたウレイである。

蟻と縁（えにし）ある物のウレイ、ワズライは、一つとしてそのままにしておけない。下手をすれば、蟻にも鸚鵡にもワザワイをもたらすかもしれないからだ。ウレイをクドキすれば、シタシミやナジミのない鳥とでもイロハをやりとりすることができる。

〈我れ、砒素のウレイ、キキコミしたり。キミ、砒素のウレイ、知るや〉

〈ドーモドーモ、アリガトウ。知らない、知らない〉

やっと問答らしくなった。しかし、蟻には「ドーモドーモ、アリガトウ」がノミコミできない。人の声イロハに似ている。それをハラにカキオキしたまま、蟻はクドキを続ける。

〈砒素、こうモウシヒラキ、せり……〉

砒素の言い分は、こういうことだった。

昔から砒素をトリアツカイし、毒薬としての憂き名を高めてきたのは、ハラにハカライやサカライを持つ人々である。砒素がイザナイにハゲミするまでもなく、彼らは身ずからのニクシミやサカウラミを晴らし、ノゾミを達するためだけに砒素をタノミとした。例として蟻は、ヨーロッパの話やナポレオンの話も鸚鵡にトリツギする。やがてそういう人々の中から、イキオイに乗じて、いわゆる大量殺人までハカライするものが現れた。彼らはヨーロッパだけでなく、我々のごく近くでも「イのミチ」にハゲミしているという。

砒素は、それらの人々を〈ひそひそ…〉とオシエコミしてくれたのだが、蟻には初めてミキキする奴輩（やつばら）ばかり。

とりあえずハラにカキオキをした。後代のカシラハタラキアリのヒモトキに役立てばよい。その中で、すぐにノミコミできたのが「オウム…」だった。

蟻は「オウム…」のことは鸚鵡に問えばわかるだろうと、ハヤノミコミをした。うまいぐあいに巣へ帰る道すじに、鸚鵡を飼う人家があった。

〈ドーモドーモ、アリガトウ。それ、オウムちがいの、オオマチガイ。ボク、鸚鵡、ツミない。その、オウム…、ツミあり。今、ツミツグナイする人たち。一つだけ、同じ。ボクも、ツミツグナイする人たちも、籠の中に囚われの身〉

鸚鵡は古傷に触れられたように、カナシミにウルミした褐色の目で答えた。そのままダマリコミし、ついには涙をニジミさせる。蟻はオオマチガイを犯したツグナイに、鸚鵡のカナシミの元をキキコミしたくなった。何かナグサミになることでもあれば、できるだけのハタラキをしてあげたい。鸚鵡へのアワレミも芽生えつつある。

蟻は問う。

〈キミ、何か、カナシミ、ありや〉

〈キミ、何か、カナシミ、ありや〉

また鸚鵡返しだが、カナシミは隠しきれない。蟻はハズミを付けて、さらに問う。

〈キミのカナシミのミチや、いかに。我れ、キキコミのハラ、あり〉

〈ドーモドーモ、アリガトウ。蟻が問うから、ボク、答えよう〉

鸚鵡は、カナシミにフクラミしたハラを割ってハナシコミしはじめた。

鸚鵡が生まれたのは、人の地理学で言う「南半球」の大きな島のジャングルである。大きな船に積まれて太平洋をはるばる渡り、北半球の小さな島にやって来た。動物アキナイの店で売られていたが、父親と来たやせっぽっちのオサナゴに買われ、飼われることになった。

屋敷でのイトナミは一見ナヤミが少ない。だが、マコトのところは、籠に閉じ込められて生きるのは、鸚鵡にとってクルシミでしかない。たとえ飛べなくても、やっぱり原始のイノチのチカラに満ちあふれたジャングルがいい。ほかの鳥たちの声をまねて、いっしょに歌ったり、騒ぎ回る毎日はタノシミ以外に何もなかった。今は、かつてのイトナミにただただナツカシミを覚えるばかりだ。

仲の良いキウイという鳥とは、よく草地や木々にハイリコミして遊んだ。天敵も多いが、弱い生き物なりに敏感な耳があるので、いつもやすやすとワザワイを免れた。

天敵には、肉食の獣や爬虫類（はちゅうるい）、鷲（わし）、鷹（たか）などの猛禽類（もうきん）がいる。それでも鸚鵡は何のウレイも持たない。彼らの感覚は、鸚鵡の耳のチカラをシノギすることができないからだ。鸚鵡の発する匂いや声のイロハをたよりに天敵たちが忍び寄っても、そこにはもう鸚鵡の姿はない。

危険な遊びもした。張り上げられるだけ大きな声イロハで鳴き叫び、わざわざ羽を数本残しておく。それを細い木の枝からタカミのノゾキミとしゃれこむのだ。すると、大蛇と虎が来て鉢合わせになる。タカミの鸚鵡とキウイは、どちらが勝つか賭ける。あるときは大蛇が勝ち、次には虎が勝った。

遊んでばかりはいられない。成鳥になれば、ムツミに備えなければならない。鸚鵡が耳や声を鍛えるのもコノミの雌鳥をマネキするためだ。それもできるだけ数多く。雄のフクロウオウムは、一羽で複数の雌とムツミする。

恋の季節になった。あっちの木々、こっちの草むらから若い雄と雌が一斉に集まる。恋の駆け引きは、声のカケヒキだ。高音で雌に声をカケ、雌の耳目をヒキする。長波長の音イロハで身ずからのイノチのツヨミを雌のイロゴノミにヒビキさせ、低音イロハで雌の胸の奥をイヌキする。

鸚鵡には他をシノギするツヨミがあった。どの若鳥よりも高音が美しい。すぐに五羽の雌鳥が胸をハズミさせ、ナビキしてきた。たぐいまれな長波長音イロハで、まず最初の一羽をセメコミすることにした。

うかつだった。張り切りすぎていた。波長の長い音は、遠くまでヒビキ渡る。「ハンター」と呼ばれる鳥獲りの人々に気づかれた。ハンターたちは、高性能の「集音器」というものを使っていた。低音で雌をマネキし、今まさにムツミをはじめようとした瞬間、ワナの網が落ちてきた。……

八歳になる飼い主のオサナゴは、とてもイトシミにあふれ、鸚鵡だけが友だちであるかのように身を尽くしてハグクミし、人の聞くイロハもいろいろシコミしてくれた。

「ドーモドーモ、アリガトウ」「コンニチハ、ボクフクチャンデス」「ゴハン、タベタ」「イツモ、ゲンキダネ」「ツライ、サミシイ、クルシイ」……。

人の聞くイロハをノミコミすることが、籠の中での単調なイトナミを紛らわすタノシミになった。

半年経った。家の内、外から伝わる聞くイロハというイロハをほとんどノミコミした。テレビから出る音イロハが、次のノミコミの種になった。

オサナゴの部屋にはテレビがない。耳のよい鸚鵡は、階下や隣家のテレビから出る音をタチギキした。「オウム…」の話も、ニュースや人々の噂からキキコミした。初めは仲間のことかとカンチガイしたが、キキコミを重ねるうちに大きなワザワイをもたらすモノグルイの人々だとノミコミできた。皮肉なことに、「オウム…」の話にキキミミを立てるハゲミが、鸚鵡の聞くイロハのノミコミを大きくススミさせた。

オサナゴの前では、テレビからノミコミした聞くイロハは絶対に発しない。身ずからの声をタノミにしすぎて、鳥獲りに捕まったマチガイの場面がスリコミのようによみがえるからだ。今よりひどいウレイにオチコミしたら、生まれてきたことにまでノロイをぶつけたくなるだろう。

オサナゴは体にヨワミがある。両親によると「心臓と肺が弱い」らしい。鸚鵡に言葉をかけるときも、声がかすれる。鸚鵡は、その声に身ずからとヒトシナミのカナシミやアワレミを感じ、ますますイトシミを覚えた。

オサナゴがコノミなのは動物の本だ。家に独りで居るときは、鸚鵡と遊ぶか本をヨミコミしている。他のオサナゴには、あまりシタシミを持てないという独り言も聞いた。「ツライ」「サミシイ」「クルシイ」は、オサナゴがよく口にする声イロハだった。

そのオサナゴが昨日、急のヤマイに倒れ、病院へハコビコミされた。鸚鵡身ずからの毒にナジミしたせいだと、鸚鵡はノミコミしている。オサナゴのヨワミのある身がヤマイにセメコミされれば、大きなワザワイを招くかもしれない。

鸚鵡は、オモミのあるウレイにツツミコミされている。

蟻が問う。

〈しからば、キミ、人の聞くイロハ、知るや〉

〈しからば、キミ、人の聞くイロハ、知るや〉と、蟻の突拍子もない問いにトマドイを見せて、とりあえず答える鸚鵡。

蟻は、もう鸚鵡の答えに慣れた。「知っている」とノミコミする。鸚鵡の長いハナシコミの間に、蟻は何かオモイツキしたらしい。

〈キミ、人の聞くイロハ、我れにシコミしてたもれ。されば、我れ、キミのウレイ、トリノゾキせん〉

そう、ツヨミのあるイロハでタノミコミした。

〈ドーモドーモ、アリガトウ。でもキミには、人の聞くイロハのノミコミ、まず無理、とても不可能〉

鸚鵡は蟻のハタラキのチカラを知らない。「論より証拠」とばかりに、蟻はヨミカキのハタラキを示す。籠の中からオサナゴの机の上に降りると、蟻はノートを開く。マナ（漢字）の書き取りが途中で終わっていた。鉛筆の先を歯でけずり落とす。すりつぶす。口から液を出してネリコミする。墨ができた。

蟻は墨を口にスイコミし、オスミツキで書き取りの残りを埋める。「生活」「学校」「会社」「病院」「旅行」など、二つクミのマナでノートは次々に埋まった。

再び鸚鵡の籠。蟻が問う。

〈キミ、我がハタラキ、知るや〉

〈キミ、我がハタラキ、知るや〉と、鸚鵡は甲高いイロハを発した。羽をばたばたハバタキさせるのは、オドロキのカタらしい。

〈これ、ヨミカキのハタラキなり。我れ、人の見るイロハ、ノミコミあり。

キミ、人の聞くイロハ、ノミコミあり。我れ、それ、ノミコミするノゾミあり。

どうか、シコミしてたもれ〉

ハラの内を明かして、トリヒキにサソイコミする。

トリヒキは、互いにハラを割らなければできない。マコトとマコトのハラのムスビツキが要る。たとえば、アザムキの多い蛾が相手ではトリヒキできない。シタシミ、ナジミを交した鳥となら、トリヒキできる。

〈ドーモドーモ、アリガトウ。ボク、人のオサナゴに、大きなウレイある。

キミのハタラキに、ボク、ノゾミかけたい。トリヒキに乗ろう。

ボク、キミに、人の聞く音イロハ、シコミしよう。

キミ、ヤマイのオサナゴを助けたまえ、救いたまえ。

ボクのウレイをトリノゾキしたまえ〉

トリヒキが成立した。鸚鵡のシコミが始まる。

蟻は最初に〈我れの身、いかにヨビコミせんや〉と問う。〈アリ〉と、鸚鵡が音イロハに表す。その音イロハとヨミカキで得たカナの「ア」と「リ」とをクミにして、蟻がノミコミする。ハラにカキオキしておいた五十音表が役立った。

同じく机の上や室内にあるものを、蟻がいちいち足で指し、鸚鵡が一つ一つ音イロハにしていく。すぐに五十音すべての音イロハをノミコミした。

ヨミカキが下地となり、タチギキのハタラキがキリヒラキされつつある。ヨミカキからタチギキまでは、わずかのハゲミでススミできた。

小さい「や・ゆ・よ」などが入ってはねる拗音、小さい「つ」が入ってつまる促音、゛で濁る濁音、「はひふへほ」に゜が付いて弾ける半濁音も音イロハとしてタチギキした。

蟻のハラでは、オモイエガキとヒモトキがあわただしくイリクミしている。何代か前のカシラハタラキアリたちがカキオキした情景は、音イロハのノミコミによって新しい様相を呈しはじめた。

人のオサナゴたちが、音イロハを激しく発する場面があった。

「おい、ヒロシ。アリの行列だよ」「ほんとだ。つぶしてやろうか」「やろう、やろう」

オサナゴたちのフミコミする足がオソイかかる。続いて、ハタラキアリたちのオシマイロハ。時のカシラだけは、すばやいハネアルキで辛うじて巣穴にニゲコミした。

別の代のカシラが、イタダキに入った家で聞いたオトナの音イロハは、さらにスゴミがあった。

「あなた、アリが家に入り込んで困るわ」「砂糖を桶の真ん中に一さじ盛って、アリを集めておけ」「それで、どうするの」「熱湯をぶっかけるのさ」「まあ、あなたって頭がいい」

それをミキキしておきながら、人の音イロハがノミコミできないハタラキアリたちは、熱湯をむざむざ浴びた。その代のカシラが残したモウシオキこそ、種族に代々カタリツギされる〈イタダキに、アセカキ、あり。アセカキ少ない餌、ワザワイ、あり〉である。数多くの仲間のイノチをウシナイして得た不朽のモウシオキとして知られる。

蟻の代になってからミキキした人の音イロハにも、ミブルイするものがあった。かつてオオイタダキをした葡萄園に、ある日コナアキナイがやって来た。主人と小声で話す。

「社長の所は、有機農法って聞きましたけど」「そうだよ」「でも、この上のゴルフ場では大量の除草剤をばらまいていますよ」「まあ、しかたがないな」「おたくも見たところ下草が少ないようですが、何かコナを使ってるんじゃありませんか」「いや、何も使っていない」「じゃあ、上から雨水といっしょに流れ落ちて来たんじゃないですか」「そうかも知れない」「いいんですか。有機農法と言えなくなりますよ」「いや、有機農法でいいんだ。そうしないと売れ行きが落ちる」「じゃあ、ゴルフ場には抗議をしないんで…」「できるもんか。あのゴルフ場は町長の一族がやっていて、おれも少し出資しているからね」「あ、なるほど」

◇

蟻は、鸚鵡の籠の中と言わず、オサナゴの部屋の中と言わず、縦横無尽にアルキ回る。タチギキのハタラキは、アルキの一歩一歩ごとに着実にススミする。

鸚鵡が一言二言、人の音イロハをオシエコミする。

〈今日の天気は、晴れ時々曇りでしょう。山沿いでは、所によって雨となる見込みです〉

それをキキコミした蟻は、机の上を一回りして戻ってくる。ノミコミした証拠に、ノートには「今日」と「京」のマナが並び、「今日」に丸のオスミツキが付く。さらに問う。

〈「雨」と「飴」、あり。それら、いかにノミコミすべきや〉

〈ドーモ。人のイトナミ、よくノミコミするしかないよ。ボクも、まだ、ノミコミできないこと多いよ〉

人のイトナミは、ヒモトキやジビキでヨミトキすればよい。ハラのウゴキが、ますます忙しくなった。

鸚鵡は、蟻のノミコミの速さに目を見張るばかりだ。オドロキのあまり、口をぱくぱくする癖が付いてしまった。

自然のさまざまな音イロハが入り乱れるジャングルでハグクミされ、遠くの音も微かな音もタチギキできる耳を持つ鸚鵡でさえ、テレビを教師に半年もかかった。それを蟻は、ほんの二、三時間でほとんどノミコミしてしまった。

〈ドーモドーモ、アリガトウ。蟻がすっかりノミコミしたよ。

びっくりしたなぁ、すごいなぁ。キミを、アリにしておくのは、オシミあるなぁ〉

初めは藁にもすがるような頼りない気持ちだった鸚鵡も、蟻をハラからタノミにしたくなった。舌のウゴキが滑らかになる。

〈オサナゴの名は、タカキタツヒコ。ノートにマナが書いてある。

今日も、母親が車でタツヒコのいる病院に行くはずだ。キミ、シノビコミして行きたまえ。

タツヒコを助けたまえ、救いたまえ。ボクのウレイ、トリノゾキしたまえ。

タツヒコ、タツヒコ、もうすぐアリさんが助けに行くよ。ドーモドーモ、アリガトウ〉

ノートには「高木龍彦」とカキコミしてあった。蟻はついでに、タツヒコの手垢で汚れた一冊の本をハラにカキオキしておく。本の題名は『鳥は、ひとりじゃない』。

しばらくして、両親がタツヒコの部屋に入ってきた。

「フクちゃん、今日は、ずいぶんタツヒコを呼ぶわね。やっぱり寂しいのかしら」

「いい気なもんだ。自分のせいで病気になったとも知らないで…」

「しかたがないわ。龍彦があんなにかわいがっていたんですもの」

「龍彦が退院したら、処分を考えなければならないな」

会話をタチギキしながら、蟻は母親のスカートの内側に素早くモグリコミする。話のナカミは半分ほどしかノミコミできない。ただ、鸚鵡にも何かワザワイが迫っているらしいとオモイエガキできる。

◯

母親の車の中で、蟻は本のヨミトキをした。鳥について新しいノミコミを得る。

《鳥が群れをつくって暮らすのは、おたがいに助け合い、天敵の危険をできるだけ逃れるためです。大きな群れの鳥は、小さな群れよりも、天敵が近づくのを早く知ることができます。それだけ、安全に食べ物を得ることもできるわけです。

鳥は、群れの中で何組ものつがい（夫婦）をつくります》

クロヤマアリやシロアリの群れと似ているが、「つがい」を作る点で大きく異なる。つがいは、雄雌の一つクミのことだとヨミトキした。ムツミ、ハラミ、ウミも、つがいのクミでイトナミするものとノミコミできる。

《同じ種でなくても、体が小さく天敵にねらわれやすい鳥たちは、共通の安全地帯に身を寄せます。その安全地帯は、サンクチュアリと呼ばれます》

蟻は、「サンクチュアリ」というカナに、たとえようもないアリガタミとナゴミを感じた。蟻族でも、ヒトシナミにイトナミが許されそうな楽園をオモイエガキする。きっと、ウレイやワザワイなど「イのミチ」のない巣ができるだろう。

《鳥の雌はひなをかえすために、卵を抱きます。ほかの鳥の卵でも抱き、ひながかえれば自分の子と同じように育てます》

これは、蟻でも当然のタシナミと考えている。ウミ落ちたイノチは、すべてタカマハラの賜物として、イックシミをもってハグクミしなければならない。

《別の種の鳥どうしでつくる群れは、それぞれ別の食べ物を選んでいることが多いのです。それが、平和をたもつしくみのようになっています》

ここまでヨミカキを進めて、蟻は、鳥たちがさまざまなトリヒキによってナゴミに満ちたイトナミを続けているとオモイエガキした。鳥という生き物に、今まで以上のシタシミとアオギミを覚えた。

◇

病院に着く。病室に入った。

蟻はベッドを囲う「カーテン」というツナの上をアルキする。タツヒコは眠っていた。カーテンの外では、母親が白衣の人と話す。

「先生、息子の容態はどうでしょうか」

「オウム病そのものは、軽い肺炎と考えてよいのですが、お子さんはもともと弱い体ですから、呼吸困難におちいって、最悪の場合は意識障害を招くかもしれません」

「意識障害…ですか」

「いや、必ずしも、そうと決まったわけではありません。

ただ私は、常に最悪のことを想定して、最善の予防と治療を行わなければなりませんので、その点、ご家族の方にも一応のお話をさせていただき、ご理解をいただだいている次第なのです」

「はい、よくわかります。私どもは、先生のお力におすがりして、息子の病気が治りさえすれば、何も言うことはございません。

もし、お薬や何かでよく効くものがございましたら、あの、費用は、いくらかかっても構いませんので、ぜひともお助けいただきとう存じます」

母親は、白衣の人に取りすがらんばかりに頭を下げる。蟻は、白衣の人が「医者」だとヒモトキでノミコミしている。医者とは、ヤマイにイドミし、ヤマイの人の身にナゴミをもたらすことでアオギミされている人だ。蟻もアオギミしつつ、その黒々した付け髪の中にトビコミした。

医者の衣の上はアルキできない。純白の色イロハにツヨミがあり、小さなしみや汚れでも目立つ。黒い蟻にとっては、ワザワイに至るワナのように感じられる。

触角を立ててよくミキキしてみれば、病院というウロはワナとコナだらけだ。消毒薬のツヨミのある匂いイロハに隠れているが、ヤマイの毒がそこかしこでヨウスミしている。砒素と同じようにワザワイをハコビコミする細菌たちが、注射針や医者の靴底などにヒソミしているのを、蟻は瞬時にミヌキした。医者の付け髪の隙間で、小さな身をますます小さくチヂミさせる。

医者は満足げにうなずきながら、タツヒコの額を撫でて去った。

医者の部屋には別の白衣の人がいた。医者よりも若いが、その声イロハはオキナのようにシワバミし、シズミコミしている。

「高木家の御曹司はどうですか」

「なあに、それほどのことはないんだが、だいぶ脅かしておいたから、二週間くらい入院してもらっても構わんだろう。テトラサイクリン、ニューキノロンにビタミン剤も入れていいんじゃないか。点滴は一日二回一〇〇mg、目一杯入れておこう。もともと弱い子どもだから、副作用も何もわかりっこないさ」

「肺と心臓が悪いんですって」

「ああ、先天性のものだ。どのみち二十まで生きられるかどうか。お袋は何もわからん世間知らずだし、真綿で首を絞めるようにじわじわと吸い取ろう」

「上等のクランケですね」

「特上だよ。肺病の息子に鸚鵡を飼わせて、オウム病をもらったなんて、まったく表彰でもしたくなる。金持ちのクランケは、『生かさぬように、殺さぬように』だな」

白衣の二人はタカワライを共有した。その声イロハが刺となって、蟻のハラをいつまでもサシコミする。

日が暮れてから、蟻は病院付属の図書室にシノビコミした。

オウム病については、すぐにヨミトキできた。要約すると、

《インコ、オウム、ハトなどの排泄物に含まれる菌体の吸収や口移しの給餌が主な感染源である。潜伏期は七～十四日。病原体・毒素はオウム病クラミジア。突然、三十八度以上の発熱で発症する。咳がよく出、時には粘液性痰が出る。全身に倦怠感、食欲不振、筋肉痛、関節痛などの症状があり、しばしば肝臓・脾臓腫を伴う。

小児よりも高齢者で症状は強い傾向があり、重傷例では呼吸困難、意識障害を招き、髄膜炎や多臓器障害などでまれに治療の遅れで死亡例もある》

治療法に関する記述は、医者たちが話していたナカミとほぼ同じだ。ハラにしっかりカキオキすべきは、《まれに治療の遅れで死亡例もある》という一文である。

蟻のヨミカキにはヨミチガイがない。人の知識を全面的にタノミにするのではなく、ハタラキのためのテビキにするだけである。砒素のドクヌキで学んだ化学の知識の上に、医学があることもオモイエガキした。つまり、医学もまた「ミのミチ」を「ナのミチ」に置き換えたものにほかならない。

人の「ナのミチ」には、キワミがある。医学における「ナのミチ」は、ヤマイの名を定めることから始まる。病名がわかって、初めて治療法がわかる。名を付けられないヤマイは治せない、という結論になる。

また、名を付けまちがえたヤマイは、オオマチガイの治療法によって処置されるウレイもある。ウレイで済めばよい。大概は、ワザワイやイノチのオシマイに至る。

蟻は、タツヒコの一つ身を「キのミチ」でナゴミさせようとハラに決めた。

深夜を待ちながら、蟻は肺病や心臓病に関する医学知識もノミコミし、幾つものオモイエガキを重ねる。肺病はイキのヤマイ、心臓病はツキのヤマイだとオモイエガキした。

イキは内外気イロハの交換、ツキは体液イロハの流通と言い替えられる。肺のイキが心臓のツキを助けているシクミもノミコミした。

「キのミチ」はすべて、蟻の身を通してキヅキできる。「身知」は、ハラを主体としてキヅキされ、ハラはタカマハラに通じている。人の身知も、タカマハラのシクミにチナミしていることはマチガイない。

ハラがオモイツキでフクラミし、オモミを増していく。

消灯時間が来た。

病室が静まり、白衣の人々の往き来が減ってから、蟻はタツヒコの部屋に戻った。タツヒコ以外の病人には決してチカヅキしない。「院内感染」という医学用語をヨミコミしたばかりだ。蟻が持っている無数の細菌が「院内感染源」となり、他のヤマイの人にナヤミやワズライを及ぼしかねない。そうなれば、鸚鵡のマチガイをくりかえすことになる。

タツヒコはよく眠っている。鎮静剤のようなものをウチコミされたのかもしれない。蟻にはノゾミのままだ。夜をこめて、ハタラキを尽くすことができる。

その一夜、蟻がタツヒコに施したのは、総じてミソギというオオハタラキである。ミソギは、ヤマイをもたらす細菌のセメコミをフセギ、トリノゾキするドクヌキ、肺などの呼吸器系すなわちイキのクルイを正すイブキ、心臓を中心とした循環器系すなわちツキを調えるハリツキの三つクミのクミハタラキと言える。

ドクヌキはコナアキナイの家で砒素を相手に示しているが、今度はさらにタクミを極めたハタラキが求められる。その上、ミソギの各ハタラキの中にも種々のハタラキが加えられることになるだろう。

蟻のウゴキを追ってみよう。

まず、アルコールで一つ身をススギすることから始まる。人の医学では「消毒」と呼ぶ。蟻の体内ではアルコールを作れないので、使い捨て容器に残る液を用いた。硬いキチン質の体表にも定住菌がいる。彼らには、しばらくイトナミをヤスミしてもらわなければならない。

点滴の液体にトビコミする。プラスチックの容器から細い管の中をばた足でオヨギし、一気にタツヒコの鼻の中にハイリコミした。そのまま喉の方へ下りる。

喉を過ぎて、道を変えた。食道の方へ行かず、気管支から肺にシノビコミする。

ドクヌキを始める。

オウム病クラミジアは肺の上部にウツリスミし、霧のようににじみ出てくる点滴コナのイロハにアラガイしている。一進一退のアラソイだ。クラミジアも人の医学が産んだコナとのアラソイによって、身ずからのチカラを鍛えつつある。アラソイとしては、カイマミしていてもオモシロミがある。だが今は、タカミのカイマミをしているゆとりはない。

蟻は、クラミジアのコノミでない熱イロハのイキを丹念にフキフキする。細菌たちはイトナミのチカラを急速にソコナイし、小さく煙を出してイノチのウシナイに至る。肺胞の曇りもみるみる晴れ、透明にイロヌキされていく。

クラミジアは、砒素に比べればスゴミもツヨミもない。むしろヨワミを多く抱えている。蟻の熱イロハに、あっさりイノチをウシナイしていく様はアワレミさえ誘った。人の肺が特にコノミなわけでもなく、空気にさらされるクルシミの果てに、仮の棲み家としてタツヒコの肺にニゲコミしただけなのだろう。

この世のどこかにイノチのイトナミの場を得なければならないのが、生きとし生きるものすべての宿命である。クラミジアは、鸚鵡の身の内をイトナミの場とした。そこでは別に毒にもならず、鸚鵡にナジミし、共にナゴミも得ていた。それが、人の肺にハイリコミしたばかりに毒アツカイされ、ついには蟻のハタラキでイノチのオシマイにオイコミされてしまった。蟻は多少のアワレミも覚えるが、タツヒコのイノチには替えられない。

それにしても、タツヒコの肺はヨワミの見本のようだ。肺胞の一つ一つが薄く、シボミしきっている。これでは、空気を十分にスイコミできない。とどのつまりは、イキにクルシミが増す。ときおり肺胞がタワミし、その反動がサザナミとなって気管支に向かう。タツヒコの喉では、小さなセキコミに変わるだろう。

蟻はイブキにハゲミすることにした。タツヒコの肺胞の一つ一つに、ツヨミをモリコミするためである。ハラから純度の高い酸素をハキハキし、三億の肺胞に丸々とした葡萄の粒のようなフクラミをもたらす。さらに内壁にはハラミツをヌリコミし、トキメキの膜を張る。ハラミツの膜がある間は、タツヒコも肺のチカラを保てるだろう。

肺のシクミとチカラに、蟻は幾つものキヅキを得る。空気から酸素をトリコミし、二酸化炭素などをハキハキする。いつも変わらずイキツギし、酸素を求めてハゲミ、ハタラキする。人の言葉で言う「生きる」がイキに通じることを、まざまざとノミコミした。

そもそも肺は、それだけで一つ身の生き物のようではないか。

蟻は、肺のような生き物を数多く知っている。酸素さえあれば、ほかには何もノゾミしない。あの小蟻がタネマキした小さな生き物たちも、酸素が多いウロにいるものほどよくハグクミできた。蟻がイノチのオシマイにオイコミしたクラミジアでさえ、たまたま人の肺の中で酸素をイタダキしていたにすぎない。みんな酸素をトリコミするために、絶えずイキツギして生きている。

生き物でなくても酸素を求める。たとえば、火だ。小さな火も大きな火も、それぞれ火のチカラに応じた酸素をトリコミする。ヒムロ山の火事は、とりわけ大量の酸素をウバイ取ったことだろう。山の生き物たちの中には、酸素不足でニゲマドイし、クルシミのうちにイノチのオシマイにオイコミされたものもいた。

世の中には、逆に酸素をたっぷりウミ出してくれる生き物もある。木だ。林だ。森だ。有り余る酸素ゆえに、森には無数の生き物がスミコミする。すると森はまた、生き物がイトナミによってウミ出す二酸化炭素をスイコミし、新しい酸素をウミ増やしていく。同じようなイトナミが何十年、何百年と続けられる。その長く大きなイトナミとイノチのヒキツギこそが、この世のシクミなのだと、蟻はアリガタミをもってオモイエガキした。

白い葡萄のような肺。紫や緑の葡萄に形こそ似ているが、ナカミはまったく違う。肺は葡萄のようなミノリを知らない。それともイキツギのハタラキで、人の身のミノリをミチビキしているのだろうか。少なくともタツヒコの肺だけはしばらく、ツヨミにフクラミした新しいイノチのミノリをミチビキしてくれるだろう。蟻は、肺にイノリのようなノゾミをかけた。

イブキが済んだ。

蟻は、タツヒコの新しいイキツギとともに気管支から喉、鼻を通って表に出る。ヤスミを取ることにした。蟻の身も酸素不足になった。軽いクルシミを覚える。大きなイキツギを幾度もくりかえす。身ずからのイノチのオモミが、生々しいまでにノミコミできた。

〈ヤスミ、のち、ハゲミ、みんな、ナグサミ、タノシミ〉

ふと、白蟻のイロハがハラに浮かんだ。蟻にとって、「ミのミチ」はもう無くてはならないほどアリガタミ多いものになっている。ヤスミは、蟻の身に再びナゴミとハズミをもたらした。

これからがミソギの正念場になる。今までは、医学で言う「対症療法」が済んだにすぎない。タツヒコの体を根本からミソギするという未知のミチが残っている。この先はタカマハラの大御心(おおみこころ)をミチビキとして、ハタラキを尽くさなければならない。

蟻はタツヒコの軟らかな髪の毛にモグリコミし、「百会」にタドリツキする。百会は人の東洋医学で言う「経穴」の一つで、頭頂にあってタカマハラとつながる点である。元は、蟻の触角に似たハタラキをするものだった。人が百会のハタラキをソコナイしたのは、目と耳と口とを用いる新しいイロハをウミ出してからである。

蟻が問う。タツヒコの百会にスワリコミし、一対の触角を天にオモムキさせながら、タカマハラに問う。

〈我れに、人のイノチ、ミソギするオオハタラキ、ありや〉

蟻の触角に、アタタカミのあるイロハがヒビキする。

蟻はさらにクドキする。

〈我れに、ミソギのオオハタラキあらば、どうか我れに、タカマハラの大いなるチカラ、ソソギたまえ〉

すぐさま、蟻のハラに電撃のようなトドロキが来た。

〈我れ、カシラハタラキアリ。我れ、タカマハラに、大いなるアリガタミ、あり〉

蟻は、そのままタツヒコの百会へトケコミしたようにスワリコミ。そして、立ち上がる。

◇

蟻はアルキにアルキを重ねた。タツヒコの体をくまなくアルキつくした。アルキには、ミキキとキヅキの意図がある。

人には気のイロハのミチがある。イノチのミチと言ってもよい。イノチのミチは、体液によるツキのヨワミとツヨミ、ススミする方向を持っている。蟻は、それをハラの磁石でノミコミする。

蟻のアルキは三度くりかえされた。タツヒコの体は、気のミチの網の目となってオモイエガキできた。百会と同じような経穴にもキヅキした。それらは、全身に無数の点としてある。

タツヒコの心臓が悪いのは、ヨワミのある肺のせいだとミヌキできた。血液中の酸素が少ない分、心臓の「ポンプ」が頻りにオシコミされなければならない。それでもなおオシコミは弱く、血管の端まで達しない。血流のツキが足りなくなる。それは、他のすべての体液に及ぶ。タツヒコの体の末端では、常に冷えや機能の低下、ときには細菌の侵略、細胞の死など、いくつものワズライが起こっているはずだ。

肺をミソギしたからには、心臓もだんだんとツヨミあるハタラキを取り戻すだろう。その前に、これまで蓄積された毒をドクヌキしなければならない。

体のチカラは、血から出る。今、タツヒコの血は医学の言葉で言えば、白血球が多い。免疫力も落ちている。蟻のドクヌキは、そこを足がかりにする。

蟻は、タツヒコの点滴の栓を粘液でフサギして止める。代わりに、ハラでウミ出したハラミツを一滴ずつナガシコミする。ハラミツはタツヒコの免疫力にハタラキかけ、フセギのハタラキをウミ出す。タツヒコの血液中では赤血球が増え、身ずから不要な細菌をイノチのオシマイにオイコミしているはずだ。

タツヒコの頬が朱に染まってきた。それは、イノチの微かな暁光にすぎない。一時的に小康を得ても、全身の気が正しいミチユキを続けなければ、肺も心臓もまた元のヨワミに戻る。気のミチは、イノチのある限り営々とイトナミにミチビキするものでなければならない。

蟻は、タツヒコの首から胸にハイリコミする。最初にタドリツキしたのは、薄い胸の中心のクボミである。ここも百会と同じく経穴の一つで、蟻にとってはツキの点になる。ツキの点からは微弱な電磁気のイロハが出ていて、ナゴミなら右回転、ナヤミなら左回転としてキヅキできる。

蟻が、タツヒコの胸の中心に触角をかざす。激しく左回転した。蟻はハリをツキ刺す。これがハリツキである。ハリは、二本の触角をツナのようにマキコミし、一本に強く鋭くネジリコミしてツクリコミした。

ハリツキは次の点に移る。やはり胸の上。胸には肺と心臓がある。ツキの点は、多くが心臓の循環器系とムスビツキしている。気のミチは、ツキのミチと言ってもよい。体液のほとんどを、血液がオクリコミしているからだ。

ツキはまた、「月」のハタラキを写す。海の潮流が月に支配されるように、血潮も月の運行とナジミする。「月」をツキと呼んだ最初の人に、蟻はアオギミを覚える。

ハリツキを続けるうちに、タツヒコの胸が一面、左回転の巣だとキヅキした。蟻は、身ずからの巣で幼虫や蛹たちをハグクミするようにハリツキを重ねる。ときに浅く、ときに深く。ときに強く、ときに弱く。やがて胸から腕、背中にマワリコミする。大きく左回転するツキの点があった。肘の内側や背中の上の方に多い。肺や心臓とムスビツキの強い点だとミヌキできる。蟻はそれらの点に、ハラミツを塗ったハリをツキ刺した。

ハラミツには、微量の砒素もネリコミしてある。コナアキナイの家で砒素のドクヌキをしながら、良いハタラキも直にシコミされた。毒気をウシナイした砒素は、こうモウシヒラキした。

〈ひそひそ…ちびちび…うまく使えば、病人の体には、かえって薬になるんだから。

よくよく…人の身のハズミをミキキしながら、ツツシミ深く、ゆっくりソソギコミするといいわ〉

タツヒコの身が痙攣（けいれん）する。イノチのチカラがみなぎってきた証拠だ。血はチワキし、肉はハズミする。ヌクミを増した熱イロハが、体のあちこちでチョッカイを出す細菌どもに、ツミツグナイのヤキを入れていることだろう。

タツヒコは、ツヨミある一つ身に生まれ変わりつつある。あとは、体のヨワミがハグクミしてしまった心のヨワミを身ずからシノギするだけだ。

蟻のミソギも、オイコミに入る。

蟻は、タツヒコの右耳にシノビコミした。コナアキナイの家でハゲミしたハタラキが、また示される。タツヒコのユメミをミチビキするのだろう。タチギキやミソギをキリヒラキした蟻のミチビキは、そのチカラを数倍も増したにちがいない。

ここでユメミのシクミを説明するまでもないだろう。それ以上に、神ならぬ身の筆者には、ユメミのミチビキがまだよくノミコミできない。読者には、翌朝起きたことをもってオモイエガキしていただこう。

○

その翌朝。

すべてのミソギを終えた蟻は、さすがに一つ身のツラミやクルシミにオチコミした。燃える火のようにたっぷりの酸素をノゾミしたい。ヤスミを取ろうと、またカーテンレールに身を横たえた。これほどツラミやクルシミを見せる蟻は珍しい。一夜のハタラキの大きさがしのばれる。対照的に、タツヒコはツヨミとハズミの熱イロハにツミコミされた。点滴の袋を手ずから外し、半身を起こす。濡れたような大きい瞳が、朝の光に輝く。

朝の検診が始まっている。医者や看護婦の足音、治療器具のすれ合う音などが廊下にこだまする。タツヒコの部屋の前で音が止まった。足音が近づく。医者と看護婦と母親が、カーテンを静かに開けて姿を表した。タツヒコを見て、三人とも目を見張った。すぐには言葉が出てこない。

タツヒコは、三人を満面のホホエミで迎えた。

「まあ、龍彦ちゃん。だめじゃないの、点滴を外したりして……」

最初に口を開いたのは母親である。

「オウム病は治ったよ、ママ。ぼくは、鷹や鷲みたいに強くなったよ」

タツヒコの声イロハはイノチのチカラをフクミし、一点の曇りもない。レールの上の蟻にも、一語一語はっきりとタチギキできた。蟻のツラミもクルシミも、一時にどこかへオイコミされるようだった。タツヒコの自信満々の言葉に、医者はひどく慌てた。

「ははは、そうか。点滴が効いたようだね。でも、そんなに簡単に治るものじゃないんだよ、龍彦君の病気は。もう少し様子を見なくちゃいけないな。おい、君。何をしている。早く、検温と検脈をしたまえっ」

苛立ちをニジミさせて、医者が看護婦をニラミつけた。看護婦は飛び上がるように我れに返り、ぎこちない手つきで検査をする。

「体温、脈拍とも正常です」

「ね、治ったでしょ。もういいよ。早くうちへ帰りたい。やりたいことがあるんです」

「いや、心電図やレントゲン写真も見て調べなくちゃ。再発するかもしれないからね」

「先生、もう調べなくても大丈夫です。お金のかかる薬も要りません」

タツヒコの言葉に医者は目をむいた。母親がおどおどして割って入る。

「龍彦ちゃんは、何も心配することないのよ。先生にお任せしていれば安心だから」

「そうだよ。お母様の言うとおりだ。君はほかの子より、病気になりやすい体なんだ」と、医者が付け加える。

龍彦の目が光った。

「二十まで生きられるかどうか、わからないんでしょ。だったら、入院してもしなくても同じじゃないですか」

助手との内輪話を知っているかのようにタツヒコは話した。医者は身をスクミさせて、目をカルテに落としたり、母親にタノミコミするような眼差しを送ったりする。またも、母親が助け舟を出す。

「少しのぼせているんだと思いますわ。

龍彦ちゃん、とにかく先生のおっしゃるとおりにしてちょうだい」

「ママ、もういいよ。ぼく、全部見て、知っているんだから…」

「全部って、なんのこと」

「うん、夢かもしれないけど、とてもはっきりしていたから、この間、本で読んだ〈幽体離脱〉だと思うんだ。幽体離脱って、深く眠った体から魂が抜け出て、上の方から現実の出来事を見ることなんだよ。ぼくの魂は、眠っている間に、先生の部屋に行ったんです。もう一人、白衣の先生がいらっしゃいましたね。そこで……」

そうしてタツヒコは、医者と助手の会話をすっかりアバキしてしまった。

タツヒコに悪気はない。無邪気に不思議な体験を語っているに過ぎない。その無邪気さがわかるだけに、医者には身の置き場もないほど堪(こた)えた。顔には冷や汗をかき、顔色イロハはツチのように変わった。毒気をドクヌキされたらしい。いや、身ずからのハラの毒が、全身にマワリコミしたのかもしれない。

母親は、ハラの中ではらはらしている。タツヒコの夢の話が医者をセメサイナミしていると感じた。タツヒコの空言（と、決めつけている）よりも医者を信じたい。この場合、嘘でも医者を信じるふりをしなければならない。

「龍彦、いいかげんになさい。先生に、そんなくだらない夢の話をするのは失礼よ」

タツヒコには母親のカワリミがノミコミしかねる。いつもは、どんなに他愛ない話にもキキミミを傾けてくれるのに。タツヒコは、首を垂れてオチコミした。それを見て、医者がイキオイを得た。

「いや、面白かったよ、龍彦君。だけど、それはやっぱり夢だね。だって、私は昨日の夜は、すぐ家に帰ったからね。それは、病院の人みんなが知っている。つまり、アリバイがあるんだな。

私の考えでは、熱のせいで、映画みたいにはっきりした悪い夢を見たんだと思うな」

医者は、アバキされたマコトをただのユメミだと、強引にユガミさせてしまった。それをハズミに、小声で看護婦に指図する。看護婦は注射器を身ずからの眼前にかざす。針の先が雀蜂の毒針のように鋭く光った。また、イノチのトキメキをソコナイさせるコナをタツヒコの腕にウチコミしようとする。アラガイするタツヒコ。医者と母親が左右からオサエコミする。注射針が腕を刺した。蟻のミソギの甲斐あって、「気のミチ」にはもうヨドミがない。コナの液は、サカライするもののないミチを猛烈な速さで流れ、タツヒコの脳にタドリツキするだろう。

タツヒコのウゴキが止まった。まぶたが閉じる。オトナ三人が、たった一人のオサナゴをコナのチカラで無理やりネムリコミさせた。

蟻は、カーテンレールの上ですべてをカイマミした。言い知れぬキノマヨイにツツミコミされている。オモイツキと違うスジガキになったからだ。蟻のスジガキでは、タツヒコはすぐに家へ帰るはずだった。母親が医者に味方をしたのが、大きなミコミチガイになった。母親は、医者の毒にでも「ミ入られて」いるのだろうか。そういえば、看護婦は医者を「毒多（ドクタ）」と呼んでいたが……。

人のオトナは、オサナゴにイトシミを持っていないのかもしれない。三人とも、オサナゴのノゾミにサカライしたではないか。そればかりか、マチガイのハカライでオサナゴをまたもコナのワズライにオイコミしてしまった。

夜を待つには長すぎる。まばゆい日の光が差し込む朝のうちから、蟻もノゾミのままにハタラキをすることはできない。ワザワイのおそれがあまりに大きい。といって、タメライも許されない。

幸いにして、オトナ三人は揃って病室を出るようだ。母親は医者に何度も頭を下げ、「本当に申し訳ございません」とすがりついた。

蟻は即座にハラを決めた。できるだけ物の陰や縁をアルキして、タツヒコの耳にハイリコミした。何かのイロハをオクリコミする。なかなか出てこない。その間、時計の長針が一まわり回転した。蟻にすれば、十回もイタダキができるほど長い時間だ。よほど念入りにスジガキしたのだろう。

ようやく鼻の下にウゴキする。コナのドクヌキにかかる。例によって鼻孔からハラミツをシミコミさせる。一滴、二滴、三滴……。最後の一滴をシミコミさせると、蟻は素早くベッドの下へ一つ身をヒソミさせた。

「ううーん」とうめき声を漏らして、タツヒコが目を覚ました。その目には、涙が残っている。手の甲でごしごしこすると、ツヨミとイサミの眼差しになった。

服を着替える。紺色の半ズボンに、白いシャツと紺色の上着を着、白い靴下をはいた。いつでも退院できるように、母親が予め用意していたものだ。腰には黒い袋を帯のように巻く。「ポーチ」と呼ぶものらしい。すべての色イロハが、蟻のコノミに合う。蟻の黒い色イロハもシズミさせてくれる。ポーチの裏にヒソミした。

病院の中では、だれもアヤシミを持たなかった。タツヒコは外に出る。青い線のある白の運動靴もいい。紺色の学帽をかぶれば、町のどこにでもいるナミナミのオサナゴにしか見えない。

タツヒコの学帽の回りには短い縁があり、上に六か所、小さな空気孔が開いている。蟻は、前側の孔にハイリコミした。髪の毛との間にわずかな隙間があり、外の様子をミキキするにも、一つ身をヒソミさせるにもよい。

タツヒコは、家に向かっている。一キロはゆうにある。蟻のハネアルキでも半日の距離だ。昨日までのタツヒコなら、ヤスミを入れながら歩いて、二、三十分かかったかもしれない。今は足どりが違う。駆け出さんばかりのハヤアルキで、町角をよぎっていく。

十分余りで家に着いた。裏門の鍵を開ける。台所口に回る。窓が開いている。自転車を押してきて、荷台に上がって窓からハイリコミした。

家にはだれもいない。代わりに「防犯カメラ」というワナが仕掛けてある。タツヒコは、ワナのシクミをよくノミコミしているらしい。何のウレイもなげに、ずんずん家の奥にススミする。蟻には、防犯カメラから出る赤外線イロハが大きなナヤミに感じられた。

タツヒコは蟻のナヤミをよそに、タクミに赤外線イロハをすり抜けて、二階へ向かう。階段は使わず、手すりをするすると這い上がる。身ずからの部屋の前にタドリツキした。戸を開け、中に入る。そこにも防犯カメラがあり、机から窓の方に向かって赤外線イロハが出ていた。鸚鵡の籠もカメラの眼の中に収まっている。どこかに、ワナを止めるシクミはないのだろうか。

防犯カメラは四六時中、家の内外をウツシコミしている。その絵は警備会社という所へ常にオクリコミされ、会社の人々がミキキする。何かワズライがあれば、ハラキリアリのようなツヨミとイサミのオトナが数人すぐにカケコミしてくる。ここでいうワズライとは、ナミナミのイトナミと異なる人影や動きのことだ。

カメラのシクミは、「コンピュータ」と呼ばれるシナのハタラキによるところが大きい。家に人がいない時だけ赤外線イロハが出る。それも、コンピュータのオボエコミによって母親か父親しか操作できない。他の人が操作盤に触れただけで、ワズライのイロハが警備会社に伝わるシクミになっている。

タツヒコの部屋には、だれもいないことになっている。防犯カメラと同じように、タツヒコの眼にもシズミコミした鸚鵡の姿だけが写った。鸚鵡がタツヒコの姿にキヅキした。

〈タツヒコ、タツヒコ。ドーモドーモ、アリガトウ。ゴハン、タベタ〉

鸚鵡が叫んだ。その声は、タツヒコにオチツキとタシナミをウシナイさせた。カメラを忘れて、鸚鵡の籠に走り寄る。カメラの眼の前を小さな人影が通り過ぎた。赤外線イロハに触れた。ワズライを知らせる音イロハがけたたましく鳴った。獣の遠吠えを何かでふさいだような、スゴミのある音イロハだった。もうシリゾキするしかない。

蟻は、帽子の上でハラをモミにモミコミしている。ハタラキをしようにも、これでは足も触角も出せない。タツヒコに何もかも任せるほかにミチはない。タツヒコは階段を駆け降り、台所口から出て、自転車に乗る。ノゾミが持てるのは、タツヒコのウゴキに少しのマヨイもないことだけだった。

すぐに警備会社の人々がカケコミしてくるはずだ。知らせを受けた母親も急いで戻るだろう。もっとも母親は、タツヒコが病院から逃げたのを知って、とうに家へ向かっているかもしれない。

走る、走る。速い、速い。自転車をフミコミするタツヒコの脚は、蟻の脚とヒトシナミのチカラを持ったようだ。左手でハンドルをサバキし、右手は荷台にくくりつけた鸚鵡の籠をオサエコミしている。

◇

蟻は帽子の上で風を受けながら、タツヒコに深いイトシミを覚えた。

ヨワミのある体にウミ出され、ハグクミされたのは、タツヒコのせいではない。本当に二十年足らずの短いイノチしか生きられないとしたら、オサナゴのままでイノチのオシマイを迎えることになる。今この一瞬、ツヨミのあるイノチのカガヤキを発しても、遠からず肺や心臓のヤマイがイノチをウバイ取るだろう。それも良いのではないか。オサナゴにはオサナゴとしての、欠けがえのないカガヤキがある。ハタラキアリのイノチに比べれば、はるかに長く生き、はるかに多くのカキオキも得るはずだ。

人は、オサナゴからオトナになる。それが身にスリコミされたシクミだ。ハタラキアリなら、卵から幼虫、蛹、成虫となる。そのつど、一つ身の形と大きさがカワリミする。ハラやハタラキも、世の中とイトナミにナジミするようにハグクミされていく。

人も、形と大きさだけ見れば、オサナゴとオトナに差はある。ただ蟻が今までミキキした限りでは、「キのミチ」や「ミのミチ」のノミコミにおいて、オトナがオサナゴをシノギしているとは必ずしも言えない。オトナは「ナのミチ」にナジミしすぎて、「キのミチ」や「ミのミチ」をサゲスミしているようにミヌキできる。

◇

自転車は田や畑の間道をススミする。緩やかな坂道が続く。町の方から「サイレン」という音イロハが追いかけてくる。

鸚鵡は珍しくダマリコミしている。タッヒコのタクラミをノミコミしたかのようだ。時折ナツカシミの眼差しを空に向ける。

タツヒコには、ノゾミもミコミもある。オサナゴのまま生きていけば、「ナのミチ」にナジミせずに済む。「キのミチ」と「ミのミチ」だけでイノチを全うすることができる。右を見てマヨイ、左を見てウタガイすることもなく、今の姿そのままに前だけオモムキしてススミすればよいのだ。

蟻には、オトナにカワリミしたタツヒコをどうしてもオモイエガキすることができない。人の「ナのミチ」にもノミコミできないところが多い。

タツヒコが乗っている自転車だって、「ナのミチ」のウミ出したシナの一つだろう。人のノゾミどおり、アルキよりも速くウゴキすることができる。半面、もともとのアルキのハタラキをソコナイすることになる。アルキによってハグクミされるはずの、他のハタラキもウシナイされるだろう。ハタラキアリなら、アルキのハタラキをウシナイすればするほど「キのミチ」から遠ざかることになる。

「ナのミチ」とは、生来の「ミのミチ」をソコナイし、次から次にシナをウミ出そうとするミチなのかもしれない。シナがウミ出されるたびに、人は名を付ける。新しいシナの名がイキオイを持ち、古い名はシボミし、ついにはウシナイに至る。

「ナのミチ」を生きるオトナは、ノミコミした名の量によって、オトナとしてのオモミとカルミが測られるのだろう。オモミあるオトナはカルミの人をサゲスミし、ときにサイナミする。そこにナヤミがニジミ出てくる。ナヤミは、「ナのミチ」のヤミなのだ。

たとえば、医者がいる。医学という「ナのミチ」のシクミをノミコミし、そのハゲミによって人のヤマイをナゴミさせる。医者がタノミとするのは、やはり「ナのミチ」の産物であるコナや治療器具というシナでしかない。しかも、コナやシナに伴うウレイを彼らはすべてノミコミしているわけではない。もしも、コナの量やシナの使い方にクルイ、マチガイがあったら、ヤマイの人はもっと大きなワザワイにセメサイナミされる。

蟻は、タツヒコを診た医者を悪いコナアキナイとヒトシナミの人だとミヌキした。医者は「二十まで生きられるかどうか」のヨワミを持つオサナゴに、大量のコナをウチコミし、イノチをサイナミしていた。オサナゴのイノチをチヂミさせてまで、何をノゾミしているのか。蟻には、とんとノミコミできない。オサナゴは、人の世で最もノゾミあるイノチではないのか。彼らこそ、人のイトナミとカキオキを次にヒキツギする者たちではないのか。

医者のノゾミするもの。それは「ナのミチ」のシクミをノミコミしなければ、キヅキを得られないのかもしれない。蟻はまだ、アキナイのシクミもノミコミしていない。医者は言った。

「金持ちのクランケは、〈生かさぬように、殺さぬように〉だな」

金持ちとは、なんだろうか。金とは、なんだろうか。オサナゴのイノチをソコナイしても、なお医者がノゾミとするシナのようにミヌキできる。医者は、コナを大量にウチコミして、金というシナを母親からウバイ取ろうとしていた。医者たちの会話をタチギキして感じたイロハは、確かに「イのミチ」のそれだった。金は、アキナイという「イのミチ」でアツカイされるシナなのかもしれない。

蟻は、そこまでオモイエガキを重ねた。

筆者は分を越えるのを承知で、モノイイしたい。蟻はオモイエガキが過ぎる。身ずからをサイナミするようなハゲミはやめて、もっと前向きなハタラキをすべきだ。重いオモイエガキは、キノマヨイの種になる。人には人の、アリにはアリのミチがある。

◇

自転車が止まった。蟻もオモイエガキをやめざるをえない。

雑木林の中にハイリコミしている。小さな祠（ほこら）があった。

タツヒコが自転車を乗り捨てる。膝に手を置き、激しくあえぐ。心臓はハタラキアリのハラヅツミのようにドンドンドンドンと早打ち、小さな肩が大きくノビチヂミする。顔は赤く血の色イロハをニジミさせ、額からは雨水のような汗がシミ出た。

タツヒコの一つ身には、生まれて初めてといってよい、イノチのトキメキが訪れていることだろう。トキメキは、クルシミとともにある。荒々しいイキツギを続けるうちに、身の節々や端々へツヨミ、ハズミ、ナゴミがどっとシミコミしていく。

呼吸（イキ）が少し楽になったようだ。タツヒコは足のチカラをタノミに、一歩一歩ツチをフミコミする。手には、鸚鵡の籠を下げている。落ち葉のアツミが足にオモミとなって伝わる。その感触も、今のタツヒコにはタノシミのようだ。ホホエミが絶えない。新しいイノチのチカラを、オサナゴの生身でしみじみ感じているのかもしれない。

そんなタツヒコを、林もイツクシミ深くマネキするようだ。カカエコミするように、奥へ奥へとヒキコミする。

雑木林の奥のキワミに着く。ひときわ大きな一位の木が、八方に枝を広げていた。木の下は、半径五メートルほどの円形のウロになっている。人のオトナでも立って歩けるほどの広さがある。

　タツヒコが籠から鸚鵡を取り出し、太い枝の上に止まらせた。

〈タツヒコ。ドーモドーモ、アリガトウ。ゲンキダネ〉

　鸚鵡は羽をハバタキさせ、籠から出たハズミとイキゴミで叫ぶ。ダマリコミ、タメコミしていたチカラを声イロハにモリコミした。

　蟻はタツヒコの帽子を離れ、鸚鵡の逆立った頭毛にシノビコミしている。

「フクちゃん。あとは、キミの仕事だよ。がんばってね。ぼく、向こうで見ているから」

　そう言ってタツヒコは、さっと身を翻す。すぐに周りの低木の陰にヒソミした。

　蟻が問う。鸚鵡に問う。

〈キミ、ここまで、ノゾミのままなり。ここから、キミ、身ずから、タノミなり。キミのハラに、オチツキありや〉

〈ドーモドーモ、アリガトウ。ボク、トリミダシしないよ。キミこそ、ヤリトリのミキキ、よろしくタノミするよ〉

〈ノミコミ、あり。キミ、ケナミ良き鳥なり。よくツツシミして、ハゲミしたまえ〉

　蟻のアタタカミあるイロハに、鸚鵡がハナイキを荒くする。イサミに満ちたその眼は、きっと天をニラミする。

〈クワー、クワーッ〉

鳥のような鸚鵡の声イロハが、一位の枝から西の空に飛んだ。

すぐに山の方から、烏が三羽、飛んで来た。一位の枝に止まる。

次に鸚鵡は東に向かい、〈ウーッ、ウーッ〉と鴎のような声イロハを上げた。

今度は海の方から、鴎が三羽飛んで来た。烏と向き合うように、一位の枝に止まる。

一位の枝には、七羽の鳥が集まった。それに一匹。蟻が、鸚鵡の頭毛にシガミツキしている。

鸚鵡がイロハを発する。

〈ドーモドーモ、アリガトウ。オオトリヒキに集まってくれて、ありがとう。

ボクの頭の上にいるのが、カジトリの蟻さんだ〉

カジトリはトリヒキにマチガイがないように、鳥たちのヤリトリをミキキする役目だ。すぐさま、一羽の烏がモノイイを付ける。

〈カァーッ、よせやい。蟻のカジトリなんて、聞いたことがねぇぜ〉

〈ドーモ。オオトリヒキには、第三者のカジトリが必要だ。それがシクミだよ。

蟻さんは、人のイロハのヨミカキも、タチギキもできる立派なカシラハタラキアリなのだよ。

キミたちには、なんのウレイも持たせない〉

鸚鵡は、烏のモノイイに動じない。烏はなおもサカライしたげだったが、兄貴分の一羽がオサエコミする。

〈カーカー。はなからモノイイしても始まらねぇ。どうせカジトリの出る幕はねぇやな。

蟻だろうが象だろうが、そんなこたぁ、ちっともワズライにゃならねえぜ。せいぜい鵜の眼鷹の眼で、ミキキしてるがいいや。

さ、まず鸚鵡さんから、オオトリヒキのノゾミを出しておくんねぇ〉

〈ドーモドーモ、アリガトウ。ボクは、鴎さんに大きなタノミがある。

このボクを、生まれ故郷の南半球の島に、ハコビコミしてほしいんだ〉

今度は鴎たちがミブルイしながら、モノイイをする。

〈ウワーウワー。キミ、モノグルイでもしてますするの。

ここは、北半球の島でありまするる。そんな遠くに、行けるはず、ござりませぬ〉

〈ドーモドーモ。それは、ノミコミしているよ。

キミたちだけで、ハコビコミすることは、ボクだってノゾミしていません。

ボクのノゾミは、別の鳥たちがトリキメして、島々をツナギしながら、目的地にハコビコミしてくれるように、

キミたちにトリツギしてほしいのです〉

〈ウォー、ウォー。なるほど。それなら、地球一周だって、できまする。

ちょうど、これから渡りの季節でもありまするし、南の便は、たくさんありまするる。

それで、キミのノゾミをノミコミするとして、我れらにくれる、キミのオサシミ、何でござりまする〉

〈魚の群れをミチビキするので、どうかな〉

〈ウッ、ウッソー。そんなこと、できまするのか。いったい、どうしまする〉

〈ドーモドーモ。ボクが、どんな生き物のイロハでもマネできるのは、ノミコミしてるだろ。

キミたちだって、ボクのマネした声イロハにヨビコミされてきたのだから。

海の上に行けば、魚のイロハをマネして、マネキ寄せることなんか、訳はないんだよ〉
〈ウッウー。そりぁ、マコトでありまするか。
しばしの間、お待ちくださりまするか。しばしの間、仲間と口ばしを交しまする〉
鴎たちはウッウーアッアーと、口ばしをイレコミし合う。タクラミは、すぐにまとまった。
〈ヴァヴァッ。二つ三つ、キキコミしたいこと、ありまする〉
〈ドーモ。どんなことだい〉
〈ウワー。オサシミの魚、どんなものでも、ヨリドリミドリでありまするか〉
〈ドーモ。もちろんさ。そこの海にいる魚なら、なんでもノゾミどおりだよ。鯵でも、鰯でもね。ココロミに、鯨をマネキしてもいいよ〉
〈ウワッ。鯨のオサシミは、コノミでござりませぬ。
それより、キミにテチガイがあったら、どういたしまする〉
〈こりゃ、ドーモ。どういたしまして、テチガイなんてあるわけないよ。
でも、もし万が一あったら、かまわないから、ボクを海にナゲコミしていいよ〉
〈ウッウー。なんたるイサミのオモイコミでありまするか。
そのオモイコミにノゾミをかけて、我れら、キミのタノミをノミコミしまする〉
〈ドーモドーモ、アリガトウ。じゃあ、時間がないから、すぐにミチユキの話をしよう〉
鸚鵡と鴎のヤリトリは続く。蟻と三羽鳥は、トリカコミしてキキコミする。鸚鵡をどういう経路で故郷にハコビコミするかというナカミだった。

やがて鸚鵡と鴎たちは、同時に鳴き声を張り上げた。二つの声イロハがナジミした。蟻の触角には初めが〈ア〉、後は〈ン〉の音イロハとしてヒビキした。それから鳥たちは羽を揃えてハバタキをし、アリガタミを表す。トリヒキのナカミに、双方がナゴミを得たというカタである。

鸚鵡には幸先がよい。新たなイキゴミで鳥たちに向い、ハズミの口を開く。

〈ドーモドーモ、アリガトウ。さて、鳥さんたち。

今、キキコミしたとおり、キミたちにも、オコノミのオサシミをオノゾミどおり……〉

そのとき、遠くで烏が鳴いた。烏のモノミかもしれない。蟻には、自族のハラキリアリのワメキとヒトシナミのイロハだとノミコミできた。三羽烏が黒い頭をカエリミさせる。オチツキをウシナイしはじめている。

〈カァーカッ。ええ、鸚鵡さんへ、タノシミの多いトリヒキらしいが、どうも、ちぃーと邪魔がへぇりそうな雲行きだ。へっへっ、あっしら、こう見えても、胆っ玉がめっぽう小せえと来てるんでね。ヤミヤミとワザワイにマキコミされるのは、まっぴらご免こうむりてえんでさ。

どうでえ、トリヒキは、またこの次ってことにしてもらえねぇかな〉

〈ドーモ。そのようだね。でも、ボクには、この次はない。すぐによそへニゲコミしなくちゃ、ボクこそ、ワザワイにマキコミされてしまうんだ。

それじゃ、こうしよう。キミたちとのトリヒキは、蟻さんにチナミするものだ。なんとか、蟻さんとトリヒキしてもらえないだろうか〉

〈カーカー。それぱっかりは、まっぴらごめんなすっておくんねぇな。
蟻とトリヒキしたなんて、仲間に知れた日にゃあ、ハグレドリにされちまいやす〉
〈ドーモ。困ったね。蟻さんには、セワヤキしてもらったアリガタミがある。
なんとか、蟻さんのタノミを、キミたちにキキコミしてもらいたかったんだけど〉
蟻が、鸚鵡のモウシコミをナゴミのイロハでコバミする。
〈我れ、キミにシタシミ、あり。我れこそ、アリガタミ、あり。
キミ、我れに、タチギギのハタラキ、シコミしたり。あり余る、アリガタミ、あり。
鳥さんとのトリヒキ、我れの、ノゾミにあらず〉
鸚鵡は、なおもノゾミを捨てない。
〈ドーモドーモ、アリガトウ。だけど蟻さんのために、ボクのアリガタミは、まだ足りない。
どうか、故郷へ帰るボクのカタミともヨシミとも思って、ウケトリしてほしい〉
〈キミのカタミもヨシミも、タチギキのハタラキの内に、あり。
我れ、もうノゾミのハタラキ、ハラの中にタとして、あり〉
押し問答になった。鳥たちが羽と足をバタツキさせて、モノイイのイロハをあらわにする。
〈カァーッ。トリコミのところ、申し訳ねえが、お二つ身さんよ。あっしら、お先に引き上げますぜ。どうも仲間がギャーギャー言って、きびの悪いあんばいになってきたもんでね。
すったもんだのワズライに、マキコミされるのだけは、まっぴらご勘弁願えてえんで。

じゃあ、鸚鵡さん、長のミチミチ、お気をつけなすって、無事ニゲコミしてくだせえ〉

そうイイオキして、三羽烏は飛び去った。風雲がよぎるようなハバタキだった。

〈ドーモドーモ。ボクらも、こうしてはいられないようだ。

蟻さん。キミとは、よいヨシミができた。ハラから、ドーモドーモ、アリガトウ。

カシラハタラキアリのミチに、ノゾミあり。タチギキのハタラキに、弥栄あれ〉

鸚鵡がシタシミのイロハを蟻に送る。蟻もイトシミをオシミしない。

〈タツヒコ、タツヒコ。ドーモドーモ、アリガトウ〉

鸚鵡の呼ぶ声に、タツヒコが走り寄ってきた。枝の上の鸚鵡を見上げる。

「フクちゃん。お別れだね。海に落ちないように、気をつけてね。もうぜったい、人間に捕まっちゃだめだよ」

〈タツヒコ、ドーモドーモ、アリガトウ〉

「大人になったら、南半球のジャングルに、ぼくも、必ず行くよ」

〈ドーモドーモ、アリガトウ〉

「それから、ぼく、たくさん友だち作るよ」

〈サビシクナイヨ〉

その時、オトナの叫ぶ声がした。

「おーい、ここにいたぞ。見つけた見つけた。子どもがいたぞぉー」

三人、四人、五人とオトナが回りを取り囲む。じわじわと距離を詰めてくる。

鴎も、鸚鵡をカカエコミして飛び立たなければならない。

〈ウーウーウー。鸚鵡さん。もう、我れらも、そろそろ発ちまする。

早くしてくだされよ。まず、別の島にでも、ニゲコミしまする。

さぁ、我れらの上にノリコミするが、よろしいでござりまする〉

鴎が前に一羽、後ろに二羽のトリクミを組んでいる。鸚鵡がノリクミした。

鴎たちの身が、ゆったりとウキウキしていく。一位の枝の間を縫って、広い空に出た。

〈タツヒコ、タツヒコ、ドーモドーモ、アリガトウ。サヨナラ、サヨナラ。

キミ、モウ、カラダ、ダイジョウブ。カナラズ、オトナニ、ナレル。ガンバレ〉

鸚鵡は人の声イロハの限りイイオキする。タツヒコは、雷にでも打たれたようにタタズミした。

鸚鵡の羽が一枚、鋭く回転しながら落ちてきた。軟らかなツチに突き刺さる。

○

タツヒコは、オトナになるミチをアユミはじめている。タツヒコにとって、新しいイノチのイトナミが始まった。

鸚鵡が去った後、タツヒコはいったん病院へ連れ戻された。両親と医者は、いわゆる「入院治療」を続けることでハラが一つになっている。タツヒコは、それをコバミした。理非を説こうとするオトナたちの言葉に、頑として耳を貸さない。

「ママ、ぼくには二つの道しかないんだ。一つは、ずっと病院の世話になり続けて、体の弱い子どものまま死ぬ道。もう一つは、病院にも薬にも頼らない体になって、動物学者になる夢を果たす道。ママは、どっちがいいと思うの」

「もちろん、動物学者になる方よ。でも、もう少し様子を見て、すっかり元気になってからでもいいんじゃない。龍彦ちゃん、ママの言うとおりにして。ね、お願いだから」

「今すぐに始めなくちゃ、だめなんだよ、ママ。病院にいるから、いつまでもお医者さんに頼る弱い子のままなんだ。世界には、痛くても、つらくても、お医者さんにかかれない子がいっぱいいるのに、ぼくだけ、なんでも注射だ、点滴だ、なんていやだよ。そんな子が、動物学者になんかなれるわけないじゃないか」

「何を、わからんことを言ってるんだ、龍彦。そんな理屈があるものか。ちゃんと入院治療できる身の上をありがたく思わなければ、罰が当たるというものだ。

第一、この病気だって、お前にせがまれて買ってやった鸚鵡のせいなんだぞ。お前は、いつからそんなに聞き分けのない子になったんだ」

「パパ、フクちゃんが悪いんじゃないんだ。環境の違う場所に連れてきた人間が悪いんだよ。フクちゃんは、ぼくの大切な友だちだった。彼には、いろいろ教えたり、教えられたりしたもの。でもね、これからはもっともっとたくさん友だちを作るよ。人間だけじゃなく、動物でもね。

だから、早くここから出たいんだ。友だちを作りたいんだ。動物のことを勉強したいんだ」

イイアイの末、ついにオトナたちが折れた。ただし、全面的にではない。「定期検診」を受けるというトリヒキにモチコミした。オトナとしての体面を保つハラだった。

それでもなお両親は、医者に大きな借りができ、トリヒキはフツリアイになったと感じている。どうも、鳥たちのトリヒキのようなナゴミがない。

タツヒコだけは、身ずから心身のナゴミを得ようとココロミする。家に戻ると、部屋にハイリコミしたまま、新しいカタのノミコミにウチコミした。その先に、ノゾミもミコミもあるとノゾミミしている。

カタには、鸚鵡のカタミである羽を用いる。羽の根元には、十センチほどの糸が結んである。糸の先を持ってタツヒコの体の上に垂らすと、羽は左右どちらかに回転する。右回転がナゴミ、左回転がナヤミなのは、蟻のハリツキのシクミと変わらない。

ナヤミの点をノミコミしたら、羽の根の先を垂直にツキ当てる。そこでタツヒコは、先端から磁気がシミコミするようにミチビキしなければならない。ココロミは、約三分間。再び羽をかざすと、右回転に変わっている。手の届かない背中などは、電灯の紐に羽をくくりつけ、うつ伏せになって回転を見ればよい。

蟻は、タツヒコのために特別のハリツキもユメミでシコミしている。ナヤミの点ではなく、頭頂の百会にハリツキするというものだ。羽の先端を百会に当てながら、背中などのツキの点に「念」をオクリコミすれば、直にハリツキするのとほぼヒトシナミのナゴミが得られる。

人の言葉でいう「念」や「念力」は、タカマハラと百会がムスビツキしてウミ出されるチカラである。「ナのミチ」にそれほどナジミしていないタツヒコは、ツヨミのある念力をハタラキさせることができる。

鸚鵡の羽にもツヨミがある。南半球でイトナミしていた鸚鵡は、地磁気のチカラで左にネジリコミされている。左回転にネジリコミしたチカラは、体にシミコミすると右回転に変わる。ついでに言えば、南半球では左回転がナゴミを示す。北半球と逆になる。

肺にオウム病クラミジアがハイリコミしたのは最大の毒だったが、鸚鵡の逆回転の磁気にナジミしたのも、心臓にヨワミのあるタツヒコには決して好ましいことではなかった。

タツヒコは、そのようなイノチのシクミについて、徐々にノミコミを深めている。人の言葉で言えば「理解」というべきなのだろうが、「ミのミチ」は理解するものではない。理解は「ナのミチ」に限られてい、「ミのミチ」はノミコミでしか得られないからだ。

蟻はタツヒコがハリツキをノミコミするのをカイマミし、退院から三日後に屋敷を離れた。

○

タツヒコ、オトナになって、動物学者となる高木龍彦博士は、二十年後に南半球の島々に生息する鳥や動物の研究に入り、「地磁気や大気、熱気等の波動と動物の生命波動の関連について」という論文で、脚光を浴びることになる。さらに、人の「ナのミチ」によって数々の名誉と称号を与えられるが、「ナのミチ」のイトナミは、タツヒコにとってオモミあるものではない。「キのミチ」と「ミのミチ」のイトナミだけがマコトだと、とうにキヅキを得ていたからである。

タツヒコの論文から、「はしがき」の一部をカキオキしておこう。

「地球上にある有機物も無機物もすべて、天と地に普く(あまね)流れる多様な気の波動によって、その『道』が定められています。『道』は、気のベクトルとも言い替えることができます。

生物種に限って言えば、『道』は環境への適応として定められます。その場合、環境の中には、自然現象や地形だけでなく、自族や他の生物種との葛藤・調和も含まれ、どんな生物種も複雑な因果の連環としての『道』に出遭うことになります。

さらに、さまざまな生物種の栄枯盛衰を長い時間の中で捉えてみれば、先行の生物種は、常に後続の生物種にとって、生命の波動という『道』として存在します。ゆえに、これもまた、好むと好まざるとに依らず、受け入れて生きていかざるを得ないのです。そこに、共存の思想が生まれます。

とりわけ最も後続の生物種である人類は、地球に先住していたあらゆる生命を波動交換の対象として、未来永劫に尊重し、より積極的に共存へと向かわなければならないのです。

仏教に『相即相入』という言葉があります。ある仏教学者は、それを『相互浸透』と翻訳しましたが、それこそ共存の思想そのものです。私は、地球上のあらゆる生物や無生物（仏教語の『衆生』）には、波動を交換しながら『相互浸透』を実践していく『道』しかないと考えています。……」

むろん、高木博士の業績や栄誉を、蟻も鸚鵡もミキキすることはない。とうにイノチのオシマイを迎えているからである。

鸚鵡のフクちゃんは、鴎や海猫、海鵜（うみう）などの海鳥にトリツギされて、南半球の生まれ故郷にタドリツキし、雌鳥たちと盛んにムツミして多くの子孫をウミ、ハグクミした。その子孫の一羽が、後年、偶然にも高木博士に出逢うことになる。博士はDNA鑑定によって、その鸚鵡がフクちゃんの子孫である可能性が高いとミヌキする。

出逢いの物語は、『フクちゃんとタツヒコ』というオサナゴ向けの本にカキオキされることになる。本の冒頭は、こんなカキ出しで始まる。

「ぼくの手の中に、一本の茶色い羽があります。

ぼくに、動物学者となる道を選ばせ、弱かった体に力を与え、今まで導いてくれた一羽の鸚鵡（オウム）の羽です。

鸚鵡の名はフクちゃんといい、南半球の熱帯の島で生まれました。南半球は、北半球と季節が逆になります。北半球の日本が春なら、南半球は秋、日本が夏なら向こうは冬、というぐあいです。

違うのは、季節だけではありません。いろいろな気も、正反対と言えるくらい違っています。気には、天気、大気、地磁気など地球に関わるもののほかに、生き物の生命の気もあります。

南半球生まれのフクちゃんは、北半球の生き物と違う生命の気を持っていました。ぼくは、フクちゃんの羽からそれを知り、たくさんの発見にも導きしてもらったのです。

そして、その羽はとうとう、フクちゃんの子孫の鸚鵡にまで、ぼくを導いてくれました。……」

もしかしたら蟻は、タツヒコのカガヤキに満ちた未来を、多少はオモイエガキしたかもしれない。それも、ほんの束の間。すぐに巣への道を、ひたすらアルキ続けただろう。

○

蟻が問う。身ずからに問う。

〈我れ、カシラハタラキアリ。我れ、オオハタラキありや〉

答える。

〈我れ、タチギキのオオハタラキ、あり。

我れ、ミソギのオオハタラキ、あり〉

第七の階(きざはし)

烏

蟻が問う。

烏に問う。

鴎たちのトリツギを得て南半球の生まれ故郷へ帰っていった鸚鵡に、蟻とトリヒキするタノミを受けながら、固くコバミして去った三羽烏に代わって姿を現し、妙にカルミのある不敵なウスラワライを浮かべる一羽のハシブトガラスに、蟻が問う。

〈キミ、何かノゾミありや〉

烏が答える。

〈カッカッカァー。ノゾミより、ノゾキミがコノミだぜ、ケッケッケ〉

蟻は、キノマヨイにツツミコミされていた。

○

人の見るイロハも、聞くイロハもノミコミした。ヨミカキとタチギキのハタラキは、蟻のハラにしかとスエオキされた。そのハラのオモミが、かえってクルシミを生む。

人のイロハ（「言葉」）が、蟻のハラの内で縦横無尽にウゴメキをくりかえす。そのウゴメキからウレイを帯びたオモイが形作られ、種々（くさぐさ）のオモイがクミかつカラミ合って、陰はオモイコミ、陽はオモイナヤミに変わった。

キノマヨイは、オモイコミとオモイナヤミのムツミからウミ出されたのだった。

キノマヨイのために、カシラハタラキアリのオチツキをウシナイかけている。生来のトキメキもソコナイされた。

その他、多くのハタラキがマヨイの中にオチコミしている。

蟻は、後世のために人のミチについてカキオキしたい。「ナのミチ」やアキナイのシクミが、その核心に当たる。

それをマチガイなくノミコミできなければ、むしろトマドイをもたらすだけのカキオキになってしまう。

キノマヨイの雲を吹き払うようにして、オモイエガキをココロミする。

今までミキキしたオトナ。コナアキナイの家族、医者、助手、タツヒコの両親。みんな全くミコミがない。コナアキナイの親子は砒素のイザナイに身を任せた。医者は、ヤマイのオサナゴに対してミタテチガイを犯した。助手は医者のハカライにシタガイし、母親は医者をミコミチガイした。父親は、オサナゴのノゾミをアシライした。

どれもこれも「イのミチ」。マチガイだらけではないか。

人とは、なんだろうか。

〈すべての衆生は、タカマハラにナジミし、ナゴミを得ながら、イノチのイトナミを続ける〉

カシラハタラキアリは、代々そうヒキツギしてきた。人も、衆生の一つである。人が見るイロハと聞くイロハを賜わったのも、タカマハラのノゾミとタノミを受けてのことにちがいないのだ。

見るイロハと聞くイロハから、人は「ナのミチ」もウミ出した。それが、マチガイだとは言えない。ただ「ナのミチ」のイトナミを続けるうちに、いつしかクイチガイやミコミチガイ、チマヨイ、モノグルイなどの「イのミチ」をヨビコミしてしまったのかもしれない。

蟻は、それ以上オモイエガキできない。キノマヨイのせいで、アルキの足もあまりススミしない。まるで兜虫だ。この先に待つワザワイも、普段の蟻なら難なくフセギできたはずである。キヅキを得るに足るイロハは、そこかしこにふんぷんと漂っていた。やはり、キノマヨイが蟻の眼までクラミさせたとしか思えない。

朝の光を避けるように、蟻は道端の深い草むらをアルキつづけている。草にはわずかに秋の色イロハがニジミする。もうじきイタダキの季節が訪れる。人の暦では、九月半ばを過ぎた。蟻が巣を離れて、もう二十二日になる。冬が来る前に巣へ戻れなければ、一つ身は空しくオシマイを迎えるだろう。

一体、いつになったら巣にタドリツキできるのか。

遅々としていながらも、その足は確かに北の方角を指している。ハラの磁石は、キノマヨイのさなかでもクルイはない。クルイは、触角に生じた。

クルイというのは、酷かもしれない。敵のアザムキもタクミだった。

敵は、一枚の葉に身をやつしていた。緑色の膚と葉脈、先端には枯れた色イロハさえニジミさせ、斜め上の方にすんなり伸びている。

蟻が何も知らぬげに通りかかる。その後で、ギラリと閃いたものがある。風を切り裂く音イロハが、蟻の触角を撫でる。蟷螂（かまきり）の利鎌（とがま）だった。

事ここに至れば、蟻も殺気のイロハにキヅキせずにはいられない。が、遅い。鎌は蟻の首を狙って、寸分のタガイもなく落ちてくる。

〈キーッ〉

断末魔のイロハが草の間に響いてすぐ消えた。草々が静かに戦（そよ）いだ。

ムクロが一つ横たわっていた。太い魚の骨を一本、ハラに突き刺された蟷螂の身だった。蟻はまだ、夢とも現（うつつ）とも知れぬ境にいる。ただ、生と死の境いずれかはノミコミできる。首の皮一枚、生の側にツナギ止められた。

電線の上から、一羽の烏がゆったりと舞い下りてきた。

〈カーカーカーッ。どしたい、アリの字よ。あんなのろまな蟷螂に、やすやすとキリコミされるようなおめえじゃあるめぇ〉

馴れ馴れしいイロハに、蟻はアリガタミを表すのも忘れた。辛うじて触角を垂れる。

〈クァッ。ちょいと肝がチヂミしたんじゃねえか。ったく、あぶねえとこだったぜい。

いや、挨拶が遅れてすまねぇ。おいら、ハグレドリのヤタッペってえ、けちな烏さ。

以後、よろしくミシリオキ願えてえ〉

〈我れ、イノチ、あり。キミに、アリガタミ、あり〉

蟻は、そう答えるのがやっとだった。

〈カッ。まぁ、固え話はヌキにしようや。固えのは、コノミじゃねえ、口ばしにもイタミが来らぁ。へっへっ、つまり、オサシミは魚に限るってことよ。

なぁに、おいらも訳あって、おめえのアルキをしばらくモノミしてたから、ワザワイをシノギできたってとこさ。

とっさに魚の骨をウチコミしたが、余計なココロミだったら、勘弁してくんな〉

ハグレドリにしては、礼儀正しい。

〈我れ、キミに、大きなアリガタミ、あり。して、キミ、なぜに、我がアルキ、モノミしたりや〉

〈カーカー。そうそう、それが肝心カモメ。いやさ、カナメってやつだ。

実ぁ、おめえの噂をちょいと小耳にハサミしたもんで、一度ヨシミを交してえと思ってな〉

〈我れ、鸚鵡とトリヒキに来たる、三羽の鳥、カイマミしたり。きっと、彼らなりや〉

〈カッカッ。そうよ。その彼らって三羽鳥が、おめえの噂をさんざ喋りまくってらぁ。

なんでも、おめえは、オオハタラキをする蟻だってぇじゃねえか。そりゃマコトかい〉

鳥は、ずけずけしている。イロハもゾンザイだ。生き物にスキキライを持たない蟻だが、なんとなくハラにスレチガイを感じた。キノマヨイの雲が消えない今、鳥とのヤリトリにもシリゴミせずにいられない。

〈我れ、ハタラキアリ。いささか、ハタラキ、あり〉

あっさり答えた。

〈カーッ。いいね、気に入った。答えに無駄ってぇものがねぇ。それだけ、一つ身にツツシミがあるってこった。

どうかするとアザムキしてでも、身ずから大きく見せようって奴らが多い世の中にゃ、ちょいと珍しいや〉

烏、いたく感じ入っている。悪い烏だとは、蟻もノミコミしない。

〈カカーッ。にしても、解せねぇな。おめえほどの蟻が、あんな蟷螂ごときに、どういうわけで、ああもあっさりキリコミを許しちまったんだい〉

蟻は、かりにも烏のセワヤキでイノチをツナギした。ハラの内を打ち明けるのが、タシナミである。よって、件のごときキノマヨイを伝えた。

烏は、ますます感に堪えない様子で言う。

〈クァーッ。どうも、恐れ入ったぜ。やっぱり、おめえは、てえした蟻だ。そこまで人の世にウレイを持つ虫ってものは、そうざらにゃあいねえ。見上げたもんだよ、夜の星。星は星でも、希望の星だってんだい。

するってえと何かい。人の「ナのミチ」とアキナイってもんを、とんからりとノミコミしてえと、こういうわけだね。そうと来りゃあ、お安い御用だ。

どうでぇ。及ばずながらおいらも、人の世をちったあ知ってる烏の端くれだ。おめえのキノマヨイってやつを、トリノゾキする羽助けをさせてくんねぇかい。羽初めに、アキナイのミチをとことんまで、ノミコミさせてやるぜ〉

〈キミ、人のアキナイ、ノミコミしたるや〉

〈カッカカッ。ケッケケッケッ。星はなんでも知っている、ってカァー。

おいらに任せときなって。さ、頭の上に乗った、乗った〉

蟻はまだ、烏のハズミにシタシミを持てずに問う。

〈キミ、何かノゾミありや〉

〈クァッ。ノゾミかい。そうさな、おめえのオオハタラキとやらを、いっぺん見せてもらいてぇな〉

〈それ、トリヒキなりや。なれば、トリヒキのカタありや〉

〈クァーッ。だからよ、固えことは抜きにしろってえの。


トリヒキだろうがなんだろうが、おいらマチガイなく、おめえのノゾミは聞いてやるぜ〉

三羽烏が蟻とのトリヒキをコバミしたのは、ハグレドリにされるからだった。もともとハグレドリの烏ならば、そんなウレイもない。むしろサマヨイの蟻に、同じ一つ身どうしのシタシミを感じたのかもしれない。

〈クワッ。さぁ、マヨイっこなし。思い立ったが、なんとやら。おいらをタノミにして、さっさと頭の上に乗んな〉

烏にサソイコミされるまま、蟻は黒光りする頭毛の隙間に身をシズミコミさせ、前足でしっかりと羽毛にシガミツキする。烏が羽を広げ、大きなハバタキを一つ二つくれた。ふわりと宙にウキ上がる。

蟻には、生まれて初めての空のミチユキ、ソラユキになった。

烏は、一つ身をタカミへタカミへとオシコミしていく。青空が下へ下へと降りてきた。風も音も、地上とは全くイロハが違う。ツヨミがあり、スゴミがあり、それでいてアタタカミがあった。

○

烏がまず蟻をミチビキしたのは、人がアオナのアキナイを行う場所だった。人の言葉では、「市場」と呼ばれる。朝のトリヒキが続いていた。有り余るアオナをトリカコミし、人々の声イロハが飛び交う。タカミに立つオトナは、手の指を忙しく動かす。

「…はいよ、北海道北見産玉葱五百キロ、ヤッコで、スーパー八百竹。次、同じく北海道……」

電線の上で、烏が蟻に語りかける。

〈カァーッ。どうでえ、人が何をやってるのか、おめえにゃノミコミできるかえ〉

〈我れ、ノミコミできず〉

〈カッカッ。まあ、しゃあねえや。初めてカイマミしたんだろ。こりゃあな、競(せ)りってやつさ。アオナのネを決めるイトナミさ〉

蟻が問う。烏に問う。

〈アオナのネ、それ、何なりや〉

〈カッカッカッ。そうさな、アキナイのシクミのタネってとこかな。ちょいと長え話になるが、オシエコミしてやるぜ〉

烏によると、「ナのミチ」のシナは、みなネを持っているという。アキナイはウリカイとも言われ、ウリとカイの双方がナゴミを得ることによって成り立つ。そのナゴミの目安になるのがネというものだ。シナを出す方のウリネとシナを受け取る方のカイネがナジミ合えば、ウリカイはナゴミに至る。

シナの中でも人の餌になるアオナやサカナのネは、日々上がり下がりする。ウリネはシナの数量、シナをノゾミする人の数、この先のミコミなどによって決まる。シナの量が少なく、ノゾミする人の数が多ければ、ネはタカミに上がる。タカネという。逆にシナが多く、ノゾミする人が少なければ、ヤスネに下がるシクミだ。

ネは、カネという紙切れに置き替えられる。ウリの方がカイの方から、ネに応じたカネを受け取って、アキナイ（ウリカイ）はキワミとなる。それをハライコミという。ところが、カイの方がなかなかハライコミをしないことが多い。アキナイのシクミでは、それもカケヒキとして許される。そこにナヤミやワズライが起こる因もある。

蟻は、タツヒコの家が「金持ち」と言われた理由も、烏のオシエコミでノミコミした。

その間に、競りのシナは葡萄に移った。蟻が首を伸ばし、ミキキの眼を凝らす。

〈クワーッ。なんでぇ、おめえ、葡萄がコノミなのかい。

葡萄だって、ネが決まるシクミは大体同じだが、もともとタカネなのが、ちょいと違うな〉

〈葡萄に、アマミあり。人、葡萄のアマミ、コノミなりや。ノゾミ、多なりや〉

〈カッカーッ。いい線いってるぜ。葡萄はハグクミするのも難しいシナだからな。

たとえば、今ハコビコミされた大粒の黒葡萄にゃ、「巨峰」ってアリガタミあるナまで付けられてらぁ。

黒葡萄のカシラ、親分ってとこかな。アマミもありゃあ、ウマミもある。それに、ナのオモミが加わって、タカネでウリカイされるって寸法さ。

同じ黒葡萄でも、素性の知れねえ山葡萄たあ、訳が違わぁ〉

〈それ、ナのタカミなり。人の「ナのミチ」なり。

「巨峰」にコナ、シミコミしたり。コナ、ツナ、ワナのネ、フクミしたり。

山葡萄、ニガミ、シブミあれど、コナ、シミコミせず。されど、人のコノミにあらず〉

蟻は、少しずつオモイエガキのハタラキを取り戻しつつある。そのイキゴミのまま、烏に問う。

〈梨のネ、タカネなりや、ヤスネなりや〉

〈カッ。なんでえ。梨もコノミなのか。おめえ、見かけによらずコノミが多いんだな。

そりゃあ、葡萄ほどじゃねえが、大概(てえげえ)ナが付いていて、それぞれのアマミ、ウマミで、アリガタミも変わるし、ネの上がり下がりも大きいぜ。

おい、見ねえ。これから競りに掛けられるのが「ラ・フランス」ってえ、一番タカネのやつさ。瓢箪(ひょうたん)みてえな、妙なカタチなのに、なんでタカネになったか、おめえオモイエガキできるかい〉

〈我れ、オモイエガキできず。我れ、ラ・フランス、初めてミキキしたり〉

〈カッカーッ。それよ、そのことよ。ハコビコミされるシナの数が、それだけ少ねえからさ。なぜかってえと、ラ・フランスは元々、ここらのツチにゃあ、ナジミしねえ。それを人がタクミにハゲミして、何年もかけて苗木をハグクミしたわけだ。ツチや木に、ずいぶんムリジイもさせただろうよ〉

〈二十世紀梨のネや、いかに〉

〈カヤーッ。おめえ、「二十世紀梨」を知ってるのかい。

ありゃあ、ここんとこ落ち目のキワミってとこだな。昔ぁ、アリガタミを持たれたが、近ごろぁヤスネで、ハグクミする人も減ってきてら。ナが時代遅れなのさ。近えうちにゃあ、市場からオイハライされるんじゃねえか。

おいら、あのしゃりしゃりした口ばしごたえが、何とも言えずコノミなんだがなぁ〉

〈ラ・フランスと、ネの上下や、いかに〉

〈カカカーッ。それがよ、まあ、話にもならねえが、聞いてくれぃ。

半分から三分の一ってとこさ。ヤスネもヤスネ、ソコネと言ってもいいくれえだ〉

〈ヤスネなれば、カイのナゴミ、大にあらずや〉

〈カカッ。と、思うだろ。それが、素人のあさはかの夜は更けるってえのよ。人のコノミでねえシナを、十もカイコミするより、コノミのシナを一つカイコミする方が、良いアキナイってことになるのさ。そこに、アキナイのフカミがあるんだなぁ〉

〈我れ、ノミコミできず〉

〈カッカッ。まあ、そう焦(あせ)るこたぁねえ。ゆっくりミキキしようじゃねえか〉

烏は蟻を乗せたまま電線を離れ、さっと一っ飛び。市場の近くにあるクラの群れにハイリコミする。一つのクラの屋根にタドリツキした。下ではアオナアキナイたちが、カイコミしたアオナをクラにハコビコミしている。クラの中では、オトナたちがアオナを小さなフクロにツメコミする。

蟻と烏は、クラの窓辺から二階の部屋(ムロ)をノゾキコミする。中では、オトナが声イロハを荒げていた。

「ばかやろう。利幅の大きいものをカイコミしろって、いつも言ってんだろっ。こんなに二十世紀梨をシコミして、一体どうしようってんだよ、ええ、犬養(いぬかい)」

「お言葉ですが、社長。来週、台風が上陸するって天気予報を聞かなかったんですか。三年前を思い出してください」

「三年前が、どうかしたのか」

「青森の林檎(りんご)がほとんど全滅して、需要が梨に移ったでしょ。わたしは、それを思い出して仕入れしたんですよ。

少しは評価してもらえると思ったんですがね」

「すると何か。お前は、台風が来て三年前とまるっきり同じになると、そう言うんだな。おい、聞いたか、猿渡（さるわたり）。お前、良い先輩を持ったじゃないか。良い話だなぁ。よぉ、犬養先生。それじゃ、三年前と同じになるとしてだな。その梨を一週間も、どこにタメコミしておく気だ」

「それは、うちの倉庫（クラ）に、ですよ」

「一週間も保存できると、お前、本気で思ってるのか」

「だって、社長。これは、一発勝負ですよ。当たったら、大きいじゃないですか。賭けですよ、賭け」

「おれはな、犬養。お前を博打（ばくち）で遊ばせるために雇ってるんじゃないぞ。よしんば、お前の言う通り、来週、林檎を全滅させる台風が上陸したとしてだ。腐りかけの梨を買う馬鹿がどこにいるんだ。台風が来るか来ないかより、梨が持つか持たないかを、なぜ考えないんだ」

「しかし、社長。わたしは、会社のことを考えて……」

「そうだろうよ。おれのシコミが悪かったと、おれもつくづく反省してるところだ。この際、言っておくが、一発大逆転なんて甘い夢を見るな。

会社のことは、おれが考えているから、お前たちはヒトナミのカイコミとウリコミだけ心掛けりゃあいいんだ。猿渡もわかったな」

「はい」

屋根の上にアガリコミして、烏がハズミの口ばしを開く。

〈クワッ。どうでえ、オモシロミ、あり、だろ。

人はな、あんなぐあいにタクラミ、ハカライしては、ヤスネでカイコミ、タカネでウリコミしようとするのさ〉

〈我れ、オモシロミあらず。犬養、チマヨイにオイコミされしと、キヅキしたり〉

〈クォッホホー。そりゃあまた、どういうこったい〉

〈しかと、ノミコミできず。なれど、何かタカノゾミありと、キヅキしたり〉

〈クーム。そう来りゃあ、話は早えや。すぐに、いろんなシクミがノミコミできらぁ〉

そうイロハを発すると、烏は大欠伸をした。上口ばしが、蟻の眼を閉ざす。黒く暗い。蟻をクラミが襲う。

視界にアカルミが戻った。いつのまにか、広いムロの光景に変わった。外からの光は、薄緑色イロハの簾のツナでフセギされている。

さっきミキキしたアオナアキナイの社長と、別の二人のオトナが向き合う。三人三様に何かのナヤミとクルシミ、もっとフカヨミすれば、ウレイとワズライをハラにタメコミしているように、蟻にはミヌキできた。

「貸したものは、返していただきます。それが、経済活動の原則です」

ミダシナミの良い若いオトナが、ツヨミのある声イロハを社長にぶつけた。

「そんなことは、言われるまでもなく、わかってる。だが、無い袖は振れないってことも理解してもらわなくちゃ、わしら日銭を稼ぐ商人は、どん底にオイコミされるばかりだ」

社長がモノイイの調子で言う。もう一人が口を開く。

「社長、それじゃあ、埒が開かないじゃないですか。こっちだって、何度もハナシアイの場を作っているんだ。誠意を見せてくださいよ」

「誠意は見せてる。だから、こうして大事な時間を割いて、ハナシアイにも応じてるんだ。わしは、逃げも隠れもせんよ。

そもそもこうなったのは、初めにそっちから話をモチコミしたからってことを忘れんでもらいたい。これは、何度も言ったことだ。わしは、別に責任逃れしようとは思わん。あんたらにも、落度があるってことを言いたいんだ」

「しかし、純粋に取引上では、虎谷（とらたに）さんの方が債務者なわけでして…」

「銀行ってのは、いつもそれだ。ウマミのありそうな話でサソイコミして、こっちに借金を負わせた銀行も共犯者なんだよ。こっちがクルシミのどん底であくせく、じたばたやっているのに、何をチマヨイ言ってる。一体どこを叩けば、金が出てくるって言うんだ。カネの専門家だったら、教えてくれよ、ええ」

「社長。そんな角の立つ言い方はないじゃないですか。今日は、解決法をみんなで考えようと集まっているんですから……」

「いい気なもんだな、不動産屋。地上げで、ずいぶん儲けたんだろ。わしらみたいな日銭稼業を一体全体、何人オシマイにさせたんだ。あんたがモチコミした話を聞かせてやろうか。ちゃんと録音してあるんだぞ。ハナシアイなら、まず三者が共犯者だとノミコミするところから始まりだ。それができなきゃあ、ハナシアイなんか無駄だよ」

「共犯者なんて言い方はやめませんか。お互いにパートナーとして信頼関係の上で始めたことなんですから……」

銀行と呼ばれた若いオトナがモノイイを返す。虎谷の声イロハが、にわかにスゴミを増す。

「おい、きれい事を言うな。アキナイはビジネスで、共犯者はパートナーってんだろっ。あんたらは、そうやってアキナイの胡乱なクサミをアザムキしてるってことに、ちっともキヅキしようとしない。やってることのクサミに目も耳も鼻もふさいでいたいってわけだ。

こっちに金を貸すとき、銀行さんも何かノゾミやミコミやタクラミを持っていたんじゃないのか。こっちだって同じさ。だからこそウレイをセオイコミしても、借りようってハラになったんだ。

結果、ノゾミどおりに行けば、共にウマミを得る。行かなかったとなれば、共にナヤミを抱えるっていうのは、これは共犯者の鉄則だ。今さら、そっちだけ無傷でニゲコミすることはできないんだよ」

「社長、脅してるんですか」

銀行の声イロハからすっかりハズミが消えている。虎谷は逆にハズミを得た。

「ははは、ご冗談。こっちが脅されているんでしょ。生かすも殺すも、銀行さんしだいって状況はうちの方なんだ。カンチガイしてもらっちゃ困る」

「社長、わかりました。こっちも少し無策でした。戦術をきっちり練って、出直します」

不動産屋が助け船を出した。虎谷は、ますますハズミがついた。

「おう、そうしてくれ。こっちもいろいろと知恵を出すようにする。

いいかい、こっちは逃げも隠れもしない。ここまで来たら、アキナイのミチで倒れても本望だからな。ハナシアイには、いつでも応じてやるぞ」

虎谷が威勢よく立ち去る。若いオトナは、頭をカカエコミしてうなだれた。

〈カーッ、カーッ。どうでぇ、ちったあノミコミできたかい〉

◇

烏のイロハが蟻のユメミを破った。蟻は、ユメミだとオモイコミしたが、烏のヒモトキのようなハタラキだった。場所も、いつのまにかにぎやかな町の中の電線に移っている。下の道を車がひっきりなしに往き来する。

〈ギンギン銀行、不動産サン…〉

蟻は虚ろなハラで、あらぬイロハを漏らす。

〈カッカッ。へっへっ、銀行だ、不動産屋だと言ってもノミコミできめえ。アオナアキナイ並みに、カネアキナイ、トチアキナイと言やぁノミコミしやすいだろう〉

〈カネアキナイ、トチアキナイ…〉

〈カッカッカーのカネアツカイとも言えらあ。シナをカイコミしたいが、カネが足りない人にオクリコミし、後で少しオサシミを付けてフリコミ、ハライコミしてもらうってアキナイのシクミさ。連中は、トリアツカイ高などとぬかすがな〉

蟻が問う。ようやくナミナミのハラを取り戻して、烏に問う。

〈カネアキナイ、多くのカネありや。そのカネ、いかに得たりや〉

〈カッ。当然のウタガイだぜ。まあ、カッパライしたわけじゃねえが、他人のカネだ。人々が銀行のクラにせっせとタメコミしたカネを、右から左へアツカイするのさ〉

〈人々、なぜに、銀行のクラに、タメコミするや〉

〈クァー。おめえたちハタラキアリだって、タメコミするじゃねえか。それとヒトシナミなんだよ。冬に備えるみてえなもんさ〉

〈我れ、ノミコミできず。人々、なぜに、身ずからの巣のクラにタメコミせず、銀行のクラにタメコミするや〉

〈カッカーのカネアツカイは、タメコミさせたアリガタミに、わずかばかりのオサシミを付けるからさ〉

〈また、ノミコミできず。銀行のオサシミ、ハライコミで入るも、タメコミで出るならば、ウマミなし。いかに〉

〈カッカラー。そこに抜かりがあるもんけぇ。オサシミはな、タメコミの方をフリコミよりも低くオサエコミしてある。それを、人の言葉じゃあ「利」と呼ぶがな。

それに、タメコミした人が、カネを何かのシハライでツカイコミする度に、オサシミをちょいちょいっと、かすりトリやがる。

言ってみりゃあ、カネアツカイってえのは、ハギトリ、ムシリトリ、ブンドリにハゲミするトリの群れみてえなもんだ。へっへ、奴らのカシラは、トウドリって呼ばれるがな〉

〈それ、マコトなりや。それ、マチガイなり。人々、モノイイせずや〉

〈カッケーッ。モノイイしたくてもできねえのさ。いざ、身ずからもカネをノゾミするときにゃあ、カネアツカイからカリコミしようとタクラミしてるヨワミがあるんだ。

人の世はな、カネをたんまりタメコミしてる方が、いつだってツヨミを持つんだ〉

〈それ、シガラミなり。クルシミなり〉

〈カッカッ。ひゃっひゃっ。そうかもしれねえ。ま、それが人のイトナミってもんさ。

だがな、カネアツカイだって、そうそうツヨミで、虎谷みてえな連中をオイコミするわけにはいかねえ。オクリコミとハライコミが、フツリアイになっちゃあワズライにならあ。無理なムシリトリにもキワミがあらぁな。仮に、アオナアキナイがすっかりソコナイされてみねえ。オクリコミのオサシミどころか、なんにもブンドリできなくなる。つまりゃ、トリソコナイってこった。それは、カネアツカイのノゾミじゃねえ。

そんな、どうにもナヤミ多いツリアイで、ひとまずナゴミしてるってとこだな。連中の好きな外国の言葉で言うと、「トリレンマ」ってんだが、おいら「トレンマンマ」とノミコミしてる。つまりよ、あの場合アオナアキナイはトチアキナイにヨワミがある。トチアキナイはカネアツカイにヨワミがある。カネアツカイも、アオナアキナイにちょいとヨワミがあるっていう図だぁな。平たく言やぁ、三つスクミってことよ。

にしても、あのアオナアキナイの虎谷ってのはミコミがあるぜ。ちょいとウレイをセオイコミしても、ニゲコミのハラぁ見せなかったからな。

さあて、次ゃあ、どこ行くかな…〉

と、鳥は太く長い口ばしで羽のケナミを撫でつける。大きな羽が一本すっと抜け、風にあおられて宙をタダヨイする。鳥と蟻をイザナイするかのようだ。

鳥が羽の後を追って飛ぶ。羽は鳥の口ばしにオイコミされるようになりながら、ふいに真上へ向きを変えたり、同じところをくるくるマワリコミしたりする。風とナジミし、風のチカラをトリコミし、コノミのままのソラユキが続く。鳥も羽にナジミするようにソラユキ…。

空の蟻はタノシミを持てない。鳥にシガミツキする足が外れ、下にオチコミするウレイがある。ツチの上ならまだしも、車の多いミチや大きな川にでもオチコミしたら、イノチのオシマイは避けられない。首を伸ばして地上をノゾキミすると、ツチが少なく、人々の巣と車の道に占められていた。

蟻は、いつもツチの上から空をアオギミしてきた。ツチの上か下か、せいぜい木の上が世の中だった。空には鳥の世の中があり、鳥の眼でノゾキミできる世の中もある。それをハラにしみじみとノミコミし、クルシミの最中でも空にあるすべてのイロハをカキオキした。

やがて、羽も鳥も下の方に身をシズミさせていく。ツチがどんどんチカヅキしてくる。イロハはどれもこれも、蟻にとってナジミがあり、ナミナミのものに変わる。ようやくツチの上にタドリツキした。

鳥は羽を口ばしにクワエコミし、元のところへサシコミする。その眼にはわずかなユルミもない。周りをトミコウミする。何もいない。ナゴミを得たらしい。蟻にイロハをかける。

〈カーッ。ツチの上だぜ。やっぱり空よりも、こっちの方がオチツキあり、だろ。

もっとも、こう草や葎（むぐら）がはびこり放題じゃあ、あんまりナゴミも感じめえがな。

以前は、人の巣が幾つも並んでいたが、ここのツチも、トチアキナイとカネアツカイのシナになっちまったのさ〉

蟻が問う。またナヤミにツツミコミされて、鳥に問う。

〈キミ、チマヨイのイロハ、出すなかれ。ツチ、なぜに、シナになるや。

我れら、ツチに生きる虫なり。そのこと、とてもノミコミできず。いかに〉

〈カッカーッ。おめえのモノイイも、ごもっともだ。だがな、人のアキナイが、そこまでススミしちまったんだから、おめえがしゃっちょこ張ってもどうにもならねえ。

おめえみてえなちっこい虫のことなんざぁ、人はまったく無視の無視よ。それどころか、同じ人どうしでツチをウバイアイしたり、トチアラソイしたりしてるんだ〉

〈ツチ、もとよりタカマハラの賜物なり、衆生すべてのものなり〉

〈ケッケッ。カルミもハズミもねえことばかり言うぜ。ちょうどいい。ここで、トチアキナイのシクミをオシエコミしてやるぜ。触角をミガキ込んで、よーくキキコミするがいいやな。

そもそも、トチアキナイの「トチ」ってえのはな……〉

鳥のオシエコミはこうだった。

トチとは、トミのツチである。カネでアキナイされ、人のイトナミの中では最もタカミにハズミしやすいシナの一つになっている。ところで、少し前に人々はタメコミしたカネでトチをカイコミすることに明け暮れ、トチのネが天井知らずのタカネに跳ね上がった。

それを裏でハカライしたのが、トチアキナイとカネアツカイだった。

トチアキナイは、カネアツカイからカネをふんだんにオクリコミしてもらい、それでタカネになりそうなトチをできるだけヤスネでカイコミする。しばらくすると、そのトチはノゾミどおりのタカネになり、トチアキナイはカネアツカイにオサシミをハライコミしてもなお、タメコミできるだけのカネを得た。両者にとっては、どんなシナにもないウマミがあった。

ところが、そこに落し穴があった。アキナイは、どこかで必ずフツリアイを生むシクミになっている。トチを所有する人は、トチアキナイにウリコミして、一というカネで利を得る。トチアキナイは、三のカネで次の人にウリコミして、そのうち一をカネアツカイにハライコミし、残りの一を身ずからトリコミする。

さて次に、三のカネでトチをカイコミした人は、どうするか。そのまま、三のネのままならノゾミを持たないが、それが五から七になったら、身ずからも利をトリコミしたいノゾミがフクラミする。そこで、ウリコミする。次にカイコミした人は、七のネだ。

このシクミは、どんどんタカミを目指してイトナミされる。そして、初めは一のネだったトチが、十五や二十ものタカネに達したとき、人々はみんなカエリミし、ウタガイまで持ちはじめた。

「猫の額ほどのトチが、そんなにタカネなのは、どう考えてもマチガイだ。今のうちにオサエコミしておかないと、どこもかしこもスサミのトチばかりになる」と。

人のカエリミは、そのままトチのネのオチコミになって表れた。いったんオチコミが始まると、ハズミがついてイキオイが止まらない。どこまでもどこまでも、オチコミがススミしてしまった。いちばんタカネで七だったトチが、元の一に戻るくらいはナミナミのことで、二十だったネが六、七にオチコミしたトチの持ち主は、たいへんなワズライをセオイコミすることになった。

もし、ネが二十のトチをカイコミするために、カネアツカイからかなりタカミのカネをオクリコミされていたら、一体どこからハライコミのカネを持ってくればいいのか。オサシミだけでも、相当なタカネになるはずだ。

実はアオナアキナイの虎谷も、クラのトチをカイコミするために、トチアキナイを通じてカネアツカイからオクリコミを受けた。クラを用いたアキナイでやすやすとハライコミするタクラミだったが、当てが外れた。元のカネどころか、オサシミのハライコミだけでもオモミになり、いつまでも続くヌカルミのようなクルシミになっている。

　ここで、蟻が問う。

〈カネアツカイの銀行、一つ身のみ、なんのクルシミもなく、人々のウレイ、ワズライ、ただカイマミするや〉

　鳥は、カルミある答えで応じる。

〈カーッ。そうはイカねえ。蛸(たこ)もねえ〉

　カネアツカイは、ある人に大きなカネをオクリコミするとき、カタという名目でトチをオサエコミしておく。もし、カリコミした方がハライコミできなくなったら、カネアツカイはトチをトリ上げることができる。

　また、蟻が問う。

〈すると、カネアツカイのトミ、どこまでもフクラミするや〉

　鳥が答える。

〈カッカッカーッ。それも、そうはイカねえ。蛸もねえ。おまけに海老(えび)も、鮪(まぐろ)もねえ。だからオサシミにゃあ、なりっこねえってんだよ。

　カネアツカイは、カネをたんまりタメコミして、右から左にトリアツカイするからアキナイになるんだ。トチなんぞ、いくらトリコミしたってトミになりゃあしねえし、かえって、アキナイの上のナヤミがフクラミするだけのもんさ。早え話が、ゴミみてえにな。

　おらおら、もうすぐオナジミの顔ぶれがオソロイだ。トチをタメコミするナヤミ、クルシミが、よーくノミコミできるぜ〉

黒い車が、針金のツナでカコミしたトチの脇に着く。四人のオトナが降りてきた。そのうち三人は、蟻にもミヌキできた。若いカネアツカイとトチアキナイの二人、それにタツヒコをミタテチガイした医者である。

「支店長、ここです」

トチアキナイが最初に口を開いた。

「大薮（おおやぶ）先生。こちらでございますが、いかがでございましょうか」

支店長と呼ばれた初めて見るオトナは、トチアキナイを軽くアシライして、医者にホホエミを投げながら言う。

医者はダマリコミして、鷹揚にトチを見回す。目で支店長に先を促した。

「先生。車でご案内いたしましたように、この辺りはトラフィックのアクセスがまことによろしく、またパブリックエリアとも隣接しておりますので、インフラストラクチャーの面から申しましても、他に比類ないパフォーマンスを実現するものと、私どもはリサーチいたしたのであります……もちろん、先生がプランニングされておられるようなリタイヤエイジのケアアンドホスピタルトータルサービスシステムプロジェクトにつきましても、マルチサーベイランスによるアナルシスに照らしまして、ビジネスといたしましても必ずやビッグなパーパス、パーパーパー……」

蟻が問う。

〈かの人、何のイロハ発するや。我れ、タチギキでノミコミできず〉

〈カーッ。気にするなって、どうせみんなノミコミできねえ。ありゃ、あいつのヤマイなのさ。何かを必死にトリツクロイしてる、アワレミの姿ってとこだ〉

鳥によると、医者は新しいハカライにハゲミしようとしている。オキナやオウナのナヤミとクルシミとヤマイをナゴミさせ、ノゾミとタノシミのイトナミに変える巨大なムロを建てたいらしい。それもまたアキナイのシクミに基づくハカライで、カネをタメコミしたオキナやオウナに、ナゴミ、ノゾミ、タノシミをシナとしてウリコミするフクミがある。

ムロは、人の言葉で「高齢者総合介護療養施設」と言う。

蟻が特にノミコミできないのは、ナゴミ、ノゾミ、タノシミがシナになることだった。鳥は答える。

〈カッカッー。おめえ、そんなこって驚いてちゃあ、キリがねえぜ。人はなぁ、ツチでもアキナイのシナにしちまうくれえだから、雨や雪でできたツチの下の水も、ツチの下から掘り出した光る石っころも、おめえは知るめえが、虫や鳥の鳴き声イロハだって、シナとしてネを付けてやがるんだ。

近えうちにゃあ、お天道様の光も空気も、みんなアキナイのシナになっちまいそうさ〉

「……ごらんのとおり、周囲は高層建築がありませんので、とりわけ南面は一日じゅう日照を確保できると思います。それが、このトチの最大のウリでありまして…」

トチアキナイが医者に語る。すぐに、支店長がイロハを引き取る。

「…でございますから、セールスポイントと申しますよりメリットが極めてハイレベルにセッティングされ、ニューバリューのプロデュースという観点からも実にバランスのとれたリアルエステートですから、大薮先生のオーダーにもジャストフィットするかと、かように存じ上げるしだいであります……ゼネラルコンストラクターいわゆるゼネコンにつきましても、弊社のパートナー、パーパーパー…」

蟻がまた、問う。

〈人の声イロハ、シナにならざるや〉

〈カッ。あっ、なーるほど。そう言やあ支店長のやつ、パーパーパーパー、オモミのねえことをよくしゃべりゃあがるぜ。ありゃあ、シナとしてネが付く前に、回りがネを上げらぁな。カッカッ。

ネが付く声イロハもあるぜ。オモシロミやオカシミ、ノゾミやタノシミを感じるイロハなら、カイコミしてえ人が大勢出てくる。時にゃあ、カナシミの声イロハにでも、タカネが付くぜ。

おいらが人なら、カルミとオモシロミのイロハを、タカネでウリコミできるんだがな〉

〈ならば、支店長、なぜオモミのない、声イロハ発するや〉

〈カーカー。蟻の字よ。カシラハタラキアリさんよ。オモイエガキできるんだろっ。

そんなことぐれぇ、オモイエガキできねぇおめえじゃなかろうよ〉

烏にオイコミされて、蟻はオモイエガキする。すぐに問う。

〈「ナのミチ」なりや。タカネのノゾミありて、シナ、ミガキコミするハカライなりや〉

〈コッ。ほーれ、見ねえ。できるんじゃねえか。なーでもかーでも、おいらにキキコミしようとしねえで、オモイエガキしてみりゃあ、すぐにノミコミできるんだよ。

その通りだが、ちょいと口ばしを入れりゃあ、ウリカイってえのはな、カイコミの方が（ここじゃあ医者だが）、できるだけ大きなアリガタミを持つことから始まるのさ。そうすりゃあ、おのずとタカネでウリコミできるってわけさ。支店長のやつぁ、オモミのねえイロハを尽くして、青筋立ててトチにアリガタミをツメコミしてるってとこ

だな〉

ここから、蟻のノミコミは一挙にススミした。

人のノゾミは、それぞれ異なる。タノシミにアリガタミを持つか、ナゴミにアリガタミを持つか、それともオサナゴのハグクミにアリガタミを持つかといったハラの差が、そのままノゾミの差になって表れる。たとえばタツヒコの両親は、オサナゴの一つ身がツヨミを増すようにノゾミし、医者のハゲミやタクミやコナまでカイコミした。それらはタカネだったが、両親にとってはアリガタミが大きいシナだったにちがいない。医者から見れば、カネをたくさんタメコミしているタツヒコの両親は、ノゾミを持てるウリコミの相手だった。新しいムロを建てるというハカライがあるから、なおのことタツヒコを長く病室にオシコミして、タカネのコナもウリコミしていたのだ。

やはり蟻がオモイエガキしたとおり、医者は悪いコナアキナイと何ら変わりがなかった。

〈カカッ。おい、蟻の字。あっちをカイマミしてみな〉

と、烏がハズミのあるイロハを上げた。

烏の口ばしの指す方をフリムキすると、白髪が半分禿げ上がったオトナがふらふらとツナの中にハイリコミしてくる。若いカネアツカイが最初に気づいて、支店長の袖を引く。支店長は肩をスクミさせる。トチアキナイも振り返り、そわそわと浮き足立った。

禿げたオトナは、声イロハの届くところまで近づいた。口をユガミさせて、四人の顔を舐めまわすように見る。眼差しには、ウラミとクルシミの色イロハがニジミする。口の端から、サゲスミもあらわな声イロハが漏れた。

「よう、鶴居（つるい）支店長さん、鴨下（かもした）さん、それに狐塚（こづか）大社長。みなさん、元気そうで何よりだ。どうした支店長さんよ。セールストークは、もうおしまいか。いいんだよ、おれに遠慮しないでも。ひさしぶりに、お得意の名調子を聞かせてくれよ。

こちらさんは、クライアントかい、パートナーかい、それともただのカスタマーってやつかい。ま、どっちでもいいや。あんたが出てきたところをみると、ハイグレードのカネづるにちがいない。

元の地主としちゃあ、ブンドリされたトチがどこのだれにウリコミされて、どんなふうになるのか興味がある。とっくりと見物させてもらうよ」

「鶴居さん、こちらは…」

医者が眉をひそめて聞く。

「あ、はあ、亀田さんとおっしゃいまして…」

そのまま、鶴居は口をツグミする。医者が苛立たしげに、亀田に向かって言う。

「それで、亀田さんとやら、鶴居さんに何か御用ですかな。それでしたら、こちらの商談が先約ですから、少しお待ちいただけますか」

「いや、鶴居さんにではなく、あなたに少々ご忠告申し上げたいと思いましてね」

「それなら結構。せっかくですが、ご遠慮申し上げましょう。私には、初対面の方とお話をする時間がありません」

「そうですか、聞いておいて損はないと思いますよ。なにしろわたしは、このトチをただ同然でこちらの銀行さんにブンドリされた被害者ですからね」

狐塚と呼ばれたトチアキナイが、横からワリコミする。

「もしもし亀田、亀田さん。世界のうちでわたしほど、あなたの言い分がわかる者はいませんが、法的に解決した問題を蒸し返しても、どうしようもないでしょ」

かえって火に油をソソギコミした。

「法的に解決できない気持ちの問題があるんだ。あんたも同罪なんだから、余計な口出しをしないでくれ。こうなったら言うが、大薮先生。いや、あなたのことはよく知っている。知ってて忠告するんです。このトチは、やめた方がいいですよ」

「…と、言いますと…」

大薮が、キキミミを立てる。亀田の口が、大きくユガミした。他の三人はダマリコミ。

「…と、言うのは、このトチは昔、処刑場と墓地だったんです。そうだったな、鶴居さんよ。いや、わたしも気になって調べました。江戸時代の話ですが、確かにそんな記録がありました。

こっちは、そんなことは知らずに暮らしていましたが、知ってしまえば気味が悪い。できれば、このトチをウリコミして、どこか別の場所にウツリスミしたいと考えるのが人情でしょう。折りしも、トチがタカネでトリヒキされる頃でしたから、うまくすればノゾミが叶うだろうとタクラミしたのです。それで、この狐塚という男に相談しました。

こいつですよ。鶴居とぐるになって、わたしからトチをカッサライしたのは」

「か、亀田さん。人聞きの悪いことは言わんでくださいよ。何度も言っているように、トチのネがあんな急にオチコミするなんて、誰も予想できなかったんですから、仕方ないでしょう」

「あんたは、仕方ないで済むだろうが、わたしは住むところも追われたんだ。

それがね、大薮先生。この二人は、初めからこのトチの来歴を知っていて、わたしが相談に来るように計画したんです。いや、そうとしか考えられない。処刑場や墓場だったのを良いことに、相場より相当なヤスネでカイコミされた。等価交換というシクミでしたがね。マンションの数戸分は、わたしの所有になるというものです。ところが、マンション建設の段になってツチを掘ってみると、出てくるわ出てくるわ、骸骨、ムクロの山とはあのことです。

いや、処分に困るというので、どこも引き取ってはくれません。産業廃棄物として、処分してもらうのに、トチをウリコミしたカネを半分もウシナイしてしまいました。

そこで、先々マンションのオーナーになったらハライコミするという条件で、この鶴居からカネを融資（オクリコミ）してもらい、郊外に家をカイコミしました。そこでですよ。トチのネの急落が始まって、マンション建設が中止になったのは…」

「それで、どうしました」と、大薮は亀田の話にノメリコミする。

「わたしに残ったのは、借金だけです。マンションが建たない以上、借金を返済（フリコミ）する当てはありません。借金のカタに、何もかも銀行にブンドリされてしまいました。今は住むところもなく、河原で暮らしています。ええ、そうです。鶴居風に言うと「ホームレス」です。なんのことはない、世の中のあぶれ者ですよ。女房ですか。とっくに逃げ出しました。女の勘ってんですかね。ウリコミの一時金が入ったら、それを持ってとんづらです。

わたしが何をしたと言うんでしょうか。ただ、先祖伝来のトチを有効活用(トリアツカイ)しようとしただけで、なぜ、こんな目に遭わなくちゃいけないんでしょうか。これは、もしかしたら何か、悪いものがわたしに取り憑いているのかもしれません。何しろ、処刑場や墓場があった場所なんですから。

そこで、わたしはお坊さんに頼んでトムライすることにしました。掘り出したムクロが成仏できるようにね。いや、良い功徳をしたと、なんだかすっきりしました。ところが、どうにも成仏できない人がいることに気づきました。このわたしです。今度は、わたしがこいつらに取り憑いて、ノロイをかけてやらなくちゃ収まりが付かないじゃないですか。どうですか。わたしの言うことは間違っていますか。

あなた、お医者さんでしょ。こんな患者がいたら、どうしますか。薬や注射で治しますか。治せないでしょ。いや、いいんです。わたしは自分で治します。なあに、こいつらにノロイをかけつづければいいんだ。それしかないんだ。

わたしは、こいつらを生涯、ノロイつづけますよ。それから、このトチにもね…」

「ちょ、ちょっと、亀田さん。困った人ですね。わかりましたよ、わたしがご相談に乗りますから、こちらへ来てください」

そう言って、狐塚が亀田の腕をヒッパリコミした。

「い、痛い。な、何をするんだ。また、こんな年寄りをいたぶるつもりなのか。その手を放せ。まだ言うことがあるんだ」

「まあ、まあ」と、狐塚は亀田をカカエコミして、トチのカコミを離れて行った。

大薮が、二人を見送りながら口を開く。

「鶴居さん。申し上げにくいが、どうも、このトチはいわく付きで縁起が悪いようですな。ノロイがかかっているなんて噂を立てられたら、それでなくても気弱になっている老人は絶対に寄り付きません」

鶴居が小さくミブルイした。大薮は続ける。

「病院では、ある病室から三人立て続けに死者が出たら、ほとぼりが冷めるまで、そこを使わないのが鉄則なんです。そういう悪評はほんとうに怖い。こうなると、あなたが美辞麗句を並べ立てるのも、何かを糊塗しているのではないかと思えてくる。

私は、このトチに興味を失いました。それから彼の言うことが本当だとしたら、あなた方も信用することができません。この話は無かったことにしてください」

「大薮先生。お待ちください。あんな男のデマゴーグに惑わされてはいけません。先生のようなハイブラウなインテリジェンスの持ち主が、よもやチープなシンパシーをお感じになったわけではございますまい。私どもは、インターナショナルなメガバンクとして常にフェアなビジネスを……」

「いや、もう結構。人にあれほどウラミを持たれるのは、何にしてもよろしくない。ここはともかく冷却期間を置いて、再検討ということにしましょう」

そう言うと、医者は返事も聞かずに車の方に歩く。カネアツカイの二人は慌てて後を追う。

〈クックックッ。どうでぇ、ますますオモシロミが湧いてきたぜ。これから、どうなるかな〉

烏は羽を合わせて、足をハズミさせる。蟻は、モノオモイにシズミする。

◇

昼下がりの市場は、人影もまばらになった。烏や鳩、雀の群れが、地上に代わる代わるやって来て、餌のかけらをツイバミし合う。

蟻と烏は、ひときわ高いクラの上に並んで、下の様子をカイマミする。

〈カーッ、ケッ。どうでぇ、相も変わらねぇ鳥どものイタダキぶりゃあ。コゼリアイ、イサカイ、アラソイの果ての、こすっからい、ちっぽけなイタダキと来てやがる。これが、何千年も人にナジミをもって生きてきた、町鳥のイトナミってやつさ〉

蟻は、烏の毒舌イロハにニガミを感じる。同族をサゲスミするのは、身ずからサイナミするのにヒトシナミだからだ。が、烏は全くお構いなし。

〈カッカッ。烏のイタダキは、早え話が、人の餌のオモライさ。もっとひでぇのは、ゴミサライにハゲミしやがる。烏も卑しく成り下がったもんだぜ、ったく。烏がこんなになっちまったんだって、アキナイのワザワイの一つかもしれねえな〉

蟻が首をもたげて問う。

〈烏、アキナイにナジミありや〉

〈カーッ。烏のイトナミも、人のアキナイのシクミにすっかりトケコミしちまったのさ。どいつもこいつも、カルハズミになりゃあがって、人の出すゴミに色目を使ってるんだ。

ついでだから、オシエコミしてやろう。ゴミってぇのはな、ウリコミできねえ、カイコミされねえ、タメコミし

ておくわけにもいかねえってシナのことさ〉

〈つまり、ネなしのシナなりや〉

〈カッ。そーよ。根なし草ってえのはあるが、ネなしゴミじゃあ見向きもされねえ〉

蟻が問う。

〈なぜに、メグミとして、世の中の人々に、オクリコミせぬや〉

烏が口ばしを振る。

〈チッチッチッ。それをやっちゃあ、おしまいだよ、蟻ちゃん。

アキナイのシクミにゃあ、ゴミはあっても、メグミはあっちゃならねえのさ。メグミをするくれえならってんで、ツチにウメコミされるアオナだってあらぁ。

いいかい、メグミをすりゃあ、わざわざカネを出してカイコミした人が、ウラミを持つかもしれねえだろ。それが、アキナイのシクミにサカライすることになるのさ。シナのネってえのは、ウリコミする方が、後生大事にイツクシミしていくもんだ。だからよ、いつでもネをまっとうに付けられるように、ゴミをたんまり出しても、シナの数はタクミにオサエコミしなくちゃあならねえってことになるのさ〉

〈我れ、ノミコミしたくなくも、ノミコミあり〉

〈カッカッフッフッ。ゴミぁ、人のナゴミにゃあなるめえ。きっと人をスゴミでオイコミするかもしれねえぜ。そうノミコミすりゃあ、ゴミサライする烏族も、人のためにアリガタミがあらぁな。人は、めったに烏をオイハライもできめえよ。

ほらほら、あんなに群れやがって、カッサライ、ウバイアイをしてるが、それもこれも人がゴミのオオバンブルマイをしてくれるからさ。ったく、人様さまだぜ。そうだろ、兄弟(きょうで)ぇ〉

と、烏が蟻の眼をノゾキコミする。蟻は、烏の眼にサソイコミされた。黒々とした深い闇にスイコミされていく。闇の天に切れ長の三日月が掛かる。どことなくスサミの気がみなぎっている。

ふいに、シブミのある人の声イロハが聞こえてきた。

「鶴居君、こんなに大量のゴミをどうするのかね。銀行にとっては、トリアツカイ不能のトチは、ゴミでしかない。一刻も早くゴミの処分をしろ。それがトウドリのご意向だ」

「ホンブチョウ、もちろん承知しておりますが、なかなかコンセンサスが得られず…」

「弁解無用。シテンチョウとして君を推薦した僕の責任問題にもなりかねないんだ。僕としても、君をかばいきれないところまで追い詰められている。なにしろ、君のところは全国でワーストスリーのていたらくだ。とにかく、なんとかしたまえ。それだけだ」

「できないときは、どうなるんでしょうか」

「そんなことは、僕にもわからん。まあ、死ぬ気でハゲミたまえ」

オモミのある扉の閉まる音イロハが、余韻となって残る。烏の鳴き声が重なる。カーッカーッカー……。

ウラミに満ちた声イロハが叫んだ。

「何もしなければ、ウリカイなしで、利益もない代わり損失もなかったんだ。わたしは、先祖伝来のトチを無傷で持っていることができた。貴様が、鶴居といっしょになって、ありもしないノゾミをさんざん並べ立てて、わたしを素っ裸のゴミにした。しかも見ろ。わたしのトチもゴミ同然のアツカイをされている。

狐塚。貴様のノゾミは、わたしとトチをゴミにすることだったのか」

「亀田さん。そりぁ、誤解だよ。あんただって、あのトチにマンションを建てて、家賃収入で老後を悠々自適に暮らしたいって、ノゾミを持っていたじゃないですか。ちょっとタイミングが遅れただけなんだ。わたしを責めないでください。

それに、大損を食ったのは、何もあんただけじゃない。わたしだって、銀行の借金に苦しめられて、明日も知れない身の上なんです」

「狐塚。そんな泣き事は聞きたくない。わたしにとっては、ナグサミにもなんにもならないからな。そんな話で、わたしのノロイが晴れるとでも思ったら、オオマチガイだぞ。

言い逃れしようという貴様の性根も、すっかりわかった。こうなれば、貴様と鶴居だけは、地獄の底まで道づれにしてやる。

わたしはな、ゴミサライまでやってるんだ。貴様、ゴミのアリガタミがわかるか。ゴミは物陰にヒソミしていて、わたしが見つけるのを待っている。わたしは、イトシミの眼でゴミのありかをノゾミミする。もうタカノゾミはしない。

ゴミよ、メグミよ、どうかわたしのノゾミをカエリミたまえ。そう念じるんだ。すると、ウマミのあるゴミが、わたしをすごいチカラでサソイコミしてくれる。わたしは、ゴミのところにトビコミする。この手に、この胸にカエコミする。ゴミとわたしの間には、フカミのあるナゴミが生まれる。わたしはゴミと一心同体になった。

どうだ、いいだろう。貴様と鶴居にも、あのダイゴミをアジミさせてやる。遠慮することはない。貴様たちは、もう半分ゴミになりかけている。いっひっひっひっ……」

引きつった笑い声が、引き潮のように闇の沖へ返っていく。……カーカーッカアーッ。入れ替わって、烏の声が上げ潮とともに寄せてくる。

「そ、そこに、だ、だれかいるのか」

スクミしきった声イロハを絞り出す人がいる。アオナアキナイのテサキ、犬養の声音だった。

〈ノゾミ、なし。この実、ゴミになるほか、ミチ、なし〉

「だれだ、おれに何か用か。姿を見せろ」

〈用なしで、なし。この実、アマミなしで、なし。ウマミなしで、なし〉

「…なしで、なし…。もしやお前は、おれがカイコミした二十世紀梨か。そうだろっ。

お、おれに、いったいなんの用があるんだ」

〈キミに、ウラミなしで、なし。この実、本来、クラにタメコミされる実で、なし。

タメコミ、長ければ、この実、ゴミになるほか、ミチ、なし。

キミに、ニクシミなしで、なし。この実、ゴミになれば、二十世紀梨のナ、さらに、オチコミなしで、なし。

人に、エリゴノミなしで、なし。ますます、他の実タノミにする、タクラミなしで、なし。この実、むなし…〉

「そ、そんなことを言われても、人気がないものはしょうがないじゃないか。だから、おれは台風が来るのを当て込んで、ヤスネでたくさんカイコミしたんだ。台風になれば、きっとタカネでウリコミできるから、そうサイナミしないでくれ。

そ、それに少しクラにタメコミしておいた方が、アマミとヤワラカミも増して、消費者のコノミに合うはずだ」

〈キミ、この実に、二十世紀梨の実に、イトシミ、なし。

キミのハラ、カイコミ、ウリコミ、タメコミ、ハライコミのオモイコミのみ、なしで、なし。

それらみな、ハラのスゴミでしか、なし。さらに、台風のミコミ、なし。

キミ、アキナイのイトナミで、ハラのスゴミ、フクラミさせて、やがてゴミになるほか、ミチ、なし。

キミ、この実とヒトシナミのゴミになるほか、ノゾミ、なし〉

「い、いやだよ、そんな。なんだっておれが、ゴミにならなくちゃいけないんだ。おれはアキナイにハゲミしているだけなんだよ」

〈この実、もうキミに、ノロイの「梨のつぶて」、ウチコミなしで、なし。

キミの身、だんだん、二十世紀梨の実に、カワリミするほかに、ミチ、なし。

ほら、軸なしで、なし。種なしで、なし。でも、ネなしの、実……〉

「うわぁ、助けてくれぇ。お、お、おれは、何も悪いことはしていない……な、なしの実なんて、嫌だぁー。な、梨の実には、ノゾミもタノシミも、な、なんにも、な……し…」

犬養の絶叫が残響を引いて消えた。また、音無しの闇。遠くから烏の鳴き声が近づいてくる。アーアー、カーッカーッ……。

〈カーツッ。喝っ。おい、蟻の字。でえじょうぶか、タチクラミでもしたかい〉

烏が、蟻の眼をノゾキコミしている。蟻は頭を左右に振り、触角をノビチヂミさせる。またも、ユメミの後のようなオモミが全身をツツミコミした。

〈カッカッ。水でもフクミさせてやろうか。いいかい、そうかい。

へっへっへ、まあ、ゆっくりノミコミすりゃあいい。ゴミは、これからも、どんどんフクラミするにちげえねえからな〉

蟻は、烏のイロハでようやくマコトにキヅキする。クラの下では相変わらず、町烏たちがイタダキにハゲミしていた。まだ、昼下がりのままだった。

蟻が真っ先にキヅキしたマコトは、いっこうに消えない身ずからのキノマヨイである。烏にミチビキされてミキキしたアキナイのイトナミは、どれもこれもウレイとワズライのキワミでしかない。これ以上ミキキを続けて、何かノゾミがあるのだろうか。そんなウタガイが、蟻のハラに兆す。

蟻が問う。烏をニラミ据えて問う。

〈アキナイのミキキ、なお、ノゾミありや〉

烏は、どこかイトシミのイロハをニジミさせて答える。

〈カッカァー。ああ、まだ半ちくってとこだぁな。オタノシミは、これからさ。

どうでぇ、蟻の字よ。おめえの一つ身を丸一日ってことで、明日のしらじら明けまで、おいらに丸ごとダキコミされてくんねぇか。すりゃあ、おいら、おめえのノゾミどおり、アキナイのスミからスミまで、ノミコミさせてやるぜ。おいら、ヤタッペてえ、けちな烏かもしんねえが、決して与太は言わねえ。どうでぇ、それだけフクミして

くんねぇかな〉

　蟻は、鳥のタノミをノミコミする。

〈明日のしらじら明けまで、我れ、一つ身、キミにダキコミされるハラ、あり〉

〈カッ。ありがてえ。蟻が鯛だから、おいら空飛ぶ鯨にでも、なんでもなっちまうぜ〉

　鳥は、もとのカルミを取り戻した。蟻は、どうも鳥にニクシミを持てない。

〈カーッ。そうと決まりゃあ、すぐにもミキキだ。そろそろワズライの雁首が、オソロイのようだぜ〉

　蟻と鳥が、虎谷のムロの窓屋根にチカヅキした。キキミミを立てる。

「社長。こないだは、いろいろとすみませんでしたね。わたしの方も、銀行さんにヤイのヤイのと、せっ突かれるもので、立場上どうしようもないんです。いや、オツキアイから言えば、銀行さんより社長の方をずっと大切に思っているんですから、どうか誤解のないようにお願いしますよ」

「狐塚さんよ、そんなことは言わんでもわかってるさ。どこも楽じゃない。今は、みんなクルシミに耐えるときだってこともね。

　それより、お話ってのはなんですか。そちらさんをお待たせしては、いけないんじゃないかな。そちらさんにも、関係のあることなんでしょ」

「いや、恐れ入ります。そのとおりです。さっそくですが、こちらは鶏肉加工業者の鳥羽さんとおっしゃいまして、アキナイのことで社長にご相談に乗っていただきたいんです。

　さあ、後は鳥羽さんの方から、どうぞ……」

「鳥羽と言います。お忙しいでしょうから、手短に言いますが、ご承知のとおり、食肉加工業界もいろいろと問題がありまして、実に厳しい状況です。わたしどものアキナイは、国内外から鶏肉を丸ごとカイコミしまして、冷蔵庫にタメコミしながら、注文に応じて部位ごとにキリコミして、ウリコミするという、いたって細々としたものでして……ところが、わたしどもの業界からも内部告発、つまりその、タレコミがぽつぽつと出てきましてね。わたしどもとトリヒキしていた冷蔵業者も、そのタレコミをしまして、どうも信頼関係がぎくしゃくしてきたしだいなんですよ」

「はあ、新聞、テレビでも報じられてましたが、さようですか、そういうことになりましたか。それで、あなた、鳥羽さんは、どうされるんで…」

「はい、どうも、その業界全体に、そんな冷蔵業者は許せんという空気が広がりまして、わたしどもも、それにサカライできず、他の冷蔵業者を探すということになりました。

ところが改めて探すとなると、そうそう適当な業者があるわけじゃありません。みんな帯に短し、たすきに長しというぐあいで、ちょっといいかなと思うと、考えることは一緒で、ほかの加工業者もどっと申し入れをする。当然、契約料がタカネになります。わたしどものような零細業者としましては、とても応じられるわけもなく、泣く泣く降りて別の業者に頼らざるを得ず、困り果てていたところでした。

そこへ、こちらの狐塚さんから、社長さんのことをお聞きしたものですから、渡りに舟とばかりにタノミコミしようと考えたしだいなんです。いかがでしょうか。まことにぶしつけで、勝手なお願いだとは重々承知しておりますが、おたくさまの冷蔵庫の片隅でもお貸しいただくわけにはまいりませんでしょうか」

「話はわかりました。いや、すぐにご返事はできませんがね。

こんなことは言わんでもわかっておられるでしょうが、うちの冷蔵庫は青物（アオナ）専用の仕様でして、鶏肉のような生臭い肉を貯蔵（タメコミ）するようにはできていませんでね。それは、もちろん違法行為だ。それこそ、タレコミされた日には、わしらも、たいへんなワズライをセオイコミすることになりますな」

「承知しています。ただ、わたしどもも背に腹は替えられないというところまで、オイコミされているんです。もう少しフミコミした計画があるんです。よろしければ、聞くだけ聞いていただけませんか」

「ほう、そうですか。では、伺いましょうかな」

「それじゃあ……」と、鳥羽がタクラミを伝える。

簡単にナゾトキすれば、それは鶏肉をアオナとアザムキするハゲミだった。ハコビコミの車は、虎谷のアオナ用を使う。アオナの箱の底に鶏肉をヒソミさせてツミコミし、その上にはアオナを載せて、人の眼をクラミさせる。アザムキ用のアオナは、すべて鳥羽の方でカイコミし、虎谷のテサキの手を一切ワズライさせない。それも、ほかの冷蔵業者とトリヒキを始めるまでの二、三か月の間だけでよい。虎谷には、これこれのカネをハライコミする、などなど。

「ほう、それはまた、ずいぶんと手回しが良いことですな。では、一点だけお尋ねしますが、そちらでカイコミされたアオナは、どうされるので……」

「その点もご心配は要りません。国内の養鶏業者に、餌としてウリコミするか、あるいはコンポストといって肥料にする施設にハコビコミします。決してゴミとして捨てることはありません。もし何かウタガイを持たれるようなことになったら、新規事業のためのココロミだとモノイイしますよ」

「なるほど、そうすれば、ゴミも有効利用できるという一石二鳥ですな」

「そうお思いでしょう。いかがでしょうか。この三か月の間だけ、なんとか切り抜けられれば、わたしどもにもノゾミが出てくるんですが……」

虎谷はウデグミをして、カンガエコミに入る。鳥羽と狐塚は、身を乗り出して虎谷の顔をノゾキコミする。鳥羽のイキゴミは、虎谷をノミコミの際までオイコミしたようだ。そのとき、犬養がハイリコミしてこなければ、虎谷のイロハは別のものになっていただろう。

「社長、いいですか。だ、大事なお話があるんですが…」

そう言って、犬養は虎谷のダマリコミを破った。

「ばかやろう。こっちも大事な話の最中なんだ。お客さんに失礼だろっ、ちょっとそっちで待っていろっ。すみませんな、鳥羽さん。まったく、わたしの教育が行き届かないもので……。お話はよくわかりました。ただ、ご返答は改めてさせてもらいます。いや長くとは言いません、今夜一晩でいいんです。明日には結論を出しますよ。それでいかがですか」

鳥羽はノミコミしたようで、何かノゾミにフクラミした顔で狐塚と共に帰っていった。

入れ替わって虎谷と向き合った犬養の話は、チマヨイのせいかひどくイリクミしていたが、要するにアキナイからアシアライしたいというナカミだった。虎谷は、頬にニガミを浮かべてキキコミする。話が済むと、スゴミの舌で言い放った。

「話はそれだけか、犬養。それでお前、責任を取ったつもりになってるのか。あとに残った梨はどうするんだ。おれや猿渡にシリヌグイさせるつもりか。世の中は、それほどアマミのあるもんじゃないぞ。いっぺんニゲコミの癖が付いたら、オシマイまでニゲコミするしかないんだよ。負け犬の犬養で、ずっと生きていかなくちゃならないが、それでいいのか……よかないだろ。なら、考え直せ。

二十世紀梨は、ウリコミのめどが立ちそうだ。さっき帰った客だがな、あの人とトリヒキしてヒキトリしてもらおうと思っている。どこの八百屋（アオナアキナイ）かって。ふん、いいんだよ、どこの馬の骨だろうが。この世は『捨てる神あれば拾う神あり』で、カラミ合ってるってことだ……」

烏は蟻を乗せ、静かに窓屋根を離れる。再びタカミのクラの上。

〈カーッ。どうでぇ、一つ身ずつのハゲミが、ワルダクミのカラミに変わってきやがったぜ。そのうち、いろんなシガラミやオモイコミのムツミもツミ重なって、次々にヒズミ、ユガミ、マチガイ、ワズライをウミ、ハグクミしていくってことになるな。

へっへっへ、おいらタノシミで、口ばしからホホエミがこぼれてしょうがねぇや〉

蟻は、とてもタノシミのハラになれない。逆にクルシミを覚えた。烏にモウシコミする。

〈我れ、彼らのワズライ、フセギするハラあり〉

〈カッカッホッホッ。つまり、何か、ここでオオハタラキを示そうってえのか。

へっへっ、やめとけって。これぐれえのこたぁ、ウレイでもワズライでもねえぜ。もっと、おめえにふさわしいオオハタラキの場があらぁ。ちょいとチカラをダシオシミして、ハラにタメコミしておくがいいや〉

〈なれど、彼らのクルシミ、我がハラに、ヒビキあり〉

〈カッカラーッ。おいおい、相手は、痩せても枯れても腐っても、人様だぜ。身から出た錆のクルシミぐれぇ、みんなでなんとかするさ。どでぇアキナイってもんにゃ、ナヤミ、クルシミは付きもんだ。オセッカイは、人にも、おめえにも、ためにゃならねぇ〉

蟻は、烏のモノイイをノミコミできない。問う。

〈我れ、一つ身にて、ハタラキせん。キミのハラや、いかに〉

〈ケケッ。そりゃ、おいらのノゾミじゃねえ。余計なチョッカイになるだけってことさ。でえいち、おめえとのトリヒキは、明日のしらじら明けまでってことだ。それまで、おいらのミチビキにゃあ、サカライしてもらいたくねぇな〉

蟻は義の虫である。たとえユキチガイがあっても、トリヒキの上の信義にもとるハタラキはできない。烏のイロハをぐっとノミコミした。

〇

そこで、蟻と烏は、一つ身をことごとく眼にしてミキキしている。

そこは、闇よりも暗い。そこでの一部始終をハラにカキオキしようと、蟻の眼が赤い色イロハで光る。人の科学では、「赤外線」と呼ぶ。烏も、鳥目ではないらしい。夜空をマヨイもなく、そこまで蟻をミチビキした。

そこに至る間、互いにイロハを交さず、烏はどこへ行くのかさえ伝えなかった。蟻も、もうこれ以上ユキチガイを大きくしたくない。そんな蟻のハラを見透かすように、烏はことさらハズミたっぷりに口笛を吹き続けた。

烏の一つ身が草原にマイコミしたところで、蟻はようやく、そこが草地の上に建ち、板のツナでカコミされているのをミヌキできた。牛の糞の匂いイロハが、夜気にナジミしていた。

そこは、牛飼いの餌のクラだった。

蟻には、ミキキとカキオキの覚えがある。二十二日前、牛とチチを積んだトラックに運ばれて来た牧場の中である。北を目指したアルキが、振り出しに戻ってしまった。

烏にモノイイをする間もあらばこそ。クラの中から漏れてくるオモミとクルシミのイロハに、蟻の触角はザワメキを増す。

烏は、小さなクラの窓を見下ろす桜の枝に陣取る。頭を下げ、葉陰に身を隠した。

クラの中では、オトナが一人ツナに縛られ、藁の上に転がされている。それを見下ろす別のオトナが二人。クラの外にも一人、モノミの若い人が立つ。

蟻には、クラの中のイトナミがノミコミできない。烏は、大口を烏貝のように閉じたまま。黒い目は光り、横顔は蟻の問いを固くコバミするようだ。

縛られ人は、口に白い紙を貼られていた。手持ち電灯の光で落ちくぼんだ目を射られ、まぶたをしきりにしばたたく。目尻の黒い筋は、涙を流した跡だろう。

見下ろすオトナ二人は、縛られ人をサゲスミの目で見ている。太い声の主が言う。

「鶴居。てめえ、なんでこんな目に遭ってるか、よーくわかってんだろ。人をクルシミにオイコミ、生きるノゾミまでウバイトリした罰だ。それも一人二人じゃない。てめえの部下がしたことも数えれば、百人か二百人か。

おれはな、そんな大勢のウラミを晴らすウケオイ人ってとこだ。これからきっちりツミツグナイをしてもらうぞ」

そのイロハから、蟻は何もかもオモイエガキでき、そこでのハゲミのナカミもノミコミできた。声の主はイロハをツクロイしているが、狐塚だとキヅキした。もう一人は、亀田のように見えた。狐塚とイサカイしていたはずが、ほんの数時間でワルダクミでツルミするとはどういうことだろうか。

蟻は、すぐに一つのミヌキに達した。こうだ。カネアツカイにオイコミされた身は、狐塚も亀田とヒトシナミである。それを亀田にノミコミさせながら、悪いハカライにヒキコミした。亀田は、すでにモノグルイにオチコミしている。一も二もなく狐塚とツルミし、ハゲミするハラになった、と。

鶴居は芋虫のようにモダエクルシミしている。何かモノイイしたげだが、口を覆う紙は取れない。

「じたばたしたって無駄だよ、鶴居。計算高いてめえが、そんなことをノミコミできないはずはなかろう。さあ、携帯電話を借りるぞ。銀行は幾ら出すかなぁ。二億、三億くらいは出してもらわなくちゃあな」

「そうだ、三億だ」

やはり亀田の声イロハだった。鶴居は、首を激しく振る。眼が何かをタノミコミしたいと訴えている。蟻には、鶴居のイロハがノミコミできる。銀行はカネを出さない、と。

〈カッ。これが、ヒトサライってもんよ。人をカッサライしてシナにし、カネでウリコミするってシクミだぁな。こりゃあ、アキナイのシクミにサカライすることったが、なぁに、おいらの眼からカイマミすりゃあ、大したチガイはねえぜ。近ごろあ、人の血も眼も胆も骨の髄までもウリカイされるご時勢だ。人のイノチがウリカイされたからって、ウレイなんぞ持つもんじゃねえや〉

ダマリコミに飽いたヤタッペの、サゲスミたっぷりなイロハだった。蟻はもう、ハラの毒になるだけのイロハにはキキミミを貸さない。一つ身だけをタノミとしてオモイエガキに耽り、オモイツキを探っている。

「鶴居の奥さんか。旦那を誘拐した。この電話番号でわかるだろ。わかったら、銀行に知らせて、三億円用意させろ。受け取りの場所と方法は、後で指示する。警察に通報したら、旦那の命はないぞ。また後で連絡する」

狐塚は「携帯電話」というシナで、ハズミのないイロハをオクリコミした。速やかな電波イロハが、蟻の触角をかすめて夜のかなたへ飛んだ。

蟻は、烏にはあえて何も問わず、身ずから狐塚のイロハにツッコミの触角を入れる。

ノミコミできないのは、まず「受け取りの場所と方法」を「後で指示する」とした点である。なぜ、今ではいけないのか。その間に、何か別のハゲミをしようというのか、それとも銀行に「用意させる」時間を与えるためか。

それから「警察」とは、なんだろう。ヒモトキをしている余裕はない。ノゾミではないが、これだけは烏にオシエコミしてもらおうか。

すると、亀田が低い声イロハで狐塚に言った。

「警察に知らせるんじゃないか」

「銀行に言えば、警察に伝わる。そういう段取りになっているはずだ。いいんだ、警察を撹乱させる方法がある」

「どうするんだ」

「これを見ろ」

「なんだ…」

「携帯番号のリストだよ。受信先を次々に替えるのさ。ほっほうっ、やった。頭取の番号まで入ってるぞ。試しに電話してみよう」

電波イロハが飛ぶ。蟻は、警察をおぼろげにオモイエガキした。

「鷲尾トウドリか。鶴居という支店長を誘拐した。身代金三億円用意しろ。金庫にあるだろう。明日の朝までに受け取る。場所と方法は、別の行員に連絡する。言っておくが、誘拐対策マニュアルは知っている。交渉はしない。この計画は周到だ。もし、三億円受け取れなければ、鶴居の命は保障しない。あんたとあんたの家族も同じ運命だ」

狐塚は、オモシロミを覚えたように携帯電話にノメリコミしていく。

「奥さんか。銀行に連絡したか。してない。なぜだっ。営業が終わっているだと。緊急の連絡先があるはずだ。いや、もういい。あんたには、別の仕事をしてもらう。携帯電話を持って、外に出ろ。どこかでタクシーを拾え」

また、電話をかける。

「鴨下だな。貴様のところの鶴居という支店長を誘拐した。もうすぐ、トウドリから貴様に指示が入る。それに従って行動しろ。えっ、なんだって、コ、ヅカさんかって。そ、そんな奴は知らない」

狐塚は、いきなり電話を切る。ニガミのある顔で、また指を動かす。

「トウドリか。三億円、用意できたか。何、まだだって。遅いじゃないか。警察に連絡しても無駄だぞ。それより、三億円を鴨下という行員に持たせて、タクシーに乗せろ。鴨下の携帯番号は、〇九〇三〇九……だ。三十分以内にやれ。わかったな」

電話を切ると、カルミのある音イロハが電話から流れた。二人は、びくっと首をスクミさせた。狐塚が恐る恐る電話に応ずる。

「……。あ、奥さんか。何、タクシーに乗った。そうか、奥さんなら番号を知ってても、不思議じゃないな。もう少し待て。本町の方に向かえ。後で指示を出す。あ、それから、もうそっちから電話をするな」

すると、また電話が鳴った。苛立たしげに出る狐塚。

「お、奥さん。電話はするなと、言ったじゃないか。え、あ、鴨下か。何、タクシーに乗った。そうか。じゃあ、本町の方に向かえ。それから、もうそっちから電話はするな。くどいな、狐塚なんて奴は知らん。切るぞ」

チッ、と狐塚が舌を鳴らした。

「どうした。三億円は用意してくれそうか。ところで、分け前はどうする。おれは、半々でなければ納得せんぞ」

亀田がノゾミを言い出す。狐塚がモノイイする。

「あんたは、一億でいいって言ったじゃないか。なんで、今ごろになってタカノゾミするんだ」

「それは、二億のときの相場だ。三億取れるんなら、当然一億五千万に決まってる」

「そんな話は聞いたことがない。一億って言えば、一億だ。仮に五億だとしても、それはおれの交渉力への報酬だ。あんたは、何もしてないじゃないか。計画したのも、こうして危ない橋を先に渡ってるのも俺だ。それで、半々なんて虫が良すぎる」

「危ない橋はお互い様だ。昔の俺を考えてみろ。一億五千万でも少ないくらいだ」

「何を言ってるんだ。今の自分を考えてみろ。一億でも多いくらいじゃないか。第一、そんな急に金持ちになってみろ。怪しまれるだけだ」

二人のイイアイは、熱を帯びていく。鶴居は、一つ身をくねらせている。外のオトナは、ユルミのキワミ。

蟻が烏に低いイロハを送る。

〈我れ、オモイツキ、あり〉

〈カッ。なんでえ、何かやらかそうってのか〉

烏は、蟻のイロハをマチノゾミしていたように返す。

〈キミ、我れに、声イロハ、貸したまえ。キミの喉、貸したまえ〉

烏はすぐにノミコミしたらしく、何も問わずに大きな口を開け、蟻を喉にサソイコミした。蟻は烏の声帯の後ろに立ち、触角で振動させながら音イロハを出そうとしている。新しいハタラキだが、できるかできないか、そんなマヨイにカカズライする暇もない。

甲高い人の声よりも、さらに尖(とが)った金切り声イロハが闇をキリサキした。

「クワーッ、たいへんかぁ。警察だっ、カーッ。見つかったぁーっ。

逃げろーっ、カァーッ」

三人は慌てた。先に外の若い人が、ハネアルキするように車へニゲコミする。中の二人も、外の人の声イロハだとハヤノミコミし、ニゲマドイしながら車の方へハシリコミした。でこぼこ道を車が走り去った。

烏は、素早くクラの中にトビコミする。すぐに鶴居の後ろにマワリコミし、ツナを口ばしでキリキザミした。終わると、すぐに窓から飛び出した。

鶴居は、一つ身にナゴミを取り戻したが、半ばモノグルイの境にいる。身ずから紙と足のツナをハギトリし、こけつまろびつ走る。

置き去りにされた携帯電話が鳴った。烏がオモシロミを覚えて、口ばしで受信ボタンを押す。マイクに向かって、

〈カッカラカーッ、カッカーッ〉

◇

夜は、フカミにヨドミしている。

烏が北を指して飛ぶ。奇声を発し、ワルヨイしたように上下左右に揺れる。頭上の蟻は、クチキキのオオハタラキを新たにキリヒラキしながら、そのチカラにワルヨイする風もない。

〈カーカッカッカッ。ヒャッヒャッヒャッ。いや、最高だぜ。やったな、兄弟ぇ。

ヒトサライどもの、ニゲコミのざまったら、ったく、ハラの皮がよじれそうだぜっ〉

蟻のイロハは、なおシズミコミしたままである。

〈我れ、人にウレイ、あり〉

〈カカーッ。なんでぇ、冴えねぇイロハだな。おめえのオオハタラキが効いたんだ。ホホエミくれえ、すりゃあいいじゃねえか。

なるほどなぁ。おいらの喉を使って、人の声イロハを出すたぁ、恐れ入ったぜ〉

烏が陽気に騒ぐほど、蟻のウレイは深まる。どうもタノミにならない烏を相手に問う。

〈人のアキナイ、やがて、ツミのハカライにオチコミする、シクミなりや〉

さしもの烏も、羽を枝折らせずにいられない。

〈クワーッ。ったく、おめぇってやつぁ、なんだってそう堅っ苦しいんだい。喜ぶときゃ、理屈こねねぇで、一つ身いっぱいに、ハズミをしてみせりゃいいんだよ。そりゃあ、人のアキナイにも、いろんなウレイがあらぁな。だからって、おめえがイタミ、クルシミにオチコミすることたぁねえ。人のこたぁ、人にココロミ、イトナミさせときゃあいいんだ。ほっとけってことよ〉

〈我れ、キノマヨイ、フカミにあり。ハラのウレイ、オモミあり〉

烏は首をスクミさせ、呆れ顔。

〈カーッ。するってえと何か、人の世のワズライを全部、おめえがなくそうって気かー。冗談じゃねぇぜ。おめえ、身のほど知らずも大概にするこった。たかが蟻んこの分際で、そんな大それたノゾミにハゲミしようてぇのは、オオマチガイだぜ。

なあ、蟻の字よ。気楽にミスギヨスギして、世の中にナゴミすりゃあいいんだよ。それが、おめえ、虫に分相応のミチってもんじゃねえのか〉

〈我れ、キノマヨイ、フカミにあり。ハラのウレイ、オモミあり〉

蟻は、烏のイロハもカエリミしない。烏は大きな口をぽかん。

〈グァー。そーかい。なら、もう何も言わねえ。おいら鶫(つぐみ)じゃねえが、口をツグミましょうってときたもんだ〉

やがて、下界に梨園が見えてきた。たくさんの梨が丸々と実を結んでいる。

今年の秋も、虫たちが天のシクミにナジミし、ナゴミとアリガタミをもってイタダキにハゲミすることだろう。

あのムシクイされた梨の一粒種は、ワスレガタミとして蟻のハラにトメオキしてある。巣に帰ったら、どこかワズライの少ない場所にウエコミしよう。

薮を過ぎる。たくさんの蛾が闇の中で、またアザムキしているのだろう。

蛾たちのアザムキにはナヤミを覚えた。モモシンクイガのクミアザムキには、身がスクミもした。今となれば、わずかにオモシロミも湧いてくる。

崩れた民家が闇の底に、うずくまっていた。白蟻は見えないが、タメコミにハゲミしているのかもしれない。

ツッコミと人の好いハタラキシロアリは、元気に「ミのミチ」のイトナミに身を尽くしているのだろう。カルハズミの蛹は、どうしているだろうか。一族のノゾミとされて、成虫とヒトシナミのハゲミを次々にココロミしているにちがいない。

白蟻たちには、無性にナツカシミを覚えた。

コナアキナイの家、タツヒコの家も、鳥が一はばたきする間に過ぎる。

砒素に問い、鸚鵡に問うて、はしなくも人へのウレイを深めることになった。今もまだウレイは消えず、それどころかキノマヨイが前にも増して深まった。

鳥の飛行は速い。蟻のキノマヨイなど、後へ後へ置き去りにしていくようだ。

蟻は、鳥の時間をオモイエガキする。蟻が三週間もかかってアルキした道のりを、月がわずかに傾くほどの時間でやすやすとソラユキした。

鳥という鳥は、一日にどれほどウゴキし、どれほどイタダキをするのだろうか。

ウゴキ、イタダキ。それは、蟻だけのハタラキではない。鳥もウゴキ、イタダキする。その幅も量も、蟻をはるかに上回る。人の世の中にずけずけとハイリコミし、身のウレイやワズライをカエリミすることもなく、人が出した餌のゴミまでせっせとイタダキする。

ヤタッペは、オモライともゴミサライともサゲスミしたが、人は烏を天敵とも思わず、鷹揚にそのイタダキを許している。人の世に餌がたっぷりある間、烏たちはワズライなくイノチのイトナミが続けられる。とてもイサカイやアラソイなど、起こるようにはオモイエガキできない。きっとワザワイも…。

蟻が問う。ダマリコミの烏にあえて問う。

〈キミら、イタダキのウレイ少なき烏族に、いかなるワザワイありや〉

烏が答える。

〈カーッ。そりゃ、おめぇ、餌がたっぷり食えりゃあ、ウレイは少ねぇと思うだろうが、それがそうはイカねえ、蛸もねえ。そう言やぁ、イカってえのは、マナで「烏賊」って書くんだろ。早え話が、それだっ。烏族が、烏賊に変わって、餌となわばりのブンドリ、ヨコドリ、カスメトリのトリアイが始まる。そっから群れと群れのアラソイにまでススミするってわけだ〉

〈それ、我れら、蟻族のアラソイに似たり〉

〈カッカーッ。そうだろうよ。どうもな、烏や蟻だけでなく、人もアキナイで、同じように、群れどうしでアラソイをしてると、そう、おいらはニラミしているんだがな。

人にゃあ、人の群れがあらあ。アオナアキナイとか、カネアツカイなんてぇのが、一つの群れだ。てめえがシタガイする群れのシクミやトミばかりノゾミすりゃあ、別の群れのことなんざ、二の次三の次になっちまわあ〉

〈キミ、そのこと、コノミでなく、ノゾミでなく、ハグレドリになりたるや〉

〈ケッ。おいらのことなんざ、どうでもいいやな。

つまりよ、もともとアキナイなんてえものは、アラソイのシクミをフクミしているってえのよ。ただ、よくノミコミしてもらいてえのは、人のアキナイしだいで世の中のシクミが、そっくり変わっちまうってことだ。

コノミもニクシミも、言ってられねえ。あらゆるイノチのイトナミも、どんなタノシミもクルシミも、ぜーんぶアキナイのシクミの中にフクミされちまうのさ。

人のアキナイがあるから、烏もオモライ、ゴミサライに成り下がる。それが、今の世のシクミなのさ。

蟻だって、アキナイのシクミがあるから、ちっとはゴミの餌にアリツキできるってことも、ノミコミしなくちゃいけねぇってんだよ〉

〈我れ、モノイイあり。我が巣のハタラキアリ、アキナイのゴミに、アリツキせず〉

〈カカーッ。わからねえ奴だな。おめえの巣の話じゃねえ。世の多くの蟻族の話だ〉

クチキキのオオハタラキから後は、イロハを交すほど、蟻と烏の間にクイチガイが広がる。どちらからともなく、イロハの刃をシマイコミした。

漆黒の闇の中を、黒い影が横一文字によぎる。闇夜の烏を見とがめる者はいない。

烏は、今朝、蟷螂に骨をウチコミした電線に着く。ヤスミを取るつもりらしい。蟷螂は、そこらのハタラキアリにでもイタダキされたのか、跡形もない。

〈カカッ。へっへっ、蟷螂のムクロもオモライされちまったようだな〉

烏のイロハから、蟻はふと、あるキヅキを得た。じわじわと、烏へのウタガイがフクラミする。

蟻が問う。ウタガイのイロハで、烏に問う。

〈キミ、我がサマヨイのミチユキ、ずっとノゾキミしつづけたりしや〉

〈ケッ。なんのこったい、そりゃあ〉

黒い烏が、白(しら)を切る。蟻は、タメコミしていたものを吐き出すように、激しいモノイイのイロハで問う。

〈キミ、何か、タクラミありや〉

烏は、そらとぼけて空を見上げる。

〈カッカッ。どうでぇ、いい星月夜じゃねえか。星の眼が、あんなに光ってるぜ。世の中の生き物の数と星の数と、いってえどっちが多いんだろうな。星は、きっと生き物のイトナミを何もかもノゾキミしてて、ちゃんと白黒の目星を付けてるだろうよ〉

蟻は、烏のカルミをカラカイとノミコミする。モノイイにイキオイが付いた。

〈キミ、我がオオハタラキ、カイマミしたりや、いかに〉

烏も、サカライの口ぶりを隠さずに答える。

〈カーッ。ふん、ちょいとだけだがな。まあ、あのぐれえじゃ、てえしたこたぁねえぜ。鸚鵡なら、もっとすげえクチキキだってできらぁ。

おいらがカイマミしたかったのは、世の中のワズライを吹っ飛ばすような、ものすごいオオハタラキだ。それが、おめえときた日にゃ、人の世のアキナイもろくにオモイエガキできねえで、そんなちっぽけな一つ身のキノマヨイ

にツツミコミされたまんまでいやがる〉

〈我れ、モノイイ、あり。キミのミチビキに、フツリアイとハカライ、あり。

我れ、アキナイのミチ、ワズライのミチとノミコミ、あり。それみな、キミのミチビキしたる、チマヨイ、モノグルイばかりの、アキナイのミキキによるなり〉

〈カッと来らあ。おめえがアキナイのミチ、ミキキしてえってえから、おいら、オモシロミもねえミチビキをしてやったんじゃねえか。身ずからのチカラ足らずをカエリミしねえで、おいらのミチビキにモノイイするたあ、オカドチガイも甚だしいぜ。

これじゃあ、トリヒキでもなんでもねえ。おいらの骨折り損だった。ケッ、けったくそ悪りぃや〉

鳥のサカライに、蟻もハラを立てる。イイアイよりも、すっきりナカタガイを選んだ。

〈もとより、トリヒキ、我がノゾミにあらず。我れ、我がミチ、行かん。

ツチの上に、降ろしたまえ。我れ、地に生きる虫なり。キミ、空に生きる鳥なり。

地に生きる虫に、意気地あり。空に生きる鳥に、空虚あり。互いにシタシミ、得られず〉

〈カッカーッ。上等じゃねえか。そこまで言われりゃあ、御の字ってもんだい。

お偉いカシラハタラキアリのおめえに比べりゃあ、ハグレドリのおいらは、どうせ悪魔のメフィストみてえなもんさ。ワザワイの大王だとでも、言いてえんだろっ。こきゃあがれってんだ。

しらじら明けにゃあ、ちぃーと早えが、こちとら先に白(しら)けちまった。鳥が白けりゃあ、鷺(さぎ)にならぁ。

へっ、おめえの、ありがてえ啖呵(たんか)がキキコミできて、うれしいぜ。じゃあな、あばよ〉

とうとう二つ身のナジミもオシマイとなった。

烏は蟻を地上に降ろすと、羽を二つ三つハバタキして、すうっと闇の奥に退いた。残された蟻は、烏の捨てばちなイロハに触角が痺れたまま。そのニガミを振り払うようにアルキ出した。

○

夜明けまで、蟻はひたすらアルキつづけた。着いた先は、また市場だった。

人々は、朝まだきのたゆたいのなか、ヤスミによってフクラミとアタタカミとノゾミを持ち直した身で、小気味よく働いている。新しいアオナがハコビコミされ、次々にクラに入り、また出ていく。

世の人の一人一人が、ウレイなくアラソイもなく、イタダキにあずかれるだけの豊富な餌がある。すべての人々にメグミを与えるのがアキナイだとすれば、蟻のウレイはオカドチガイということになる。しかし、昨日ミキキした幾つもの「イのミチ」は、世の中のタカミにいる人のミチとも思えない。アキナイがマチガイのないミチならば、「イのミチ」にオチコミするのはおかしいではないか。

烏と別れても、蟻のキノマヨイは深まるばかりである。

腰の曲がったオウナが、荷車いっぱいのシナを運ぶ。オウナの顔にはホホエミが浮かび、こぼれんばかりのイツクシミが宿っている。

「おサイ婆(ばば)、そんなに積んじまって、全部さばけるのかね。骨折りだなぁ」

太い声がシタシミのイロハで言った。虎谷だった。

「なぁに、待ってる人が大勢おるで大丈夫だぁ。売れ残ったら、くれてやるわさ」

オウナがノゾミたっぷりのイロハで答える。

「そうかい。ほんじゃあ、これも持っていけや。二十世紀梨だ。買手があったら、教えてくれ」

「おお、ありの実かい。こんなにいいのか、ありがとさん。あんた、いい大将になったのぉ。お父(とう)よりか、いい男だしな。こっちがもう少し若かったら、惚れとるところだわ」

オウナの言葉に、虎谷はハニカミを見せて返す。

「あサイ婆にゃ、かなわんな。鼻たれの頃から知られとる。まあ、せいぜい良いアキナイをしてくれや。車に気をつけてな」

「おお、おお、ありがと、ありがと。あんたもな。

アキナイは、損することも勉強だぞ。負けるが勝ちとも言うからのぉ。負けろ、負けろ、どんどん負けろってな」

オウナの曲がった腰がクラの陰に消えた。一方虎谷は、ゆっくりとクラの方へ歩く。蟻が壁を伝って後を追う。

事務所というムロは暗い。窓の日覆いが閉じていた。虎谷が一人、口と鼻から煙を吐いている。蟻は、この煙がコノミでない。風上にマワリコミする。

猿渡と犬養が相前後してやってきた。猿渡が日覆いを開く。犬養は口を開く。

「社長、夕べの件ですが、鶏肉アキナイとの連絡はどうしますか」

虎谷は答えない。じっと天井を見上げている。オモイエガキでもしているようだ。犬養と猿渡が顔を見合わせて、首を傾げる。虎谷は火を消し、二人を見つめた。アツミのある声イロハがムロを埋めた。

「あの話は止めだ。やつらのハラが読めた。加工肉の偽装工作に、うちの冷蔵庫を使おうとしている。

悪事は、いつかばれる。こっちにも火の粉がかかって、信用を失う。一度信用を失ったら、回復するには、それまでの数倍も時間がかかるからな」

「ぼくもそう思います、社長」

猿渡が、虎谷のイロハにナジミする。犬養は眉をヒソミさせた。

「犬養よ。二十世紀梨のことは、心配するな。あの程度の在庫（タメコミ）でつぶれるような会社じゃないよ、うちは。こんなときは、じっくり構えているのが、一番いいんだよ。とりあえず、できるだけヤスネで、売れるだけ売れ。五つ買う客には、一つ余計に付けてやれ。売れなかったら、くれてやれ。それでこそ、ありの実だ。わかったな」

「はい、わかりました」と、犬養も甲高い声イロハでナジミした。

「よっしゃ。そうと決まれば、ぐずぐず言わず、人に喜んでもらうアキナイをしよう。猿渡。会社のモットーは何だ。言ってみろ」

「はい、『一番いいシナ揃います、二番ニコニコ笑顔で接客、三番サービス価格で勝負』です」

「その通りだ。それさえ守ってアキナイしていれば、お客さんはきっとついてくる。さぁ、今日も笑顔でいこう」

三人は、ヒトシナミにハズミしながらムロを出て行った。

蟻は、またノミコミできなくなった。三人のカワリミには、眼をウタガイしたくなる。特に虎谷のハラは、いつどこで変わったのか。昨夜、ネムリコミもせずにタクラミをカエリミしたのか。それとも、あの煙の毒が薬になって、身ずからのマチガイにキヅキさせたのだろうか。

ともかくも、彼らは「イのミチ」の泥沼にハマリコミするウレイから脱した。しばらくの間は、ナゴミとハズミの中でハゲミできるだろう。

蟻のミキキしたところ、アキナイにハゲミしているかぎりは、「イのミチ」のワナにトリコミされて、また何かワズライにマキコミされることになる。それが、アキナイのミチのシクミなのだ。それとも、アキナイのミチには、別のノゾミでもあるのだろうか。

そんなオモイエガキを巡らしながら、蟻は市場を後にした。

◇

オウナのアユミはのろい。蟻はすぐにオイツキした。少しアルキを速めれば、オイヌキしかねない。

虎谷はオウナにナジミのイロハを表し、アオギミさえ見せていた。蟻は、オウナのアキナイをもっとミキキしたくなった。オトナの女として峠を越えたオウナに、キノマヨイをトリノゾキするノゾミをかけている。烏がカイマミしたらオオワライするかもしれない。

人の巣が並ぶ、いわゆる住宅街までタドリツキするころには、太陽もやや高くなった。「おはようございます」と、オウナが晴れ晴れとした声イロハを掛ける。

ハイリコミしたのは、「鯨岡」という表札のマナがヨミコミできる大きな屋敷である。奥からオウナよりやや若い、マルミとフクラミのある女が顔を見せる。そのホホエミは、アタタカミのイロハをフクミしていた。

「おはよう、おサイさん。いつも、ごくろうさま。今日はおおぜい集まるから、そうね、いつもの倍くらい頂こうかしら」

「ありがとさん。ちょうどいい塩梅に、多めに仕込んできましたで」

「助かるわ。こうして、新鮮な地の野菜を毎日、安心して食べられるのも、おサイさんがいらっしゃるからですよ」

「なあに、あたしのアキナイです。ただ、飽きないでやっているだけですよ」

「そうそう、そのお話をこの間、勉強会でさせていただいたら、みなさんとても感心していまして、ぜひおサイさんにお会いしたいっておっしゃるんですよ。どうかしら」

「おやおや、こんな婆さんに会ったって、何もおもしろいことはないでしょうに」

「いいえ、それから、空きがないように、毎日、地道に続けることとか、秋に収穫が少なくても困らないようにするのが、アキナイのミチだとおっしゃったお話に、みなさん、とても感動なすっていたのですよ」

「まあ、そんな話でよろしいなら、あたしでも少しは役に立つかもしれません。ですが、あたしにできるのは本当に古い話ばかりですから、みなさんのような進んだ方たちには、退屈じゃありませんか」

「とんでもないですわ。主婦のグループですから、自然や環境保護、それから消費や流通経済のシクミといった話題が中心ですの。

残念ながら耳学問の域を抜け出られなくて、悪戦苦闘の毎日ですのよ。実地経験の豊富な、おサイさんのような方のご意見こそ、何よりの勉強になると思います」

「そうですか、わかりました。それも何かのご縁ですから、一度お招きにあずかりたいと存じます。まず、今日は、あたしの方も勉強させてもらいます。シナものは、これだけでよろしいですかね」

「そうね。あら、それはお梨ね。そうそう、今度、お梨のジャムとケーキの試作をする計画がありますの。だって、当地は二十世紀梨の名産地ですから、いろいろな加工食品を作って販売するのは、ビジネスチャンスになるというご意見がございましてね。お菓子メーカーや食品メーカーなどの方々もご参加くださるんですのよ…」

「はあ、むずかしい話はわかりませんが、それじゃああいの実を少し置いていきますかね」

「いいえ、少しではなくて、まとまった数でご注文したいと思いますの」

「そんなら、あとで届けさせます。なあに、虎谷という正直な男に頼みますで、安心です」

「ぜひ、そうしてくださいますか」

と言って、主婦はカネをオウナに手渡す。

「あれっ、いけません、そんな。とても多すぎますよ。勉強するって、言いましたのに」

オウナは、せっかくのタカネをコバミした。

「いいえ、よいお話のお礼とお梨の前払いということで、お受け取りくださいな。足りない分は、また明日ご用意いたします。

今はね、耳よりなお話も、情報としてシナものと同じようにアキナイできる時代なんですのよ」

シタシミを込めた声イロハで言い、主婦はオウナの手にカネをオシコミした。

「それじゃあ、ありがたくいただいておきます。では、また、寄らせていただきますよ」

オウナは二度、三度と頭を下げる。半分に減った荷を整え、最後にもう一度頭を下げて鯨岡の家を出る。入れ違いに、もっと若い女が入ってきた。互いに挨拶を交す。若い女はオウナの後ろ姿を見送る。

「おはようございます、会長。あの方が、おサイさんでしょ。私、すぐにわかりましたわ。想像していたよりも、面立ちに気品があるように感じました」

「それは、あなた、以前は土地でも有名な資産家の奥様でいらした方ですもの」

「まあ、そんな方がまた、どういう理由で行商をなさることに…」

「私も、宅から聞いた話ですけど……」と前置きして、会長と呼ばれた主婦はツツシミを持って語る。

オウナ、ヤマシタサイは、山林をいくつも所有する資産家に嫁いだ。本人も明治という時代には、士族と呼ばれる家柄の出であった。夫のヤマシタキジュウロウ氏は、五代も続いた家の財産を一代で蕩尽(とうじん)する運命になるのだが、極めて人柄がよく、他人に憎まれることも少なかった。それだけに、悪人がつけ入る隙も多かった。

さまざまな事業の経営を他人任せにして、ヤマシタ氏は美術工芸品の収集に情熱を傾けていた。ところが、柱としていた林業が傾いた。一つ事業が破綻しはじめると、没落は速い。連鎖というものの恐ろしさである。いくつかの事業は、会社の経営権すら奪われた。膨大な負債だけがヤマシタ氏の手元に残った。高価な収集品を売ったところで、買い叩かれるだけだった。

アキナイの失敗である。どうにか借金だけはすべて返済したが、一家は山林から家屋敷まで奪われ、夫婦と三人の子どもが小さな家で出直しを強いられた。

初めは、サイさんの実家も多少の援助をしてくれた。それも一時しのぎにすぎない。もともとアキナイを知らないヤマシタ氏は、何か新しいことをしてもすぐにつまずく。苦労を知らず、悪人でも簡単に信用してしまうのがいけないと囁かれた。

そんな最中、ヤマシタ氏が心臓の病で死んだ。残されたサイさんと子どもたちは、それでかえってムスビツキを深めたのかもしれない。サイさんは行商を始め、子どもたちも働いて学費を稼ぎながら、みんな大学まで卒業し、都会で新しい家庭を築いた。

それでもサイさんは、都会で子どもたちといっしょに暮らそうとしない。「この土地に縁があるし、夫の菩提（ぼだい）を弔い続ける務めがある」と言うのだそうだ。

サイさんをよく知る人は、カネに執着することを戒められるという。

「アキナイは金儲けではない。日々、天に尽くすイトナミだ。ミチを外れてはならない。必要以上にカネを儲けようとすれば、どんな人でも外道に堕ちてしまう。天地のシクミにサカライすることになる」とも語った。

会長の言葉を聞きながら、若い女はしきりに目頭を拭いた。カナシミやイトシミ、アオギミのイロハが蟻にも伝わる。

蟻は、よく刈り揃えられた芝の上ですべてをタチギキした。ハラにタノシミとハズミがイズミのように湧く。

またオウナを追った。

◇

オウナの荷は、さらに少なくなっていた。途中でウリコミしたのだろう。それでも足取りはのろい。手足が荷物のオモミやカルミをノミコミできないのだろうか。

オウナは、何によらずイロハに対する反応が鈍い。眼には眼鏡というシナを付け、モノミも思うにまかせない。

蟻が眼前にチカヅキしても、眉一つ動かさない。ゆっくりゆっくり、一歩ずつ土を踏みしめてアユミする。

「小熊（おぐま）」という家の前で足が止まった。中から男女の激しい声イロハが上がる。蟻は、すぐにイサカイだとノミコミした。

オウナは戸を開けて、ゆったりと中に入る。蟻がハイリコミするのを待つように、ゆっくりと閉める。向かった先は、餌の匂いイロハがこもる台所というムロである。

「あ、おサイさん、いいとこへ来てくれました。まあ、聞いてくださいよ。このぐうたら野郎ったら、甲斐性なしで困ってます。失業中をいいことに、博打三昧の毎日。あげくに、借金までこしらえようってんですから」

女がイキオイに任せて言った。

「ばかやろう。好きで失業したわけじゃねえ。リストラだから、しようがねえだろっ」

男のイロハには、ウラミとナヤミがニジミしている。

「リストラ、リストラって、偉そうに何さ。甲斐性がないからリストラされたんでしょ。おサイさんには失礼だけど、腰の曲がったお婆さんだって、こんなにして働いてんのに、五体満足な男が一日中ぐうたらしてて、恥ずかしくないの」

「なんだとっ。それが亭主に向かって言う言葉かっ」

「ふん、亭主面したかったら、亭主らしくちゃんと金を稼いで来なってぇの。大飯食って遊んでるだけなら、動物園の象でもできるわよ。

リストラゾウだってさ、あははは。あんたが、そんないろいろ混ぜこぜにしたような珍しい動物だったら、動物園かサーカスに高くウリコミできるのにさ、カァー」

たまりかねたオウナが、手を差し出して止める。

「まあまあ、カッちゃん。あんた、ちょっと言葉が過ぎるわさ。そんなに有三さんをオイコミしたら、ノゾミもハゲミもなくなるだで」

「だって、おサイさん…」と、女はまだモノイイしたげだ。

「まあ、ちょっとだけ、あたしの話を聞いておくれな。

古い言葉で、『仲人は時の氏神』っていうから、あたしが夫婦喧嘩の仲裁をするで。カッちゃん、あんたさっき、いいことを言ったわ。こんなお婆さんだって働いてるって。それはね、お婆さんだから、お婆さんにしかできないことをしてるだけだわさ。

世の中は、アキナイで成り立っているから、みんながみんなハタラキ場があって、どこにも空きがない、誰の手も空きがない、口にも空きがないっていうのが一番いいんだで。

でも、職場にも人にも口にも、空きが出てくるっちゅうのは、アキナイのミチが狂ったからなんだね」

夫婦は共にツツシミを取り戻して、オウナの話に聞き入る。

「あたしの昔の話、知ってるでしょ。なあに、いいってば。この町で知らない人はないんだから。

ねえ、うちがあんなになったのは、どうしてだか、わかるかね。

それはね、アキナイをしないで、あっちこっちにたくさん空きを作ったからさ。

一番大きな空きは、心の空き。日々のハタラキに対する、心の空きだったと思うよ。

有三さん。あんた、なんのために働いていたのか、このおサイに教えておくれでないかい」

急に問われてトマドイを隠せない夫。

「えー、そうだな、家族のためかな。いや、金を稼ぐためかな」と、ようやく答える。

「カッ。うそっ、ちがうでしょ。どうせ、自分のために決まっているわ、カァーッ」と、妻が横からサカライのイロハをハサミコミする。蟻には妙にナジミあるイロハだった。

「カッちゃん、ちょっとお黙んなさい。あんたにも、後で聞くことがあるから。

有三さん、そりゃあんた、オモイチガイってもんよ。それは、働いた結果だがね。

ハタラキに出るのは、世の中のイトナミに、アキナイで奉仕するためじゃないかい。そのことを忘れると、ハタラキに対して、心の空きができちまう。もちろん、暮らしにはタツキが必要だけど、それは心の空きがなくなれば自然と付いてくるから、なにも心配しなくていい。

一番よくない心の空きは、自分の口だけ空きがなければ、つまり、ほどほどにおカネが稼げ、まあまあ食べられ、そこそこに贅沢なものも買えれば、他人の空きはどうなってもいいっていうオモイチガイだよ」

妻は茶を入れて、オウナに差し出す。その仕草からは、アリガタミとアオギミのイロハがあふれる。オウナは茶をゆるゆると口にフクミして、一息入れる。夫婦と蟻は、イロハの続きをマチノゾミする。

「そりゃあ、アキナイは厳しいもんさ。一人一人が心の空きをなくして、みんながヒトシナミに食べられるように一生懸命ハタラキをし合わないと、地獄を見ることになるんだわ。

有三さん。あんた、アキナイを安易に考えていなかったかどうか、自分の胸に手を当てて尋ねてみな。それで、何か身ずからカエリミするところがあれば、あんたほどのチカラのある男なら、いくらでもハタラキ場が見つかるはずだよ。

自棄になっちゃだめだよ。借金なんて、とんでもない。借金というのは、未来のおカネを盗むことだって、父が主人によく言っていた。それがノミコミできなかったから、うちはあんなになったんだわさ。

あんたたちは、今を生きている人たちだがね。今、できることを飽きないで、地道に続けるのがアキナイのミチだよ。今のハゲミが、未来のノゾミやトミにフクラミするってことを忘れちゃいかん。

二人ともまだ若いのに、こんなときにチカラを合わせないで、どうすんの」

夫はうなだれ、妻は夫の肩をなでる。夫婦は、互いのシタシミを二つ身で取り戻そうとしている。オウナは二人にホホエミを送りながら、またゆっくりと茶を飲む。

蟻は、オウナのオチツキあるイロハにカシラのオオハタラキをカイマミした。

「カッちゃん。あんたに聞きたいのは、食事のことだよ」

オウナのイロハに、またチカラがこもる。

「食卓を見ていると、あまり栄養のあるものを作っていないようだけど、ちゃんと考えてるのかね」

妻は曖昧に首を振る。

「そうだろうね。そんなんじゃ、有三さんの体力も気力も衰える一方だわさ。失業中だからちゅうて、罰みたいに、粗末な食事を出すなんて法があるもんじゃない。

食事は愛情の表れだよ。本当に有三さんに立ち直ってもらいたいんなら、あんなひどい言葉を投げつけるより、きちんと食事を作ってあげな。その方が、ずっと励ましになるだで。

さあ、今日はいいものがたくさんあるから、仲直りのごほうびに置いていくわ」

オウナはゆっくりと立ち上がり、紙の箱に五、六種類のアオナをツメコミしてきた。

「これ、ちゃんと料理して二人で食べておくれ。食べるときも、アキナイのおかげで、自分たちの口に空きがないんだってことを、ちゃんとオモイエガキするんだよ」

「えっ、こんなに。だって、おサイさん、申し訳ないわ」

「いいってこと。若い人が遠慮なんかするもんじゃないよ。こんなときは、年寄りを立てるもんだで」

そう言い残して、オウナはさらにカルミを増した荷車を押して去る。夫婦は門の外に出て、何度も頭を下げた。

◯

オウナは、公園の長椅子に座っている。真上に懸かった太陽を木陰に避けながら、餌の箱を開ける。にぎり飯が二つ。ほかには、小さなサカナ、アオナ、鶏の卵。

にぎり飯を二つに割り、さらに二つに割る。ツケコミした赤い梅の実の、酸い匂いイロハが辺りに広がる。

「ほい、蟻さんよ。あんたの分だよ」と、オウナは蟻の方へ飯粒を二つ差し出した。

蟻はトマドイを覚えた。オウナの目にはウツリコミしていないとオモイエガキしていたが、長椅子のそばまでチカヅキした蟻を、ミマチガイもなくカイマミしていたのだった。

「なんだか知らないけど、ずいぶんとあたしのことが気に入ったと見えるね。こんなに遠くまで付いてきて、ちゃんと巣に帰れるのかい。

さ、これを遣るから、もう巣に戻って、仲間にも分けてやるといい」

蟻は、オウナのイロハに応じる。飯粒を取り、アセカキのようにカツギ上げた。

「おやっ、なんてお利口なんでしょ。あたしの言葉がわかるみたいだね。そう、そんなら、少しおしゃべりでもしようかね。どこから来たんだい」

蟻は、オウナに答えたい。アキナイのミチを問うてもみたい。烏がいればクチキキできたのに、今さらながらナカタガイしたことにクイが残る。クヤミしても始まらない。蟻は、カタで伝えようとココロミする。飯粒を下ろし、前足で北の方を指した。

「なんだか、北の方を指しているようだけど…」

蟻は首を大きく縦に振る。通じたのがハゲミになった。一つ身をハズミさせて、アリガタミを表す。

「まあ、ほんとに言葉がわかるんだね。あたしゃ、話し相手ができてうれしいよ」

これにも、ウナズキのカタを示す。

「ありがとう。蟻さんは、あたしのこと、好きなのかい」

蟻の大げさなウナズキに、オウナはホホエミを返す。

「じゃあ、ごほうびに、これも遣るから、食べな」

と、言って小さく切った梨を蟻の前に置く。蟻は梨をカミクダキしてみせる。オウナはイトシミの眼で見つめる。

食べ終えると、蟻は前足で口を拭き、さらに足をさすり整えるタシナミのカタを示した。

「おや、まあ。蟻さんは、ずいぶん行儀がいいんだね。人間も見習わなくちゃいけない。お茶はどうだい。それとも、水がいいかい」

水の方を前足で示す。飲みたくないが、口をつける。オウナは手を叩いて喜ぶ。

「まあ、なんて上手なんでしょ。老人ホームの友だちに見せたら、きっと喜ぶわ」

オウナのハズミとは裏腹に、蟻のハラはしだいにシボミを覚える。オウナは、蟻をオサナゴアツカイしているにすぎない。これでは、いつまで続けてもアキナイのミチなど問えない。

蟻は、瞬時にオモイツキを得た。

するするとオウナの手のひらにはい上がる。オウナはますますイトシミを覚えて、蟻をすっと眼の前に運ぶ。蟻の眼には、太陽が当たっている。オウナのくぼんだ眼の網膜に、アタタカミあふれる光のイロハがサシコミした。眼と眼がムスビツキした。

蟻が問う。オウナに問う。

市場を出たときのオウナの荷のように、山積みになった種々のキノマヨイをトリノゾキしようと、ハグレドリの烏とのナカタガイを乗り越えて、今ようやくオウナに問う。

「我れ、問うべきこと、あり。キミ、答えるハラありや」

オウナは答える。

「なんなりと、問いなさい。そして、後の世に伝えなさい」

通じた。蟻のイロハは、人の聞くイロハ以外の何ものでもない。蟻はとうとう、ササヤキのハタラキをキリヒラキした。そのイロハは、フエフキの音にも似ている。

口を開いたり、すぼめたりしながら、一語一語カミクダキするように、蟻が問う。

「アキナイのミチに、ノゾミありや」

オウナの答えは、明解だった。

「アキナイのミチは、ただ、人だけにノゾミとなるものです。今の世の人は、アキナイ以上のミチをオモイエガキすることができません。アキナイがどんなにウレイやワザワイの因になるとしても、たくさんのマヨイとマチガイの果てに人身ずからがカエリミして、アキナイを超えるシクミをウミ出すほかに、新しいミチはないのです」

「つまり、人なる生き物、今、アキナイのミチ半ばにて、マヨイ、マチガイの数々犯す身なりや」

「そのとおりです。人は、いわば身ずからウミ出したシクミに、身も心もトリコミされてひたすらハゲミを続けるほかに、ミチのない生き物なのです」

オウナの手のウテナに後ろ足で直立したまま、蟻はさらに問う。

「人のアキナイ、この世のすべて、ウシナイするワザワイ、招かざるや」

「それは、これからのイトナミしだいです。人には、身ずからキヅキするチカラがあります。そこにノゾミをかけるしかありません。

あなたがた世の中の衆生は、人々にキヅキさせるために、それぞれの身に応じたハタラキをする役目があります。そのことを忘れないように」

白蟻のツッコミのように、蟻が問う。

「人、きっと身ずから、キヅキするものなりや」

オウナは目を閉じて答える。

「人もキヅキ、その他の生きとし生けるものすべてもキヅキして、新しいミチが生まれるのです。もうキヅキしている人も、生き物もいます。あなたも、そうなるべき一つ身です。

あなたは、梨のイトナミを知っていますね。

梨は、自然の循環の中でイトナミを続け、ナミナミならば秋に実りの季節を迎えます。秋になれば、人だけでなく、たくさんの虫や獣もアマミのある梨をイタダキします。そのシクミには本来、アキナイのミチが入る隙はないのです。

ところがアオナの中には、秋すなわちマコトのミノリの季節以外でも、人の手でミノリにオイコミされるものがあります。じゃがいも、たまねぎ、長ねぎ、にんじん、きゅうりなどです。これらはまさに『秋ない』のシナです。『アキナイのミチ』や『ナのミチ』のユガミをフクミしたシナといってもよいでしょう。

そんなデキソコナイのアオナが市場に増えて、『秋ない』というユガミが逆にナミナミとなっていきます。そのユガミに、ウレイを持つ人も少なからずいます。すべての生き物が人にウレイのイロハを発し続けていけば、人はもっと早くそのユガミにキヅキするはずです」

「我れ、ノミコミ、あり。キミに、アリガタミあり」

蟻は伏してアリガタミを表した。

もう問うことはない。オウナの古びた一つ身も、ヤスミを求めている。

オウナと蟻の周りには、いつのまにか雀、鳩に目白や鵯まで集まっていた。オウナは、飯を鳥たちに分け与える。その手と一つ身が、くたっと崩れた。ネムリコミにシズミしたようだ。

蟻が、鳥たちの間を縫い北に向かってアルキはじめる。

高い欅の上から、ハグレドリのヤタッペがまた蟻の前に降り立った。

〈カカーッ。よう、兄弟ぇ。どうでぇ、アキナイのミチは、よーくノミコミできたかい〉

どうせ烏は、どこかで何もかもノゾキミしていたのだろう。蟻には、もうサカライするハラはない。それどころか、烏にハラからのアリガタミとシタシミを感じる。

〈我れ、ノミコミ、あり。キミに、アリガタミあり〉

〈カーカーッ。そうかい。そりゃあ、なによりだ。じゃあ、そろそろ行こうか〉

〈いずこへ〉

〈カッカッ。何を寝ぼけてやんでぇ。巣に帰ぇるんじゃねえのか〉

蟻がアリガタミをこめて、さらに問う。

〈キミ、我が巣に、ミチビキしたまうや〉

〈カッ。わかりきったことを聞くんじゃねぇやな。黙って、ここへ乗んな〉

相変わらずぞんざいなイロハをまき散らして、烏が頭を下げる。蟻は、なんのタメライもなくノリコミした。

烏が飛んだ。また、空の同行となる。やはり、空は闇夜よりも太陽の下がいい。

シタシミのイロハを余すことなく表して、蟻が烏に問う。

〈キミ、すべて、カイマミしたりや〉

〈ンカーッ。なんのこったい。おいら、何もカイマミしねえ、何もキキコミしねえぜ〉

とぼける烏。蟻にしては珍しく、答えのわかる問いを発してしまった。

烏は、小熊家の女にトリツキさえしていたかもしれない。それを問うても、知らぬ存ぜぬの答えが返ってくるだけだろう。今にしてオモイエガキすれば、この烏のヤタッぺに、それくらいのハタラキがあったとしても何のウタガイもなくノミコミできる。

〈カッカッ。ほら、あの白い建物が見えるかい。あれが、おサイ婆の友だちが大勢いる老人ホームってムロだ〉と、烏は話をそらした。

おサイ婆に関わることなら、蟻もナジミが持てる。首を伸ばして見下ろす。烏は降下して、建物の周りをぐるりぐるりと三度ほど回った。

ホームの庭では、車椅子に乗ったオキナやオウナが日の光を身にトリコミしている。烏を目ざとく見つけて、杖でオイハライしようとするオキナがいた。ホホエミの顔で手を振るオウナもいた。

蟻は、一人一人におサイ婆とヒトシナミのイトシミを感じた。また、烏に問う。

〈キミ、オキナやオウナに、イトシミありや〉

〈カーッ。てえげえの烏は、オサナゴやオキナ、オウナにシタシミを感じるものさ。だから、ちょいとカラカイもする。オトナはコノミじゃねえんだ。なんでか、知ってるか〉と、烏が問い返す。

〈我れ、知らず〉

〈カーカッ。そりゃな、オトナの黒い髪の毛がコノミじゃねえんだ。特に脂ぎっていて、黒光りするような髪ぁ、仲間のムクロみてぇに見えるってんだから、意気地がねえ。

カッカカッカッ。やっぱりおめえの言うとおり、空の生き物だから意気地がねえのも当然かもしれねえな。あの唉呵にゃあ、痛てぇとこを衝かれたぜ。

えっ、おいらか。おいらは、そんなもん屁とも思わねぇぜ。黒いもんはでぇ好きだ〉

〈我れ、黒蟻なり。キミ、我が一つ身、コノミなりや〉

〈カッカッ。へへっ、案外カルミのあることも言うんだな。

夕べ、群れの話をしたな。ついちゃあ、黒い生き物はあまり群れると、かえってワズライが多いって知ってるか〉

〈我れ、知らず。なにゆえ、なりや〉

〈カーッ。そりゃあ、おめえ、黒が群れれば闇になっちまう。闇は世の中を覆うから嫌われるのさ。

烏だって、闇をコノミってわけじゃねえ。だから、三羽ぐれえの群れでツツシミしてるってわけだ。

黒は、もともと強くて、濃くて、重てぇ。カルミで薄めるのが、ミチってもんだ。おめえにも、もっとカルミをシコミをしてやりてえんだが、時間がねえ。また、縁があったらってことにしとこうじゃねぇか〉

蟻は、今こそ烏に、ハラからのヨシミを持つことができそうだ。巣に戻れば、またカシラハタラキアリとして、オオハタラキの日々が待っている。短い時間だったが、ハグレドリとナジミを持てたことにアリガタミが湧く。

烏のハバタキをタノミにしながら、このまま、もう少しサマヨイを続けていたい気もした。

◯

見慣れた風景が開けてきた。

ミキキする位置は違うが、風景のはらむイロハにはナツカシミを感じずにいられない。葡萄のミノリが近いのは、青々とした丘のフクラミが物語っている。何よりも、ツチの匂いイロハがこれほど強くハラに響くとは、さすがの蟻もオモイエガキしていなかった。

この時期なら、次のイタダキも蟻がカシラとしてミチビキできる。知らず知らずハラが高鳴るのを止められない。その前に、数々のオオハタラキと次のカシラハタラキアリに残すカキオキを携えて、一族のクロヤマアリに迎えられることになる。

〈カーッ。もうそろそろだぜ。あの鳥居のあるところがそうだろっ、マチガイねぇか〉

烏のイロハで、蟻の帰巣はにわかに現実のものとなってきた。

〈我れ、イロハにシタシミあり。我が巣、鳥居の奥に、あり〉

蟻のハラに、張りつめたイロハが高まってきた。

〈カカーッ。おっと、鳥居に鳩が群れてやがる。ちょいと、追っ払っちまおう〉

そう言って、烏は〈ギャギャーッ〉と雄叫びを上げた。鳥居の鳥たちは、悲鳴を上げて飛び去った。

鳥居の神額が見える。

「有栖（ありす）神社」

太いマナがはっきりとヨミコミできた。

鳥居の上、島木と呼ばれる横木の真ん中に、烏は降りる。二本の足が、木をしっかりとつかむ。それまで隠していた三本目の足が、ハラの真ん中からにょっきりと突き出た。

蟻が烏の足をカイマミして、問う。

〈キミの足、三本あり。キミ、いかなる烏なりや〉

烏はハニカミをフクミしたイロハで答える。

〈カーッ。おいらは、神の使いで八咫烏ってんだ。大昔、ミチにサマヨイした偉い人を、おいらの祖先がミチビキしたこともある。まぁ、そんなことあ、おめえも知るめえがな。

そんなハタラキを代々続けてるから、おいら、ハグレドリでなくちゃならねえんだ。

おめえには、鳥と虫のチガイを超えてナジミを感じたぜ。大分タノシミも味わえたしな。

おいらのハゲミはここまでだ。おめえを無事に鳥居まで送り届けりゃ終わりさ。こっから先には、おいらぁ入れねえ。そういうシクミなのさ。

さぁ、おめえの一つ身と足でアルキして行きねぇ〉

蟻は烏の頭から、ゆっくり降りる。

〈カカーッ。いいかい。鳥居の内側に降りるんだぜ。

鳥居を乗り越えれば、またちょいと、おめえのカシラぶりが上がるってシクミさ〉

言われたように鳥居の柱の内側を降り、蟻はナツカシミあふれる産土のツチをフミコミした。人の通る参道を避け、脇の杉木立のツチをアルキする。

三間ほどアルキして振り向く。烏はまだ鳥居の上にいる。羽をハバタキさせて、シタシミとナゴリオシミを表していた。

〈ありがとう〉

と、蟻がアリガタミのイロハを送る。

〈カーッ。蟻が十なら、烏は百ってとこだ。じゃあな、たっしゃでなーっ〉
ハグレドリの八咫烏は、高らかに鳴きながら西の空のかなたへ消えた。

○

蟻が問う。身ずからに問う。
身ずから答える。
〈我れ、カシラハタラキアリ。我れ、オオハタラキ、ありや〉
〈我れ、クチキキのハタラキ、あり。ササヤキのハタラキ、あり。
我れ、人の、アキナイのミチにキヅキ、あり。
我れ、今まさに、我が巣に戻らん。
我れ、カシラハタラキアリなり〉

第八の階(きざはし)

松

蟻が問う。

松に問う。

かつては、鎮守の森の主として他の樹木にイツクシミのイロハを送りながら、太い枝を八方に伸ばし、常盤(ときわ)色の葉をあふれんばかりに茂らせていたが、今や、めっきり数が減った森の生き残りの中にあって、有栖神社の御神木として手厚く護られ、人々にアリガタミを与え、アオギミもされる、樹齢千数百年とも言われる黒松に、蟻が問う。

〈我が巣や、いかに〉

松が答える。

〈公が巣なれば、ウシナイの結末とは、なりにけり〉

蟻の巣は、消えていた。

四通八達していた巣の道は、ほとんどがツチにウメコミされた。クラもムロも、みなソコナイされている。アリたちの体液と皮膚の破片だけが、巣の痕跡をかろうじて伝えている。

蟻の身をことにスクミさせたのは、ハタラキアリはおろかハラキリアリ、ハラミアリ、モッパラアリ、ハラヘラシアリから卵まで、一つ身として見当たらないことだった。

蟻は、境内をアルキしてみた。夕闇が迫り、人影は少ない。ハネアルキで、隅から隅までミキキして回る。やはり、同族のクロヤマアリの身はムクロ一つない。

境内から参道の方をノゾミミする。石段の両脇に石垣がある。その上の縁がイタダキの道だった。ハタラキアリがアルキしたのは、もう何日も前のことだとミヌキできる。何が起きたのだろうか。

悪いオモイエガキがハラをかすめた。蟻は、すぐにそれをかき消す。

境内に戻り、もう一度ミキキしようとする蟻の触角に、西南の隅に根を下ろす老松（おいまつ）のイロハが届いた。

〈蟻公よ。老生、公の帰るを、待つ役目の松なり〉

蟻は、それが松のイロハだと、すぐにはキヅキできなかった。無理もない。巣を離れる以前には、松のイロハを一度もキキコミしたことがない。サマヨイの日々にキリヒラキした、人のイロハのヨミカキやタチギキ、ササヤキなどのオオハタラキが、松のイロハのノミコミをも可能にしたのだった。

神さびたオモミをフクミする音イロハである。幹枝の導管を上昇する水の音だろうか。ゴーゴーッ、ドップン、タップンと鳴る。そこに、さまざまなヒビキやザワメキが重なる。
蟻は周りを見回したが、生き物と言えば、一本（ひともと）の老松しか見当たらない。それでようやく、イロハの主が松だとノミコミした。

蟻が問う。

〈キミ、我が帰り、待つ役目の松なりや。それ、いかなるわけ、ありや〉

〈ふむ。夜も近い。ゆるりと、語ろうではないか。
公も、一夜を語り明かす、ハラづもりにて、老生の根幹に、一つ身をゆったりとまかせたまえ〉

松のイロハは、いかにも大らかである。千年余りの長い歳月を悠々と生きてきただけの、イノチのフカミが感じられた。せかせかと四年か五年生きて、イノチのオシマイを迎える未熟なハタラキアリにキキコミできなかったのは、当然といえば当然かもしれない。

蟻は松にマネキされるまま、ツチの上に盛り上がった武骨な根へ一つ身をあずけた。

〈さて。今宵は名月と、思しい。
二十と八夜を限りとして、望月から望月に、また、新月から新月に、必ず還り来る。
天のハタラキとは申せ、いかにも奇なり。
公も、よく、月の如くに、還りたり。して、公、巣を離れてより、幾夜の月を眺めしや〉

〈今宵、二十三夜目と、ノミコミ、あり〉

〈さようか。老生にすれば、須臾（しゅゆ）の間なれど、蟻の身にては、さぞ長かりしや。

しかれども、月のめぐりの日数（ひかず）にさえ足りぬに、月の満ち欠けを写すかの如く、公の巣も、ウシナイの様にぞ、欠けたりけむ〉

〈我が巣のウシナイのありさま、キミ、カイマミせしや〉

と、蟻はたまらずに問う。

〈ふむ。老生、巣のウシナイのてんまつ、カイマミもし、風や月、星、木、花、草、鳥、虫たちの便りによりて、あらかたキキコミもせり〉

松は、ヤワラカミのあるイロハで答える。蟻には、問いたいことが山ほどある。自ずと触角が慌ただしく動いた。

それを軽くオサエコミするように、松が大きな節穴から、笛に似た長い息吹のイロハを吐く。

〈そもそも老生、古（いにしへ）より、風の運ぶさまざまなイロハを松籟（しょうらい）と成し、天地の境に、かつ消えかつ生ずる、生きとし生けるものたちの、生々世々（しょうじょうせぜ）のイトナミの様を、キキコミ、カキコミし来り候（そろ）。

わけても、ここ日本国の、森羅万象のイトナミ、おしなべて、木ずから年輪に、キザミし来り候ものなり。

それ、人語においては、歴史と称するなり。老生、元来、歴史のモウシツギとして、この世に、遣わされし。

そのハタラキ、公のカキオキのハタラキをはるかに凌ぎ、世の中の十年のハゲミとウレイ、百年のタクラミとミコミチガイ、千年のタメコミとオオマチガイ、ことごとく、この根幹に枝葉に末節に、蔵するところなり。

公が巣の、ウシナイのてんまつなど、一月にも満たぬ、わずかな時空のゆらめきの内なれば、松葉一寸ほどのカキコミにて、こと足れり。

公も、そのことをハラにとどめ、歴史の長さ、大きさ、広さを余すところなくノミコミして、よくよくキキコミ

なさるがよろしかろう〉

蟻はウナズキを繰り返す。ハラには、松へのアオギミがハグクミされていく。

松が続ける。

〈まづ。歴史は、キキコミ、カキコミするもののハラによりて、いかようにもユガミさせられ、一場のナグサミ、オタノシミにも変えられかねぬ。そのこと、公もしかと、ハラにトメオキしたまえ。

老生、歴史のモウシツギたる使命は、偏りなきキキコミとカキコミにより、いずれにもウラミやニクシミなく、さりとてコノミやイトシミさえ排して、平らかなるマコトのみ後世に伝え残すことなり。

公が巣のウシナイもまた、くさぐさの因果ありしが、歴史のシクミに照らしたれば、ごくナミナミのことにて、ウラミやニクシミ、コノミやイトシミなどは、公も無用とされるがよろしかろう。

しかあれば、すなわち、巣のウシナイもまた、一族のイトナミの不始末にすぎぬと、心得たまえ〉

そう前置きして、松は〈平らかなるマコト〉をゆるゆると語りはじめる。

○

蟻がトラックに運び去られた日。

ちょうど太陽が天頂へ上りつめたのを潮に、小蟻とトリマキたちがカムロに集まった。ハカライが始まる。若さゆえに、ウゴキが速い。

マコトのところは、以前から今日あるをノゾミミしつつ、モクロミを重ねてきた。内々にカムロミと呼んでいたのは、新しいシクミのモクロミにほかならない。

カシラの蟻が身ずからミキキにオモムキし、トラックに運ばれたのは、ノゾミ以上のナリユキだった。一派は、天のメグミだとオモイコミした。大きなハズミをもって、カムロミをカムロキに移す時が来た。

トリマキのアニキ分が、上ずったイロハで仲間にハゲミを呼びかける。

〈時のイキオイ、我れらに、あり。みなのハラ、一つにし、カムロキにハゲミ、すべし〉

アニキ分が前足を差し出すと、小蟻を除く全員が前足を重ねた。八匹、十六本の前足が菊の花弁のようにフクラミした。小蟻だけは定まらない目で、前足に付いた細菌をノゾキミしている。

トリマキたちの最初のカムロキは、小蟻をカシラにカツギすることだった。

そのためには、ハタラキアリやハラキリアリをできるだけ多く自派にトリコミしなければならない。特に巣のフセギにハゲミするハラキリアリは、是が非でも味方にする必要があった。

当時の巣は、小蟻派を一とすれば、カシラ派が三、残り六は中間派という数でナゴミしていた。トリマキたちが詳しいミキキで得たもので、クルイは少ない。カシラ派の一部と中間派を半分以上トリコミして、小蟻派六に対してカシラ派二程度に減らすのが、トリマキたちのカムロミだった。

中間派はヒヨリミと呼ばれ、常にツヨミのある方に身を寄せ、ただひたすら他をタノミとする虫たちである。

松の知る人の歴史の中では、マヨイ、ツキアイ、シタガイによって、最後には身を滅ぼす定めとなる。世と名とを共に汚す役回りと言ってよい。

彼らのトリコミに用いるオサシミのバラマキも、カムロミで決まった。松は、「買収」という人語を用いた。

〈「利」によってトリコミ、シタガイさせる法は、古より買収の常套手段なれど、神聖なアトツギのシクミを、黒い足で汚さんハカライなるは、言うに及ばず〉と。

オサシミは、ヒヨリミたちのコノミどおりにオクリコミされた。ミキキ、アセカキ、ミチビキなどクルシミの多いハタラキアリには、もっとヤスミを。巣の境でフセギに当たるハラキリアリには、もっとナゴミのある巣の中でのハタラキをオサシミにした。

オサシミに釣られたヒヨリミのアリたちには、小蟻派にチカヅキすることのオモミや先々のミコミをオモイエガキできるハラもない。目先のタノシミに目がクラミした。

カシラの居ないウレイも、ヒヨリミたちのチマヨイを誘った。オサシミの「利」が触角から触角へとフキコミされるうちに、小蟻を次のカシラにカツギするというノゾミが、オモミのあるシクミとしてタクミにオリコミされていった。カシラの身にウレイを覚えながらも、ハタラキアリの多くは、アトツギのテツヅキを急ぐべきだとオモイコミするようになった。

前にも述べたが、カシラツギの正式なテツヅキはヒツギと呼ばれ、今のカシラが次のカシラとなるべきハタラキアリにタマヒをヒキツギするものである。タマヒをハラにスエオキしたカシラの蟻がいない以上、どんなテツヅキも見せかけのカタでしかない。

もし、時のカシラになんらかのワザワイが降りかかり、むなしくイノチのウシナイに至れば、タマヒだけが戻り、右のタスケハタラキアリのハラにカリオキされる。その上で、一族の半分以上のハタラキアリたちにカツギされた新しいカシラが、タマヒをヒキツギすることになっている。ただし、カシラのタマヒは、蟻の前代のカシラまでのカキオキやオオハタラキしかヒキツギできない。

それらは、ソノバシノギと呼ばれる。

◇

時刻は、蟻がチチの缶からやっとはい出て、北に向かって必死にハネアルキをつづけているころだったろうか。

小蟻をカツギするアリの数は、一族の六割を超えた。

左右のタスケハタラキアリたちカシラ派には、ハラのユルミがあった。カシラのモウシオキさえ伝えれば、しばらくはナゴミが得られるものとオモイコミしていた。小蟻一派のタクラミにキヅキするハタラキもない。翌朝までカシラが戻らなければ、二匹でトモバタラキしようとハラを決めたのは、すでに夜だった。

右がイロハを発する。

〈カシラ、きっと帰巣あるべし。皆の衆、ウレイ、少なし〉

左が応じる。

〈カシラのモウシオキに、オモミあり。我れら、二つ身、モウシオキにハゲミせん〉

松は、左右のタスケハタラキアリにただイトシミを表す。カシラをタノミとしすぎたのは、彼らのツミではない。ハラにユルミができたとしても、蟻へのアオギミが過ぎたからだと付け加えた。

〈されど、世の中は…〉と、松は続ける。

〈世の中は、イキゴミの有無によりてオモムキが定まれり。イキゴミある側を、タノミとするがヒヨリミの常なり。善し悪しにあらず。衆のウレイ、ワズライを、ノゾミに変えらるるものが天下の主となる。人の世においても、天下をツカミ取りたる者、みな、ノゾミのシクミを、衆にメグミせし者なりき。

イキゴミがイキオイに転じたとて、それウレイ、ワズライにあらず〉

蟻は、モノイイしたい。カシラのモウシオキがノゾミとならないなら、カシラをカツギするシクミなど要らない。タカマハラの大御心（おおみこころ）を受けて、一族がイノチを営々とツナギするイトナミも無意味になるではないか。

蟻のハラを察してか、松が言い募る。

〈イキオイとは、クロヤマアリ族にては、主なきウレイをノゾミに変えるイトナミのことなり。かりそめにも、思し召せ。日が昇れば、朝が来るべし。朝が来れば、ハラも空きなん。ハラが空けば、イタダキにハゲミもせん。ハゲミすれば、メグミにアリツキもしよう。

すべて、それなり。一刻といえども、イトナミに、ただ待つばかりのタユミ、タルミなし。されば、日々のイトナミに、ノゾミを与える虫は、イキオイがある、と言えぬか。いつまでも、カシラなきウレイにヨドミする虫は、イキゴミもノゾミもない、とは言えぬか〉

蟻は、モノイイをハラにヒッコミさせざるを得ない。オモイエガキをするまでもなく、松のイロハはノミコミできる。トリマキのイキゴミにツヨミがあれば、ヒヨリミのようなヨワミの多いアリたちがトリコミされ、その結果、トリマキのイキオイが増すのは、火をカイマミするより明らかである。

明くる朝には、巣の主役が《イキオイ》そのものに移っていた。

《イキオイ》は、まず小蟻をカシラにカツギさせた。一族の半分どころか、八割以上がそれにアリガタミを表した。

カツギにサカライする左右タスケハタラキアリと、彼らにヨシミを持つクロヤマアリは、《イキオイ》によって苛烈なオサバキにかけられた。シモクラにオシコミされた虫、二十数匹。カシラへのアオギミが強い虫、オサシミになびかない虫、旧来のイタダキにノゾミをつなぐ虫、かつて小蟻をデキソコナイとサゲスミした虫が含まれる。

《イキオイ》はまた、小蟻一派がノゾミとするハタラキのミチを広げた。チチノタネマキである。チチノタネマキこそ、先のカシラのノゾミでもあったと、マコトしやかに言い広められた。

蟻のモウシオキは、チチノタネマキへの何よりのハズミとされた。

〈クロヤマアリ族の興廃、このココロミにあり。
このココロミとは、チチノタネマキなり。
いざ、みな、ハラを一つに括り、チチノタネマキの、弥栄祈るべし〉

と、モウシオキのイイマチガイが行われた。《イキオイ》は、それに対するモノイイさえもオサエコミした。

マチガイのモウシオキは、そのままカムロキに移されていく。まず、今までイタダキにハゲミしてきたハタラキアリたちが、無理やりムロ作りのデカセギに駆り出された。ツチを掘り、巣の奥底に穴をうがつだけのハタラキである。日々のナミナミのイタダキは、全くカエリミされなくなった。

イタダキが止まれば、餌のタメコミだけで食いつなぐほかミチはない。タネマキで得たタメコミも、セワヤキの費えで残り少ない。

セワヤキは、確かにタネマキの実りを他の種族に分けて、ヨシミを深めるハタラキをした。半面、それがヨワミにもなった。他の種族がクロヤマアリ族をタノミにするようになってしまったのだ。タメコミの不足を理由にセワヤキをやめてしまえば、かえってウラミをヨビコミする。

マコトのカシラでないアリたちに、そんな種々のウレイをオモイエガキし、オサバキするハラはない。《イキオイ》にシタガイして、伸るか反るかの危ういミチをツキススミするだけである。

その間にも、カミクラの餌は見る見る減っていく。《ミコミチガイ》があらわになっても、トリマキたちはカエリミできない。カムロミとカムロキが、彼らの上にあってミチビキするというシクミになってしまったのだ。

デカセギやセワヤキは、なおのことモノグルイのままにアセカキにハゲミするばかり。巣のハタラキアリすべてが、知らず知らずのうちに《テンテコマイ》にオイコミされていった。

《テンテコマイ》は、巣のハラキリアリをもトリコミした。ハラキリアリのハラが、内向きになった。外からのセメコミをフセギするハタラキを忘れ、トリマキのミチビキするカムロミにオモシロミを感じはじめた。永く敵対してきたハラキリアリ族とハラカラのムスビツキが成って以来、ユルミとタルミがススミしているところでもあった。

味方のハラキリアリは、ユガミあるイサミを見せる。ツミなくオシコミされているアリたちに、ただサイナミの牙でカミツキした。百歩譲ってイトシミの眼でカイマミすれば、餌のウレイゆえにクチフサギしたともノミコミできる。が、その牙サバキには仲間へのアワレミが微塵も感じられない。クビキやキリサキという、「イのミチ」とヒトシナミとして長くオサエコミされていた悪ハタラキをヨビコミしたにすぎなかった。

フクラミした《テンテコマイ》は、《イキオイ》とムツミする。そこにウミ出されたものは、方向をミウシナイした《アレクルイ》にすぎない。

最初の五日間が、こうして過ぎた。

◇

クロヤマアリ族の《テンテコマイ》が隣のハリキリに伝わったのは、蟻が巣を離れて三日目の昼過ぎである。

ハリキリ一味は、モノミを片時もユルミさせてはいなかった。手下の一匹が、ユルミし切った敵のハラキリアリをイロハ巧みにサソイコミし、小蟻一派の《イキオイ》と《テンテコマイ》の有様をキキコミした。知らせを受けたハリキリは、遠くをノゾミミするように立ち尽くし、鋭い牙をむき出した。

それから、様相が一変した。ハラカラのムスビツキによってオサエコミされていたハリキリ一味の《イキオイ》が、イキを吹き返したのだった。こちらの《イキオイ》はまず、カシラのトムライに向けられた。

その日、カシラハラキリアリは、巣の奥で老身をヤスミさせていた。傍らでは、二匹のハラヘラシアリが、カタモミやコシモミにハゲミする。ムロの外には、ツヨミのあるハラキリアリが二匹ハリコミしている。

〈トリコミあり、トリコミあり〉

上ずった調子のイロハを繰り返しながらやってきたのは、一匹のハラキリアリである。ハリキリ一味とは無縁のヒヨリミにすぎない。ハリコミは中に入れた。

ヒヨリミは膝を折って、カシラをアオギミする。トリコミのナカミが告げられた。

〈クロヤマアリ族、ハラカラのムスビツキに、サカライあり。

すでに、巣の境にて、イサカイ、あり〉

短いナゴミがソコナイされたかと、カシラはハラにニガミを覚えた。一方でハラミツを交した敵のカシラにサゲスミを抱くよりも、何かのマチガイであることをノゾミした。イサカイがタタカイに変われば、老いた身のクルシミが増すからである。その一つ身をハゲミさせるようにゆるゆると立ち上がり、ムロの外に出た。

二匹のハリコミに前後をハサミコミされて、老カシラはアユミの足を運ぶ。

四ツ辻を曲がろうとしたときだった。前のハリコミはツチの上から、後のハリコミはツチの下から刺客のカミツキを受けて、あっさりイノチのウレイに立たされた。角からハリキリが現れる。眼にスゴミが宿っている。

〈カシラ、いやさ、古い元カシラ。キミが世、オシマイぞ。ナガイキ、マチガイぞ。

我れら、世のヒキツギ、ここにトリオコナイ、するぞ〉

《イキオイ》に後押しされて、ハリキリがカシラに告げた。

〈待てぬや〉と、カシラが応じる。水の底のようなカシラのオチツキに、ハリキリはニクシミをフクラミさせた。

〈待つ身、ハリなしぞ。ウラミ、ツラミ、ニクシミ、キリなしぞ〉

〈我がイノチ、残り、短し。なぜ、待てぬ〉

カシラは鋭くツッコミを入れる。

〈今こそ、ハリあるぞ、キリつけるぞ、それ、我がタシナミぞ〉

〈しかとノミコミできぬ。なぜ、イソギするや〉

〈なぜ、なぜ、なぜ、それのみぞ。それほど、ノミコミしたくば、オシエコミするぞ。

敵のカシラ、サマヨイしたきり、帰らぬぞ。ハラカラのムスビツキ、オシマイぞ。

これから、新しいツリアイぞ。キミが世、オシマイぞ〉

そこまで伝えられて、ようやく老いたカシラはすべてをノミコミした。

そのとき、カシラのハラに去来したものがある。〈ハラカラのムスビツキは、ソコナイされていない。これで、隣のカシラをサゲスミせずに済む〉というナゴミである。ハラは、蟻のハラミツに由来するトキメキで満たされた。

これも《イキオイ》だと、ハラを括ったときが老いたカシラの最期だった。

ハリキリの牙がカシラのハラを襲った瞬間から、二つの種族にとって新しい《ツリアイ》が始まった。

◯

蟻がオモイエガキにふけっている。

新しい《ツリアイ》は、イサカイ、アラソイ、タタカイから生まれるのだろう。イサカイ、アラソイ、タタカイは、蟻がカシラハタラキアリとして、常々ツツシミをモウシオキしていた「イのミチ」である。

ハリキリの率いるハラキリアリ族にとって、カシラのいないクロヤマアリ族はもはや難敵ではない。結果は、松にキキコミしなくてもわかる。巣をウシナイする物語には、なんのノゾミもタノシミも覚えない。

〈我がモウシオキ、なぜ、聞かぬ…〉

堪えきれずに、独り言のイロハがもれた。松は聞き流す。眠るような深いダマリコミが続く。

月明りが、松の浮き出た盤根と錯節とを照らす。蟻の背は黄金虫のように輝く。満月は世のイトナミを映す鏡のようだ。蟻の知らないイロハで、今も月は松に〈平らかなるマコト〉をオシエコミしているのかもしれない。

闇が濃くなる。満月の光はマロミを帯びた。月光を枝葉末節まで浴した松は、新たなナゴミを得た。そのナゴミを蟻へのイトシミに変えて、ゆるゆると語る。

〈公に、マチガイはなかりし。巣のウシナイは、公のツミに、あらず〉

〈我れ、巣に在れば…〉と、蟻はハラのクルシミをさらけ出す。

〈身ずから、クルシミにオチコミするなかれ。公のハタラキの及ばざること、世の中に数多し。

此度のこと、イキオイにトリコミされしアリたちが、ありとあらゆる「イのミチ」のフルマイにシタガイした末のイトナミに過ぎぬ。モノグルイも、チマヨイも、アラソイも、イキオイの中では、ほんの小さき「イのミチ」のフルマイにほかならぬと、ノミコミあれ。

たとえば、《ツリアイ》とは、なんぞや。やはり「イのミチ」にあらずや〉

松は問い、蟻の答えを待たずに、イロハを継ぐ。

〈公の巣とハラキリアリ族の巣とに《ツリアイ》ありしが、見ようによれば、カシラ同士のハラカラのムスビツキによりて、表向きをトリツクロイしたるものにあらずや。

なれば、ツリアイとは、すなわち、トリツクロイならずや〉

〈我れ、モノイイあり。ツリアイ、我れ、ナゴミとノミコミしたり。

ツリアイ。それ、モノグルイしたるハリキリのイロハにすぎず。それ、ナゴミのことなり〉と、蟻が切り返す。

〈カシラの公としては、もっともなモノイイなり。さも、ありなん。されど、まづ、キキコミしたまえ。

他はともあれ、ハリキリは、クロヤマアリ族とのムスビツキを《フツリアイ》のトリツクロイとノミコミしたり。なんとなれば、得意なアラソイやタタカイによりて、ノゾミどおりのイタダキをすること叶わず、クロヤマアリ族の弥栄を、足をこまねいて、カイマミするほかなかりしゆえなり。

一方のクロヤマアリ族は、タネマキなる新たなイタダキのシクミをウミ、ハグクミし、ハラキリアリ族のみか、近隣の蟻族や虫たちにまで餌を分け与える、セワヤキまでキリヒラキしたり。これまた、ハリキリには《フツリアイ》とノミコミするところなりし。

とどのつまりは、敵とのチガイ、はなはだ大なるに至り、ハリキリにとりては、ウレイ多きこととなりつる〉

蟻は、それが〈平らかなるマコト〉だとしても、松のイロハを到底ノミコミできない。

〈かのハリキリ、モノグルイなり〉と、吐き捨てた。

〈さよう、さよう。モノグルイに、マチガイなかろう。

されど、モノグルイであれ、イキオイを得たれば、それをオサエコミするは、難きことなり。

さて、そうなれば、ハリキリの申す、新しい《ツリアイ》は、タタカイによるほか、考えられまい〉

蟻は、松のイロハにナジミできない。触角からモノイイの鋭いイロハが飛び出る。

〈キミ、我が巣のウシナイ、ヨビコミせし虫に、随分なイトシミ、持つものかな。

されば、キミ、ハリキリにナジミし、「イのミチ」にシタガイする、木なりや〉

松は、蟻のモノイイを蝉の尿ほどにも感じない。

〈公よ。先にも申したとおり、事のてんまつに、ウラミ、ニクシミ抱くは、無用とされたい。

独りハリキリのモノグルイに、ウラミをタメコミし、ツミツグナイをノゾミするは、大きなマチガイなり。

無論、この老生、彼(か)の虫にナジミせず、また「イのミチ」にシタガイする木にあらず。

ただ、歴史の平らかなるマコトに、シタシミあるのみ〉

蟻のイロハは、アツミのある松の樹皮に易々とはねつけられた。

〈まづ、承れ。

ハリキリは、新しいツリアイと申して、公の一族と自族とのチガイやフツリアイをウメコミせんと、チョッカイを出すが、その始めなり。しかしてイサカイ、アラソイ、タタカイへと、段々にイキオイを増しゆくが、ハリキリのハラの内なる、深きハカライなり。

さすれば、彼らのチョッカイ、イサカイは、どこで始まりしと、公は思し召すや〉

問われれば、冷静にオモイエガキして、蟻にも自ずとミヌキできる。

〈それ、北の「境」にあらずや〉

〈さよう。公も常々、ウレイありしように、最も近き「境」にて、イサカイは始まりぬ。

されど、その「境」でのイサカイから、いきなりタタカイへとイキオイの付かぬは、公も存じ候ことと承知する。

最初のチョッカイありし日が、公、サマヨイしてより、五日目なり。さらに二日の間、イサカイ続くも、それらコゼリアイにすぎず、語るに、価値なし〉

そこで松は話頭を転じ、有栖神社のことに触れる。

〈公の巣は、カシコミすべきも、アリガタミある、この有栖神社境内の東側に、広々としてありき。

境内は、東西南北、約三十尋（ひろ）四方（五十五×五十五平方メートル）の広さと、見ゆ。

それ、天津磐境（あまついわさか）とて、神の領域なり。それこそ、人語に言う「境」の由縁なり。

あるいは公、カシラなれば、カキオキにて、知るやも知れぬが、公が一方の祖先は、サスライの果てに、この社にて巣を賜わりし、ハタラキアリなり。

それ、この老生の、枝も栄えて葉も茂り、まことに流麗なる、若木の世なりき。申して栓なきことながら、一木一草とのヨシミ、獣や鳥、虫らとのシタシミによりて、まことにアタタカミ、イツクシミに満ちたる世なりき〉

松は、しみじみと昔日をナツカシミする。

〈さて、畏れ多くも有栖神社、この地に、勧請せられし初めより、老生と、公が祖先らもまた、神の御加護にて、アリガタミ多き、「境」を賜わりき。

公が巣、かくも長きにわたり、他とのイサカイによる巣のウシナイを免れしは、これすべて、神の御加護のゆえなりき。されど、ついに此度、その「境」、イサカイ、タタカイによりて、ウシナイを招きし〉

松はまたダマリコミ。大量の二酸化炭素がスイコミされ、ほぼ同量の酸素がイブキとして放出される。松に感じるナゴミやシタシミは、酸素のアリガタミなのかもしれない。蟻もまた、酸素をタノミとして生きる一つ身である。

松のイブキがササメキに変わる。

〈公、この有栖神社の境内、ハラにエガキ示したまえ〉

蟻は、乞われるままに境内の見取図をエガキする。ヒモトキとオモイエガキをハタラキさせた。

松は、蟻のタクミなエガキに尖った松葉の先までナゴミさせる。

〈さよう、歴史語りには、確かな図が欠かせぬ〉と、タノシミを隠そうとしない。語りにもハズミがついた。

〈これから語ること、地形と地質に関わり深し。共に、エトキしながら、進めん〉

松と蟻とのトモバタラキになった。

ハラキリアリ族は、神社の北東の傾斜地に巣を構えている。神社の後背部から草むらを越え、三十メートルほど離れた位置にある。

松は、最初にイサカイが起きた場所を図に丸で囲む。双方のカシラがハラカラのムスビツキを行った境でもある。

クロヤマアリ族は、この境に五匹のハラキリアリを置き、フセギに当たらせている。それがオモテムキであることは、松もノミコミしている。北の出入口は、途中で行き止まりになっているからだ。

真の出入口は、中央東側と東南の角にある。

〈ことここに、あり〉と、これは蟻が身ずからカコミする。

中央の出入口が、いわば通用門で、その地下に巣の中核が集まっている。東南側は、土中深く掘られていて、ハラミアリと卵のムロ、カミクラがある。その出入口は、イタダキのハコビコミと非常の際のシリゾキに使われる。

東南の穴はイタダキの道にも近い。道を西にたどれば、松の木を右に見て、かの葡萄園の丘にも通じる。どこへイタダキに行くにも、この道から脇道に分かれる。

松が調子を変えて言う。

〈尊公、人のオサナゴを、ミソギせしこと、風の便りにて、キキコミせしが、マコトなりや。それ、マコトなれば、老生のカキコミを、ノミコミすること、いと易し。

そも、この神域は、古き世にては、ミソギの場なり。人の世にて名高き、多くの行者ら、この「境」にてミソギし、霊気のチカラ、高めし。

それ、この神域に具(そな)わりし、地磁気イロハのハタラキなり。

地磁気なるは、ツチのチカラにして、上へ昇ると、下へ降るとがあり。上に昇るは、右回転にて、正なるイロハ、下へ降るは、左回転にて、負なるイロハなり。

正なるイロハ、トリコミしたれば、ハタラキ高まり、負なるイロハ、トリコミしたれば、ワズライ増しまさん。

申すまでもなく、この神域、正なる、ツヨミの磁気イロハあるによりて、この域にスミコミせし公も、老生も、オオハタラキを得、タカミに至りぬ。

公がミソギのオオハタラキも、おそらくは、正なるイロハをば、人のオサナゴにソソギせしものならん。さりながら、世は神域までも、クルイに至らしめぬ。かつて鎮守の森、鬱蒼と繁りし世は、ミソギの場も、そこかしこにありしが、今はわずかに中央の神殿下と、我が幹の周りを残すのみとなり果てぬ〉

蟻には、よくノミコミできる話だった。

巣の弥栄が神威に守られていたことも、大きなタタカイに長くマキコミされずに済んだことも、それですべて説明がつく。人の科学では、磁場と呼ばれる。磁場のイロハが眼に見えないツナとなって、ハラキリアリ族のような敵のセメコミをフセギできたのだろう。

クロヤマアリ族のハラは、代とイトナミを重ねるごとに産土（うぶすな）の磁場とナジミを持つようになった。それが、チカラとしてハラにタメコミされていったのだと、蟻はオモイエガキした。

カシラが持つセンビキのオオハタラキも、磁場と関係があるにちがいない。センビキは、巣を安全な境にキヅキするハタラキである。他のオオハタラキと同じように、ヒキツギしたタマヒにカキオキされている。

センビキの境を侵して、巣穴を掘ったハタラキアリのカキオキも残っている。

蟻一倍カルハズミな若い一匹がいた。〈それ、キノマヨイなり。我れ、境越えて、ホリススミせん〉と、イサミのイロハを残して東側の斜面をホリススミしていった。

しばらくして事の次第をキキコミした時のカシラは、五匹の救援隊をミチビキして後を追った。

追跡は八分の一日を費やした。呼びかけのイロハも繰り返し送った。ようやく若いハタラキアリに届き、〈我れ、無事なり〉という元気なイロハが返ってきた。

ノゾミを持ったのも束の間、イロハはすぐに跡切れた。掘られたばかりの穴道をシノビアルキで行くと、蟻酸の匂いイロハが漂ってきた。ワズライを感じたカシラは、五匹をそこにとどめ、一つ身でそろりそろりとハイアルキする。触角が、ぬめぬめした肌に触れた。蛙(かえる)……。

冬眠に入ろうという蛙の口に、あやうくトビコミするところだった。若いハタラキアリは、蟻酸のウチコミも空しく、すでに蛙のハラの中にノミコミされてしまった。

救援隊は、逃走隊に変わった。カシラをしんがりにして、決死のシリゾキが始まった。

時のカシラはウシロアルキしながら、蟻酸で蛙の足を止める。蛙のオイコミは執拗だ。よほど空腹だったのだろう。蟻酸の毒を避け、穴を押し広げては追いかけてくる。

巣の境まで、あと三十歩ほどのところまでタドリツキした。急に静かになった。蛙も、磁場のチガイを感じて諦めたのかもしれない。カシラが大きく息を吐いた。

そのときだった。穴の下から、するすると蛙の舌が伸びてきた。カシラの後ろ足は舌にカラミ捕られた。とっさにハネアルキで跳び上がったのは、返す返すもクイが残る。細い足が千切れて、蛙の口に収まった。

カシラは、這う這うの体で巣に逃げ帰った。後ろ足が一対、付け根から消えていた。

そのワザワイを機に、それまで漠然とヒキツギされていたセンビキのハタラキが、オオハタラキとしてオモミを持つようになった。蟻の代でも、タネマキのムロを広げる際に、センビキでカコミが厳しく仕切られた。

小蟻一派は、ハタラキアリにデカセギを課したというが、どのようにセンビキをしたのだろうか。もしやカシラを失ったハタラキアリたちは、磁場をノミコミせずにムロを広げたのではないだろうか。

蟻のオモイエガキは的中していた。

松は、神社の東側一帯を大きな楕円で囲んでみせる。

〈この辺りに、無数のムロ、作られし〉

さらに、もう一つのマコトも付け加えられた。

〈公が巣を出て八日目に、大きな地震ありき。それがために、東側斜面、広く崩れたり。磁場も崩れ、巣の中心部はほとんど、自然のフセギのシクミが、ソコナイされたり〉

◇

イキオイ、テンテコマイから、イサカイ、アラソイ、タタカイ、そしてハリキリのノゾミする新しいツリアイをトリコミするさまは、いくつもの川の合流に似ている。川は大河となり、その流れはただひたすら巣のウシナイをめざしてススミ行く。

地震という大きなワザワイも、一つの支流にすぎないのかもしれない。

松は語る。

〈老生、公らのイサカイ、アラソイ、タタカイのミチを知らず。ただ、イサカイは、「境」あるによりて生ずるを、知るのみ。しからば、「境」とは、何ぞや。我れと彼、こちらとそちら、内と外、すなわち、あらゆるセンビキによりて作りしものに非ずや〉

ハラキリアリ族は、境より奥にはハイリコミできない。強い磁場が、彼らのハラや触角にクルイをヨビコミするからだ。一方のクロヤマアリ族は、どこの境へもユキキできた。そこに、両族のもう一つのチガイがあった。それは、ナゴミを保つために必須のチガイでもあった。

地震は、クラやムロだけでなく、そのチガイをもウメコミしてしまった。

地震のあった日の午後、北の境で二匹のフセギがイノチのオシマイにオイコミされた。ユルミやタルミのせいとばかりは言えない。フセギの数も足薄だった。ハラキリアリの多くは、ハタラキアリたちと共に地震の後のウレイにマキコミされていた。

地震のワザワイは、蟻がオオハタラキをした白蟻の巣ほどではない。それでも巣のあちこちにヘコミやユガミが見られ、成虫も幼虫もオチコミとウメコミのためにミウゴキできなかった。

カシラがいないワズライは、ここにも表れた。白蟻の巣で示されたようなジュズツナギのハタラキは見られない。ハタラキアリはただ右往左往して、オシアイ、ヘシアイ、ブツカリアイを繰り返すばかり。タクミのクミハタラキなどオモイツキもできず、それぞれが身一つのことでモガキクルシミを深めていた。

その間、ハリキリの手下は二匹のムクロを巣へハコビコミした。すぐに皮をはがす。黒いフクロを得た。手下たちは、この化けの皮のフクロをかぶって、敵の巣にハイリコミしようというのだ。チマヨイと言うほかない。

化けの皮をかぶった二匹は、北の境からのハイリコミをココロミする。例によって磁場イロハに遮られた。続いて、崩れた東側で同じココロミをする。今度はやすやすとハイリコミできた。

恐る恐るシノビコミした二匹だったが、そのときは化けの皮のチカラだと信じた。すぐに、味方をヨビコミするための穴を掘る。ホリススミするうちに、化けの皮がはがれた。二匹は気づかない。クロヤマアリの巣穴にたどり着いて、初めて皮のフクロがないことを知った。

ハラキリアリ族から、完全に磁場イロハのウレイが消えた。

セメコミにハズミが付く。ハリキリアリ族は隊列を組み、尻を上に突き立てて、敵の巣穴へ殺到した。足当たりしだいに敵の身をオサエコミし、次々とスサミの牙にかける。

タタカイになれば、ハラミアリと言えどもイノチのオシマイを避けられない。ノロイの卵がウミ落とされ、いつか仇敵にムクイをもたらす可能性があるからだ。

卵や幼虫、蛹、若いハタラキアリらはトラワレノミとなり、成虫のハタラキアリ、ハラキリアリはすべて敵の顎の餌食になる。ムクロは運び出されて、タメコミの餌食にされる。どのミチ、餌食になるしかない。

両アリ族の数は、ほぼ同数の三百匹。体は、ハラキリアリ族がやや大きい。クロヤマアリ族のヨワミを補うのが、優れたカシラであり、磁場である。ハリキリと言えども、セメコミをタメライさせるに十分なツヨミだった。

クロヤマアリ族のツヨミがここまで崩れた今、《イキオイ》を止めるチカラはどこにもない。

地震直後をネライしてオソイコミされたクロヤマアリ族は、ヨワミをあらわにした。サカライするどころか、敵味方のミサカイもなくセメギアイ、コロシアイまで始めてしまった。タタカイをシコミされたことのない小蟻のトリマキは、散り散りにニゲマドイを続けるばかりだった。

カシラツギしたはずの小蟻も、どこにいるのか、一つ身をヒソミさせたままである。

カシラの蟻が、このありさまをカイマミしていたら、どれほど大きなカナシミとクルシミに一つ身をサイナミしたことだろう。

ハリキリ一派のタタカイぶりにはスゴミがある。決して相手にヨワミやユルミを見せない。さしてツヨミを感じない相手でも二匹でトリカコミし、一匹がオサエコミ、もう一匹が首をカミカミするという念の入れようである。顎のツヨミでも、ハリキリ一派には一日の長がある。日ごろから、タタカイのあることをノゾミミし、カミカミのハゲミを続けてきた。最初は木の枝、次は木の幹、最後は小石というふうにして、顎と牙をミガキコミしていた。

クロヤマアリ族の猛者がウラミとイサミに燃えて立ち塞がったときも、鍛え上げられたカミカミのツヨミがものを言った。ハリキリにモウシコミして出てきた一匹が、大口を開ける敵の首に電光石火でカミツキする。

〈チョッキンッ〉

乾いた音イロハがしたと思ったら、猛者の首の方があえなくころころと転がった。それをカイマミしたクロヤマアリ族のノゾミは、空気の抜けたフクロのようにシボミした。

クロヤマアリ族の多くが、巣の中でムクロやトラワレノミにされた。巣の外にいたり、イノチからがらサマヨイ出てきたアリも、敵にトラワレノミとなり、イトシミもイツクシミもない大顎の洗礼を浴びた。

日が西に傾くころ、巣に静けさが訪れた。

タタカイは終わった。タタカイとは言えないかもしれない。クロヤマアリ族には、天から降ったようなワザワイにすぎない。これが、ハリキリのノゾミとした《ツリアイ》だったのだろうか。一方の《ツリアイ》は、「利」をウシナイした他方から見れば、《フツリアイ》としかノミコミできない。

蟻は、あたかも人のアキナイとヒトシナミのシクミをオモイエガキした。

当のハリキリは、まだツチの下にいる。血眼になって何かを探している。敵のカシラである。

カシラツギをしたはずの小蟻は、一向に見つからない。

手下たちは敵の巣で一つ身のナゴミをタノシミながら、三匹か四匹のクミでハゲミする。木の根、草の根を分けて、敵のカシラをサオエコミしようと探した。一度フミコミした場所はウメコミされた。タタカイよりも長い時間が過ぎた。日も沈んだ。夜は深まる。

小蟻は、一向に見つからない。

○

松が蟻に問う。

〈公、カムロなるムロの位置、知るや〉

蟻がハラの図面上で、おおよその位置を示す。

〈確かに、初めは、その辺りなりしが、タネマキのムロと、離れたる位置に替えられし。それは、この辺りなり〉

松が新しいカムロの位置を指し示す。松の根の先端に近い。

〈されば、小蟻は、いずこにありや〉

松の問いに、蟻は深々とオモイエガキをして答える。

〈タネマキのムロに、あらずや〉

〈さよう。地震の前から、一つ身で、タネマキのムロにずっとトマリコミして、ノゾミのままに、チチノタネマキにハゲミせり。それが、かの小蟻には、イノチの冥加(みょうが)となりぬ〉

地震は、小蟻の小さな身をウメコミした。チチノタネマキでハグクミしたムロいっぱいの菌類が壁面から崩れ、小蟻を何層にも覆ったのだ。それが硬いツチだったら、オモミで一つ身はつぶれていたかもしれない。

菌類は、織毛のヤワラカミで小蟻の身をツツミコミし、ワザワイをフセギしてくれた。その上に落ちたツチのオモミも、ヤワラカミの内にスイコミされた。

小蟻は、その間ずっと気をウシナイつづけていた。巣を襲った、ウシナイに至るワザワイも知らずに。

一夜を菌類の繭（まゆ）の中で過ごした小蟻は、何事もなかったかのように目覚めた。長いネムリコミは、タユミのないハタラキの疲れが出たのだろう。

〈ああ、我れ、よくネコミしたり〉と、一つ身を伸ばす。

〈ああ、また、タネマキに、ハゲミせん。ああ、タノシミ、あり〉

巣や一族のワザワイには、全くウレイも持たない。いつもどおり菌類のハグクミを始めた。

その間も、ハリキリ一派のモノミのツナは狭められている。ハリキリにはキオイがあった。敵の新しいカシラと相まみえ、チカラの限りハタシアイをするのが、ハラの底からのノゾミだった。それが唯一のハリアイでもあった。できれば今はいないサマヨイの蟻を相手に、カシラ同士のハタシアイをしたかった。身ずから敵のカシラに取って代わらないかぎり、ハラキリアリ族のカシラの身もただのユメミのようなものだと感じていた。

〈クロヤマアリのカシラ、チョコザイぞ〉という、ハリキリのイロハを境のフセギアリたちは何度もキキコミした。いつものチョッカイのハゲミだった。ハタシアイのノゾミは、それほどまでにハリキリの身を焦がしていた。

そのノゾミはもうかなわない。〈しからば〉と、新しいカシラにキオイが向けられた。

手がかりがないまま一夜が過ぎた。さすがのハリキリも〈どこに、ヒソミする虫ぞ。それとも、外の木にでも、ニゲコミしたか〉とウレイを深めた。

手下の一匹を呼ぶ。

〈トラワレノミのトリマキ、一匹、ここへ、ツレコミするぞ〉

イロハは、すぐさまオコナイに移された。トリマキへのキキコミが始まる。

〈キミ、トリマキなりとのタレコミ、あるぞ。それ、マコトなりや〉

ツレコミされたのは、アニキ分である。ミブルイしながらも顎を食いしばり、ダマリコミを貫いている。

〈ダマリコミ、すなわち、ウナズキと、ノミコミするぞ〉

アニキ分は、〈ふんっ〉とハナイキを荒げた。精一杯のサカライのイロハだった。ハリキリは左右の手下をカエリミし、大袈裟に首を振る。口元にはホホエミが浮かぶ。ナゴミをフクミしたイロハで、さらにキキコミする。

〈キミのオモミあるハタラキ、キキコミしていたぞ。カシラより上と、みなモウシヒラキしたぞ。カイマミすれば、マコトに、キキコミどおりぞ。我れ、キミ、アオギミするぞ。

キミ、カシラの器とカイマミできるぞ。我れならば、キミ、カシラにカツギするぞ。

なぜ、カシラになるミチ、ノゾミせず、アリガタミないトリマキに、ハゲミするや〉

ハリキリのイロハは、オクヤミからアワレミ、アオギミへとタラシコミの調子を帯びていく。アニキ分の顎が、わずかにユルミを見せた。ハリキリは見逃さない。

〈今のカシラの居所、ゲロハキすれば、キミ、次のカシラに、ヒキツギさせるぞ〉

アニキ分は眼がクラミした。ハラごとマヨイにトリコミされた。ハリキリが、牙よりも鋭利なスゴミのイロハでとどめをサシコミする。

〈ゲロハキしなければ、キミも、トラワレノミの仲間も、イノチのオシマイぞ〉

マヨイそのものがマチガイと思えるほど、マヨイの余地はない。二つに一つなら、返すイロハは決まっている。

〈我れ、ゲロハキせん。オノゾミなら、ミチビキせん〉

ハリキリの眼が光った。次の瞬間にはアニキ分の前に立ち、顎をしゃくった。アニキ分は、首筋にひやりとヒエコミするものを感じた。残されたノゾミは、ゲロハキのハゲミしかなかった。

小蟻は、崩れた壁の菌類を粘液で一枚一枚ハリコミしているところだった。ハゲミのタノシミにノメリコミしていた。ムロは、少しずつ元に戻りつつある。

その壁の一角が、突然ケリコミされた。大きな穴があいた。一匹、二匹とハリキリの手下がハイリコミし、最後にアニキ分と並んでハリキリが姿を見せた。

小蟻は大柄なアリたちにトリカコミされ、いつもの癖で身をスクミさせた。眼は、いつにも増してサマヨイしている。ヤブニラミを利かせて言う。

〈ああ、また、ワズライなりや。ああ、キミらで、よくモクロミし、よくハゲミしたまえ〉

小蟻のイロハには、オモミもアリガタミもない。

ハリキリは、キオイもイキオイも急激にシボミするのを感じた。ただ呆然として、小蟻に眼を向ける。ハラの中では〈この虫、ただのモノグルイぞ。この虫、カシラでないぞ。何かのマチガイぞ〉というウタガイのイロハが渦巻いている。

小蟻は事のオモミもノミコミできず、見知らぬハラキリアリがタネマキのミキキに来たのだとカンチガイした。

〈ああ、ムロで、へたなミウゴキ、我れ、コノミにあらず。

ああ、早く戻って、巣のために、ハゲミしたまえ〉

そう言うと、何事もなかったかのように、またハリコミにハゲミはじめた。イサミに駆られてセメコミしてきた手下たちは、そろって出鼻をクジキされた。みなハリキリの方に眼を向け、めざましいハゲミを待っている。ハリキリも足をこまねいていた。小蟻を見れば見るほどイキオイはシボミし、ニクシミどころか、妙なアワレミさえ兆す。ハタシアイやサシチガイをノゾミできるような相手には、とても見えなかった。トリマキのアニキ分に、もう一度キキコミする。

〈おい、この小さきハタラキアリ、新しいカシラとノミコミできないぞ。

マチガイ、カンチガイ、ハカライ、アザムキ、みんな許さんぞ〉

〈我れに、マチガイなし〉

アニキ分のイロハには、ウタガイを差し挟む余地もない。

ハリキリは、すっかりオモシロミを失くした。ニガミをフクミした顔で、手下にハゲミを命じる。手下の一匹が小蟻にモウシコミする。

〈カシラのキミ。我れら、キミにタノミあり。ツキシタガイくださるや〉

〈ああ、そう。また、タノミなりや。いかなるタノミ、ありや〉

小蟻はトラワレノミとなり、アニキ分はイノチゴイもむなしく、ムクロにされた。

〈ああ、そう〉

〈まず、我れらが巣にて〉

〇

松が、蟻をナゴミさせながら、問う。

〈公よ。カシラとは、いかなるハタラキアリなりや〉

蟻は、良い答えをオモイツキできない。

蟻がカシラをヒキツギしてからというもの、マチガイだらけではなかったか。身ずからはサマヨイし、巣はウシナイさせてしまった。サマヨイの中で、オオハタラキをいくつもキリヒラキしたが、それが何になろう。小蟻がカシラにフニアイであるように、身ずからもフニアイだったとノミコミしなければならない。

〈我れ、カシラに、フニアイなり〉

イタミのイロハで、蟻が言った。

蟻の答えは、松のノゾミとしたものではない。蟻にカエリミやサイナミをさせるつもりはなかった。松は返す。

〈公は、カシラとして、ナミナミならぬアオギミを受けいたり〉

蟻は、松のナグサミにもアリガタミを覚えない。ハラはシズミコミしたままである。

〈我れ、カシラに、フニアイなれば、カシラについて、あれこれ、モウシヒラキすべきハラなし〉

松がすぐに返す。

〈公よ。ハヤノミコミは、ミコミチガイやオオマチガイのもとなり。まづ、続きをキキコミしたまえ。ハリキリは、かりそめのアトツギたる小蟻に、有り余るイツクシミを捧げたり……〉

不可思議なナリユキだった。

小蟻に対するハリキリのアワレミは、日に日に増した。小蟻にオトギを命じたのを皮切りに、三日後には小蟻のノゾミどおりタネマキのハゲミまで許した。オトギとは、オモシロミあるイロハを伝えるハタラキである。

三日のオトギを通して、二匹の間にはアタタカミのあるシタシミが生まれた。アワレミからイトシミ、アリガタミ、シタシミへと高まりゆく過程は、まるで卵から幼虫、蛹、成虫とハグクミされる虫のイノチのイトナミをカイマミするようだった。

二匹の間で交されたイロハは、草の根から草の葉へ、草の葉から木の葉へ、木の葉から別の木の葉へと、ソヨギソヨギに乗り、松の葉にオクリコミされた。

〈小蟻のカシラよ、先のカシラのアリガタミなど、キキコミするぞ〉

そんなハリキリのイロハで、オトギは始まった。

小蟻にサカライのハラはない。イタダキでアシデマトイになり、みんなにデキソコナイとサゲスミされていた日日から語りはじめる。小さなものをよくミキキできる小蟻は、カシラの大きさよりも濃やかなイトシミやメンドウミが忘れられない。

小蟻が、初めて栗の実のイタダキに出た秋のことである。蟻と同じクミになった。蟻もまだ、若いハタラキアリの一匹にすぎなかった。

〈栗のイタダキ、刺（とげ）のイタミ、あり。イタミなければ、タノシミ、あり。
一つ身にイタミ、ヨビコミせぬよう、トモバタラキせん〉

蟻は、小蟻にシタシミのイロハをかけてきた。目にはホホエミがあふれていた。サゲスミに慣れた小蟻は、トマドイながらもハラにはアタタカミを覚えた。アタタカミは、すぐにアリガタミに変わる。

栗の実は、蛾の幼虫がハイリコミしているものを狙う。たいていツチに落ちている。まず幼虫にクイツキして外に引き出し、続いて栗の実を歯でけずり取る。毬（いが）の青い栗より、茶色になってぱっくりと弾けたものがよい。

蟻は、そうしたシクミを一つ一つ小蟻にシコミした。

〈キミ、我がウゴキをノミコミし、身ずから、ココロミあれ〉

言いさま、蟻は身ずからイタダキのウゴキを示した。そのウゴキも、小蟻がノミコミしやすいようにカミクダキされている。小蟻は、いつもの身のスクミもチヂミもなく、シコミされたとおりにハゲミした。

小蟻の小さな牙と顎では、蛾の幼虫にクイツキするのも並大抵でない。下手をすれば、幼虫に首をオサエコミされるウレイもある。それが現実になってしまった。

一匹の幼虫にクイツキし、首尾よく栗の実をイタダキしているところを、別の幼虫にオサエコミされてしまったのだ。形勢は逆転した。小蟻の首が、徐々にシメコミされていく。目の前がクラミを増す。小蟻はモガキクルシミのあまり、いつもの伝で弱虫の音を上げようとした。

と、急にアカルミが戻った。栗の実を破って、蟻がトビコミしてきた。幼虫は蟻のカミツキでイノチのオシマイとなり、小蟻はワザワイを脱した。

〈キミ、一つ身に、イタミなきや。クルシミなきや。
我れ、シコミソコナイ、あり。一つの栗に、幼虫、一匹と限らず。そのこと、あとでキヅキ、あり。
我れ、ツツシミ足りず。キミに、大きなワザワイ、あり。我れ、ハジライ、あり〉

蟻のカエリミとナグサミに、小蟻はアリガタミを表す術も知らず、ますます身をチヂミさせ、ハニカミを見せるばかりだった。それを機に、二匹は深いヨシミのイロハを交すようになった。

蟻が小蟻の希有なハタラキにキヅキするのは、あの葡萄園のオオイタダキの八日前である。

野のイタダキのヤスミに、葡萄の話になった。クロヤマアリ族のイタダキは、生の葡萄の実をタメコミし、皮や種を小さくキリキザミする。小蟻は、それを〈ああ、オモシロミ、なし〉とモノイイした。

〈ああ、皮、実、すべて、カワリミ、あり。
火のハタラキで、カワキあれば、アマミ、あり。水のハタラキで、ウゴメキあれば、ウマミあり〉

人の言葉で補えば、乾燥すれば糖分が増し、発酵すれば旨みが増す変化と言えようか。

小蟻の眼と触角は、あらゆる物に時々刻々と現れるカワリミに向けられていた。空気のナゴミやヌクミしだいで、小蟻のオモイツキを超えた大きなカワリミがカイマミできると、瞳にカガヤキをたたえて言った。

〈ああ、仮に、生葡萄の実一粒、十匹のハラヘラシアリ、ハグクミできるイトナミ、あり。
カワリミあれば、二十匹も三十匹も、ハグクミできるノゾミ、あり〉

蟻が問う。

〈キミ、カワリミ、いかにミチビキするや〉

小蟻は、珍しくイキゴミを表しながら答える。

〈ああ、我が触角、我れらより小さき虫、よくミチビキするハタラキ、あり。今、キミの皮の表にて、ナゴミの虫とワザワイの虫、イサカイするさまミヌキしたり。我が触角、小さき虫や小さき草花、小さき茸らと、よくヨシミさえできるなり〉

言いさま、触角を上下左右にユキキさせながら、蟻の皮からワザワイの虫をこまめにトリノゾキした。蟻は、膚のカユミが去り、得も言えぬナゴミが訪れるのを感じた。

〈小さき虫たち、キミに、サカライせずや〉と、蟻は問う。

〈ああ、小さき虫たち、我れに、シタシミあり。我れ、彼らのイロハ、ノミコミしたり。彼らのイトナミ、タノシミ、クルシミ、ノゾミ、ハカナミ、すべてノミコミあり。それらすべて、我れと、ヒトシナミなり〉

小蟻は、小さくミブルイさせながら吐露するのだった。

蟻のハラに、新しい世の中が広がった。蟻には、身ずからの眼と触角でミキキできる世界がある。他のハタラキアリの眼と触角も、ヒトシナミのハタラキをするものだとノミコミしていた。小蟻は違う。微細な世の中をミヌキできる眼と触角を持ち、全く別のイトナミにナジミしている。つまり、小さき身ゆえの奇をキリヒラキしていた。

蟻が大きなキヅキに至るミチも、この時キリヒラキされた。

蟻が問うた。小蟻に問うた。

〈我れや他のハタラキアリ、外にある、大いなる世の中に向かってのみ、ハタラキせり。

それ、もしや、ミコミチガイにあらずや〉

小蟻のイロハは、意外にもサカライを示すものだった。

〈ああ、それ、ミコミチガイにあらず。それこそ、ノゾミあるハタラキアリのミチに、マチガイなし。キミ、マヨイすること、なかれ。ウタガイもつこと、なかれ。

我がミチ、デキソコナイのミチなり。なれど、わずかに、ノゾミあるミチなり〉

〈我れ、キミのシコミに、アリガタミ、あり。いつか、キミ、タノミとせん〉

蟻のイロハは、小蟻の身とハタラキとを、すべてノミコミした何よりの証となった。

それから七日間、蟻は葡萄園のミキキにハゲミした。大気の変化にキヅキしてオオイタダキをミチビキした話は、繰り返すまでもない。蟻にとっては、小蟻のイロハをノミコミして、天にある火と水の気のウゴキに、眼と触角をオモムキさせていただけだった。

カシラとなった蟻は、小蟻に陰ながらイックシミをソソギした。タマヒをヒキツギしたハラには、〈どの一匹といえど、デキソコナイ、なし。どの一匹といえど、ノゾミ、あり〉のイロハが銘としてカキオキされていた。

◇

ハリキリは、小蟻のオトギをツツシミ深くキキコミした。小蟻は、そこに蟻がいるかのように、ときにミブルイし、ときにアオギミの眼を上げて長いオトギを終えた。

しばし、二匹をダマリコミが襲った。ハリキリが、小蟻の触角に身ずからの触角を伸ばす。

〈キミ、カシラに、イトシミ、アオギミありしと、ノミコミできるぞ〉

そのイロハには、これまで見せたこともないヤワラカミが漂う。

〈ああ、そう。それ、ウタガイなし〉と、小蟻。

〈なれば、なぜに、カシラツギしたぞ〉

〈ああ、それ。我がノゾミにあらず〉

〈誰がノゾミぞ〉

〈ああ、我れ、先のカシラのモウシオキと、キキコミせり〉

〈ふむ、それ、何かのマチガイぞ。

カシラツギのカタ、ハラからハラへ、タマヒのヒキツギなくして、ありえぬぞ〉

〈ああ、我れ、知らず。ただ、トリマキのハタラキに、身をカシコミしたるのみ〉

ハリキリのオモイコミどおりだった。深々と吐息を漏らすなり、そのままツチにヘタリコミしてしまった。

ハリキリとしては、小蟻がカタどおりにヒツギをしたカシラならば、チカラづくでもタマヒをウバイ取り、ヒキツギをしたかった。その上で両族をマルメコミしたカシラとして、巣をミチビキしていくというタクラミがあった。

タマヒはまだ、蟻のハラにある。クロヤマアリ族の巣にセメコミしても、タマヒをカリオキしたハタラキアリもいなかった。

ハリキリは、無益なタタカイだったと、今になってクイを感じはじめる。

ここに至っても、ハリキリはあることに気づいていない。身ずからのハラにシミコミした、蟻へのアオギミの思いである。それは、小蟻よりはるかに激しいものだった。ハラの内では、ニクシミだとノミコミしていた。ときには、ウラミにも変わった。

蟻が敵のカシラとして巣にある間、ハリキリはハガミするほどニクシミを感じた。それでも、足も牙も出せなかった。ハリキリにミブルイを催すようなヨワミのある蟻ではないとノミコミし、身ずからツッシミを保ち続けた。手下たちには、イサミとスゴミのイロハを発する。半面、ハラの底ではクロヤマアリ族に生まれなかった身をクヤミし、身ずからサゲスミすることさえあった。

いみじくもハリキリがイロハに出した《ツリアイ》とは、身ずからのハラのツリアイでもあった。蟻がサマヨイの身となって、ハリキリのハラからオモミが失せた。《フツリアイ》になった。

自族のカシラをイノチのオシマイにオイコミした《イキオイ》は、どうしようもないハラのカルミから生まれた。新しいツリアイのために、ハリキリ身ずから、アオギミされるカシラに取って代わろうとハラを固めたのだった。

小蟻のオトギが進むにつれ、ハリキリはノゾミをミウシナイしていった。カシラのタマヒを身ずからのハラにスエオキするノゾミが、再び断たれたからだ。

今のハリキリは小蟻とヒトシナミに、カシラをウシナイしたカナシミの虫でしかない。小蟻へのヨシミも、小蟻の中に身ずからのアワレミの姿をカイマミしたからにすぎない。

蟻がいればこそ、良きにつけ悪しきにつけハリアイがあり、そのままハラにツリアイをもたらし、生きるノゾミにもなっていた。ノゾミをミウシナイすれば、チマヨイが細菌のようにハリキリをトリカコミし、じわじわとトリコミするのを待つしかない。

それから四日間、ハリキリは手下たちのノゾミもウバイつづけた。ユルミやタルミあるいはサゲスミされるだけのスクミなど、カシラとして決して見せてはならないヨワミをすべて見せた。依然としてタタカイの《イキオイ》に身を委ねる一族の中で、カシラのハリキリだけが取り残されている。トラワレノミになった敵のアツカイでは、決定的なマチガイを犯してしまった。

〈キミらの、コノミのままに、するがいいぞ〉

そのイロハは一族をトマドイに陥(おとしい)れ、いたずらに味方同士のイサカイやアラソイをヨビコミした。ハラのチガイからコロシアイまで起きた。そうしたワズライをオサバキするのが、カシラの務めのはずだった。それでも、ハリキリは動かなかった。

巣は、カシラがいないも同然の《アレクルイ》に襲われた。

血気に逸る若いハラキリアリたちは、カシラのチマヨイをノミコミできなかった。かつてはハリキリのスゴミにアオギミを抱いていた五匹の若アリが、またもやサカライとカシラウバイの挙に及んだ。

〈クロヤマアリ族の元カシラ、帰り来たり。我れらが巣に、セメコミのモクロミ、あり〉

そうハリキリに伝えた虫がいる。ハリキリは、その時こそ、はっきりとノミコミした。

〈我れ、かのカシラハタラキアリに、大いなるアオギミ、あり…ぞ〉と。

ハリキリはムロを出る。ハラはめまぐるしく動いた。さまざまな光景が浮かんで消えた。それらは、オモイコミというのもおこがましい。それでも、ハリキリのノゾミのかけらくらいは映していた。

……敵のカシラとのニラミアイ。〈よく戻ったぞ〉と、ハリキリが高らかに言う。蟻はホホエミを返し、〈我れとタタカイせぬキミ、マコトのカシラに、あらず〉とモノイイする。〈我れ、ノゾミのハタシアイぞ。我れ、勝てば、タマヒのヒキツギするぞ〉とハリキリ。双方一歩ずつ前にアルキ出て、さらにニラミアイすることしばし。ハリキリは相手のウゴキをミヌキして、ミウゴキ一つしない。蟻が先にオチツキを失い、マヨイの手に背中を押されるように、大顎をかっと開いてトビコミしてくる。カルミのある足のサバキで、ひょいと身をかわすハリキリ。同じウゴキが二度三度と繰り返される。そのうちイキツギに乱れを見せた蟻に、ハリキリの鋭い牙が一閃する……

と、ハリキリは、荒々しいキリコミで現実に戻された。先の老カシラにキリコミした辻の曲がり角だった。ハラには左右から二匹の牙が突き立てられている。残り三匹のハラキリアリが、若いイロハを揃えて〈天のオサバキぞ〉と吠えた。とどめの牙が、ハリキリの首、胸、背を斬り裂いた。

◇

〈チカラをタノミにするもの、チカラによりてイノチのオシマイを迎えん〉

事に古りた松が断じる。

ハリキリでさえも、《アレクルイ》の前では脇役にすぎなかった。ハラキリアリ族の《アレクルイ》は、第二のカシラウバイを糧として、さらに《イキオイ》を増した。こうなると、もうどんなハラキリアリにも《イキオイ》を止められない。敢えて止められるものを探すなら、「イのミチ」ではないオオハタラキを示すものだろう。

筆者の知るかぎり、それは蟻をおいてほかにいない。

ほとんどのアリ族は、一度タタカイを始めると最後の一匹までコロシアイを続ける。そのイトナミは、人の科学書にもカキオキされるところである。《アレクルイ》の渦中にあるハラキリアリ族も、例外ではなかった。飽くことなく見境もなく、コロシアイまたコロシアイをくり返した。

自族の卵や幼虫を餌にして、身ずからのツヨミを高めた虫たちが勝ち残っていった。彼らは、巣のノゾミであるハラミアリのイノチまでも牙の露に変えた。二百匹はすぐさま百匹に減り、百はあっさり五十に減る。五十から完全なウシナイまでの短さは、松にすれば風と戯れるほんの束の間にすぎなかった。

蟻は、その気になればタタカイのスサミやカナシミなど、いつでもヒモトキできるが、したことはない。これからもしないだろう。それでも身ずからの巣のウシナイのてんまつにだけは、眼を背けるわけにはいかない。マコトをカキオキしようと、松の幹に触角を向ける。

松が、例の〈平らかなる〉調子イロハで語る。

〈最後まで残りし虫は、二匹なり。いずれが生き残っても、ハラミアリもいない巣では、何のノゾミもありえぬ〉

二匹は、「イのミチ」の結末を予めシコミされていたかのように、マヨイもなくカタを演じる。それは、まさに《オシマイノマイ》だった。

互いにユルミなく、スゴミを込めたニラミアイが続く。やがて二匹は、それぞれ弓なりに身をくねらせる。弓はタユミにタユミし、そのまま二つの小さな円になった。円は回る回る。竜巻に弄ばれる塵のように、くるくると。回りながら二匹は、しだいに接近していく。触れ合う寸前で回転は一気に速まった。そして、だんだんと遅くなる。黒い円は、頭も胸も腹も足も見分けられるようになった。

止まった。二つの円は一つになっていた。半円を二つ合わせた形である。二匹は、頭をそれぞれ相手の尾に向けている。また、アユミをはじめる。彼らの眼は、相手の尾をニラミ据えて動かない。

双方の尾から、煙のようなイザナイの匂いイロハが出た。

ほとんど同時にカミアイに入った。尾から下腹部へ一つカミ。二つカミは、フクラミのある中腹まで。三つカミで腹のほとんどが消えた。それでも二匹はカミアイをやめない。

カミカミされた相手の身は、どこへノミコミされたのか。

胸に四つ目のカミアイの牙が入る。後ろ足が一対、はずれて落ちる。足の節が、かくんと折れた。五つカミから、二匹はクルシミにもだえはじめた。さらに一対の足がぽろり。残るは、頭と上胸と一対の足にすぎない。頭、胸、頭、胸の異様な生き物が、四本の足でツチの上にツクバイしている。

カミアイは終わらない。六つカミの牙が入ると、身を支えていた前足が離れた。二つの頭だけがツチにオチコミした。頭の後に頭、頭の前にも頭がある。二匹のモダエクルシミはキワミに達した。

最後の光景だけは、いかに世慣れた松でも〈直視に、堪えぬ〉とミブルイを見せるほどだった。二匹のハラキリアリだけはモダエクルシミのなかに、神のイツクシミをカイマミしたのかもしれない。そのとき、彼らの眼は確かにホホエミを浮かべていた。

二匹は、天地のすべてをノミコミするほど大きく顎をカッとヒラキし、まったく同時にミッとカミカミした。

二つの頭が消えた。閃光がぽっと現れた。十二本の足は光に灼かれ、炭素となってツチに還った。

〇

満々たる月が、わずかに西へ転がる。その光は世を青く染める。

松の影が、蒼い龍となって天翔けるようだ。月は龍に抱かれる玉となった。

松は、にわかに枝を鳴らす。老幹をしゃんと伸ばし、節を正すかのように、蟻にはカイマミできた。

〈とどのつまりは、かくのごとく、ウシナイとは、なりにけり〉

松のイロハは、蟻にモウシオキをするかのように厳然としている。今まで触角にさわらなかった夜気が、急に蟻をツツミコミした。蟻もミブルイした。松はアタタカミのあるイブキに乗せて、イックシミのあるイロハをオクリコミする。

〈されど、小蟻というは、ミコミあるものかな。ハラキリアリ族のアレクルイに、すぐにキヅキして、物陰にヒソミしつつ、まんまとシリゾキしおおせたり。

あるいは、小さき生き物らのミチビキが、密かにあったやも知れぬ〉

〈ふむ。風の便りによれば、身ずからサマヨイしつづけ、小さき生き物たちと、ヨシミを交しつつ、森の奥にて、タネマキにハゲミする、とか。

〈小蟻、まだ、イノチありや〉

公よ。かの小蟻、もとより、それのみノゾミなり。もはや、シガラミなき身となりぬ〉

蟻は、巣のシガラミを解かれ、ノゾミのタネマキにハゲミする小蟻をまざまざとオモイエガキする。あの、いつも何かにスクミするような定まらない眼。栗のイタダキで、蛾の幼虫にシメコミされてモガキクルシミしていたときのばた足。ミウゴキが鈍いくせに、より合わせたり結んだり折ったり曲げたりできる繊細な触角。イタダキの道をそれて、道草を食わずにいられないオチツキのないハラ。小さな身をきのこの胞子にツツミコミされて、シモクラにヘタリコミしていた姿。

あの小蟻が、イノチのオシマイを免れて森でイトナミしている。蟻は、巣のウシナイのカナシミを忘れるほど、大きなナゴミにツツミコミされた。

小蟻は、身ずからのハタラキで未来をキリヒラキできるだろう。森の小さな生き物たちのイトシミを受け、アオギミされる虫にだってなれるかもしれない。そうオモイエガキすると、ホホエミさえ浮かぶ。蟻にハズミが戻った。

蟻が問う。泰然自若として待つ松に、問う。

〈キミ、知るや。我が、キリヒラキすべき、未来〉

〈蟻公よ。未来、知るもの、老生、未だかつて、知らず。

ましてや、老生など、過ぎたる事どもを、ただカキコミする、世に古りた木にすぎぬ。

世は、過去、現在、未来の三世と申すも、老生は過去と現在にのみ、スミコミするのみなり。公もまた、さにあらずや。されど、過去はカキコミされてあり。公のハラにも、カキオキされてあり。

公、現在にハタラキせんとするとき、過去のカキオキをヒモトキせんや。そのヒモトキこそ、未来をキリヒラキせんための、オオハタラキにあらずや。

されば、公に問う。未来とは、何ぞや〉

蟻は、松のイロハをノミコミしつつも、ほのかなマヨイが消えない。そのマヨイのままに、答える。

〈ノゾミとする、時と所なりと、オモイツキ、あり〉

〈されば、公、ノゾミ無しとな〉

〈我が巣、ウシナイしたれば、ノゾミありえず〉

〈巣のみが、公にとりての世の中、すべてなりや。さりとは、いかにも小さき狭き、境なりや。

公、二十三日の間、サマヨイしたるは、いかなる境なりや。やはり、小さき狭き、巣なりや。

老生が、風よりキキコミしたるによれば、公のサマヨイせし境、梨の道あり、蛾の薮あり、白蟻の巣あり、コナアキナイの家あり、砒素の紙包みあり、鸚鵡の籠あり、人の病院あり、烏と飛びし空あり、と。

さまで広々としたる、境をミキキし、オオハタラキをキリヒラキしながら、なお小さき狭き巣に、ノゾミをかけんとは、一体全体、そはいかに〉

〈我れ、カシラなればなり〉

松の息吹は、秋霜のように蟻をオイコミする。蟻は、そこまで親身な松に、むしろアリガタミを感じて答える。

〈ふむ。カシラなれば、いかに〉

〈我れ、カシラなれば、ハラにタマヒ、あり。タマヒに、オオハタラキのチカラ、あり。

タマヒのヒツギすべき、巣とハタラキアリ、共にウシナイしたれば、我れに、ノゾミなし〉

〈なるほど。老生、よくよく、ノミコミせり〉

松はしばらく、ダマリコミにふける。

風が吹き、松葉が揺れた。風から松へ、しきりに何かイロハがフキコミされる。松は、風にウナズキで報いた。

〈公よ。まもなく、夜明けが来たらん。初めの曙光が、この神域に届く時刻まで、老生、公に、伝えたきことあり。

そは、古き世の、神人のハタラキなり。

もし、公にノゾミあらば、そのハタラキ、必ずや、公のハラの内より出ずべし。そのハタラキ、ヒモロギおよびカムナギと、申すなり。

そのカタは…〉と、松は蟻のハラへ、直にシコミのイロハをオクリコミしはじめた。蟻のハラには、人のカタが順次ウツシコミされる。

◇

鳥の卵の尖った先が半分、土から突き出たような山の中腹である。樹木の緑が濃い。若いころの松が、イロハの盛んな枝ぶりを四囲に伸ばしている。有栖神社の宮柱が敷き建てられる以前の森だ、とミヌキできる。松から離れること十間（一八メートル）ほどのところに、苔むした岩盤がむき出しになっている。人が一人ゆったりと座れるほどの広さがある。

森は、にわかに夜になった。月が西の空に掛かっている。ちょうど、蟻と松がイロハを交す今と同じ頃合である。人が来る。何やら声イロハを出している。

人は巌（いわお）の四隅に、木の枝を突きさす。榊（さかき）の枝だと、松が蟻に伝えた。深く突き立てられた枝と枝の間には、稲わらのツナが張られる。ツナの中央はゆったりと垂れ下がり、麻の幣（ぬさ）というものが結ばれた。

これがヒモロギだと、松がオシエコミする。

人は白い衣をまとい、長い黒髪を後ろに束ねている。額のハチマキ、肩のタスキは共に麻で編んである。両手に榊の小枝を持ち、磐座（いわくら）に座す。さらに大音声のイロハを発する。

「ひふみ　よいむなや　こともちろらね　しきる　ゆゐつわぬ　そをたはくめか　うおえ　にさりへて　のますあせゑほ　れけ…ん」

そう、蟻にはタチギキできた。意味はノミコミできない。祝詞だと、松が言う。

人は身を上下に波打たせ、ひたすら祝詞を唱える。小枝を持った両手は、胸前で空を打つように激しく振られる。祝詞は音の固まりとなって、森の中にこだまする。

東の空が明るむ。藍色の空が青から紫、赤紫と、しだいに色イロハを変えていく。橙色になる。はるか東海の水平線が卵のように裂け、幼虫のように無垢な光が現れる。と、光は矢となって八方に放たれる。強弓から弾かれた一の矢が、まっすぐ森に向かってくる。矢は地を這い、木の間をすり抜ける。岩座が光に満たされる。ヒモロギの中は、千万枚の鏡を張り巡らしたムロのように輝き、人は光に浄められた。

祝詞が止む。声イロハが、膨張する光のイロハにツツミコミされたのだった。

ヒモロギの中は、松の位置からもカイマミできない。松はただ待つ。光をただアオギミするばかりである。時が止まったように感じられる。

ヒモロギに射す光は瞬きを繰り返し、目まぐるしく色イロハを替える。七つの色イロハの長短、強弱、調和で、何かを伝えているように見える。

蟻には、光のイロハがヨミトキできる。すべてをハラにカキオキした。

やがてヒモロギから光が去る。煙のような光の尾を引き、朝日に帰った。

ヒモロギに、人が倒れ伏している。しおれた草のように頼りない。

風が吹いた。榊の枝に打たれた水が、シブキとなって人の顔にフリソソギする。人の眼に、耳に、口に、鼻に、シブキは穴に入る蛇のようにハイリコミする。

人にイブキがよみがえる。立ち上がったと思った瞬間、人はもうヒモロギの外にいる。ヒモロギの方に向き直り、拝礼し、拍手し、また祝詞を奉る。

松のオクリコミが終わった。

○

蟻が問う。

〈我れ、ヒモロギ、カムナギ、なすべきや〉

松が答える。

〈それは、公がハラの内に、あり。曙の光は、近し〉

東の空が、薄明に染まりつつある。暁の明星が、夜の雲を払っている。

第九の階（きざはし）

神

蟻が問う。

神に問う。

蛇がとぐろを巻く形にも、すり鉢を伏せた形にも似て、太古より神奈備（かむなび）山として人々にアオギミされ、種々の常緑樹や広葉樹をハグクミし、さまざまな生き物たちの巣ともなっていたミサキ山の中腹に、さる行者によって見い出された磐座（いわくら）を中心に、周辺を天津磐境（あまついわさか）として、約千百年前に敷き立てられた有栖神社の祭神である天之御中主大神（あめのみなかぬしのおおかみ）に、蟻が問う。

〈我れ、何、なすべきや〉

蟻は、カムナギのオオハタラキに向けてハラを据えた。

東の空が、刻一刻とアカルミを増していく。急がなければならない。

松は、行者がヒモロギに用いた榊の代わりに、二双の松葉を蟻に与えた。

〈公よ。それを、磐座の上にて、交叉するごとく、ツチにサシコミしたまえ。

きっと、ヒモロギのハタラキ、示されん〉

蟻が走る。二双の松葉を口にクワエコミし、神社神殿の高い床下にハネアルキでススミする。

磐座はツチにすっぽり埋もれていた。今も磁場にツヨミがあり、すぐに蟻のキヅキするところとなった。

蟻は、松のシコミどおり松葉をサシコミする。人の言葉で言うピラミッドの形になった。先端は鋭く天を指す。

そのカコミの中央に一つ身を置く。磁場がいっそうツヨミを示す。今までハラにトリコミしたことのない、オモミとアタタカミのある磁力のイロハである。

触角がひとりでにピラミッドの頂点を指す。蟻の身も、自ずと直立のカタになった。人の行者は白装束(しろしょうぞく)だったが、蟻はイロヌキすることにした。白い身に朝日の光イロハがシミコミすれば、ヤマイかイノチのオシマイに至るかもしれない。蟻は、それをナヤミとしない。ステミでなければカムナギはできない、という確かなキヅキがあった。

音イロハを発する。

「ひふみ　よいむなや　こともちろらね　しきる　ゆゐつわぬ　そをたはくめか　うおえ　にさりへて　のますあせゑほ　れけ…ん」

人の行者が唱えていた祝詞(のりと)をまねた。

蟻のササヤキはヒモロギの内で増幅され、大きな音イロハとなってピラミッドの頂からあふれ出る。音イロハの波は、ミズガキでカコミされた神域全体にヒビキわたる。ヒビキはツチを埋め尽くし、やがてトドロキとなって、天に届く音の宮柱を敷き立てていった。

松は、南西の隅で蟻の祝詞をキキコミし、樹齢が三百年も若返るほどミソギされた。

曙光が、まもなく東の海上を渡って来る。西の満月は、潮にフクラミを与え、軽いネタミを表わしつつ日の出を迎える。月の出は世をハカナミやカナシミに浸し、日の出は世をノゾミとタノシミで満たす。

蟻のノゾミを乗せた祝詞が続いている。風もないのに、松がムシャブルイをした。

一条の光が現れた。ヒモロギを指して、マヨイなく伸びてくる。かの行者が浴びた光の矢と同じように見えるが、千百年前のツヨミはない。光をトリカコミする雲も、風も、霧も、かつてほどのアリガタミやアオギミの構えを表さなくなった。

光がツヨミを失くしたのではない。世の中が変わったのだ。人の科学が闇夜をウシナイさせ、曙光のアリガタミをソコナイさせた。沖で魚を漁（すなど）る人々だけは、いつものようにアオギミし、手を合わせた。

今朝の太陽は常と違う。光の王としてのカガヤキを取り戻し、世の中を深いイツクシミでツツミコミする。原始のままのフクラミとアタタカミに満ちあふれた。もう、自（おの）ずからアオギミを覚えないものは、この世に何一つ無い。

朝日が蟻のヒモロギにハイリコミする。光は無数のかけらとなって乱れ散った。光と光がムツミし、新しい無垢な光の粒をウミふやす。生き物のイノチのイトナミに似ていた。そのイトナミは無限の連鎖となって、ヒモロギを金色の粒子で埋めていく。

朝まだきの中、蟻のヒモロギだけがこぼれんばかりの光をトリコミした。光のムロは、この世とタカマハラとをツナギする橋になった。蟻の眼には、東天へ伸びる長大な柱と映った。遥か彼方から、しずしずと降りてくるものがある。蟻は祝詞を唱えながらツツシミしている。日の光がイロヌキした身をミソギし、荘厳な色をイロウキさせていく。一つ身がクロズミするウレイは消えた。イロウキが済むと、蟻は金色に染まっていた。

神は、光に化身して、そこに現れた。光そのもののようでもあり、光に隠れているようにも見えた。

光の粒子の一粒一粒が、自由な意志を持って舞いきらめく。神社の域内にフクラミする神気という神気が、光の粒子に集まり、今まさにカムナビを示さんとしている。

カムナギとは、カムナビを聞くハタラキにほかならない。

光の色イロハが動いた。色はめまぐるしく変化し、蟻の身にミシコミする。蟻には、色イロハがヨミトキできた。

イロハは、こう仰せになった。

〈この方(ほう)は、有栖神社が祭神、天之御中主大神である。汝(なんじ)、何を問わん〉

このヨミトキには、五十音のヨミカキが役立った。蟻は行者のカムナギから、神の色イロハが五十音に対応しているとミヌキしていた。

アイウエオの母音に当たるのは、順に緑・黄・白・赤・黒である。以下カサタナハマヤラワの各行は、紫・青・青緑・黄緑・橙・桃・茶・灰・金で示し、カならば紫と緑、キならば紫と赤というふうに組み合わせる。ンは、金を二度発するのだとノミコミできた。

人のイロハと異なるのは、拗(よう)音、促音、濁音、半濁音がないところである。ヨミカキ、タチギキ、ササヤキまでキリヒラキした蟻には、そのチガイもナヤミにはならなかった。

蟻が問う。身ずからも、イロヌキとイロウキによって問う。

〈我れ、何、なすべきや〉

大神が答える。

〈神を助けよ〉

蟻は、トマドイを覚えた。オモイツキもしなかった答えである。

大神は、世のシクミをすべて作り給い、すべてを知り給う全知全能者ではないのか。行者でさえも、ひれ伏してアオギミの意を表し、全身全霊をこめてカムナギをしていた。あのときの大神は、高らかに〈津々浦々の天津磐境に、宮柱を敷き立てよ〉と宣られた。この度は、ちっぽけな蟻に〈神を助けよ〉と言われる。

大神がイロハを次ぐ。

〈世の中の、生きとし生けるものすべて、神を助けんがために、あり〉

蟻は受けて、また問う。厳粛な問答が始まる。

〈我れ、神の助け、求めんとて、問う。それ、マチガイなりや〉

〈さにあらず。神と衆生と、ともに助け合わんために、あり〉

〈我れら、小さき衆生たる虫に、全知全能の神、助くべき、いかなるチカラあらんや〉

〈神にも、できぬこと、あり。

ましてや、この現し世は、衆生の世の中なり。神とて、無闇に手を下すは、許されぬ。

仮りそめにも、汝が巣を、元に戻すなどは、神のミチに無きフルマイなり〉

神は、蟻のハラを見通すかのように冷厳に言い切った。蟻をトマドイの中へ置き去りにしたまま、さらにイロハが続く。

〈汝のウレイは、ミコミチガイより生ずるものなり。

この方は、汝のミコミチガイを正さんがため、汝がカムナギに応えん〉

〈大神よ。我れ、蟻なり。蟻たる我がイノチと、カシラたるハタラキ、知り給うや〉

〈汝がこと、すべて、この方の知るところなり。

汝が求めんことも、この方に、おしなべて伝われり。

汝、すでに、この方とハラから、ナジミせんものとなりぬ。

されば、この方、今し示さんは、汝がミチなり。

汝、そを知らば、小さきノゾミに生くること、なかるべし〉

蟻は頭を垂れる。サマヨイの身になってからずっと、ミチを求め続けてきた。それは巣へのミチであり、イノチのミチでもあった。大神は、どんなミチを示そうというのか。

大神の意味深長なイロハが、蟻の身の奥にシミコミしてくる。

〈まず、聞くべし。汝は、神の子なり。

驚き、騒ぐにあたらず。衆生、おしなべて、神の子なり。

なれど、世の中に、キヅキする者少なし。なれば、ウレイ、ワズライ多し〉

蟻は、タカマハラの神にキヅキし、身ずから神の子とも信じて、神のミチビキによってハタラキを続けてきた。その結果が巣のウシナイでは、カシラとしてハラが収まるはずもない。神にモノイイしたいオモイが募る。

〈汝が巣のことも、やがて、すっかりノミコミできるものなれば、しかと聞くべし〉

雷鳴のような音イロハだった。蟻はハラの底まで見透かされ、いささかのキノマヨイも許さない大神の厳しさを思い知らされた。

蟻はハラを無にし、触角だけの生き物と化す。体が透明さを増し、その中を光イロハが往き来した。

神は穏やかに仰せられる。

〈これより語るは、世の中のシクミなり。

まず、知るべし。汝らが住む世は、決して人のみの世にあらず。

ましてや、汝ら虫、松の如き草木、鳥の如き禽獣の世にあらざること、明白なり。

さりながら、一つミある衆生すべての世というも、正しくはあらず。

汝らの生きる現し世は、この方ども、神々の世の写しにして、また、その一部なり〉

蟻はなんのマヨイもウタガイもなく、ハラに入れる。

〈神々の世と、この世とが、ハラとハラにて結ばれしこと、汝、よく知るところなり。

それ故に、汝ら、この世の衆生がハラ、種々のマチガイに満つれば、神々の世もまた、マチガイに染むべし。

そが、神の世とこの世との大いなるシクミなり〉

それらは、カシラハタラキアリのタマヒにも代々伝えられてきたマコトである。

〈なれば、今まさに、この世にマチガイ多く、神々のウレイ深し〉

蟻は身をスクミさせた。一族のカシラとして、巣のウシナイを招いたことは、身ずから犯した大きなマチガイである。ツグナイのオシオキを免れようとは思わない。

神は深々としたイツクシミで、蟻のカシコミをツツミコミし、アリガタミにあふれたミコトを宣る。

〈なれど、この世にマチガイ多きもの、あり。そは、汝ら、虫にあらず。

幾度のマチガイ犯すも、悔い改めぬもの、あり。そは、草木や禽獣にも、あらず。

マチガイと知りて、なお、マチガイ広げしもの、あり。そは、人なり〉

蟻は、ウナズキのうちにノミコミできる。サマヨイの日々に、人のイトナミをいくつもミキキした。キノマヨイにも襲われた。人へのウレイは、今もハラから消え去らない。

この世では、人が最も大きな存在である。神の使いとして、他の衆生をミチビキすべき務めを担う。そう、蟻はオモイコミしている。たとえウレイ多き存在でも、人にノゾミを託すのが神のハラなのだと信じている。

人は、神にいちばん近い存在ではなかったのか。神はなぜ、マチガイの多い人をお許しになるのか。

そんな蟻のハラのウゴキは、そのまま神への問いになった。神は答える。

〈神は、身ずからの似姿として、人を創り給いぬ。

さりながら、この世に送られし後、人も他の衆生とヒトシナミに、ただイノチのイトナミを続けるものにすぎぬ。

汝、知るべし。汝らがイトナミと、人がイトナミと、いずれがタカミにありや。

神の眼にて見むならば、いずれもヒトシナミと、映りぬ〉

人のイトナミをカイマミしてきて、蟻は、ハラの底からウナズキできる。

蟻族のイトナミにも、ウレイやワズライは多い。それが高じれば、蟻の巣のように無意味なタタカイでウシナイも招きかねない。ワザワイの種は尽きないのだ。人もまた、アキナイというワザワイの種をカカエコミしている。

蟻には蟻の、人には人の、別のウレイがある。

〈されど、人は、この世のカシラたらねばならぬ。

人の世のみの弥栄を願い、他の衆生をソコナイ、オイハライするは、許されじ。

そのこと、この方、幾度も人に示し、伝えて来たるに、人の多く、聞かじ、変わらじ〉

蟻はカシコミしたままウナズキする。モウシヒラキが許されるなら、蟻も、人へのウレイを一つ一つアゲツライしたいところだ。

〈この方、人のキヅキを待てど、未だし。すでに、時は迫れり。もはや、待てぬ。

なれば、汝ら、他の衆生にタノミせんと、カミシクミ起こせし。

汝が身に起こりしこと、すべてカミシクミにして、神鍛えなり〉

〈我が巣のウシナイも、カミシクミなりや〉と、蟻はツツシミのまま問う。

〈然り。すべて、カミシクミなり。汝、ゆめゆめ疑うことなかれ。

汝がための神鍛え、北へ向かうが、それなり。北へ向かわば、地磁気、すなわち鍛えのミチビキとなるらん。

汝、新たなるハタラキ、次々とキリヒラキせしも、鍛えのミチビキあればなり。

そは、汝がハタラキ、人とヒトシナミにせんがため、大いなるカミシクミありしぞ。

この方のノゾミに、よく応じ、よく鍛えに堪えたるは、汝、まことに天晴れなり。

すでに、汝がハタラキ、人をシノギせんほどに高まりぬ。

そは、まさに、神々のミコミしたるままなり〉

蟻はカシコミながらも、イタミとカナシミを禁じえない。大神の御心にはアリガタミを感じるが、とてもハラは晴れない。巣あればこそハタラキも生き、カシラなればこそオオハタラキも高まるとノミコミしていた。今はもう、巣もなければ、蟻をカシラとアオギミする一族もいない。人とヒトシナミのハタラキなど、なんの益があるというのか。

蟻が問う。イタミとカナシミをぶつけるように、神に問う。

〈我れ、クロヤマアリなり。我れ、一族のカシラハタラキアリなり。

我がハタラキ、巣ありてこそ、巣のノゾミとも、一族のタノミともなりぬべし。

もはや、我れに、巣なし。なんのハタラキなりや、なんのオオハタラキなりや〉

神が答える。

〈オモイエガキせよ。キヅキせよ。そがための、オオハタラキにあらずや。

汝、人をシノギせんまでのオオハタラキ、ハラに蔵されたり。

ハラに、タあり。それ、大いなるタなり。すべては、タからなり。

それ、タから、すなわち宝、用いざれば、持ち腐れとなるべし〉

蟻は、なおも食い下がる。

〈オオハタラキにて、人をシノギせんこと、我がノゾミにあらず。

我れ、小さき蟻なり。ツチの巣に、イノチのイトナミせし、小さき虫なり。

大神よ。我がノゾミ、蟻として巣にイキ、巣にて、イノチのオシマイ待つのみなり〉

〈なれば、汝が巣をば、元のままにせんが、汝がノゾミなりや。

もはや、遅し。汝が巣、ウシナイとなりしは、カミシクミにして、ナリユキなり。

松より、汝に伝えしこと、しかとオモイエガキすべし。

幾重にも、折り重なりたる、「イのミチ」の果てなり。そを受け入れがたきも、受け入れねば、汝にノゾミなし。

畢竟、この方にも、ノゾミなし。

なお申す。神を助けよ〉

蟻の目に、金色の涙がニジミした。一滴の涙は朝露のようにフクラミをもち、オモミを抱いて落ちる。小さな身がしとど濡れて、ミソギされていく。あとには黄金身のカガヤキ。

ミソギは神のメグミなのか、身ずからのハタラキなのか、蟻にはわからない。オモイエガキするのも、クルシミが増すだけである。

蟻は生まれてはじめて、イノチのクルシミの中にホウリコミされた。

……我れ、蟻なり。我れ、クロヤマアリなり。我れ、カシラハタラキアリなり。

我れ、サマヨイの果てに、オオハタラキ、キリヒラキせし。

我れ、ヒモトキのハタラキあり。我れ、クロヤマアリ族と梨の古き日々、ヒモトキせり。

我れ、タマミガキのハタラキあり。我れ、ノロイの蛾、タマミガキせり。

我れ、イロヌキのハタラキあり。我れ、身ずからイロヌキして、白蟻となりし。

我れまた、イロウキのハタラキあり。我れ、身ずからイロウキして、黒蟻にもどりぬ。

我れ、オモイエガキのハタラキあり。我れ、老白先生のイサミとハゲミ、オモイエガキせり。

我れ、ヨミカキのハタラキあり。我れ、砒素のムツミのシクミ、ヨミカキせり。

我れ、ササヤキのハタラキあり……。我れ、……。

すべてのオオハタラキは、一刻も早く巣にもどり、カシラとして一族をミチビキするためにキリヒラキしたのだろうか。どれもこれも、一介のハタラキアリとしてイトナミするには過ぎたハタラキである。

大神は、人とヒトシナミ、あるいは人をシノギせんほどのオオハタラキと言われた。

……我れ、蟻なり。人に、あらず……。

人とヒトシナミのオオハタラキを得て、蟻としてどんなイトナミをすればいいのか。

……我れ、蟻なりや、人なりや。蟻にして、人とヒトシナミのオオハタラキ、あり。

我れ、生きるものなりや、生かさるものなりや。

我れ、身ずからハタラキする虫なりや、ハタラキさせらる虫なりや。

我れ、ハタラキによりて、ハタラキアリなり……。

このハラのクルシミは、ウミのクルシミだったのかもしれない。

蟻は、とんからりと羽化した。触覚からハラの底までミソギされた。

〈我れ、蟻にして、蟻にあらず。我れ、元より神の子なり〉

蟻は、常に生きる姿を変える。卵、幼虫、蛹、成虫と変化して、イノチのオシマイまで生きる。その間も、蟻であることに変わりはない。あふれるイノチのチカラのままに、ツツシミして身の変化を受け入れるだけである。巣のウシナイも変化の一つにすぎない。今このとき、神の子とノミコミしたのもまた、一つの変化にすぎない。

蟻は、アリガタミをもって羽化した。身の羽化ではなく、イノチそのものの羽化だった。

蟻が問う。新しいイノチに生まれ変わって、大神に問う。

〈大神よ。我れ、すべてノミコミせり。我れ、イノチ、新たなり。
我れ、神助けんために、何、なすべきや〉

人はおろか、神をもシノギするほど、イノチのチカラに充ち満ちたイロハだった。

大神は答える。

〈さも、あり。さも、ありなん。さ、あらねばならぬ。さ、ありてこそ〉

神気は、歓喜のイロハをフクミしていた。

〈汝、まず「ヒのミチ」をば、知るべし。
「ヒのミチ」をば、今人、多く忘れたり。
そによりて、イロハがクルイ、世の中にマチガイ、ワザワイ増しぬ〉

それから、神は時をオシミするように、滔々（とうとう）とイロハを宣りつづける。

〈汝、初めに祝詞をば唱えしが、そのフクミするところ、よもや知るまい。

そは昔、人が音イロハをすべてノミコミしたる後、あるカムナギのカキオキしたる、「ヒのミチ」に基づくフミなり。

かの祝詞のフクミするところは、「ひふみ」すなわち、神より授かりし音イロハの恩恵を余すところなく生かし、遍く世に広め、永久への和気と弥栄をノゾミせんとする、人の神々への赤心を表すなり。

されど、人は、「ヒのミチ」「ひふみ」ともに秘文となし、世の奥に隠してしまいぬ。

爾来、人の世に、「イのミチ」栄えに栄え、クルイにクルイ、マチガイにマチガイを重ねることと、相成りぬ。

それ故、この世を映したる神の世も、クルイ、マチガイの悪しき影をこうむること甚だしくなりぬ。

かくの如きまま過ぎぬれば、この世も、神の世も、共にウシナイの時を迎えんことは、明白なり。

この方、座して待つに忍びず。汝らが世の中、イワトビラキさせんと、種々の衆生に、多くの神々、天降り給うて、ミチビキせんとするが、爾今のことなり。

選まれし衆生の内には、汝ら虫のほかに、一握りの人あり、禽獣あり、草木あり。

聞くべし。神を助けんには、汝、イワトビラキのオオハタラキをキリヒラキすべし〉

イワトビラキとは、どんなオオハタラキなのだろうか。蟻は、ハラの中でオモイエガキのキをめぐらそうとして、すぐにやめた。

大神は、大いなるイツクシミを持って宣り給う。

〈この方、爾今、機、熟せば、汝がもとに天降り来たりて、イワトビラキにミチビキせん。

汝、まず成すべきことあり。そは、ここな神社の宮司が書にて、『フルコトノフミ』のヨミカキなり。

マナにては『古事記』と書かれぬ。この書、人の世にては、マチガイの多きヨミコミを成されしが、ハラを浄めてヨミカキ成せば、意、自ずから通ずべし。

汝、秘文の奥を知るべし。オモイエガキにより、奥なるフクミを、ヨミトキすべし。

きっと、申し付くるなり。汝、『古事記・上つ巻』をば、すぐにもヨミカキせよ。

時は迫りぬ。この方、一度去り、キ、熟さば、また現れ出でなん……〉

「ん」の金色のきらめきを最後に、光のイロハが途切れる。大神は、消え入るように雲居の方へ去った。

○

『古事記』は、「社務所」と札が掛かったムロの、さらに奥のムロにあった。応接室というムロらしい。ムロの真ん中には、卓と大小の椅子が据えてある。壁際に引き戸の付いた書物のタナがあり、二、三百冊の本は『神社…』、『神事…』などのマナが目立つ。それらは、幾度も開かれた跡があり、何人もの人の匂いイロハがこもっていた。

幸い、人はいない。蟻にはアリガタミが大きい。人に妨げられることなく、ヨミカキにノメリコミできる。二種類ある『古事記』のうち、人の手のひらほどの比較的小さな本にモグリコミした。書かれているカナとマナは、蟻の身より一回り小さい。

蟻のヨミカキのハタラキは、眼をウタガイするほど高まっていた。紙の間にハイリコミし、素早くくるりと大きな円をエガキすれば、両側がヨミコミされた。続けざまに本の上や横を越えて、次の二枚、また次の二枚とススミする。人が昼の餌を食べる前までに、上つ巻のヨミコミを終えた。

今のところ唯一、身をヤスミさせられる松の枝で、蟻はヨミコミしたものをヒモトキする。いったんハラにカキオキしてしまえば、コノミの時と所でヒモトキやオモイエガキができる。

『古事記』は、こんなフミで始まる。

《天地初めて発りし時に、高天の原に成りませる神の名は、天之御中主の神。次に、高御産巣日の神。次に、神産巣日の神。この三柱の神は、みな独神と成りまして、身を隠したまひき。》

天之御中主の神は、ここ有栖神社の祭神でもあり、今朝、蟻がカムナギした大神にほかならない。タカマハラに最初に現れた神だと書いてある。

続けてヒモトキする。

《次に国稚く、浮ける脂のごとくして、くらげなすただよへる時に、葦牙のごとく萌え騰る物によりて成りませる神の名は、宇摩志阿斯訶備比古遅の神。次に、天之常立の神。この二柱の神も、みな独神に成りまして、身を隠したまひき。

上の件の五柱の神は、別天つ神ぞ。》

神々は、次々に「成りまして」、次々に「身を隠す」。

蟻はすでに、神の姿を光のイロハとしてノミコミしている。「成る」ことはイロハがあり、「身を隠す」ことは、この世に現れ出ないことだとオモイエガキした。「別天つ神ぞ」とは、特別の神ということか。

さらにヒモトキする。

《次に、成りませる神の名は、国之常立の神。次に、豊雲野の神。この二柱の神も、独神に成りまして、身を隠したまひき。

次に、成りませる神の名は、宇比地邇(うひぢに)の神。次に、妹須比智邇(いもすひぢに)の神。次に、角杙(つのぐひ)の神。次に、妹活杙(いくぐひ)の神。次に、意富斗能地(おほとのぢ)の神。次に、妹大斗乃弁(おほとのべ)の神。次に、於母陀流(おもだる)の神。妹阿夜訶志古泥(あやかしこね)の神。次に、伊耶那岐(いざなぎ)の神。次に、妹伊耶那美(いざなみ)の神。

上の件の国之常立の神より下、伊耶那美の神より前を、并(あは)せて神世七代といふ。

ここに、天つ神のもろもろの命(みこと)もちて、伊耶那岐の命・伊耶那美の命の二柱の神に、
「このただよへる国を修理(をさ)め固め成せ」
と詔(の)らし、天の沼矛(ぬぼこ)を賜ひて、言依(ことよ)さしたまひき。……》

ここまでヨミコミしても、蟻には神の名がただ並べてあるとしかノミコミできない。

人のカキオキでは、なんでも名にされる。それが「ナのミチ」とはいえ、神にまで名を付けるとはおこがましい。しかも、人が多くの神々にキヅキしたとは、にわかにノミコミしにくい。ともかくも十七柱の神が成り、ついに国を成す神まで現れた。神々の名は、何をフクミしているのだろうか。

蟻は、サマヨイの日々にミキキした「ナのミチ」をオモイエガキしてみた。

この世では、人だけが「ナのミチ」を持っている。人のツヨミとオモミは、「ナのミチ」から生まれたのだろう。ユキチガイやクイチガイが多くあるとしても、「ナのミチ」は人と他の衆生との差をますます広げるもとになっている。

あの恐るべき砒素のようなコナをトリアツカイしながら、一方では、タクミを極めて、ヤマイをオサエコミする医学にまでススミさせた。蟻にはナジミを持てないアキナイでさえ、「ナのミチ」をトリコミしてアツミを増し、

人のイトナミにフクラミをもたらしているようにミヌキできる。

天之御中主大神がウレイを表したように、人がこの世で主人顔しているのも「ナのミチ」によって得たチカラへの自負があるからにほかならない。他の衆生は、人の「ナのミチ」に対して成すすべもなくミをチヂミさせ、スクミさせている。それが、今の世の中である。

大神は、それをマチガイだと言われた。「ナのミチ」をウミ出したのがマチガイだったのか。それとも、それ以前からマチガイに向かっていたのか。

蟻はヒモトキに戻る。

伊耶那岐の命と伊耶那美の命の「国生み」が続く。国は、いくつもの嶋から成り、それぞれ名が付けられている。ひっくるめて、「大八嶋国（おほやしまくに）といふ」とある。

さらに「国を生み竟（お）へて」、伊耶那岐、伊耶那美の命は、神をウミ出す。蟻は、トリマキの神だとオモイエガキする。海の神、水戸の神、風の神、野の神など、国のところどころでハタラキを示す神というわけである。

《かれ、伊耶那美の神は火の神を生みたまへるによりて、つひに神避（かむさ）りましき。》

ここまで伊耶那岐、伊耶那美の二柱の神は、合計十四の嶋と三十五柱の神をウミ、那美の神のイノチのオシマイでウミを終える。

蟻はトマドイを覚えた。神にもイノチのオシマイがあるのだろうか。トマドイはすぐに晴れた。

伊耶那美の命は「黄泉（よも）つ国」におはしまし、伊耶那岐の命がイトシミの思いから訪ねて行く。そうでなければいけない。蟻のハラがタノシミでわくわくする。

「愛(うつく)しきあがなに妹の命。あとなと作れる国、いまだ作り竟へず。かれ、還るべし」と、伊耶那岐の命。「国作りはまだ終わっていない。さあ、いっしょに還ろう」と、ヨビコミしたのである。

それに対する美の命の答えイロハを訳せば、「どうして、もっと早くおいでくださいませんでしたの。私は、すっかり黄泉(よみ)の国の神になってしまいました。でも、愛(いと)しいあなたがおいでくださったからには、なんとかこの国の神と掛け合ってみます。その代わり、私の姿を決して見ないとお約束くださいませ」と。

ところが、伊耶那岐の命ともあろう御方が約束を守れず、醜く変わり果てた伊耶那美の命の姿を見てしまう。蟻は、相手が神であることも忘れて、伊耶那岐の命をサゲスミしたくなった。国生みをするほどの偉大な神が、まるで人のオトナのようなマチガイを犯すということがあるのだろうか。蟻のハラに、ウタガイのイロハがじわじわとフクラミしてくる。

ウタガイはいずれ消えるだろう。それより、ユガミのあるオモイコミがいけない。マチガイのもとになる。蟻は白蟻のように白いハラになって、ノミコミすることにした。イブキを高め、その後をヒモトキする。

変わり果てた妻の姿を見てしまった岐の命は、すぐさまシリゾキをはかる。一方、夫から受けたハジライをノロイに変えた美の命は、夫をオイコミして黄泉(よも)つひら坂に至る。この世とあの世との境らしい。その境から先、つまりこの世の側に、黄泉つ国の神となった美の命は入れない。蟻は、磁場のイロハが違うのだとオモイエガキした。

伊耶那岐の命は「桃の子を三箇」投げつけて、執拗な黄泉つ軍を追い払う。最後には、美の命身ずからオイコミして来て、「事戸(ことど)を度(わた)す時に」言う。

「美しきあがなせの命。かくせば、なが国の人草、一日(ひとひ)に千頭(ちがしらくび)締り殺さむ」

ノロイのイロハである。それに答えて、伊耶那岐の命が詔る。

「美しきあがなに妹の命。なれしかせば、あれ一日に千五百の産屋立てむ」

美の命は、岐の命へのムクイとして、一日に千人のイノチをオシマイにすると言い、岐の命は、それにサカライして一日に千五百人のイノチをウミ増やすと言うのだ。

本文はこのあと、次のように続く。

《ここをもちて、伊耶那岐の大神の詔らししく、

「あは、いなしこめしめき穢き国に到りてありけり。かれ、あは御身の禊せむ」

とのらして、竺紫の日向の橘の小門の阿波岐原に到りまして、禊祓したまひき。》

訳せば、伊耶那岐の命は「私はひどく醜い穢れた国に行ってきたのだ。早くミソギをしなければいけない」と言い、竺紫の日向の橘の小門の阿波岐原という所で禊祓を行った、と。

蟻は、オモイエガキにマチガイがないようにすればするほど、クルイやオモイチガイが起ることにキヅキした。いくら神の世の物語だろうと、これほどノミコミにクルシミを覚えるとは。伊耶那岐の命は、黄泉つ国がどんな所か知らずに出かけたのだろうか。しかも夫婦のイサカイの有様は、神様のミチとも思えない。蟻には、どうしてもウナズキできないことばかりだった。

蟻は、この『古事記』をカキオキした人に逢いたくなった。ノミコミの足しになるかもしれない。約千三百年前にさかのぼる。蟻のタマヒのカキオキに、何か残されているだろうか。いったん『古事記』を離れ、タマヒのヒモトキを始めた。

その人は、名を多安万侶（おおのやすまろ）という。多氏は代々、フミカキを専らとする家柄である。安万侶の父の代に、カシラツギをめぐる大きなアラソイでイキオイのあるカシラのトリマキとして、家名を高めた。安万侶の代になると、奈良という都にウツリスミし、フミに関わるハゲミをするようになった。都とは、巣の中心のウロに当たる。

蟻の祖先にとって、昔の都はイトナミしやすいところだった。ツナでカコミした標野（しめの）や原野、田畑が随所にあり、他の虫たちと共に神ながらのナゴミを得ていた。人も、虫にはイトシミをオシミしない。鳴く虫には、よくキキミミを傾け、ウタヨミの種にもした。蟻の祖先たちも、よくハタラキする姿で人のアオギミを誘った。

そのころ、野原にイトナミする虫のハラは一つだった。

蟻のように地をハイアルキする虫は、野の草花のソヨギやザワメキによって、世のウゴキとウゴメキをミキキし、鳴く虫に伝えた。鳴く虫はスダキで野原を満たし、蛹や幼虫の端くれにまで、そのナカミをヒビキ渡らせた。

人の世のイトナミは、どんなに隠された「イのミチ」の奥の奥までも、風から草へ、草から虫へと伝えられた。人のイロハは、草花や虫をアザムキできるほど小さくはない。山里の道を通るアキナイ人たちの話声、官舎や僧坊といったムロの片隅で交される密かな噂話、時のカシラとトリマキに対する言うに言えないモノイイやハカライまで、人ならぬ衆生はすべてキキコミしていた。

それほどまで、人の世と他の衆生の世との間には境が無かった。

人の世は、新しいカシラツギのシクミに変わりつつあった。シクミにオモミをもたらすのは、マナによる「ナのミチ」のハゲミである。カシラをアオギミするフミやウタが数多く生まれ、フミカキやウタヨミがタノミとされた。

安万侶もフミカキの一人である。修史局というムロにトマリコミしながら、キキコミしたフミをカキオキする。そのイトナミは、何かのカタのように十年以上も繰り返された。時折、オトナとなった我が子を集めて語ることは、世とカシラのためにフミカキにハゲミすべき多氏のミチであった。

安万侶は、オサバキに関わる他のトリマキたちのタクラミやハカライには口をサシハサミしない。常にホホエミを絶やさず、ツツシミを保っている。陰では、アオギミを込めて「心やすまろ」「命やすまろ」などと呼ばれた。そこには多少のサゲスミもフクミしていると、当の安万侶はノミコミしていた。

安万侶のオモミあるツツシミは、一つ身のタシナミから発しているのではない。ましてや現世（うつしよ）からのシリゴミでもない。もっとフカミのあるノゾミをフクミしていた。

蟻は、一つのヒモトキから安万侶のフクミをミヌキした。

秋の一夜である。空には丸くフクラミした月が掛かる。月は、世のすべてをアカルミに出そうとするかのようだ。人の暦では十六夜（いざよい）という。庭には尾花に萩、女郎花（おみなえし）などが咲き競う。安万侶は、小窓から入る月明かりをたよりに酒の杯を重ねる。虫のスダキがナゴミを誘う。

若い女が側にはべり、安万侶に酒を薦める。女はカコイされ、安万侶のカヨイを受ける身である。二人は、父と子ほども年が離れているように見える。安万侶はオキナとは言えないが、一つ身からクルシミの色イロハがにじみ、月光の下ではオキナそのものだった。

安万侶が酒をやめると、女は竹の筒を取り、虫のスダキに合わせてフエフキを始めた。その音イロハは、野の虫たちのハラにカナシミのヒビキを伝えた。まるで安万侶のハラの内を、女が代わりにツブヤキするかのようだった。

月が雲間に隠れた夜更け、訪れる人があった。忍び足で木戸に近寄り、扇で軽く二つ叩く。女が立って木戸を開け、客を招き入れる。尾花が揺れた。

「よくこそ、出(い)でましたまひぬ」

奥のムロで、安万侶が深々と頭を垂れた。

「さても、あいなし。かく深更(しんこう)にて、はべりつらむ。消息(しょうそこ)、いみじうこそ…」

女がムロから去っても、客は声をヒソミさせて言った。夜更けに訪れたことを詫び、もらった手紙の礼などを述べている。蟻は、例によってジビキをしながら、古人(いにしえびと)の聞くイロハをヨミトキした。この先は、蟻がヨミトキしたイロハに替えよう。

客人は続ける。

「十五夜、十六夜と、ウタヨミの会に引き回されました。おかげで、モノミの監視も緩んだようです。ようやく、久しぶりにお目にかかることができました。ハラカラ同士も気安く逢えぬとは、困った世の中でありますことよ」

「いや、我がワズライにあなたまでマキコミしてしまうのは、まことに心がイタミます」

「これは、とんだことを申しました。氏の長者をお助け申すのは、我れら多(おおの)を名乗る者のハゲミとするところです。どうかお気遣いなく、なんでもお聞かせくださいませ」

「かたじけなく存じます」

安万侶は、声イロハを一つ一つイツクシミするように語りはじめる。隣のムロでは、女がフエフキにハゲミする。

笛の音イロハが、男たちの声イロハをツツミコミする。

「勅撰『日本紀』は、まもなく正史として世に出ることでしょう。私も修史局でのカキオキの役目を解かれ、近いうちにはまた、雅楽寮に戻ります。若い文章生へのシコミの日々が始まれば、身のクルシミもしだいに失せることでしょう。我れらフミの徒が、オサバキに関わるハカライにマキコミされずにいるのは、なかなか容易ではありません」

「人麻呂様のことも、なかなか胸の内から去らぬこととて、致し方ありますまい。フミカキ、ウタヨミのヨワミに、私も心がイタミ入るばかりです」

「さよう、フミの徒は無力なものじゃて。人麻呂様ほどのカムナビトでさえ、トリマキのハカライをフセギできず、トコロバライの憂き身と成り果ててしまったのですから」

「もはや申されますな。ますますクルシミが増すばかりです」

「さようじゃな。齢を重ねるほどに、ウレイの晴れるのに時間がかかるようです。ところが、大夫殿。今宵、物語りしたきことも、人麻呂様に大いに関わりがあるのです」

大夫と呼ばれた客は、扇を口に当てたまま目を見開いた。

「私がフミカキに携わった『日本紀』は、ユガミ、ヒズミの多い歴史書です。勅命によってカキオキするのですから、それも当然のことと言わなければなりますまい。

我が大君をアオギミするナカミとは申せ、そこには自ずとツツシミがなければならないと私は思うのだが……。ユガミ、ヒズミの書も、そのまま百年、千年とヨミカキが続けられれば、マコトとして世に伝えられることとなるでしょう。後の世の人は、『日本紀』をマコトと信じて、ヨミチガイやオオマチガイを犯すかもしれないのです」

「それは、由々しきことです。それでは、カキオキとしてのあなたや氏の名の穢れ、ハジライになりはしませんか。私は、あなたが困難な仕事を大過なく果たされることを、我が一族の誉れとさえ考えておりましたのに」

「大夫殿の申されること、まことにもっともなことです。私とて、『日本紀』の編者に名を連ねることは、一族の誉れであると信じていました。ましてや、かように人の運命の定めなき世と成り果てては、一族の名を汚さず後世にツナギすることは、氏の長者である私の正しいミチであろうともノミコミしています。

『日本紀』の編纂（へんさん）に当たっては、私なりに能（あた）うかぎりマコトをカキオキしようとハゲミもしましたが、しょせん一介のフミカキの身です。トリマキ一派のイキオイとハカライに、誰がサカライできましょう。一族の誉れどころか、氏の名をウシナイするウレイさえあります。結局、かの大臣（おとど）にスクミして、ユガミやヒズミをそのまま見過ごしてしまったのです。

倭国（やまとのくに）にウツリスミしてより代々、大君（おおきみ）のためにハゲミして家名を高めてまいった多氏の長者として、マチガイを招く史書をカキオキしたツミは消せません。そのツグナイは、将来にわたって子々孫々が、ハジライとともにウケツギしていかなければならないのです。

その上、我がハタラキに対したてまつり、大君より太（おおの）の新姓をおくり名されるとの噂もあります。きっと、大臣のハカライがあったのだと思われます。これをハジライの上塗りと呼ばずして、なんと呼びましょうか」

大夫は、安万侶のクルシミとカナシミをノミコミし、オモイコミにオチコミするように目を伏せた。

二人は、人の言葉でいう従兄弟の間柄にある。ともに多氏のオサナゴとしてハグクミされながら、長者の安万呂はカキオキのミチを、大夫はウタヨミのミチをアユミした。お互いの才能をミコミ合い、シタシミを深め、ハゲミつづけてオトナとなった。

「『日本紀』は、舎人親王（とねりのしんのう）様が名代となられるのでありましょう」

　クルシミの口で大夫が問う。

「その通りです。しかし、フミカキとして私の名が消えることはありません。その上、この先、文章生に『日本紀』をオシエコミするのが、我が多氏代々の務めになるのです」

　安万侶の声イロハは、ますますカナシミをたたえる。

　虫のスダキが一段と高まった。丈の高い尾花もザワメキ立った。安万侶は、わずかに横じさりして小窓を閉める。蟻の祖先が窓辺に這い寄り、触角を立てた。

「それで、従兄上（あにうえ）はどうなさるおつもりですか」

　大夫の声イロハが震えている。安万侶はイトシミをこめて答える。

「私は、成すべきことをすべて済ませました。それをあなたにだけはノミコミしていただき、これを一族の秘事としてウケツギしていただきたいのです」

「約束しましょう。私は、何をウケツギすればよろしいのでしょうか」

「かたじけない。やはりあなたは、私のミコミどおりの真人です。

　大夫のほかに、タノミとする人が思い浮かびませんでした。我が子らはみな凡庸です。『日本紀』の講義ほどのことはできましょうが、タノミとするにはもの足りません。

それでこそ……」と、安万侶は大夫の手を取った。大夫も強く握り返す。

「……実は、フルコトをカキオキした別の一書があります。『日本紀』と同じく稗田阿礼（ひえだのあれ）のクドキをマチガイなくカキオキしたものです。私と人麻呂様、それに丹比（たじひ）氏の人々とでひそかにタクラミしました。かいつまんで言えば、こういうことです。

私が阿礼のクドキをカキオキするうちに、右大臣のモノイイが激しくなり、クイチガイが多くなってきました。そこで、まだタノミとすべき立場にあった人麻呂様に話をキキコミしていただいたのです。人麻呂様は、阿礼のクドキのナカミをよくノミコミしておられました。その上でマチガイを正すべく、ハタラキを尽くされたのです。私には「公にカキオキを命じられた立場上、今までどおり『日本紀』の編纂に携わるがよろしかろう」と言われ、私の身にワザワイが及ばぬよう、内々にカキオキを続けられたのでした。そのことと、トコロバライとは無関係かもしれません。しかし、人麻呂様に対するウタガイがフクラミしなかったとは言えますまい。

ああ、今となっては、私が人麻呂様をタノミにしたことが悔やまれてなりません」

「従兄上、そのようなクヤミで一つ身をサイナミなさってはいけません。人麻呂様は、イキオイを増した右大臣家のハカライの手が、いつか一つ身に及ぶだろうとキヅキされていたと聞きます。

我れらウタヨミでさえ、ウタのカタをキリヒラキし、マコトのミチをヨミコミする人麻呂様こそ、世のマチガイにナゴミできない者たちすべてのノゾミであると、大いにタノミともしていたのですから」

「今さら、クヤミを言っても始まらないのだが……。いや、人麻呂様のワザワイを思うにつけ、よくよくハゲミしなければ、申し訳が立ちません」

「それで、そのフミが…」

「そのとおり、今は私の手元にあります。人麻呂様たちはワザワイが身に迫る前に、そのフミをすべて私に託されたのです。

もし、これがトリマキの手に渡っても、私が持っていれば『日本紀』の下書きだとモウシヒラキできます」

「それにしても、そのフミは『日本紀』とどれほどチガイがあると言うのですか」

「そのフミは、『日本紀』と似た神世記（かみよのふみ）のシクミになっています。ある部分は、まったく同じと言ってもよいほどです。しかし、深くヨミトキすれば、必ず秘められたマコトがノミコミできるはずです」

「それでは、歴史のマコトが…」

「歴史をフクミするマコトと言えるかもしれません。いや、それ以上に日の本の国をはじめ、世の中すべての弥栄に関わるシクミがフクミされていると思われます」

「人麻呂様がワザワイもカエリミせずに遺されたフミならば、言霊（ことたま）のシクミに関わることでありましょうか」

「そう思います。私にも、すべてノミコミできたわけではありませんが、いくつかのナゾトキから推して、言霊のシクミをエトキしたフミであると言ってよいと思います」

「なるほど、よくわかりました。そこまで伺えば十分です。

それで、私はこれから何をすればよろしいのでしょうか」

「あなたのイサミとイキゴミに感謝します。

私は、そのフミを『古事記（ふることのふみ）』と名付けました。人の目をアザムキするために、上中下巻を一式として『日本紀』

に準じています。人麻呂様から受け取ったカキオキは三部あります。いずれ時を見はからい、大夫殿のもとへ一部だけお届けいたしましょう。

残りの二部は我が子らに遺し、家宝とするようモウシオキするつもりです。先々、一部でも残れば幸いですが、さて……」

安万呂は身ずから頬をさすった。眼にはニガミのあるエミが浮かんでいる。

それから後、二人はウタの話などをし、互いに幾つかウタヨミを交した。

大夫は、夜明け前に身ずからの庵に帰っていった。

◇

蟻が問う。

夜空に節くれだった枝を広げる松に、問う。

〈キミ、人の歴史の、すべてミキキしきたりしや〉

夜気の中に、今宵も清新な酸素をハキ出しながら、松が答える。

〈昨夜も言いしが如く、老生が祖先、人よりも、公らよりも先に、この世に生（あ）れましし。人の祖先、この世に身生（みあ）れまししは、さほど古きことにあらず。なれば、人の歴史は、老生ら数十代がほどの時間の内に収まりぬ。

老生知らぬことどもも、老生が祖先、必ずカキオキしおきし。何か問いたき古事あらば、祖先のカキオキをヒモトキすること、可能なり〉

蟻にすれば、数千代さかのぼらなければヒモトキできないことでも、松なら数十代さかのぼるだけでよい。松にタノミしてヒモトキするオモイツキは、蟻のハタラキのススミを示すものだった。

〈されば、言霊のモウシツギ、キキコミしたし〉と、蟻はノゾミを伝える。

〈承知。言霊のカキオキ、根ほり葉ほり伝えん。近う、寄りたまえ〉

蟻は松の節穴の一つにハイリコミし、松のヒモトキをキキコミした。節穴では、イロハがよくヒビキする。

松のヒモトキによると――

人が、他の衆生をシノギする言霊イロハにキヅキしたのは、今から約一万年前である。言霊は、五十の音イロハに基づく。ずっと後の世になって、五十鈴（いすず）や五十（いそ）などとも呼ばれるようになった。

言霊は、すべての衆生、すなわち天地、自然、生物、無生物などと同じように神の賜物であった。まず、偉大なカムナギが神から言霊を賜わった。カムナギは、そのハタラキによってカシラとしてアオギミされる身となり、言霊のシクミにキヅキすると同時に、この世の物事すべてに名を付けるハタラキも示した。

ごく初めは、名付けに原則は少なく、たとえば「ナ」といえば、人も魚も菜もヒトシナミに指した。イトナミが単純なので、シナを細かく分ける必要がなかった。「ア」が我れを示し、相手を「ワ」とか「ナ」と呼ぶのは少し後のことである。後世のマナで書けば、吾と汝が当てはめられる。

蟻は、『古事記』の中で伊耶那岐の命（みこと）が美の命に「美しきアがナせの命」と呼びかけるのをオモイエガキした。

一つ一つ名が付けられていくにつれて、人のイトナミのシクミはアツミとオモミを増していった。天にはヒがあり、地には命（いのち）のキが満ち、命はミをウミつづけた。命そのものも「イ」と呼ばれた。命のミチがノミコミされたとき、イノチとなった。これもずっと後のことである。

天のヒのほかにも、ヒと呼ばれるものがあった。火と霊である。このことから、大昔のカムナギのハタラキが、いかにアオギミに値するかを知ることができる。人のミの内で、イノチの火として燃えるのが霊だとノミコミしていたのだろう。霊とともに、言霊もまた「ヒ」と呼ばれた。

やがて、このような同音の名が増えると、一音による名付けもいよいよ行き詰まった。そこで、音と音のクミでフクミをフクラミさせるシクミが生まれた。

これを機に、しだいに二音、三音……と複合したクミ名が広がっていった。

イトナミが一音で済んでいたのは初めの約三千年間で、次の三千年は複音化が加速する時代である。フミもそんな時代に生まれた。言霊を発すること、そのものが言祝ぎ（コトホギ）として神へのアリガタミとノミコミされていたが、フミはカムナギが身を振るようにしてコトホギしたものだった。ウタのようなヒビキを持つ音イロハだと、松はカキオキしていた。

フミは、やがて祝詞というカタにオチツキしていく。

複音化の時代をキリヒラキした偉大なカシラがいる。カナではニニギノミコト、マナでは邇々芸命（または瓊々杵尊）として、『古事記』『日本紀』にもカキオキされた。日の本の国を開いたとされるが、カムナギのハタラキで言霊のシクミにフクラミをもたらし、人々をミチビキしたカシラという方が当たっている。「ヒ」の本、すなわち言霊のシクミに基づいてムスビされた人々がヒトシナミにイトナミする巣を、ヒノモトツクニと名づけたのだ。

人を「ヒト」と名付けたのもニニギノミコトだった。言霊すなわち「ヒ」を「ト」なえる唯一の衆生としてノミコミし、人身ずから、あるいは互いにアオギミするようモウシオキした。

人がヒトとなり、ツヨミのあるイロハやハタラキがカミとしてキヅキされるようにもなった。

ヒノモトツクニでは、人々が「神ながら言挙げせぬ国」と身ずからツツシミした。言霊のシクミによって付けられた名は、ナカミを完全にフクミしているので、「…とは何か」と問うための言葉を挙げる必要がないというのだ。それは、人々が少ない音イロハによって互いにシタシミ、イトシミ、ナゴミを得られる証でもあった。

松のモウシツギの途中、蟻が「ひふみよい…」の祝詞について問うと、〈それもまた、ニニギノミコトのフミなり〉とのカキオキが示された。

ニニギノミコトは、カシラの名として代々ヒキツギされた。初代ニニギノミコトに続く約三千年間は、カシラのヒツギも言霊のシクミによって滞りなく行われ、ウレイ、ワズライのない世の中となった。それが、「ヒのミチ」の世である。

◇

松のカキオキは、蟻をスクミさせた。人に対して、改めてアオギミを深めずにいられない。筆者の眼から見れば、人の音イロハをノミコミし、今また言霊にツッコミを入れている蟻こそ、人にも増してアオギミに値するのだが。

松がイトシミのイロハをかけた。

〈公よ、ハタラキをヤスミせよ。ハタラキ、過ぎたれば、ハラもチヂミやすし。

老生が葉に付きたる、夜露を口にフクミしたまえ。

何やら、公がハラにて、水をノゾミするものもあるべし。

イノチのイロハ、甚だツヨミあり〉

蟻は、松のイロハで梨の種のトメオキを思い出した。

〈それ、梨の種なり〉

言うなり、松の露をノミコミする。どこにフクミされていくのか、ハラの大きさを上回る水がみるみるスイコミされていった。

オオハタラキのキリヒラキに追われて、一粒種のことをすっかり忘れていた。松に言われてみれば、なるほど種は蟻のハラで十二分にハグクミされたようだ。そろそろタネマキをしてもよい時期かもしれない。

朽ちた梨の実との約束がある。なるべく、悪い虫がチョッカイを出しにくい場所にウエコミしたい。ハラや触角が、またもくるくると忙しいウゴキをする。松に〈ヤスミせよ〉と言われても、そうできないのがハタラキアリのカシラたる、蟻らしいところだった。

松は、枝葉を動かしてエミを見せる。

〈おやおや、また別のハタラキをオモイツキしや。

公は、多くのハタラキを世に表すために、生れましし と、老生ノミコミしたり。

されば、今宵のうちに、言霊のヒモトキ、終えるべし。ゆるりと、エガキしたまえ〉

松のモウシツギが続く。

言霊のシクミは、初代ニニギノミコトから数えて約三千年後、今からほぼ二千年前に人の世から隠されてしまうことになる。「ヒのミチ」が崩れはじめたのだ。

その原因は、一言で言えば「ナのミチ」がススミし、「ヒのミチ」に代わって「イのミチ」がフクラミしたことによる。人の歴史では、どんなにタクミでアリガタミに満ちたシクミでも、イキオイあるサカライの人々に必ずオイハライされる。そして、どんなにイキオイのある人々でも、前代のシクミを完全にウシナイさせることはできず、むしろ身ずからのシクミのマチガイを次のサカライの人々に衝かれ、同じようにオイハライされるのを待つばかりとなる。

松は、蟻の巣のウシナイを伝えたときと同様に、偏りなきキキコミとカキコミにより、ウラミ、ニクシミなく、コノミ、イトシミさえ排して、〈平らかなるマコト〉として述べる。誰がサカライし、誰がタタカイを始めたかなど、些末な出来事にはカカズライしない。それは、松が先祖代々ウケツギしてきた不動のカタだとノミコミできる。

松は、「ヒのミチ」がオイハライされた時代を、ミマキイリヒコイニヱノミコトの世と言っただけだった。

その時代、ハヤリヤマイによって、多くの人々がイノチのオシマイにオイコミされた。時のカシラは新しいシクミを示し、人々のウレイとワザワイをトリノゾキしなければならない。カタどおり、カムナギをした。大物主大神（おおものぬし）が夢に現れて答えた、とされる。

「ヒのミチ、しばし隠すべし」と。

時のカシラは、夢にシタガイし、現（うつつ）にオコナイした。ハヤリヤマイのウレイが去った、とは、松はモウシツギしない。

松は、こう言う。

〈もとより、ハヤリヤマイのウレイをば、身ずからのイキオイに変えしハカライなり。

爾来（じらい）、人の世は、「イのミチ」「ミのミチ」「ナのミチ」「キのミチ」の四つスクミのイトナミとはなりぬ〉

蟻が問う。

〈「ヒのミチ」、いかになりしや〉

松が答える。

〈人のハラに、すでに「ヒのミチ」深くシミコミありぬ。時のカシラのオイハライにサカライし、秘して「ヒのミチ」をカキオキし、ヒキツギせし氏族、数々世に現れし〉

〈その氏族の名、キミ、知るや〉

〈蟻公よ。名を問わんとは、公も人とヒトシナミに、「ナのミチ」の生き物となりたるや〉

〈我れ、わずかにオモイツキ、あり。キミ、知るや〉

〈ふむ、確か、丹生（にう）氏、卜部（うらべ）氏、物部（もののべ）氏、丹比氏等古き氏族に、「ヒのミチ」カキオキする人々、多くありき〉

〈キミに、アリガタミ、あり。我れ、おおよそノミコミ、あり。

いま一つ、問いあり。「ヒのミチ」、いかなるシクミなりや。キミ、知るや〉

松は〈老生、「ヒのミチ」のナカミ、深くノミコミせず〉と答え、「ヒのミチ」と「イのミチ」のチガイを述べるにとどめる。そのイロハは……

ヒトは霊（ひ）のタユタヒのまま、ハラにさまざまな「オモヒ」を「ムスビ」させる。ウレヒ、マヨヒ、ワズラヒ、ネガヒなどである。「ヒのミチ」の世の人は、それらをあくまでハラのウラにとどめ、各々がシノビしていた。

ところが、「ナのミチ」が深まるにつれて今人の言葉で言う「欲望」が目覚め、さまざまなオモヒをハラに秘めておけず、オモテにオモムキさせたいというハラがフクラミしていった。そしてついに、オモヒはオモイとなって口のオモテに出る。これもイキオイである。神ながら言挙げせぬはずの人々が、いっせいに言挙げを始めることになった。

ウレヒもマヨヒもワズラヒも、みな口から外にあふれ、そのオモミやフクミ、クルシミなどがイトナミのオモテにニジミ出ていく。とどのつまりは、言が事になった。

そうして人のオモヒの数々は、二つのミチに分かれることになる。どうしても秘すべき事はかろうじて「ヒのミチ」にとどまるが、オモムキのままにトリアツカイされた事は、ほとんど「イのミチ」に堕ちた。欲望にシタガイする「イのミチ」は、その後ますますイキオイを得て、イサカイ、タタカイ、ヤマイ、ワザワイなどのアレクルイする世をもたらすチカラとなっていった。

約二千年前から今に至るまで、「イのミチ」のイキオイは衰えていない。「ヒのミチ」は、この二千年の間に、人の眼前から完全にミウシナイされようとしている。

今の時代に人の世でイキオイを得ているアキナイは、「ヒのミチ」の完全なオシマイを告げる、最終的な「イのミチ」と言えるのかもしれない。

松のイロハが止んでも、蟻のオモイエガキは止まらない。

○

朝から湿気をフクミしていた空は、午後になって雨雲になった。しとしと雨が神社本殿の屋根を濡らし、境内の松や欅（けやき）、椎（しい）の木を潤す。ツチの上では松虫や鈴虫が物陰にニゲコミし、ツチの下では蚯蚓（みみず）がノビチヂミする。

一人二人と、ときおり思い出したようにあった参詣の人も今はいない。遊ぶオサナゴたちも去り、雨の音だけが境内をツツミコミする。わずかに風がフキコミし、金属の樋に当たる雨音がピンピンと鳴った。どこかにウロがあり、共鳴というシクミを起こしているのかもしれない。

蟻も、松のウロの中で雨を避けた。老いた松の幹や枝には、無数のウロがある。風雪にうがたれたものも、ムシクイの鳥にあけられたものもある。ほとんど朽ちてツチと化したまま、なお枝先から若葉を芽生えさせている大きなウロもあった。

蟻は、千年も生き永らえる松のスゴミを感じた。一部ではイノチのオシマイが始まっていても、なおイトナミを続けるイノチのチカラがある。人の言葉風に言えば、「死するように生き、生きながら死す」か。日々のイトナミでさえ、眠っているのか、目覚めているのかミヌキできない。どっしりと大地に深く根をおろし、何が起こってもマヨイやワズライを覚える風もなく、ただ何ものかに根幹も枝葉も丸ごと任せきっている。

この世でイトナミをする同じ衆生の中で、松ほど蟻とかけ離れたものはいない。それが今では、あらゆる差異を超えて互いにシタシミを感じ合う間柄になった。

蟻のハイリコミしたウロは入口が狭く、奥が広い。松は蟻のナゴミのために、木ずからサソイコミした。蟻がウシナイした古巣のムロと似ている。匂いイロハは、ツチそのものだった。

蟻のハラに、ヒラメキが来た。梨の種を、松のウロのどこかにタネマキするというヒラメキだった。すぐに根方までアルキし、身を低くツツシミして松にタノミコミした。

松は、雨をスイコミした黒い樹皮に、イトシミのイロハをニジミさせて答えた。

〈公よ。老生、かくノゾミのまま、千年余も、生き永らえてまいりぬ。なれど、もはや世の中に、何らウミ、ハグクミするものとてなし。もし老生のウロをば、梨のハグクミに用いられんならば、余生のノゾミともなるらん。梨のメブキをば、老生のイブキに替え、イックシミ、ハグクミできるならば、この根幹のウシナイ果つるとも、何らクイなし〉

語るうちに、松のイロハはツヨミを帯びていく。

〈我がタノミ、ノミコミたまうや〉と、蟻が問い返す。

〈公よ。タネマキするに、何らスクミすることなし。いささかもタメライすることなし。かくメグミの雨も降りたれば、ハズミのうちに、タネマキしたまえ〉

松の方こそハズミにハズミして、イサミのあるイロハが止まらない。

〈ほい、老生も、キヅキせり。梨のタネマキに、適したるウロあり。上つ方に、大きなる三枝あり。そのうち最も低き枝に、半ばツチと化したるウロあり。そこへタネマキするがよろしかろう。南の側なれば、日のトリコミもよかるべし。悪き虫のチョッカイも、老いたりといえど、この老生、ウチコミのチカラ、いまだ衰えさせてはおらぬ。松葉の一、二双にて、見事、虫のイキの根を止めてみしょ。カッパライの鳥とても、老生が松笠のウチコミをば、梨のつぶてと受け止めるがよい。いざ、いざ、公よ。タネマキしたまえ〉

蟻はアリガタミを感じ、礼を言いながらアルキの足を速めた。

そのウロは、松のイロハどおり、枝の中ほどから付け根にかけて、ツチがフクラミするほど盛り上がっていた。表面を薄く苔が覆っている。中のツチを口にフクミすると、さまざまな枯葉の味イロハがした。風に運ばれた枯葉がウロに吹きだまり、程良いヌクミとウルミを得て、ナカミの濃いツチにハグクミされたのだろう。

〈さあ、公よ、いかが。公のノゾミに適いしや〉と、松が蟻のようにせかせかと問う。

〈ノゾミ、大いにあり〉と、蟻が松のお株を奪って、ゆったりと答える。

ウロは上二本の枝の陰になり、雨もあまりフキコミしない。蟻は、すぐさまタネマキにかかる。まず、ツチを掘り起こすアセカキである。顎と牙で苔をトリノゾキし、ツチを縦横にヒッカキ、カミクダキする。ツチの中にイブキを入れ、蟻よりも小さき生き物たちのイノチのイロハを高めた。

蟻は、ひさしぶりにツチにナジミした。カシラとなって以来、こんなハタラキとは無縁になっていた。一匹の若いハタラキアリに戻った気分だった。

サマヨイの日々から今日まで、蟻のハラは激しいウゴキとハタラキに耐えてきた。ツチにナジミし、身一つを荒々しく追い使いながらアセカキにハゲミする時間は、蟻に本来の性を取り戻させた。一つ身は、しだいにナゴミとタノシミにツツミコミされていく。

〈我れ、ハタラキアリ。我れ、アセカキのハタラキ、あり〉

ハラにキがオチツキし、オオハタラキへのトキメキも今は鎮まっている。ツチの中をアルキする足と硬いツチをカミクダキする顎だけが、ヤスミなくハタラキを続けた。

静かにハラを打つものがある。一粒種がイノチのチカラをフクラミさせて、タネマキの時を待っている。

蟻は、春まで待ちたかった。タネマキ早々、冬を迎えなければならない種にアワレミを覚えたからである。だが、それまで蟻のハラが堪えられるかどうかわからない。蟻も種も共にイノチのオシマイとなっては、梨の実のノゾミが絶たれることになる。

ハラが張る今こそ、タネマキすべき春だとノミコミした。

ヒッカキが終わった。ツチはふわふわとしたヤワラカミの中に、アタタカミやアマミをフクミし、タネマキの時を待つ。ハラミアリが卵をウミ、ハグクミするムロに似ている。ツチの中では、無数の菌たちが種をトリカコミし、ハグクミしてくれるだろう。

いよいよ種を出す時が来た。ウロツチの中心には、小さな穴がホリコミしてある。その脇に蟻がタタズミする。

蟻はハラをツチに据える。前足でさすりながらハラにキを溜めた。イブキをハキハキする。途中でスイコミやヤスミを入れず、一気にハキハキする。蟻の口から滴とも煙とも見えるものが、一筋の糸のようにハキ出されてくる。種がツチの上で、形を成していく。

種は蟻のハラの中でタの一部になって、人の化学で言う「気体」の状態でトメオキされていた。タは、多であり、田である。蟻のハキハキで表に出たタが、ネとなって本来の種となった。ネは、根であり、子である。

種の全体が現れた。黒々として、蟻の身の倍も大きくフクラミしていた。

ずっと無言で見守っていた松が、ハズミのままに素頓狂なイロハを上げた。

〈なんと、公よ。みごとにハグクミされたる種かな。タノシミあり、ノゾミあり〉

蟻は種を転がして、全体をカンガミした。種には一点のイタミもない。表皮はウルミを帯びて黒光りし、頭と足を付ければ巨大なクロヤマアリと見まがうほどだった。

蟻のハラはウツロになり、そこにオシミに似た思いがシミコミした。蟻は湿った空気をハラいっぱいにスイコミし、また一気にイブキをハキハキしながら、前足で種を穴に落とす。穴の底で種が軽くハズミした。すかさず、上からツチをかぶせる。

雨は、いつしか上がっていた。タネマキしたツチの上には、松葉にたまった滴がしきりに落ちてくる。もう松のイツクシミが始まっている。

○

蟻は、アメツチについてオモイエガキする。

『古事記』の書き出しに、《天地（あめつち）の初めて発りし時に……》とある。アメは天であり、雨でもある。雨はツチに落ちる。ツチの水はまた、天にスイコミされて雲になり、また雨となって降る。この世の上と下にあって、いつもナジミ、ムツミをくりかえしているように見える。

アメとツチのムツミによってハラミ、ウミ出されるものを、人は「自然」と呼ぶ。

神々もまた、アメツチのムツミによってウミ降ろされたようにオモイエガキできる。特に男神の伊耶那岐と女神の伊耶那美は、マグハヒのムツミをし、次々に国や嶋をウミ降ろすオモミのある二柱の神である。

マグハヒとは、ヒすなわち「霊」を交えることだとノミコミできる。

ウミ降ろされた神々には、それぞれ名が付いている。「ヒのミチ」のシクミでは、名はナカミをフクミしているということが、松のヒモトキからわかった。だとすれば、神の名も何かをフクミして「言挙げをせぬ」シクミだとミヌキできる。

蟻は『古事記』の続きを、ナゾトキのハラでヒモトキする。

黄泉つ国から戻った伊耶那岐の大神は、身に付けたものを脱いで、衝立船戸（つきたつふなと）の神以下、辺津甲斐弁羅（へつかひべら）の神まで、さらに十二柱の神を生む。次にはまた「中つ瀬」で身をミソギしながら、八十禍津日（やそまがつひ）の神から速須佐之男（はやすさのを）の命までの十柱の神をウミ、伊耶那岐の命一つ身の神ウミは終わる。ムツミなしにウミ出された神の名もまた、何かをフクミしているとノミコミしなければならない。

記には、次のようにある。

《この時に、伊耶那伎の命いたく歓喜（よろこ）びて詔（の）らししく、

「あは子を生み生みて、生みの終（はて）に三はしらの貴き子を得たり」

とのらして、すなわちその御頸珠（みくびたま）の玉の緒（を）も、ゆらに取りゆらかして、天照大御神（あまてらすおおみかみ）に賜ひて詔らししく、

「なが命は、高天の原を知らせ」

と、事依さして賜ひき。……》

神ウミの最後に得た三柱の神は、大きなノゾミをかけられているのがわかる。タカマハラを治める天照大御神もここで生まれた。それにしても長い神ウミだった。数をカズヨミすると、ちょうど百柱になった。

百という数には、フクミがありそうだ。あるいは、シクミをナゾトキする決め手になるかもしれない。ちなみに、伊耶那岐と伊耶那美の夫婦神でムツミしてウミ降ろした最後の神、火之夜芸速男（ひのやぎはやを）の神（火之炫毘古（ひのかかびこ）の神、火之迦具（ひのかく）

土の神（つち）までで、ちょうど半分の五十柱となる。

蟻のハラは、一段とウゴキが速まる。

蟻は、松のヒモトキをもう一度オモイエガキした。松は〈言霊は、五十音の音イロハ〉だとカキオキしていた。言霊は五十音、神々は百柱。しかも、初めの五十柱と後の五十柱には、はっきりとした境が作られている。初めの五十柱の神は、言霊五十音ではないだろうか。

このオモイツキは、蟻にとってノゾミ多いものになった。

「神とは何だろう」とは、ヒノモトツクニのヒトは問わない。カミという音イロハの中にナカミがフクミされているからだ。

蟻は、最初のカムナギのハタラキをオモイエガキしてみる。あの朝、天之御中主大神は光と化して現れ給うた。蟻には、光イロハであり、カムナギを続ける間じゅうは色イロハとしてナジミすることができた。その姿は、あくまでも仮の姿にすぎないとノミコミしている。

太古のカムナギ人たちは、神の姿を音イロハとしてキヅキしたのではないか。五十音イロハにアリガタミを込めて、それぞれ神の名を付けたとしても不思議ではない。五十音イロハが神の賜物であり、用いることが神へのアオギミになっていったとオモイエガキできるからだ。

松は先に、こうオシエコミしてくれた。

〈人のハラに、すでに「ヒのミチ」深くシミコミしてありぬ。時のカシラのオイハライにサカライし、秘して「ヒのミチ」のカキオキし、ヒキツギせし氏族、数々世に現れし〉

つまり「ヒのミチ」は、『古事記』の神の名に置き換えられ、秘して後世にヒキツギされた。人麻呂や安万侶へ、そして大夫や多氏の子孫らによって、ウケツギされて今に至っているのだ。

天之御中主大神は、『古事記』が人に「マチガイの多きヨミトキ」をされ、蟻に「ハラを浄めてヨミカキ成せば、意、自ずから通ずべし」と言われた。一粒種をハキハキし、タネマキした後、蟻のハラはさらに浄まった。ハラは、ヨミカキ、ヒモトキ、ヨミトキ、ナゾトキ、オモイエガキをくりかえし、くりかえしてハタラキつづける。

〈ヨミ、黄泉(よみ)、読み……。トキ、時、解き……。カキ、書き、柿、書く、迦具土(かくつち)……。

火之迦具土の神、ヒの書くツチのカミ、ヒを書いて尽きた地（ところ）のカミの名……。

五十柱目の神、カミのナ、カナ、五十音の最後のカナ、「ン」……〉

それは、ヒラメキだった。タクミのないカムナギとも言えた。

蟻の歴史をカエリミすれば、蟻が人から後れること一万年にして、「ヒのミチ」にキヅキしたオモミのある瞬間と言えるのかもしれない。

火之迦具土の神は、別名火之夜芸速男(ひのやぎはやを)の神、またの名火之炫毘古(ひのかかびこ)の神。三つの名があるのは、それだけフクミが多いことを表しているはずだ。

〈火之夜芸速男の神、そのヒを読む（夜(よ)）とき閉じた口でイキ（芸(ぎ)）を速く雄々しく（速男(はやを)）発するカナ……。

火之炫毘古の神、ヒの子として他のヒに付いてカガヤキを高めるカナ……。

たとえば、神ながら、カンナガラ…。おみな、オンナ…。〉

蟻は、このヒラメキにハズミを持ちすぎた。いつものオチツキはどこかへ失せた。ついワルヨイにおちいった。

五十柱目の火之迦具土の神を、「ン」の音イロハとノミコミしたのはよい。もう一度フカヨミせずに、無闇に先をイソギしたのがいけない。ナゾトキは、速歩のハネアルキじみた調子になり、カンチガイを誘うことになった。

蟻は、前半五十柱の神がカナの五十音の順に並んでいるのだ、とオモイコミした。人のオサナゴの本で、カナの五十音をノミコミした蟻にすればしかたがない。

それから三日、蟻は朝になるとヒモロギにツツシミし、天之御中主大神のカムナギをココロミした。大神にオオハタラキの成果を早く伝えたかった。ハラの中に、大神へのコトホギのイロハまで用意してマチノゾミした。

大神は現れなかった。それは、機が熟していないという暗示だった。

蟻は、一つ身を松のウロにシズミさせてオチコミした。あれこれとオモイワズライするうちに、ナヤミも深まる。またしても、身ずからウレイやキノマヨイにシズミする悪い癖が出てきた。

松は、梨のハグクミにノメリコミしている。蟻のオチコミをカエリミさえしない。大枝に秋風をヨビコミし、梨についてのキキコミにふけっていた。

松のウロを出て、蟻は境内をうろうろとアルキする。アルキというより、方向の定まらないホッツキにすぎない。足は、自然とウシナイした巣の方へ向かう。ハラの磁石が勝手にミチビキされた。

巣の表面は、ツチがシズミしたように見える。雨のせいで、東側へまた土砂が流れた。水をよくフクミするツチで、それだけ巣をキズキしやすかった。半面、いったんソコナイが始まると止まらない。ツチは雨水に運ばれて、川の底にタメコミされていく。

蟻のハラには、巣をキズキするハタラキが一通りヒキツギされてある。一群のハタラキアリがいれば、すぐにでも巣をキズキすることができる。この神社境内には、巣に適した磁気を持つ場所がまだ残っている。

蟻は、巣のオモイエガキにヒキコミされていく。

まずセンビキをしよう。天津磐境に近い西側はどうだろうか。強い磁場があり、松の根も張り出しているだろう。人の出入りも少ない。敵のフセギに、これ以上の場所はない。葡萄園には最短のイタダキの道をキズキすることができる。

古いイタダキの道は、石垣に沿っていてユキキしやすいシクミだったが、身をさらすウレイも大きかった。今度キズキするときは、巣と松の根のウロをツナギし、ツチの奥の細道にしよう。松には、アリガタミのカタとして、いろいろな種をタネマキしてあげよう。梨のハグクミに、あれほどタノシミを感じているのだから、松がシタシミを持つ竹や梅などはどうだろうか。

ハラミアリや卵を守るフセギは、一族にとって最もオモミのあるハタラキだ。あらゆる世代のカキオキをヒモトキして、何に対してもツヨミのある最高のムロをキズキしなければならない。あの天津磐境の磐座は、どんなシクミになっているのだろうか。それとも、神の御座に巣のムロをキズキするなど、大神がお許しにならないタカノゾミだろうか。

ツヨミのあるムロさえあれば、ハラミアリは卵をウミにウミつづける。一年もすれば、一族はもとの半分くらいの数にフクラミするにちがいない。巣、巣、巣さえあれば……。

巣をキズキしたい。ともかく巣がなければ、イトナミは始まらない。巣、巣、巣……。

〈巣、巣、巣……。次に、高御産巣日（たかみむすひ）の神。次に、神産巣日（かみむすひ）の神〉

蟻のハラに、『古事記』の二柱の神がオモイツキされた。天之御中主大神に続く、二柱目と三柱目の神である。蟻がキヅキしたように五十音順に当てはめれば、それぞれア、イ、ウの言霊ということになる。ア、ウはともかくも、イがこんなに早く現れるのはノミコミしにくい。そのオモイツキから、蟻はもう一度オモイエガキをしてみるハラになった。

高御産巣日の神、神産巣日の神。タカミムスヒノカミ、カミムスヒノカミ。わずかに、「タ」一音の有無で分けられている。タのフクミするところを、正しくオモイエガキするのは難しい。

カミムスヒノカミは、人が口をカミカミして結ぶヒのカミの名、とナゾトキできる。

蟻は、人が声イロハを出すときの口の形をオモイエガキしてみた。口をカミカミしては、声イロハを出しにくい。音にできるのは、わずかに「ン」くらいである。だが、「ン」を五十柱目の火之夜芸速男の神としたナゾトキにもノゾミがある。もっとフカミに達するカンガミをしなければならない。

こうしたオモイエガキの間も、蟻の足はしきりにウゴキし、アルキを続ける。アルキがハタラキのチカラをウミ、ハグクミすることは、前にも述べた。他の生き物の目からカイマミすれば、ただのウロツキとしか見えないが、何かにミチビキされてアルキしていたのかもしれない。

かつて巣のあったところから、石垣沿いにアルキし、いったん参道の方へ下りてアルキつづけた。参道伝いに人の足音イロハがヒビキする。あわてて石段を上る。上りつめた踊り場の左右に小高い石台があり、その上に石像が載っていた。以前は、ただの石とカイマミしていたが、この時は二匹の犬のカタだとミヌキできた。

人の言葉では、狛犬（こまいぬ）と呼ばれる。一匹は口を開け、もう一匹は口を閉じている。蟻は、ハラを空にして呆然とカイマミする。

「ウーウー」という、ニクシミをフクミするような声イロハが蟻の触角に届いた。続いて「ウアン、アンアンッ」とカルミのある短い声イロハに替わった。人のツナに引かれた白い犬が、石段の上で何かに吠えたのだった。

近くの家で、別の犬が呼応した。

「ウワン、ウワン、ウワン、……」

オモミのある音声イロハだった。

蟻は、あわてて松の根方までシリゾキした。犬の声イロハは、蟻の尻をどこまでもオイコミした。とうとう松のウロまでシリゴミしてしまった。

そのとき蟻の触角から出たイロハは、松にはよくノミコミできないものだった。

〈アルキ、メ、出す。言う霊（れい）か、言う霊か〉

〈公がアルキすれど、梨の芽、いまだ出ず〉と、松はオモシロミのないイロハで応じた。松が蟻の一つ身を案じても、蟻は〈キヅキあり、キヅキあり〉と繰り返すばかりだった。

◇

蟻はキヅキし、ナゾトキし、ミヌキした。

《天地の初めて発りし時に》、「ウ」の音イロハが発せられた。『古事記』では、天之御中主大神の名に置き換えられた。

アメツチとは、口の上（アメ）と下（ツチ）であり、そのムツミによって次々に言霊をウミ降ろすシクミである。

犬は初め「ウーウー」と、うなりの音イロハを発し、口を開くと同時に「ウアン」とも「ウワン」ともキキコミできる音イロハに変えた。うなりは音イロハ以前のもののようにも、起源のようにもノミコミできる。

神社の境内に置かれた狛犬には、「ウア・ウワ」の口のカタと「ン」の口のカタがフクミされている。あれは、五十音の初めと終わりのカタによって、神社が言霊のシクミにカシコミ、ツツシミ、シタシミ、ハゲミする場所であるフクミを表したものである。

オモイエガキを深めれば、犬は人がカムナギした五十音を一息にツツミコミして発する獣と言える。大昔、犬がまだ野山でイトナミしていたころは、あれほどヤワラカミのある音イロハは出せなかった。ただ無闇にスゴミを利かせ、小さな生き物を音イロハのイキオイでオイコミするだけだった。人とシタシミ、ナジミを深めるにつれて、犬の音イロハは変わった。人のハグクミやイツクシミによって一つ身にナゴミをシミコミさせ、身ずからの音イロハにもイトシミやナツカシミといった、ヤワラカミをハグクミしていった。

「ア・ワ」が、「ウ」の後にウミ出された。犬が、それを蟻にオシエコミしてくれた。

高御産巣日の神が「ア」、神産巣日の神が「ワ」に当てられる。

蟻のナゾトキでは、「ア」はタカミで「ワ」より音イロハが高い。また、我れを「ア」と呼ぶことは、一つ身の人ならだれでもできる。つまり、多である。一方、汝を「ワ」と呼ぶのは「ア」の側であり、そこには別の人が居なければできない。

タカミムスヒとカミムスヒを分ける「タ」一音のオモミがそこにある。そして、どちらも「カミ産すヒ」である。こうなると、蟻のヒモトキはハネアルキのような速さに変わる。『古事記』の神々の名が次々と音イロハにヨミトキされた。

宇摩志阿斯訶備比古遅（うましあしかびひこぢ）の神と天之常立（あめのとこたち）の神。これらは別天（ことあま）つ神で独神（ひとりがみ）だから、「ア」から別れていく母音というヨミトキが成り立つ。残りの母音のうち、仮に「エ」「オ」を当てておこう。

次の国之常立の神と豊雲野の神。これらは「ワ」から出てい、「ヱ」「ヲ」としておくのがよい。人のオサナゴの本では、半母音となっていた。

以上の四神は、方位の神とヨミトキすることもできる。ウマシアシカビヒコジノカミとは、ウミ出されるとき足が黴（かび）のようにウゴキする日の男の子の神で、日の出る東。アメノトコタチノカミは、天の底に立つ神で、南。クニノトコタチノカミは、国の底に立つ神だから、西。トヨクモヌノカミは、たくさんの雲が去り抜けていく野の神で、北となる。

続く十柱の神は、すべて雄と雌のクミ、すなわちツガヒになっている。

宇比地邇（うひちに）の神と妹須比智邇（すひちに）の神。角杙（つのぐひ）の神と妹活杙（いくぐひ）の神。意富斗能地（おほとのち）の神と妹大斗乃弁（おほとのべ）の神。於母陀流（おもだる）の神と妹阿夜訶志古泥（あやかしこね）の神。伊耶那岐の神と妹伊耶那美の神。

このうち伊耶那岐の神と妹伊耶那美の神は、先々、国ウミをするツガヒのカミで、特別のハタラキを担っている。ひとまず、母音と半母音の残り「イ」と「ヰ」を当ててよい。

その他、四つのツガヒの神々は、四季の神である。四季折々にナジミのある音イロハとヨミトキしてみよう。春のウヒチニノカミとイモ・スヒチニノカミは、「ヒチニノカミ」のクミと考えられる。雄と雌はウとスで分けられ、そこにナゾトキのカギもあるのだろう。ウとスのフクミは、まだ蟻のノミコミの外にある。

ヒチニノカミは、ヒすなわち言霊のミチを担うカミとナゾトキできる。

伊耶那岐、伊耶那美の神が、命（みこと）と名を改めて言ウミする前に、母音・半母音に対する父音がなければならない。

それが五十音図のヒチニの段、すなわちイキシチニヒミリヰということになる。

すると、ヒチニノカミは、ヒのチチに似せたカミとヨミトキできる。

伊耶那岐、伊耶那美の国ウミでは、岐（き）の命が父音を、美（み）の命が母音をそれぞれ用いてマグハヒし、次々に子音をウミ落としていく。ヒ・アでハ、チ・ウでツ、ニ・エでネ、というように。

『古事記』には、こんな一節があった。

《しかして、伊耶那岐の命の詔らししく、

「しからば、あとなとこの天の御柱を行き廻（めぐ）り逢（あ）ひて、みとのまぐはひせむ」

と、かく期（ちぎ）りて、すなはち
「なは右より廻り逢へ。あは左より廻り逢はむ」

と、詔らし、約（ちぎ）り竟（を）へて廻る時に、伊耶那美の命先づ、

「あなにやし、えをとこを」

と言ひ、後に伊耶那岐の命
「あなにやし、えをとめを」

と言ひ、おのもおのも言ひ竟へて後に、その妹に告げて、

「女人（をみな）の言先（ことさきだ）ちしは良くあらず」

と曰らしき。しかれども、くみどに興して生みたまへる子は、水蛭子。この子は葦船に入れて流し去てき。……》

フクミの多いフミは、先に伊耶那美の命が音イロハ（母音）を発し、後から伊耶那岐の命が父音を発したが、子音にならなかったとヨミトキできる部分である。『古事記』では、この後、那岐・那美の順で音イロハを発し、国（子音）ウミがノゾミどおりになったとカキコミされている。

ここまでヨミトキできれば、四つクミのツガヒに八つの父音を当てはめるのは、人の言葉で言う「時間の問題」である。

蟻はオモシロミを覚えた。一つナゾトキできると、続けざまにフミのフクミをノミコミできるようになった。よくノミコミできないところはひとまず置き、ノミコミできた部分のヨミコミを深める。すると、そのノミコミがフクラミして、新しいキヅキをもたらしてくれる。

「ヒのミチ」は、そうして蟻のハラにじわりじわりとチカヅキしてきた。

○

蟻が問う。再び現れた天之御中主大神に、問う。

〈何か、急なる御用、ありや〉

続けざまに発する蟻のイロハは、ややモノイイの色をフクミしている。

〈我れ、「ヒのミチ」、半ばノミコミあり。

我れ、『古事記』の神、いまだ百柱すべて、ヨミトキできず。

大神よ。我れ、いまだミコミなし。今すこし、ハゲミしたきハラ、あり〉

大神が答える。

〈機、熟したれば、この方、現れし。

この方、いかなる時、いかなる所にても、機、熟したれば、現れ出でむ。

汝、そをフクミオキすべし〉

蟻は、ユメミをしている。眠っているのではない。松とヒトシナミに「死するように生きている」のだ。ソトミには、蟻がいつもどおりアルキしているとしか見えない。

蟻のハラ、そのものがヒモロギとなった。神の光イロハも音イロハも色イロハも匂いイロハも、一切が現として伝わる。

イロハそのものである大神は告げる。

〈汝がハタラキ、この方、ことごとくカイマミせし。大いにノゾミあり。

ヒモトキ、ヨミトキ、そのまま続けるがよい。いずれ、すべてのヨミトキ、叶うべし。

こたびは、この方、汝と、奇しきアソビをせんとや、現れけむ〉

アソビとは、大神のイロハに似つかわしくない。「ヒのミチ」のカタどおりにヨミトキすれば、アスヒの転化で「我れから澄ますヒ」となるが、さてどういうフクミなのか。

蟻は、カシコミしたまま首をかしげている。

〈汝、すでに、五十音図をばカキオキせるはずなり。そを、身ずから、ハラにエガキせよ〉

大神が蟻に命じる。蟻はよくノミコミできないまま、言われたとおりにエガキした。

と、五十音図は、蟻のハラからシミ出しハミ出し、いつのまにか中空から垂れ下がる白布にウツシコミされた。カナは五十のカコミの中に一文字ずつ、くっきり黒々とカキコミされている。

〈汝がカキオキせし、五十音図はこれなるや〉と、大神は問われる。

〈それ、なり〉と、蟻が応じる。

〈こは、クルイ、マチガイ、数多(あまた)あるべし〉

そう言いながら、大神はウツロになったカコミを赤い色イロハでヌリコミした。

〈ここなウツロは、五つのカナをオイハライしたるが、まず一なるクルイなり。これにては、五十音と言えぬが、汝、いかにオモイエガキせんや〉

蟻もすでに、そのチガイにはキヅキしていた。ただ、昔人と今人の聞くイロハのチガイに由来するのだろうと、あっさりノミコミした。今、神に問われてみれば、梨の種をハキハキした後のハラのようなウツロが気になる。ウツロのフクミするナカミが、逆に何やらオモミとして感じられた。

蟻は、キヅキしたままに答える。

〈この五十音図、三つの半母音、ウシナイしたり〉

〈然り。そは、なにゆえと、汝、オモイエガキせんや〉

大神のツッコミに、蟻は首をスクミさせる。すぐには何もオモイエガキできない。

〈何か、人のハカライありや〉と、逆に問うのがやっとだった。

ン	ワ	ラ	ヤ	マ	ハ	ナ	タ	サ	カ	ア
		リ		ミ	ヒ	ニ	チ	シ	キ	イ
		ル	ユ	ム	フ	ヌ	ツ	ス	ク	ウ
		レ		メ	ヘ	ネ	テ	セ	ケ	エ
	ヲ	ロ	ヨ	モ	ホ	ノ	ト	ソ	コ	オ

大神から、イックシミあふれるイロハが返ってくる。

〈然り。そもまた、「イのミチ」のイキオイ増さんとせし、人のハカライなり。
この方、今し、そのハカライのシクミをば、アバキ示さん〉

大神のイロハが止むのと同時だった。白布が揺れた。よく見れば、揺れているのは五十に満たないカナである。カナは蟻の大群がアルキするような、ハズミのあるウゴキを続ける。ウゴキしないのは、「ア」「イ」「ヤ」「ワ」の四音にすぎない。サ行のウゴキが最も大きかった。ウツロだったカコミには、母音半母音がハイリコミした。「ン」がひとまずヒッコミし、カコミがすべてウメコミされて正しく五十音図となった。

〈この方、かつて、人のカムナギに示しし五十音は、これなり〉

蟻は図をハラにカキコミする。まずキヅキしたのは、最上段のナラビが「アタカマハラナヤサワ」となっていることだった。蟻のキヅキは、すぐさま大神の知るところとなる。

〈汝も、すぐさまキヅキせしように、上のナラビは、アタカマハラナヤサワなり。
人のカムナギ、これにマナを当て、吾高天原成弥栄汝にてムスビせり。そのフクミするところは、「我れと汝との間に、高天原の弥栄を成らしめん」ネガヒなり。あるいは、ワに和を当て「我れ、高天原の弥栄を成らしめ、和みせん」とのネガヒもあり。
この音図によりて、「ヒのミチ」のシクミの世、ようよう始まりぬ〉

蟻は、松のカキオキにあったニニギノミコトの世だろうとオモイエガキする。すでにヨミトキしたように高御産巣日の神が「ア」、神産巣日の神が「ワ」となり、それから次々

ワ	サ	ヤ	ナ	ラ	ハ	マ	カ	タ	ア
ヰ	シ	イ	ニ	リ	ヒ	ミ	キ	チ	イ
ヱ	セ	エ	ネ	レ	ヘ	メ	ケ	テ	エ
ヲ	ソ	ヨ	ノ	ロ	ホ	モ	コ	ト	オ
ウ	ス	ユ	ヌ	ル	フ	ム	ク	ツ	ウ

と神ウミされていく『古事記』のナカミともナジミする。半母音のワ行のウロが、すべてウメコミされているのもよい。

大神はなおも続ける。

〈「ヒのミチ」のシクミ、世にシミコミしたるカタは、かくありたり。

最もオモミあるは、アタカマハラナヤサワなり。まず、これをば、ノミコミすべし。

たとえば、人の言葉にては、上つ方にあるを「高み」「高き何々」などと申す。

上つ方をかく申すは、音図にて、上のナラビにありて、「タカ」と始むればなり。

この音図にあらざれば、上つ方を、なぜに「タカミ」と申すやは、知りがたし。

そのチナミにて、「ハラ」もまた、高きものとノミコミさるべし。おのずと上つ方にあるカナすべてが、タカミのナカミをフクミするものとして、ヒトシナミにノミコミされぬ。

この音図なれば、それらのフクミ、速やかに人のハラに、ノミコミさるべし〉

蟻は、眼から何かが落ちるような感覚にツツミコミされた。確かに「アカサタナハマヤラワ」のナラビでは、なんのフクミにもキヅキできない。ネガヒのフクミも感じられない。

この音図ならば、「アマ」「カタ」「タマ」などのフクミするタカミだけでなく、ツヨミやオモミ、アリガタミも続けざまにノミコミできる。

大神は、蟻のハラをミチビキし、続ける。

〈次に、上より二つ目のナラビを見よ。「イチキミヒリシニイシヰ」とあり。

これらに、父音のフクミされしこと、汝、すでにノミコミせしとおりなり。

これら、上つ方に当たる、アタカマハラナヤサのアメに対し、下つ方にてツチに当たること、汝ら衆生のイトナミにも関わるなれば、しかとノミコミすべし。

汝、今し、このナラビのフクミするところをば、オモイエガキすべし〉

命じられるまま、蟻はハタラキを深めていく。この音図で、母音と父音がムツミして、子音の言霊をウミ出していくシクミもエトキされた。

父音は、「チキミヒリニイシ」の八つのイロハである。「チ」は父であり、地であり、命であり、ミチの智をもフクミするのだろう。オチツキあるものとして、ウゴキ少なく、チカラにミチている。蟻は、そうオモイエガキする。

「キ」には、強いナジミがある。蟻はハタラキアリとして「キのミチ」を生きている。ツチに巣をキズキし、さまざまなハタラキをヒキツギしていく。「キ」が、気であり、機であり、また奇であることを、蟻は深くノミコミしている。チキ、とナラビするのもフクミを感じる。蟻は、地において「キのミチ」を生きる。

次に「ミ」が来るのは、イノチのムツミ、ハラミ、ウミというイトナミの上からもノミコミしやすい。白蟻族がハゲミしていた「ミのミチ」が、「キのミチ」をオギナヒするものとしてフクラミし、ハグクミされたのだろうと、蟻はキヅキさせられた。また、人の好い白蟻が言ったように〈「キのミチ」と「ミのミチ」を足して〉得るチカラの大きさもノミコミできる。次に「ヒ」がウミ出されるのも、そのチカラゆえだろう。

「ヒ」は松のカキオキで知らされたように、日や火とヒトシナミに、霊をフクミする。人のイトナミにおいては、言霊でもある。「ヒのミチ」は、先行するキとミにミチビキされるというシクミがはっきりとオモイエガキできる。

四つ目の父音としての位置が、奥深くヒソミさせられているという「ヒ」の歴史をヨビコミしたのではないかと、蟻のナゾトキはついついススミしてしまった。蟻は、それを小さなカキオキにしただけで、すぐに忘れた。

「リ」「ニ」は、「ヒのミチ」のミチビキによってウミ出されたのだろう。リは、言霊をクミ合わせてシクミとするカタ、つまり理、または利。ここに、人の科学のフクラミをカイマミすることができる。続くニは、「ナのミチ」のフクラミとノミコミできる。名づけによって、二つの物や事をナラビさせ、ニカヨヒを見るというフクミである。ナニと問うのは、何にニカヨヒしているかを問うことだと、蟻はオモイツキした。

「ニ」はまた、ニニギノミコトというカシラの名にナジミがある。ニニギとは、ニカヨヒのものをナラビさせて名づけるハタラキとヨミトキできる。二つのナニかとナニかの間に、ヒトシナミのニホヒをカギ、キヅキするハタラキとも。

ニニギノミコトがキズキした巣は、ヒノモトツクニと名付けられたが、クニとは口から出す音イロハがニカヨヒした人々の巣とナゾトキできる。

「イ」が現れる。

ここでようやく現れるのも「イ」は「ナのミチ」がススミし、イキオイを得た結果だとオモイエガキできる。物や事がナニであるかを表せば、ニカヨヒとチガヒをイイアヒすることになり、イサカヒが始まった。初めはツツシミを持った内々のイイアヒ、イサカヒだったのが、しだいに外へ外へオモムキし、イイアイ、イサカイとなってイトナミの中にウレイをタメコミしていったのは、松からキキコミしたところでもある。

「イのミチ」は、世の中がススミすればするほどフカミにはまっていった。イサカイはタタカイにまでフクラミし、ツリアヒをノゾミするつもりでフツリアイとなる。蟻の巣の結末が示すように、一度「イのミチ」にイキオイがつけば、ウシナイというキワミにまで至るしかない。

最後の「シ」は、もうオモイエガキするまでもない。ウシナイ、オシマイの止、そして死……。

蟻のオモイエガキは、そのまま大神のハラにウツシコミされた。蟻からすれば、大神にミチビキされているようにノミコミしていたのだが。

大神が蟻をオギナヒする。

〈さすれば、父音なるは、アツカヒ難く、順にクルイあれば、世にマチガイ広がる道理、汝、よくノミコミすべし。かようなる父音を先に、母音を後にして、言葉ウミしたるが、この音図なること、すでにノミコミしたるなれば、ヒノモトツクニの人々、いかなるナヤミ、クルシミのうちに、そを成したるかを、わけても深くオイエガキすべし。とりわけ、この八父音によって、八分したる各行をば、古人、八間(やま)と呼びしなり。

八間は、山にして、神のチカラ、大いにヒビキしたる、ツチのタカミなり。

さて…〉とイロハを発するや、大神は五十音図の下に、もう一つ天地対称の音図をエガキして見せた。

〈汝が、『古事記』にてヨミトキせしは、この百神なり〉

蟻のハラにヒビキが走り、思わず身がチヂミした。一つ身すべてがキキミミとなる。

〈上つ五十音は、ウミ出されしヒなり。すべて一つ音にて、フクミあり、ナカミあり。

下つ五十音は、上つ音のカンガミなり。ヒをモチヒして、フミカキし、ウタヨミする、そのモトヒなり。

汝、人のイトナミにて、正月に鏡餅(かがみもち)なるカタをカイマミあるべし。それ、これなるカンガミモチヒがチナミなり〉

蟻はミウゴキせず、頭だけでウナズキを続ける。

大神のイロハに、オモミとアリガタミがフクラミした。

〈これぞ、タなり〉

〈タ…〉と、蟻が問いかえす。

〈然り。タは、音図のカタをカイマミすれば、すなわち田なり。

フクミよりオモイエガキすれば、すなわち多なり。

それ、汝がハラにあるもまた、タなるべし。

汝、オオハタラキなしたるは、すべてハラにタを置きて、大いなるキをハキハキしたるゆえなれば、かくタなるシクミも、自(おの)ずからノミコミしやすからん〉

蟻はハラをさする。

〈タのシクミの奥義は、オモイエガキ、ナゾトキ、キヅキするも難(かた)かれど、汝がハラのタをカンガミすれば、必ずやイワトビラキなるらん。

さらに、ハゲミ、ハタラキすべし〉

大神のイロハは、渦を巻いてみるみる小さくなり、中空に消えた。

蟻は、ユメミから覚めた。布の上にシガミツキしていた。宮司の家の庭に干された白布だった。青い色イロハで、縦横に太い線がソメコミされていた。

ワ	サ	ヤ	ナ	ラ	ハ	マ	カ	タ	ア
ヰ	シ	イ	ニ	リ	ヒ	ミ	キ	チ	イ
ヱ	セ	エ	ネ	レ	ヘ	メ	ケ	テ	エ
ヲ	ソ	ヨ	ノ	ロ	ホ	モ	コ	ト	オ
ウ	ス	ユ	ヌ	ル	フ	ム	ク	ツ	ウ
ウ	ス	ユ	ヌ	ル	フ	ム	ク	ツ	ウ
ヲ	ソ	ヨ	ノ	ロ	ホ	モ	コ	ト	オ
ヱ	セ	エ	ネ	レ	ヘ	メ	ケ	テ	エ
ヰ	シ	イ	ニ	リ	ヒ	ミ	キ	チ	イ
ワ	サ	ヤ	ナ	ラ	ハ	マ	カ	タ	ア

ツチに下りてカエリミすると、布の上に、たくさんの田のマナがヨミコミできた。

◇

秋の新嘗祭（にいなめさい）が近い。

人は、春にタネマキした稲を、夏には田にウエコミ、ハグクミし、秋にカリコミする。稲の実は、天のメグリの「理」によってハグクミされたメグミの「実」である。すなわち「実」の「理」、または「実」の「利」。

新嘗祭は、人の暦で十一月の卯（う）の日にイトナミされ、神社の祭壇にメグミへのアリガタミとして稲が捧げられる。稲は、五音（イネ）にチナミすると蟻はヒモトキした。百音図の田にウエコミされるタネとしてもニカヨヒがある。祭壇にアリガタミをコメて捧げることから、稲の実はコメとも呼ばれる。古くはヨネと呼ばれていた。ヨキネとチナミした。

有栖神社の宮司と妻が、稲の茎と葉でアミコミしたツナに白紙をハサミコミしている。紙はキリコミ、オリコミして幣（ぬさ）となる。幣については、『古事記』にもカキオキがあった。

《……この種々の物は、布刀玉（ふとたま）の命、ふと御幣（みてぐら）と取り持ちて……》

天照大御神が天の石屋戸に隠れるところである。蟻は、このくだりにイワトビラキをナゾトキするカギがあるとオモイツキしている。

「ねえ君、もう少し丁寧にオリコミしたらどうだね。ほら、紙がちゃんと重なっていないじゃないか」

宮司が、ウレイをフクミする声イロハを発する。

「そんなもの、いいじゃないの。どうせだれも気にしないんだから…」と、妻はサカライのイロハを返す。

「また、そんないい加減なことを。何度も言っているように、神事のカタにはみんな意味があるんだ。この御幣だって…」

「わかってるわよ。ニギテとも言うんでしょ。指をニギニギして数えることから、数の和、つまり数霊とのナゴミ、アリガタミを表すんだって、空でも言えるくらいだわ。

そんなことより、あなた、我が家のニギニギを考えましょうよ。これじゃあ、ジリ貧になるばかりだわ。神社だって、もっと積極的にアキナイをしてもいい時代よ。お札やお守りばかりじゃ、アキナイにならないわ。お坊さんみたいに、戒名一つで何百万というアキナイがうらやましい。

……うらやましいと言えば、裏山の話はどうなったの。まだ、決まらないの」

「今、そんな話はしたくない。また葡萄園と不動産の二人組が来れば、いやでも話をしなければならないんだから」

「理寿子も来年は大学受験でしょ。そんなに贅沢したいわけじゃなくって、いろいろと出ていくものが多いのよ。よく考えてほしいわ」

「わかっている。だけど、親代々守ってきた鎮守の森だから、そう簡単にはいかない。とにかく、僕も考えているところだから…。今は、その話をしたくないんだ」

蟻は、鴨居の上から宮司と妻の話をタチギキする。

神社や宮司のことは、多少ミキキとヒモトキをしてきた。奥宇摩志。それが宮司の名である。妻は美禰子。二人には理寿子という娘がいる。表札のマナでヨミコミした。

家族のイトナミは、いたってツツシミに満ちている。宇摩志は人の言葉でいう結婚式や地鎮祭などでカタを示す。

蟻のミキキするかぎり、宇摩志のカタはアリガタミをフクミしているが、アオギミを得るほどのオモミやアツミが足りない。無論オチツキやトキメキをノゾミすることはできない。宮司をヒキツギしたときから、ハラのどこかで身ずからをサゲスミしてしまったからだと、蟻はミヌキした。

宇摩志は、宮司のハゲミとは別に、ヨミカキのカキだけオサナゴたちにオシエコミしている。人の世ではカキを書道、オサナゴたちを小中学生と呼ぶ。書道もまた、一つのカタである。宇摩志は宮司のハゲミよりも、むしろカキカタのシコミの方にタノシミとノゾミを感じている。

宇摩志が近づくと、蟻は墨の匂いイロハですぐにキヅキする。蟻が『古事記』のヨミカキを始めた日も、宇摩志は町の人にタノミコミされたというマナを大きな板にカキコミしていた。

美禰子は、宇摩志とニカヨヒするところが少ない。身ずからサゲスミすることもない。隣町の神社の娘としてハグクミされた。宮司のハゲミからタノシミ、クルシミまで、父親を見てすっかりノミコミしてい、宇摩志には足りないトキメキもある。イトナミの上のコノミをはっきり口に出すので、町のオトナたちはかえって美禰子に、シタシミを覚えている。少しくらいのマチガイも、オモシロミに変えてしまうチカラが美禰子にはある。

俳句というウタヨミにシタシミし、「銀行には無縁だから、せめて吟行へ」などと宇摩志にイイオキして、町のオトナたちと野山アルキに出るのが美禰子のタノシミになっている。「短歌より、短い俳句の方が性に合う」とも言った。吟行のときは、ひどいヨッパライになって帰ってくる。夫や娘にカルハズミやタルミを見せながら、それが身ずからのタシナミだとキメコミしている。蟻は、美禰子をカイマミすればするほどハラがハズミした。

「我が家のニギニギ」とは、美禰子でなければ言えない。

ニギニギ、ニギテ……数霊。美禰子の音イロハが蟻のハラにシミコミする。

ニギテは、ニニギと何かチナミがあるのだろうか。人の手には五本の指がある。ニニギノミコトは、両手を合わせることから数をオモイツキし、「ヒのミチ」の中に数のヒもフクミさせたのだとオモイエガキできる。カムナギの祝詞「ヒフミヨイムナヤコトモチ…」は「一二三四五六七八九十百千…」とヨミトキできる。この祝詞もニニギノミコトの世からヒキツギされたと、松は言っていた。

蟻はその後、ニギがナギとも言い、マナで「和気」とカキコミされることをヒモトキでノミコミした。ハラに多少のチガイがあるとしても、宇摩志と美禰子の間には確かな和気がある。家族が毎朝、祭壇の前で両手で音イロハを打ち鳴らすのは、和気のカタだとノミコミできる。人は柏（かしわ）の葉にチナミして、柏手と呼ぶ。

理寿子は、夫婦の和気とイツクシミにツツミコミされている。親のイトシミをフクミし、一つ身にノゾミをシミコミさせてハグクミされた。巫女（みこ）として、宇摩志のハゲミにもナジミする。もののノミコミがよく、ミコミがある。白の上衣に紅の袴（はかま）、白い色イロハのコナを薄く顔にヌリコミして現れると、蟻にはかつてカムナギのハタラキをした大昔の巫女のようにカイマミされ、おのずとアオギミを覚えた。

理寿子にアオギミを抱くのは、蟻ばかりではない。オトナに近いオサナゴらの集まる、高校というムロから帰るときは、若い男が理寿子を一目カイマミしようと、群れてツキマトイする。ただ、互いにツツシミからかタシナミからか、それとも別のオモイコミがあってか、若い男たちは決してチョッカイを出さない。カメラというシナで、理寿子の一つ身をウツシコミしたり、アマミのある餌で理寿子の気をヒキコミしようとするのがせいぜいだ。

理寿子は、男たちのツキマトイを気にかけない。ナミナミのイトナミだとノミコミしているらしい。その眼は、何か別なものをノゾミミしている。他のことは、何も眼に入らないかのようだ。

蟻は、ある若い男の音イロハをタチギキした。

「アリスって、なんかスゴミがあるけど、姿を見ているだけで体の中からじわっとチカラが湧いてくる。不思議だよな。だから、彼女の写真集を作るときは、『不思議の森のアリス』にしようと決めてるんだ」

アリスとは、理寿子へのイトシミから付けた別名らしい。有栖神社にチナミするのか、理寿子にチナミするのか、蟻にはわからない。ただ、その別名にはシタシミを覚えた。

毎日よくミキキすれば、人の男女のナジミやムツミのイトナミも、他の生き物の雌雄とあまり変わらない。最も大きなチガイは、人にはムツミのカタがない点だろう。それぞれがオモイナヤミしながら、ムツミというノゾミにタドリツキする。他の生き物にはナヤミなくハゲミできることも、人は深くオモイマドイするようにミヌキできる。それもまた「ナのミチ」ゆえかとハヤノミコミするのは禁物だが、高校というムロで「ナのミチ」のツメコミぶりをミキキすれば、あながちオオマチガイとも言えないようだ。

宇摩志は、できれば理寿子に神社をヒキツギさせたい。そのノゾミは、まだ口に出せないでいる。理寿子のハラは、今のところ蟻にもノミコミできない。蟻にノミコミできるのは、三人の家族が有栖神社の神気をスイコミし、すこぶるツヨミのあるイノチのイロハをトリコミしているということである。

宮司の家に、オトナが二人やって来た。蟻は、葡萄園の主とトチアキナイの二人組だとミヌキした。

「いやあどうも、宮司さん。また、寄せていただきました。お忙しいところ、まったく恐縮です。新嘗祭のご準備のようでんな。いや町中みんな楽しみにしてますっさかい、私らも何か奉納させていただこうと、こない思うとる次第なんですわ、はい。

あいや、奥さん、いや宮司さんやおまへん。奥さんですがな。あははは……、そうやった。こちらさんの名字も奥さんでしたな。ほなら、奥さん、奥さんの奥さん、あははは、いや何もお構いなく願います。手っ取り早くお話をさせてもろたら、すぐにおいとましまっさかい、はい」

トチアキナイが、ナカミのないイロハをしきりに発する。宮司は、シブミのある顔で受けた。何のイロハも返さない。妻は、シブミのある匂いイロハの茶を置いて部屋を出る。

「どないでっしゃろな、先日のお話はお考えいただけましたやろか。二週間後いうことやったから、こないして葡萄園さんといっしょに訪ねてきましたんです、はい。

さあ、葡萄園さんからもお願いしてください。この宮司さんは、話の分かる人で通っているんやから」

「その前に、お陰様で今年も葡萄のミノリがよく、またアマミも例年にないほどでして、市場で特一級の評価を受けました。こちらさまにも、新嘗祭にはわずかばかりご奉納いたします」

「はいはい、それはまあ、どうも。ありがたく納めさせていただきます」

宮司はようやく口を開く。イロハにハズミはない。それでも葡萄園は、イキオイを得て話を続ける。

「市場ではですね、その場で来年の予約も受け付けるのですが、どうも今のままの広さでは、とても収穫できないほどの注文を受けてしまいまして…。いや嬉しい悲鳴とでもいいますか。

そこでまあ、こちらさまになんとか土地を融通していただいて、ご注文をされたお客様方のご期待に添えるよう、努力するのが私どもの務めだと思うのです。

それもまた、私どもからすれば人助けでして、そういう意味では、こちらさまと同じではないかと思うわけで…。どうでしょうか、同じ人助けをする者どうし、ここは一つ、ハラを一つにしてですね、まあ地域産業の振興という見地からも、ぜひご協力いただきたいのです」

「ははあ、人助けですか」

「それはもう、この不景気にもかかわらず、地域の人々に就労の場を提供し、かつまた町には税収入の確保を約束しているのですから、そう豪語させていただいてもよろしいのではないかと、思うのであります」

「いやいや、恐れ入りました。すばらしい。まことに大きな人助けです。

それに引き比べまして、あなたが人助けと言われるようなことは、神社方では何もしておりません。むしろ地域のお役に立つどころか、お荷物になっているのではないかと、胸が痛むばかりです」

「そこはそれ、神社さんには神社さんの、我々とは別の人助けのミチがあるわけでして、税金をあまり納めていないからといって、そんなに卑下されることも…」

そこまで言いかけて、葡萄園の主が急に口をツグミした。トチアキナイが、エミを浮かべて声イロハを引き取る。

「いや、ははは、ともかく地域は、お互い様ちゅう人助けがつながって成り立っているいうことを我々は決して忘れてはならん思うとるんですわ。第一、このミサキ山は我れらの故郷のシンボルでして、この山を中心に果樹農業が興ってからこのかた、不景気のフの字も知らない地域として、近郷近在の羨望の的にもなってるんでっさかい、宮司さんにも、どうかその点をご理解いただいて、お力を貸していただきたいんですわ」

「お力といわれましても、手力男の命（たぢからをのみこと）じゃないですから、あまりご期待には添えないと思うのですよ」

「タヂカラヲノミコト。そりゃ、なんのこってす。競馬馬みたいでんな…」

「それはともかく、私にはなんの力もないわけでして…」

「そんなことはない思うんですよ。裏山をほんの千平米ほどお譲りいただければ、話は八方丸く収まるわけで、私どもも助かるし、義理のある方々の人助けもできるいう巡り合わせですから、はい」

「お話の筋は重々承知しました。といって、すぐに承諾するということではありません。ご覧のように新嘗祭を控えまして、天手古舞いの有様です。確かに先日、二週間ほどと申しましたが、大雑把に申したまでで、どうか祭が無事終わるまでお待ちいただけないでしょうか。こちらも、一年で一番大事な人助けでもありますから」

二人組は、互いにニガミのある顔を見交す。トチアキナイが、また口のアメツチの間からイロハを出す。

「ごもっともなことです。しかし私どもも、そう時間のある身やおまへんので、せめて口約束でもできればと思うんですがなぁ…」

「これは、どうも、あなたのお言葉とも思えません。土地取引で、口約束など何の役にも立たないことは、私でも存じております。まあ、ここは一度お引き取りいただき、また時を改めてということにしていただけませんか」

「宮司さんのおっしゃることもごもっともです。ただ、こちらも何の進展もなく、帰るのも実に縁起がよくないものですから。そこはそれ、こちらさんも縁起に関わるご商売でもあるわけでっさかい、何かお札でもいただくわけには参りませんやろか」

「お札をご所望でしたら、すぐにお書きしますが…。名目は、やはり商売繁盛ですかな。それとも交通安全ですか。

あ、もしや、安産祈願では…」

「いや、ははは、それはまた別の機会にさせていただきます。今日は、我々の業界のお札、つまり契約書ですな。こちらを印形入りで頂戴したいので…」

「ですから、それは後日、ということでお願いしています」

「では、こちらからおみくじのようなものをお出しいたします。実は前回の御見積を見直しいたしまして、〔大吉〕この上ない金額に設定して参りましたので、きっとお喜びいただける思いますがな」

「はあ、それはどうも。わかりました。そういうことでしたら、後日、それも含めてお答えします。今日のところは、どうかこれでお引き取り願えませんでしょうか」

あくまでも身をスクミさせる宮司である。二人組は一枚の紙を置き、軽く頭を下げて家を出た。

蟻が、後を追ってアルキしはじめる。

「宮司め、えらいガードが堅いな。これは、少し長期戦になるかもしれまへんで」と、トチアキナイ。

「そりゃ、困るなあ。なんとか今年中に結論を出してもらわんと、せっかくの得意先が逃げるよ」と、葡萄園。

「そう言われても、あなた。税金を払っていないなんて、あんなしょうもないことを言うようじゃ、まとまる話もまとまりまへんがな」

「いや、口が滑ったというか。どうも、ここに来ると調子が狂って、ハラにあることをみんな言いたくなるんだ。だけど、あんただって、最後の切り札にしようとしてた見積書をあんなにあっさり出してしまったじゃないか」

「実はわしも、なんちゅうか、ここが苦手なんですわ。どうも、気ィが萎えますのや。やっぱり神社やからやろか。

他所じゃあ、そんなことおまへんのやがなあ」

「まあ、いいです。次は必ず契約を結べるように、早く帰って作戦を練ろう」

「そうしまひょ、そうしまひょ」

どうやら葡萄園が身ずからのハカライに、トチアキナイをマキコミしているらしい。蟻は、葡萄園の主にシガミツキした。毛が薄く、白髪も混じった頭の脳天にマワリコミする。触角をネジリコミして、何やらイロハを送る。

「あ、そうだ」

葡萄園は急に足の向きを変え、神殿の方へ進む。トチアキナイもシタガイする。二人は拝殿の前に立った。

「あんた、いくら持ってる」と、葡萄園。

「十万くらいかな」と、トチアキナイ。

「出してくれ。あとで返す」

「ええですよ。どないしますねん」

「こうする」と葡萄園は言って、紙幣を「浄財」とカキコミしてある箱に投げ入れた。次に自分の懐からも紙幣を出し、これも七、八枚押し込む。

「さあ、願をかけよう」

二人は鈴をならし、手を二つ打ち、口の中で何かイロハを発する。そのまま二つ身をひるがえして、せかせかと鳥居の方へ去っていった。

葡萄園の主から離れた蟻は、鳥居を出た後に起こるであろう二人組のイサカイをオモイエガキした。

宇摩志から四代前までは、鎮守の森の木々がウルミをフクミしてフクラミし、アリガタミをたたえていた。後ろのミサキ山も、山人たちの手でよくイックシミされ、ヤワラカミのある緑色イロハは青色イロハの空とよくナジミした。それも、曽祖父、祖父、父の代とヒキツギするにつれて、少しずつウシナイされていった。

ミサキ山の南斜面に葡萄園ができ、これがわずか二代のイトナミで大きなメグミを得ると、山には他の果樹園やゴルフ場などがハイリコミするようになった。有栖神社は下へ下へとオイコミされ、カコミするトチも狭まった。車道にキリコミされた奥の森を「鎮守の森」と呼ぶ人も少なくなった。

代々宮司を務めてきた宇摩志の父祖にばかり、ツミツグナイを求めることはできない。葡萄園の主の言ったことにも、マコトがフクミされている。地域振興というハカライは時のイキオイだった。町の人々のノゾミでもあった。町の守護を司る有栖神社としては、人々のノゾミにサカライできるものではない。一歩ヒッコミ、二歩シリゴミしていくうちに、百歩も千歩もオイコミされる羽目になった。宇摩志が、亡き父をヒキツギして宮司になったときは、有栖神社のアリガタミそのものがウタガイの目にさらされていた。

◇

町の人々はメグミを得た。初めのうちこそ有栖神社のシリゾキにアリガタミを表していたが、世代が替わればアリガタミまでヒキツギされない。ただの小さな神社としてアオギミもアリガタミも表さず、ついにはトリハライして大果樹園に変えるハカライを言い出す者も増えてきた。今はもう、町の人々の多くがアキナイのイキオイの中で、神社とはナジミの薄いイトナミを続けている。

有栖神社の裏山からは、榊(さかき)の森もウシナイされた。宇摩志は、オサナゴのころハイリコミした森をナツカシミし、祭事の度に花木アキナイへ榊をモウシコミする今のイトナミに、またウレイを深くしている。

花木アキナイがやって来た。若いオトナだった。

「毎度ー、サカキ、持って来ました。どこ、置いときましょうか」

「はあい、裏に洗い場がありますから、そこに置いて行ってください」と、奥で妻が答える。

花木アキナイは、言われたように木の束を置いて去った。しばらくして、妻が外の洗い場に出て来る。

「あら、いやだ。これ、おシキミだわ。若い人みたいだったから、間違えたのね」

そうイロハをもらして家の中へ戻った。宇摩志に話すのだろう。

蟻は素早く樒(しきみ)の小枝をオリコミ、キリコミし、口にクワエコミした。そのまま、松の木までモチコミする。

《…天の香山の五百(いほ)つ真賢木(まさかき)を根こじにこじて、上(ほ)つ枝(え)に八尺(やあた)の勾璁(まがたま)の五百つの御すまるの玉を取り著(つ)け…》

そう『古事記』のカキオキにあるように、榊(賢木)は天照大御神を天の石屋戸から呼び出すために供えられた。そのカタのフクミするところは、キの弥栄である。ヒモロギやカムナギのキを盛んにすることに通じる。かの行者も、榊をヒモロギのハシラとした。

「ヒのミチ」にモトヅキすれば、もっと別のフクミがあるのだろう。まず「天の香山の五百つ真賢木」をヨミトキしなければならない。

天の香山…アマノカクヤマは、五十音図の八父音の各行を指すとミヌキできる。アマの下に書く八間とナゾトキできるからだ。さらにヨミトキを進めていけば、「五百つ」は上下百音の縦列横列を入れ替えすることだとわかる。

「真賢木」は、それらの真、すなわち間を賢しくネコソギ明らかにするハタラキとなる。これも、天之御中主大神とのカムナギでノミコミした田の図のシクミをカンガミすれば、まったくマヨイを覚えるところがない。

それらからナゾトキすれば、「天の香山の五百つ真賢木」とは、五十音図を五百通りにも使い分けるハタラキのカタとなる。そのようなフクミを持つ真賢木や御幣などを供えて、天照大御神の隠れた天の石屋戸をヒラキしようと万の神々がココロミする。「岩屋戸開き」の場面である。

《…天の手力男の神、戸の掖に隠り立ちて、天の宇受売の命、天の香山の天の日影を手次に繋けて、天の真折を縵として、天の香山の小竹葉を手草に結ひて、天の石屋戸にうけ伏せて、踏みとどろこし、神懸りして、胸乳を掛き出で、裳緒をほとに忍し垂れき。…》

天照大御神は日の神、すなわち言霊の神である。ヒの神が隠れれば、世の中が「イのミチ」のイキオイのまま、ウレイ、ワズライで暗くなる。とすれば天の石屋戸のフクミするタトヒは、「ヒのミチ」のウシナイとなる。つまり、五十音のモチヒによって音イロハを発する戸、人に当てはめれば、コトを言う口がウシナイされたのだ。

五十音イロハの神とそれをモチヒする五十の神々、さらには「ヒのミチ」のイトナミからウミ出される八百万の神々にとって、「ヒのミチ」がウシナイされるウレイは大きい。

天の宇受売の命…アメノウズメノミコトは、ウズのフクミをナゾトキすることから始めた。

まず、大神に示された上下百音図をカンガミする。天の宇受売の命が現れる前に、「五百つ」は上下百音の縦列横列は入れ替えられている。どう入れ替えられたのか。

蟻は、「ウ」と「ス」をフクミする列が、上五十音では下に、下五十音では上に来るように入れ替えした。ア行は「ウオイエア」とナラビする。そこでまず、「ウ」から上にヨミコミし、次は上から下へ「タチテトツ」、さらに下から上、上から下へと続ければ、「ウ」から「ス」まででワ行を残してほとんどの音イロハをフクミすることになる。上下交互にヨミコミするのは、「ウ」練り、うねりをウミ出すためだとミヌキした。

これによってウスまたはウズは、「ヒのミチ」のカンガミとナゾトキできる。人のカタでは、ウスもウズも中心に向かって大きくオチコミしていくものにチナミする。蛇のハイアルキのようなカタは、ウズというよりナミである。海のウズが、右回りのナミと左回りのナミとのムツミによってウミ出されるように、上五十音のナミと下五十音のナミがウズをウミ出すのだ。

蛇のトグロは、ウズにニカヨヒしている。人が大昔、蛇をウズやウスと呼んだというカキオキも、宇摩志の本にあった。さらに臼には、五音（稲）をヒキヒキ、ツキツキしてモチヒ（餅）とするハタラキのチナミもある。

「ヒのミチ」のクルイにウレイを持つ神々の名代として、アメノウズメノミコトがさまざまなカタを示す。カタがすべて「ヒのミチ」をヒラキするためのノゾミを表しているとすれば、初めからそのオモムキでヨミトキすればよい。

天の香山の天の日影を手次に繋けて…

（天の香山の）天から授かった書く・各八間の、（日影を）それぞれのヒのハタラキを、（手次に繋げて）手に余る数ほど、田を鋤くよう

ワ	サ	ヤ	ナ	ラ	ハ	マ	カ	タ	ア
ヰ	シ	イ	ニ	リ	ヒ	ミ	キ	チ	イ
ヱ	セ	エ	ネ	レ	ヘ	メ	ケ	テ	エ
ヲ	ソ	ヨ	ノ	ロ	ホ	モ	コ	ト	オ
ウ	ス	ユ	ヌ	ル	フ	ム	ク	ツ	ウ
ウ	ス	ユ	ヌ	ル	フ	ム	ク	ツ	ウ
ヲ	ソ	ヨ	ノ	ロ	ホ	モ	コ	ト	オ
ヱ	セ	エ	ネ	レ	ヘ	メ	ケ	テ	エ
ヰ	シ	イ	ニ	リ	ヒ	ミ	キ	チ	イ
ワ	サ	ヤ	ナ	ラ	ハ	マ	カ	タ	ア

に縦横にハタラキかけて…

天の真折（まさき）を縵（かづら）として…

（天の真折を）アの側の間を半分に折り割いて、（縵として）音イロハを書き連ねて…

天の香山の小竹葉（ささば）を手草（たぐさ）に結（ゆ）ひて…

（小竹葉を）一つ一つの音イロハを、（手草に結ひて）多種多様にムスヒしつつ、多種のフクミあるヒとして…

天の石屋戸にうけ伏せて…

（天の石屋戸に）アの側から言う口に、（うけ伏せて）それらの音イロハをウケヒし、フクミしタメコミしておき

…

踏みとどろこし、神懸（かむがか）りして…

（踏みとどろこし）フミとして大きな音イロハをトドロキさせ、（神懸りして）まさに神のイロハを全身全霊にカムナギしつつ…

胸乳（むなち）を掛き出で、裳緒（もひも）をほとに忍し垂（おた）れき。

（胸乳を掛き出で）旨にフクラミしたミチを書き表し、（裳緒を）ヒのモトを整えて、（ほとに）ウミ出された元の所へ（忍し）押し戻し、（垂れき）それを範として垂れた。

以上は、田のカンガミモチヒのカタとしてノミコミできる。

チナミに、タヂカラヲノミコトは田のモチヒをするヲの列のイロハとナゾトキできる。これで、五十音すべてがソロヒブミして、イワトビラキするシクミが成り立つ。

すると天照大御神は、アメノウズメノミコトのカムナギにナジミして起こる八百万の神々のワラヒをアヤシミし、天の石屋戸を少しだけ開ける。その部分のカキオキは——

《…しかして、天の宇受売の白言ししく、

「なが命に益して貴き神坐すゆゑに、歓喜び咲ひ楽ぶぞ」

と、かく言す間、天の児屋の命・布刀玉の命、その鏡を指し出で、天照大御神に示せまつる時に、天照大御神いよよ奇しと思ほして、やくやく戸より出でて臨みます時に、その隠り立てる天の手力男の神、その御手を取り引き出でまつるすなはち、布刀玉の命、尻くめ縄もちてその御後方に控き度して白言しく、

「これより内に、え還り入りまさじ」…》

神々のタクラミが当たる。アメノウズメノミコトは、石屋戸の隙間からノゾキミしようとした天照大御神に鏡を向け、「あなたよりもっと貴いヒの神がいますから」という。そして、戸が少し開いた拍子に、手力男の命が天照大御神の手をツヨミのあるチカラでテビキしたのだった。

鏡は、八咫鏡というカンガミとナゾトキできる。「チキミヒリニイシ」の八父音にチナミする、「ヒのミチ」のシクミを示したカタである。ヒをカンガミ（鏡）するのにモチヒする。

「八間」と、大神からオシエコミされた八父音。八咫鏡にもチナミされる八父音。蟻のハラに「チキミヒリニイシ」がヒビキする。蟻は、さらにフカミのあるナゾトキを迫られた。

前のカムナギで、蟻は大神に八父音それぞれのナゾトキを伝えた。カエリミしてみる。

「チ」は、マナを当てると、父、地、命、智。

「キ」は、気、機、奇、生。
「ミ」は、身、実、観、水。
「ヒ」は、日、火、霊。
「リ」は、理、利、離。
「ニ」は、二、似、染。
「イ」は、意、威、異。
「シ」は、止、死。

山のカタにチナミしてみれば、「チキミヒ」は上り、「リニイシ」は下りとオモイエガキできる。父音はチから始まる。チは、智、命。イノチのチは、キをミチビキする。キはミをミチビキする。ミはヒを、というように、それぞれがキワミに至って次をミチビキする。そのサカ（坂、性）が、すなわち山のミチなのだ。

山には、上り坂と下り坂のミチがある。

黒蟻は「キのミチ」にハゲミする。白蟻は「ミのミチ」にハゲミする。両族共に「イのミチ」のウレイ、ワズライにナジミしないようにイトナミを続ける。虫として、それがイノチのタシナミである。他の衆生も、蟻や白蟻と大差ない。

人だけが異なる。異であり、威である。「ヒのミチ」から「ニのミチ（ナのミチ）」をミチビキし、「イのミチ」のキワミをノゾミミするに至った。もし八間が山であるなら、「イのミチ」のキワミはシをミチビキするしかない。シには、もうミチはない。

人は、これら八父音を八咫鏡というカタにカエオキし、「ヒのミチ」のカンガミのためにモチヒしようとしたのではないだろうか。もののスジミチとして、ことのナリユキとして、音イロハつまりヒが先にあり、ヒをイトナミの中にオトシコミするためにカタが必要だったとオモイエガキできる。そのカタを示すのが、八咫鏡なのだろう。

蟻は、それらのオモイエガキをハラに強くカキオキした。

◇

洗い場の樒は、榊に変わっていた。若い花木アキナイが榊を持ち来たり、樒を持ち去った後だった。

蟻は、榊の小枝も松の元にモチコミした。松は、二つ枝を幹の奥のウロへハコビコミさせる。奥のウロには、水がタメコミしてある。二つ枝は、そこにツケコミされた。

〈キミ、何なすや〉と、蟻が問う。

〈サシキなり〉

松はあっさり答え、サシキのシクミをクドキする。

タメコミの水は、ナミの水ではない。松の精と言ってよい。天から降った雨、雪、霜、露や地からスイコミした根水が幹の中央でムツミし、樹管からウロにニジミ出た。松脂と松葉の混じった匂いイロハが立ちこめ、ナゴミを誘う。有栖神社の御手洗(みたらし)にクミコミされた水と同じくらいたっぷりとして、表面をフクラミさせていた。

〈イノチをハグクミする水なり〉と、松は蟻にオシエコミする。松が木ずから使うだけでなく、イトシミを覚える他の生き物にも与えた。どんなヤマイやクルシミの虫も鳥も、この松の精を数滴シミコミさせれば、たちどころにイノチのハズミを取りもどした。

蟻もココロミに一滴スイコミしてみた。一つ身すべてがアタタカミにツツミコミされた。

松のオモイツキでは、二、三日すれば、榊と樒の枝の切り口から細い根が生えてくるという。それをまた蟻が、梨の種と同じようにウエコミすればよい。ツチをタメコミした松のウロは、まだいくつも残っている。

蟻は、松のウロに梨と榊と樒がヒトシナミにハグクミされた様をオモイエガキした。

初めは、人のタシナミする盆栽に似るかもしれない。やがて三本の若木は、枝葉を大きくフクラミさせるだろう。梨は花をハナサキさせ、榊と樒の葉はカガヤキまされる。秋には梨が実をハグクミする。そんなハナヤギした木々のカタを、人はどんな目でカイマミするだろうか。アリガタミか。アオギミか。それともニクシミか。

そのオモイツキから、蟻のオモイエガキは羽化するように飛躍した。

榊にナニかをフクミさせたのは、すべて人である。松を神木とアオギミするのも、また人である。

それらはみな、人がアリガタミをウツシコミしたカタなのだ。カタは、すべて「ヒのミチ」にチナミしている。「チキミヒ」のサカあるがゆえに、木（キ）のアリガタミがチナミされ、実（ミ）のアリガタミもチナミされた。カタは、コトのフクミをもってタカミに押し上げられたとも言える。

「ヒのミチ」のシクミをソコナイしてしまえば、カタはノミコミのむずかしいイトナミの一つにサゲスミされてしまう。榊と樒をトリチガイした花木アキナイは、元々のコトのフクミをノミコミしていなかったのだ。

花木アキナイのトリチガイは、それほどオモミのあるマチガイではない。人一人のマチガイにすぎない。それが人すべてに及んだらどうだろうか。もっとオモミのあるマチガイにススミし、衆生すべてのイトナミに関わるオオマチガイにならないだろうか。

カタは、「ヒのミチ」のチナミからカタチとしてツクリコミされ、オチツキする。それがヒキツギされるうちに、人のハラからチナミのノミコミがウシナイされていったのではないだろうか。

「ナのミチ」がイキオイを持つ世になれば、それにチナミした新しいカタが生まれ、やがてはウシナイされる。「イのミチ」がイキオイを持つ世なら、それにシタガイするカタやカタチがウミ出されるが、どこかにマチガイが生じ、これもまたウシナイされていく。人の世は、それぞれのミチにチナミするカタとカタのアラソイとしてヒキツギされていると見える。

蟻にもカタがある。ハラカラのムスビツキやカシラツギなどである。一は「イのミチ」をフセギするために、一は「キのミチ」をヒキツギするために。人のカタと異なるのは、タカマハラとハラを一つにしたイノチのカタである点だろう。

タカマハラをウシナイしたカタは、下りのサカをオチコミし、ウシナイやオシマイにススミするだけではないか。蟻のウレイも、下へ下へとフカミにススミする。

○

蟻が問う。

松のウロの中にタメコミされた水、松の精にウツリコミした天之御中主大神に問う。

〈はじめに、コトあり。コトのあとに、カタあり。

そのオモイエガキ、マチガイなりや〉

天之御中主大神が、水面に光と音のイロハをヒビキさせて答える。

〈マチガイにあらず。汝がオモイエガキ、いささかカルミあれど、大いなるノゾミあり。

わけても、八間のオモイエガキ、ヨミトキ、ナゾトキに、よくぞタドリツキありたり。

この方、こたびは汝に、シコミすべきことありて、現れ出でなん〉

大神のイロハがヒビキするたびに、水の中では榊と樒の小枝から、細い根毛がにょろりにょろりと伸びる。葉の色イロハもカガヤキを増す。

蟻はカシコミして、大神のシコミを待つ。

〈汝がオモイエガキに、いささかオギナヒしたきことあるも、そは急(せ)くまじ。追々なすべし。

汝が巣のキズキのごとく、チにハタラキすれば、いずれ身ずからキヅキあらん。

ただ、今宵のみは、くさぐさのオモイエガキをツツシミし、明日を待つべし。

ツツシミによりて、汝がハラ、いよよミソギ、うたたハラヒあるべし。

すべては、明日ぞ。明日こそは、汝が、イワトビラキの初めなり〉

蟻がスクミして、大神に問う。

〈我れ、イワトビラキ、いかになすべきや。

我れ、いまだ、イワトビラキ、キリヒラキならず。いかに、せむ〉

大神がイツクシミのイロハで答える。

〈たやすきことなり。ハラの夕を、縦横にモチヒして、キをハキハキせばよし。

まずは、祭のカタをば、つぶさにミキキし、ヒラメキのままに、ハタラキせよ。

タノミすべきは、汝がハラの夕なり。夕こそ身そのものなりとノミコミして、タノミとすべし。くどく申すようなれど、夕は田なり、多なり。他にも、多々フクミありなん。

夕をヒッカキするによりて、必ずやヒラメキありなん。

夕をタノミとせよ。夕のミチビキによりて、必ずやイワトビラキのミチありなん〉

大神は、常になくイックシミあふれるシコミを蟻に垂れ給うた。それほど、蟻をタノミとしている。大神のクルシミの大きさが、イタミとともに伝わった。もう〈神を助けよ〉とは仰せにならない。蟻のハラは、大神のハラをすっかりノミコミしていた。

カエリミすれば、大神はいつも蟻のそばにいた。蟻は幽かにキヅキしていた。イノチのオシマイを迎えつつある梨の実にも、神はカイママミできた。アザムキに明け暮れる蛾たちの中にさえも、神はカシズキしていた。蛾が神にキヅキせず、ミチから外れたイトナミを続けていたにすぎなかったのだ。

神は、すべての衆生とともにある。

蟻は、それを人にノミコミさせることが、イワトビラキの初めだとキヅキした。大神のイロハがナジミする。

〈よろしい…〉

ぴっちょん…。

水滴の大きな音イロハがウロにヒビキわたった。ノゾミがウロの中でフクラミする。イロハは、そのまま外へ外へウズを巻いて、どこへともなくシリゾキした。

◇

明けて、新嘗祭の日が来た。

天はどこまでもタカキに果てしなく、地はどこまでもヒロキに果てしない。

その朝、宮司一家は水でミソギし、モノイミに入った。白い衣で身をツツミし、水や餌を全く口にフクミしない。また、口からは一切の声イロハを出さない。コトイミである。

ふだんから言葉の少ない宇摩志と理寿子はともかく、美禰子にはコトイミがことのほかクルシミとなる。目も耳もどうにかツツシミさせ、ネムリコミするように神前と神具をミガキコミする。神具に傷が見つかりでもすると、思わずツブヤキがもれそうになる。傍らで共にハゲミする理寿子は、タノシミを覚えるのか、ホホエミのままコトイミを続ける。

神棚には、鏡と剣がササゲオキされている。鏡はカンガミ、剣はタチをフクミする。タチとは、「ヒのミチ」を断ち分けるカタを示す。神へのアリガタミとして、高坏（たかつき）には稲穂や干塩など、瓶子（へいし）には水と酒がササゲオキされる。イネは五音で五母音。ヒシオはヒの四緒（しお）で、四つクミ八つの父音。水はミイズ、マナで御稜威と書き、神威のことである。酒は八間のサカと弥栄のサカに、というようにそれぞれチナミする。

蟻は、それらのチナミを宇摩志の本からノミコミした。宇摩志もすべてノミコミしているが、美禰子がモノイイするように「どうせだれも気にしない」というウレイにツツミコミされている。ただ、今日くらいはカタのチナミをモトヒとしてハタラキしたい。以前は、水を神域内の井戸でクミコミしていたが、水位が下がり、水も汚れた。榊と同じように、水もアキナイにモウシコミせざるをえない。祭のカタも、アキナイがなければ始まらない世の中になった。

宇摩志は、社務所とよばれるムロに独りハイリコミした。硯で墨をたっぷりスリコミし、筆で何かカキコミを始めた。大きなマナで、まず一枚のカキコミができた。

「有栖神社　秋季奉祝新嘗祭」

続く一枚は、小さなマナで「式次第」とカキコミされ、その左にずらずらとマナがナラビした。さらに「御奉納台帳」として、さらさらと名をカキコミ連ねていく。筆にマヨイはなく、カタそのものにアリガタミがあふれる。コトイミで声イロハをツツシミするほど、カキカタはおのずからタカミにオモムキする。

一家のコトイミにワズライをもたらす人がいる。高校のオサナゴが十数人、神殿の庭にハイリコミし、理寿子に向かってカメラを構えていた。清く晴れやかな理寿子の巫女姿をウツシコミしようと、神殿の回廊、床下、木の上で待つ。やがて、カルハズミな言葉のやりとりからコゼリアイを始めた。

「俺が先に来たんだよ。どっか別のとこ探せ、目障りだっちゅうの」

「うっせえ。おめえの家じゃねえだろ。だいたい、とろいおめえに写真撮れんのかよ。

俺はな、キャビネに伸ばしてコンテストに出すんだ。賞金貰ったら、小遣いやっから、黙ってショバ明け渡せ、バーカッ」

「バカッて、なんだ。てめえこそバカだろ。ざけんな」

「てめえがバカなんだよ。写真も撮れねえオオバカだ」

「なんだクソバカ。賞なんか取れるもんか、ボツでチンボツだ」

「なんだと、ヘボバカ。もういっぺん言ってみろ」

とうとうトックミアイ。コトイミの静けさに慣れていた蟻は、ミキキに堪えない。宮司の一家も、たまりかねてやって来たが、コトイミのために何のオシオキもできない。

美禰子が大きくイキをスイコミし、大声イロハでオイハライをしようとした瞬間、理寿子がその口をオサエコミした。そして、身ずからずいずいと前にススミし、オサナゴたちをニラミつけた。理寿子の目の光イロハにオサナゴたちは身をスクミさせ、すごすごとシリゴミしてしまった。あちこちに散らばっていたオサナゴたちが、庭のツチの上にカシコミする。

米がハコビコミされた。三つの俵にツツミコミされ、前後二人のオトナがカツギする。そのカツギを先頭に、氏子たちも参道をぞろぞろとアユミしてくる。タイコタタキ、フエフキ、カネツキが音イロハをヒビキさせる。その音色イロハは、人はおろか虫にも鳥にも草にも木にも、ハズミやタノシミをもたらさない。ヒビキに和気がなく、節にはクルイがある。蟻がヒモトキした二百年前のネリアルキのカタには遠く及びもつかない。

氏子たちにもツツシミがなく、カシコミやアオギミなど、とてもノゾミすることはできない。まず、キコミしている衣にチガイがある。紋服はアカジミ、クスミが目立ち、麻裃(あさかみしも)はヘタリコミしている。冠は斜めにユガミし、ところどころにヘコミもある。

もっともカブリコミしているのは良いほうで、多くは髪もスキコミせず、茶や金の色イロハでソメコミする者もいた。カタはクイチガイだらけで、皆が皆、ユルミとシズミにツツミコミされている。

それでも彼らは拝殿でツツシミし、一斉に柏手をウチコミした。氏子のカシラと思しきオトナが、皆をミチビキする。一人一人、階(きざはし)から神殿にアガリコミする。神殿では、おのずとコトイミにハゲミするカタとなる。少しずつカシコミのカタにナジミしてきたようだ。楽の音が、しだいにハズミとナゴミをフクミしていく。

鳥居の辺りでヒトゴミがしている。車が五台ほど止まっては去り、黒服の人が次々に降りてくる。蟻の眼には、烏の群れのようにカイマミされた。最後の一台が止まり、全員のアオギミを受けながら一つツガヒの男女が降りてきた。やはり黒服にツツミコミした男は、一つ身を服一杯にフクラミさせ、オモミを持て余すように二十人ほどの人一人一人とヨシミを交す。アツミのある手だけはカルミを見せて、人々の手を一つ一つワシヅカミした。ハラの中に巨大なウロをカカエコミしているような、よくトドロキする声イロハは、狛犬の耳にまで達したにちがいない。

後ろにシタガイする女は、妻と見える。カタじみたホホエミにはナカミがない。白銀地に桃色や赤、黄、緑などの鮮やかな色イロハでソメコミした衣は、シワバミした顔をさらにシボミさせる。種々のコナをカラミさせた匂いイロハが、回りの人々にはクルシミとなった。

ぞろぞろと参道をアユミするにつれ、人々の顔ぶれがミヌキできた。葡萄園の主やトチアキナイもいる。最後尾には箱をモチコミする者が八人。彼らはヒトシナミに白い絹の布を首に結び、氏子たちよりもミダシナミがよい。大声イロハの男が先頭に立ち、人々をシタガイさせている。男を「町長、町長」と呼ぶトチアキナイの声イロハが、狛犬の脇にタタズミする蟻の触角にびりびりと届いた。

一団は、拝殿の前で氏子と同じように柏手をウチコミする。箱は神棚の前にハコビコミされ、俵を見下ろすようにツミコミされる。神殿は葡萄と林檎の匂いイロハにツツミコミされた。若いオトナが二人立ち、ニラミとスゴミを表しながら、町長を最前列にワリコミさせた。氏子たちはスクミして、シリゴミした。町長の隣に妻、その後ろに黒服がずらりとセイゾロイし、氏子たちにサゲスミのイロハを送る。

黒服たちは、席に着くやサケノミを始めた。無論、モノイミにサカライするフルマイだ。葡萄で造った酒を黒服の間でマワシノミし、すぐに五本ほど空にした。

「新嘗祭も今のままでいいんでしょうか、町長」

近くにいた禿げ頭のトリマキが、イキオイに一つ身を任せ、声イロハを張り上げた。

「というと、助役。君に何か、ハカライでもあるのかね」

いかにもオモミをフクミさせて町長が応じる。

「いや、町民全体の福利という面から考えますと、必ずしもニーズに適っていないのではないかと思いまして。何にしましても、米俵を持ってきて五穀豊穣という時代ではないと思うのですよ」

「しかし、君。伝統は伝統として、次世代に伝承していく必要があるのじゃないかな」

「それはごもっともですが、伝承するにも若い者が町を離れる一方では、町の負担になるだけです。その上、せっかく地場産業が育成されても、町を挙げてそれを盛り上げようという気運にまとまらないのが、なんとも寂しいかぎりです」

「そりゃあ、助役の言葉としては不適切だな。愚痴というもんだよ、君」

「これはどうも、公私混同でした。義憤にかられて、つい口が過ぎました」

黒服の人々は、サケノミのタノシミとしてキキコミする。氏子たちはひそひそと言葉を交す。「下手な茶番をやってやがる。聞いていられないな」「大体、今年に限って、なんでまた町長が新嘗祭に出てきたんだ」「知らんよ。選挙はまだ先だろう」「どっちにしても、あの町長がなんの魂胆もなしに動くわけがないさ」「そうそう、何を始めようというのか見ものだ」

宮司一家が現れた。衣冠束帯(いかんそくたい)に身をツツミし、手には杓(しゃく)をカカエコミした宇摩志が先達となり、白い衣に紫袴の美禰子と赤袴の理寿子が後に続く。庭でオサナゴたちが奇声イロハを上げた。場所取りにばらばらとアユミ寄る。七、八人、回廊の欄干までスズミした。このフルマイがハズミになった。神殿内の人々のツツシミとカシコミが、ユルミしていく。

宇摩志を頂点に、三人が小さな三角形を成して神棚の前に座す。宇摩志の祝詞が始まる。

「高天原に神留(かむづ)ります、皇親(すめらかむつ) 神漏岐(かむろぎ)神漏美(かむろみ)の命(みこと)以ちて…」

コトイミでミソギした声イロハは、澄みきった天にムカヒしてヒビキわたる。が、宮司一家と二、三の氏子のほかに、祝詞のフクミをノミコミできるものはいない。

蟻は、神漏岐神漏美が、伊耶那岐と伊耶那美二神の別名だとヒモトキでノミコミしている。とすれば、この祝詞も言霊のシクミにモトヅキしている。

「八百万の神等を神集(つど)へに集へ賜ひ、神議(はか)りに議りたまひて…」

黒服たちのサケノミは続く。葡萄園とトチアキナイが腰をカガミして、町長にサケクミする。トチアキナイは町長の耳に口を寄せて、何かタクラミをフキコミした。何を議りに議るのか。

「我皇御孫命(あがすめみま)は、豊葦原(とよあしはら)の水穂国(みずほのくに)を安国(やすくに)と平(たひ)けく…」

町長は宇摩志の背をニラミつけながら、助役に一言二言イロハを与える。助役は若いオトナの肩をダキコミして、何かのハゲミを命じた。黒服のサケノミがイキオイを増し、低い声イロハが上がる。豊葦原の水穂国の氏子たちはダマリコミ。稲をつくる民はシズミにシズミコミ。

「知ろしめせと事依し奉りき。」「みんなに知らせなくちゃなんねえ」

祝詞と話し声が重なった。カシコミ、ツツシミしている宇摩志は全くキヅキしない。若いオトナたちは、ますますイキオイに乗じた。タチイフルマイのイリクミも激しくなった。氏子たちは、じっと身をチヂミさせてカイマミするだけだ。

「斯く依し奉りし国中に…」「町中に知らせなくちゃならんぞ」「そうだ、けしからん」「静かにしてくれ」

ついに氏子のカシラが黒服にアユミ寄り、ツツシミをタノミする。黒服はカルミのあるエミを浮かべながら相手に器を渡し、酒をクミコミしようとする。カシラはそれをコバミした。黒服の顔からエミが消え、酒をカシラの頭にソゾキコミする。逃げ損ねたカシラは、頭から酒を浴び、裃をますますヘタリコミさせた。にわかに上がるオオワライのイロハ。

「荒ぶる神等をば、神問はしに問はし賜ひ…」

宇摩志の祝詞は止まない。後からカエリミすれば、すでにカムナギの境にハイリコミしていたのかもしれない。若い黒服のオトナは、宇摩志に対して荒ぶる血をますますアレクルイさせた。ココロエチガイのニクシミに、ツツミコミされてしまったのだ。宇摩志にモノイイしようというイキオイを見せる。

「神拂ひに拂ひ賜ひて…」「やめろやめろ、何が神だよ。どこに神がいるってんだ。ここにいるのは、貧乏神ばかりじゃねえか」「そうだ、金払え。払いたまえってんだ」

あまりのモノイイに、氏子ばかりか黒服たちも一瞬静まりかえった。それで神殿にツツシミが戻ってきたのは、蟻にとってもオモイエガキしないことだった。外では、オサナゴたちがオシアイヘシアイして、オトナたちのフルマイをオモシロミの眼でカイマミする。

「言問ひし磐根樹根立(いはねきねたち)、草の片葉(かきは)をも言(こと)止めて…」

宇摩志の祝詞には、一筋のクルイもない。今度は別の黒服がモノイイを始めた。町長の名を何度も口にする。

その時、ツチの下では、もうあのウゴキが始まっていたのだ。磐根樹根立ちつつある。境内の南西隅に立つ松も、すっかりカシコミしていたことだろう。

「天の磐座(いはくら)放ち…」「この町は、神様に食わせてもらっているんじゃない。俺らの納めた税金で成り立ってるんだ。アキナイで豊かになってるのに、そのシクミがわからん奴が多すぎるんだよ。町長さん、良い機会ですから、一言おっしゃってくださいよ」「君い、何も今ここで、そんなことを言わなくてもいいじゃないか」

町長の声イロハには、何かハカライの色イロハがニジミする。氏子たちはもうチヂミにチヂミし、ミブルイしたまま両手を合わせている。みんな何もカイマミせず、何もキキコミしないで、事無く祭を終えたいとノゾミする。

「天の八重雲を嚴(いづ)の千別(ちわ)きに千別きて…」「神社や祭りの存廃も、町議会の議題として、議(はか)りに議っていいんじゃないか。何事も、民主主義のルールに則らなければいかん」

宇摩志の祝詞が終わりに近づいたと見て、町長が身ずからの話にヒキコミしはじめた。

ツチの下では、磐根がウゴキ出している。アメの方では厳かなチカラがチワキし、オモミのある風雲がウゴキを速める。

「天降(あもり)し依し奉(まつ)りき」

宇摩志の祝詞が終わった。アメツチのウゴキは終わらない。

助役が立ち上がった。黒服たちが拍手する。氏子たちは、顔を伏せてシズミコミしたままだ。宮司一家は、神棚に向かって粛然と合掌のカシコミを続ける。彼らのハラは、現（うつつ）の出来事にはカカズライすることなく、タカマハラとしっかりムスビツキしていた。

「いつもながらの結構な祝詞でした。このたびは新嘗祭ということで、まず折角のお越しですので、町長に祝辞を賜わるのが順序かと存じますが、皆様いかがでしょうか」

黒服たちの拍手が大きくなった。

「賛同を得ましたので、町長に一言お願いいたします。どうぞ町長」

町長が立ち上がり、宮司一家に背を向けたまま話しはじめる。

「町長の猪瀬得司（いのせとくじ）であります。式次第に従いまして、一言ご挨拶を述べさせていただきます」

いつのまにか、式次第が書き直されている。宇摩志がカキコミした「氏子代表挨拶」のマナが黒くヌリコミされ、隙間にユガミしたマナで「町長御挨拶」とカキコミしてあった。

町長の大声イロハが発せられる。蟻は、その裏にあるフクミをヨミトキする。

「新嘗祭の場ではございますが、これもまた町民にとりましては、地域の一体感を確かめる絶好の機会と思う次第であります（この俺あっての町だからな）。さて、地域と申しましても、市町村の合併問題が声高に叫ばれている昨今、いかに活気ある自治体と言えども一枚岩の結束は難しく、ましてや町というミニ自治体としましては、隣接する市町村との合併問題に直面しているのでありますから（合併なんかするか、俺は町長の座を離れんぞ）、町民一人一人が危機感を持ち、また郷土愛を深めまして、独立自治の気概を持ち続ける覚悟を持つことが重要であると思うのであります（このボンクラども、わかってるのか）。

自治体をあずかる町長としましても、つねづね町民の利益と福祉を第一に考える自治を心掛けておるのではありますが（金集めと金使いは、俺に任せておけばいいんだ）、どうもこの一枚岩の結束は成り難く、せっかく地場産業が好調であるにもかかわらず、何かそれに逆行するような考えが横行するのは、まことにもって憂慮すべきことであります（それにしても宮司め。こんなボロ神社のくせに、わずかの土地を手放さんとは全くけしからん）。我が町は農林業によって独立自治を確保してきたという歴史を、今こそ思い出すべきです（いずれはハイテク産業を誘致したいところだがな）。さらに申しますれば、農業においては重大な転換点に差し掛かっているということにも、思いを致さねばならないのです（農業ってのは、土地ばかり使う割に収益性が悪くてどうしようもない）。

かつて農業といえば、稲作でありました（特に田んぼは工場用地にしたいな）。しかし、稲作に頼り過ぎた多くの自治体がどうなったか、皆さんもよくご存じでしょう（転作転換大歓迎でやってきたが、そろそろ総決算の段階だ）。その点わが町は、いちはやく果樹農業に転換する篤農家が多く、単位面積当たりの収益性、換金性共に高い葡萄や林檎、梨などの果物に活路を見い出した結果、今日の繁栄に至りましたのは、まことに喜ばしい限りであります（うちのゴルフ場が成功したのも、連中が潤ってからの話だから、大事にしておかなければいかん）。

時代は動いています。変化します。それに対応するためにも、町民には一枚岩の結束が求められ、何がアキナイになるか、何が町にイキオイをつけるかを見極めて、各自が行動することこそ重要なのであります（アキナイを疎かにする奴らは許せん、俺に逆らう奴らも容赦せんぞ）。

さりながら、新嘗祭はどうでしょうか（こんな貧乏くさい行事は、もう廃止しなくちゃな）。確かに伝統という考えもあるでしょうが（伝統で飯が食えるかっ）、自治体もいささかの寄付をさせていただく以上は、時代に即したありかたというものを、原点に戻って考え直さなければならないのではないかと、かように思う次第であります（新聞社を呼んだから、これくらい言っておけば、あとはうまく書いてくれるだろう）」

長口舌の間、天津磐境のウゴキが激しくなった。蟻は、この場のだれよりも先んじてキヅキした。オモイエガキがめまぐるしくハタラキし、触角とハラが刻々と変わる磐境のウゴキにオモムキする。

「…でありますから、こちらの有栖神社さんと言えども、町の産土様として時代に適った活動をしていただくよう切望するところであります（簡単に言えば、廃業しろってことだ）。ある筋の情報では、今もまたミサキ山の利用につきまして、町民の意志が反映されない方向に進んでいるやにうかがっております（それにしても宮司め、なんて鈍い奴なんだ）。これは、町としましても看過できない問題でありまして、町民の利益のために何を最優先にすべきかをこの際、明確にしておく必要があるかと存じます…」

ツチの下では、磐根のウゴキがイスルギに変わった。マナでは石動と書く。蟻の触角はそのシクミとアリガタミのすべてをミヌキした。

磐境は、雄磐（をいわ）と雌磐（めいわ）がムツミした形で、神殿の真下にウメコミされている。その広さは、神殿の床面一つ分にもなる。雄磐と雌磐は、ツヨミのあるムツミにユルミとヤスミを入れ、イキヌキしようとしている。人や犬が見せるアクビのようなものである。その口に当たるツナギ目は、神殿の真上をオモムキしている。

「…ミサキ山の利用につきましては、やはり果樹農業の育成という面を第一としまして、諸々の計画を進めていく必要があります（俺の夢はミサキ山観光ホテルを建てて、ゴルフ場とワインレストランにカジノを融合させることだ。それぐらい大きなことを考えているんだ）。町への貢献に対しては、何らかの形で評価し、報奨していく制度（俺が、町民栄誉賞第一号だ）というものも早急に確立していかなければなりませんし…」

イスルギが止んだ。雄磐と雌磐がイキヌキへのイキを合わせている。

「…神社さんにも（おい、聞けよ宮司）、もっと町の産業振興（神社なんか、何の役にも立たないんだよ）についてもお考えいただいて、しかるべく対応を…」

磐がヒラキした。

蟻の触角には、「ホトッ」とオモミのある音イロハがヒビキした。

神域は、太古の磁場にツツミコミされた。

「ウワン（神社を取り壊したら、あの狛犬をうちの庭にもらおうかな）……ウワン（俺は戌年生まれだから、犬が好きなんだ。また犬のコレクションが増える）……ウワン（それにしても、なんだか胸が苦しいぞ）…」

町長の声イロハが、犬の吠える声とニカヨヒした。黒服のオトナたちは眼をうつろにタダヨイさせ、どうしようもない身のオモミに堪えている。ミウゴキなどできない。ただ身をツツシミ、カシコミするしかない。何かモノイイしようと、ヨッパライが手足を振る。

「ガガガ、んだが…ガガガ…われだ、ガガガ……」

蛾のイロハにニカヨヒした声イロハになった。ヨッパライはそのままハイツクバイする。町長と黒服たちはみな、ハイツクバイにシタガイせずにいられない。声イロハも出せない。

「ひふみ　よいむなや　こともち……」

宇摩志が、ゆっくり「ひふみ祝詞」をフミヨミする。美禰子と理寿子が和す。この磁場の内では「ヒのミチ」しか通じない。なおサカライしようとする黒服が一人、ハイツクバイから無理に一つ身を起こそうとして、ツヨミのある磁気イロハにトリツキされた。すぐに気をウシナイして倒れた。その口から泡を吹く。その目は白くなった。

氏子たちはカシコミし、オガミのカタを取る。ノミコミできないながらも、宮司の祝詞に口をナラヒさせた。

町長と助役はハイツクバイのハジライに顔を赤らめ、なんとかミウゴキしようとハイアルキをココロミする。

「ウー、ウー」と、犬のようなうなり声が口を衝いて出る。全身のオモミがナヤミになって、なかなか前にススミしない。フクラミしきった蛾の幼虫のような町長の姿は、氏子たちの容赦ないサゲスミを誘った。

「…そをたはくめか…」

祝詞は続く。葡萄園とトチアキナイは、ハイツクバイから身を起こす。氏子たちに合わせて、オガミに身と口をまかせる。その場その場で、ツヨミある側にシタガイするヒヨリミらしいイトナミだ。その群れの中に町長の妻がハイツクバイし、アリガタミの顔でオガミし、涙で目をウルミさせているのは、とてもバチガイに映る。何かオモシロミやタノシミでも覚えるのだろうか。

「…のますあせゑほ　れけ…ん。ひふみ　よいむなや…」

祝詞は繰り返される。町長と助役は階をハイアルキで降り、オサナゴたちのサゲスミまで買った。オサナゴの一人はイサミを表し、ハイツクバイのまま回廊の上から二人にカメラの眼を向け続けた。神社のツチにまみれた二人の姿は、連続二十枚もウツシコミされた。

わずかの間、蟻はこの場からシリゾキしている。社務所にハイリコミし、硯に残った墨をハラにタメコミしたのだった。オモイツキのままにハタラキした。戻ると、よくスキコミされた理寿子の黒髪にシノビコミした。

三度の祝詞が終わった。氏子たちはオガミのカタを止めない。

理寿子が白衣の袖をナビキさせて、ふわりと立つ。右手に金の五つ鈴、左手に銀の五つ鈴を持っている。

一振り。

「しゃりりーん」

右は水の気、左は火の気にチナミする。その二気をムツミさせた鈴の音イロハが、太古の磁場とナジミした。氏子たちが左右にシリゾキし、間隙に畳十枚分ほどのウロができる。

理寿子はウロの中央にススミし、鈴を「しゃりーん、しゃりーん」と鳴らす。その音イロハは、天と地をムスビするかのようにヒビキわたる。身ずから鈴を鳴らし、身ずからミウゴキする。鳴りを潜めていたタイコタタキ、フエフキ、カネツキが、にわかにサザメキ立ち、トキメキある音イロハで和した。

「どんどこどん、ぴーぴーぴーひゃらら、ちんちきちん」「しゃんしゃん、しゃりりーん」

神招ぎ(カムオギ)の神楽がカラミ合う。氏子たちの身は、おのずからミウゴキする。

理寿子が舞い踊る。鈴をアメつ方にオモムキさせては身をアオギし、ツチつ方にヒビキさせては身をカガミコミする。

「しゃん、しゃん、しゃりーん」と三拍子をくりかえし、ウロを丸くハネアルキしたかと思うと、一つ身を鋭くカエリミさせながら中央にマキコミする。ウゴキの一つ一つがサザナミのように静かで、時にクラミするようなヒラメキを見せた。ウズが中心から周辺へフクラミし、また周辺から中心へとスクミした。天の眼からカイマミすれば、そのカタはウズメそのものだっただろう。

オサナゴたちは、理寿子をカメラでウツシコミすることができない。ハイツクバイからオガミのカタに身をカシコミさせて、楽の音とウズメの綾とに眼をミヒラキするばかりである。カメラのことなど、だれ一人オモイツキもしない。この世のカタとも見えぬ理寿子のウゴキは、しみじみと彼らの眼からハラへシミコミする。

オサナゴたちは、人の言葉に言う「美」をノミコミするオトナとして、ハネアルキの速さでハグクミされていく。

理寿子の鈴の音がタカミに達した。五百度も振っただろうか。音イロハはツヨミのうちにカルミ、カルミとともにツツシミ、ツツシミの中にもアタタカミをフクミしている。

相反する二つの要素がキワミを見せつつムツミ合う。金の鈴は銀をミチビキし、銀の鈴は金にヒビキする。金とも銀とも、水とも火ともサカイのない和気（ナギ）の音になった。

天に上った音イロハは、再び地にフリソソギするようにウロをツツミコミする。理寿子の一つ身は音イロハの間（ま）に間（ま）にユラギし、さながら中つ空を渡る白鳥にニカヨヒした。

さっと微風が立った。

風は、水火のムツミからウミ出された。「ひふみ」にチナミすれば、火風水（ひふみ）である。

風の幼虫は、ウロの中心で小さくウズマキを続けながら蛹にハグクミされていく。蛹は理寿子が振る袖のナビキにミチビキされ、大きく開け放たれた戸口からフキ出される。

若い風は南西の隅に向かい、松にマトイツキする。数瞬のうちにタツマキという成虫にハグクミされた。

タツマキは、境内の中央で颯々とネジリコミ、ヒネリコミを繰り返しながらツヨミを増す。

龍樹（りゅうじゅ）とアオギミされる松に荒魂（あらみたま）を十分にシコミされ、龍の化身となって荒ぶる時を待つ。

イノチあるもののように、胴を足を舌をノビチヂミさせる。松葉や銀杏（いちょう）の黄葉（もみじ）、欅（けやき）の枯れ葉がマキコミされた。

朱、茶、黄、緑などの一葉一葉は龍身の片鱗となり、とりどりの色イロハをキラメキさせた。

やがて巨大な木の葉の龍は、ヒラメキのようなウゴキで神殿脇の社務所の方へオモムキしていく。

社務所の扉がヒラキされた。扉は、ぱたぱたと鳥の翼のようにハタメキした。

龍の化身は尾と足を巧みにサバキしつつ、ムロの中に下半身をシノビコミさせた。

ムロの諸物が龍の尾と足にキリモミされ、くるくると舞い上がる。

卓上の白い紙だけは、カシコミをもってマルメコミされた。

紙はそのまま龍の足にカイコミされ、ムロの外へ外へとナビキする。

境内の中央へ戻ったタツマキは、イサミにイサミし、ツチをタタキにタタキする。

紙が高々とイダキされた。サザナミのような紙のタナビキがひとしきり続いた。

理寿子の鈴の音が絶えた。太鼓も鉦（かね）も止んだ。神殿に、無音というウツロが生まれた。

龍は、ここぞとばかりに口に紙をクワエコミし、無音のウツロへ龍頭を一気呵成にネジコミさせる。

空気をキリサキするスゴミの音イロハが、人という人、生き物という生き物すべてをスクミさせた。

理寿子の黒髪が大きくナビキし、蟻はシガミツキしていられない。

龍は、小さな蟻を掌中の玉のようにダキコミし、半身だけで神殿の中をうねうねとネリアルキする。

蟻はウズのスサミに堪えながら、ようやく一双の松葉にシガミツキする。

宮司夫婦は神棚に向かって一心に祝詞をフミヨミしつづける。

理寿子は龍とムツミ合うように、なよやかな白鳥の舞いを舞う。また、ちりーん、ちりりーんと鈴の音。

氏子と黒服たちはミウゴキできず、身も世もなく、ひたすらハイツクバイ。

白紙が龍口にノミコミされるように、ハラの中に落ちていく。

タツマキはいっそう激しくサカマキし、その中心が人の科学で言う「真空」になった。

蟻の眼の前で、白紙は止まった。

松葉の上の蟻も宙に止まっている。

蟻は、ヒラメキともキヅキともわからない何かにミチビキされた。

ハラにタメオキした墨をハキハキする。

マナとカナが、白紙に一つ一つカキコミされていく。

墨は尽きることがない。蟻のハラのどこからそんなに出てくるのか。蟻の膚色にもニカヨヒした濃い墨痕である。

人はだれ一人として、何が起こっているのかカイママミできない。眼も耳もフサギされている。

ただ風と鈴の音イロハだけが時の流れを伝える。

蟻のフミカキは終わった。

タツマキがわずかにユルミを見せる。

神殿の中を大きく一回りすると、紙と蟻をカカエコミしたまま、すうっと半身をシリゾキさせる。

そのまま屋根から天にオモムキし、消え入るように空の青にトケコミした。
遠雷が鳴った。龍はタカマハラにタドリツキしたらしい。
神殿の内と外には、無数の木の葉と一匹の蟻が置き去りにされた。
一枚のオスミツキが、中空からくるりくるりと舞い降りてくる。
紙は余風にオイコミされ、神殿の床に、はらりとシキオキされた。
人々が、ハラを合わせてヨミコミする。
「神にマコトささげよ」
ツチの下では、雄磐と雌磐が再び深いムツミに戻った。
磐戸は閉じた。

第十の階(きざはし)

ヒト

蟻がトヒする。

身ずからにトヒする。

〈イワトビラキ、世に広むべし〉

問うのではない。問うのは、ミチをミウシナイしたサマヨイの蟻である。

今、蟻に問うべきものはない。トヒするのみである。

○

新嘗祭の後、有栖神社に参拝する人は、連日、五十鈴なりのジュズツナギとなった。

人々のアリガタミとアオギミのイロハがイロハを呼び、近郷近在は言うに及ばず、蟻のアルキなら三、四年もかかるほど遠く離れた場所から訪れる者もあった。参拝者の列はミサキ山をトリマキして伸び、葡萄園に出入りする車のミチを狭めた。その葡萄園の主も、トチのことを何も言わなくなったばかりか、身ずからカエリミして神社の熱心な氏子になり、新しくウリコミする葡萄酒に「有栖ワイン」と名づけるタクラミを宮司にモチコミするカワリミの速さを見せた。宮司はホホエミで応じ、シナに貼るお札のマナとカナを身ずからカキコミしてやった。

お札といえば、蟻の筆となる「神にマコトささげよ」のオスミツキは、「額」という荘厳のカタにハメコミされ、いっそうアリガタミある神書として人々のアオギミを集めている。神殿正面のタカミに安置され、ほの明るい電気の光イロハまで当てられた。オスミツキはタカミから、人々のオガミ、タノミ、ウラミ、ツラミ、タカノゾミを数限りなくキキコミするが、何一つヤスウケアイはしない。その代わり、人は皆ひとときのナゴミとツツシミをハラにトリコミして帰っていった。

毎日オガミに来る人の中には、町長夫人もいた。「御玉串」とカキコミしたフクロを身ずからのまごころに替え、柏手を打ちつつ神棚に捧げた。七日、十日、十五日と、参拝にウチコミするにつれて顔のシワバミは減り、かすかにフクラミとアカルミが兆した。その変化をカイマミした町のオンナたちは、町長夫人をカシラとして「有栖神社婦人会」という一種のクミをイトナミしはじめた。会には宮司夫人の美禰子もヒキコミされ、俳句のウタヨミとオシエコミでアオギミを一つ身に集めた。

女たちのタシナミが盛んになる一方で、男たちのオチコミが日に余った。町長と助役は、オサナゴにウツシコミされたハイアルキの写真で町民のサゲスミを招き、もう何をタクラミし、ココロミしても、誰一人カエリミしなくなった。あれほどフクラミした一つ身だった町長が日に日にシボミする様は、フクラミする夫人に引き比べられて、心ある人々のアワレミを誘った。

カシラがアワレミをかけられる時こそ、ハタラキのオシマイであると、蟻はノミコミしている。

有栖神社は、「吾高天原成弥栄和(アタカマハラナヤサワ)」さながらのトキメキにツツミコミされた。宇摩志は宮司としてのハゲミに加えて、カキカタのオシエコミやタノミコミされた無数のフミカキに時を奪われた。それは宇摩志にとってウレイとなるものではなく、アリガタミとノミコミされた。もう妻からアキナイにハゲミするようモノイイされることもない。町長夫人の御玉串に限らず、人々のモチコミするメグミは一家のイトナミにも大きなノゾミをもたらした。

理寿子は明くる春、大学というムロにススミし、宇摩志のアトツギとなるためのシコミを受ける。新嘗祭の日、人々をナゴミでツツミコミした五十鈴のフルマヒも、しばらくはカイマミできない。その間に、理寿子はオトナになるだろう。どう羽化するのか、蟻はタノシミでならない。

蟻のオスミツキ一枚で、有栖神社も町の人々のハラもすっかり羽化した。人の想像を超えたカタが、アリガタミとアオギミの的になることを、蟻はまざまざとノミコミした。ただ、今のトキメキがいつまで続くのか、蟻にもオモイエガキできない。人はいつも、マヨイとウタガイの中にいる。長い間「ナのミチ」や「イのミチ」にナジミしてきた身と心が、一度にミソギされるのかどうか。

そもそも人は、「ヒのミチ」について多くを知らない。蟻は宇摩志の脳とハラをなんとかミチビキして、言霊のシクミをヒビキさせることにした。やがて参拝に訪れる人々が、宇摩志の口ずから言霊のシクミとカタをキキコミすればよい。

神社がカガヤキを見せている間に、蟻も言霊のヨミトキを深めていった。キが熟せば、大神のカムナビも賜った。

大神は、あらゆるイロハとなって現れた。春には桜の色イロハや散りぬる花片のヒラメキのイロハとなって、桜のフクミするチカラをエトキし、秋にはフリソソギする雨の音イロハとなって、水のフクミをエトキした。神から蟻へ、タカマハラから蟻のハラへ、「ヒのミチ」がフリソソギされる。

　そうして言霊の田図は、冬の田鶴（たづ）のように蟻のハラにスミツキしていった。ハラの田図は、蟻のオモイエガキやヒモトキにヒビキをもたらし、オオハタラキのキワミとも言えるニニギをキリヒラキさせた。最初のニニギで蟻がウミ出したのが「五つ木」である。マナでは斎（いつき）にチナミし、神に仕えるというフクミがある。

「神にマコトささげよ」のオスミツキは、コトからカタのタカミに上った。アリガタミあるカタミと言ってもよい。蟻はそのナリユキにナラヒし、生きたカタミとして「五つ木」をオモイツキしたのだった。すでに松のツチにタネマキした梨とサシキした榊、樒に大角豆（ささげ）を加えた。「ささげよ」のササゲにチナミしている。氏子が奉納した豆を一粒、ハラにタメオキし、翌春タネマキした。茎が枝にツルミするが、他の木とはイサカイしない。松がそれをオサエコミする。その秋には、松のイツクシミの甲斐あって、四つ種の草木はそろって枝葉をハグクミさせた。

　町民の中には、五つ木を何かのノロイだとモノイイする人もいたが、町長夫人をカシラとする婦人会が真っ先にアリガタミとアオギミを示した。オスミツキに続く第二の神稜威（みいづ）だと、ツヨミのある声イロハを上げ、モノイイをオサエコミしてしまった。それ以来、有栖神社の名はますますタカミに弥栄えた。

　さらに大きなウゴキも生まれた。五つ木のようなカタがウミ出されるのを「自然の警告」だとハヤノミコミする科学者が現れ、その人をカシラに「五つ木を保存する会」がハゲミしはじめた。

　四つ種のハグクミをタノシミにする松にはワズライになったが、人をタノミにするのも大神の御心だという蟻のクドキを、しぶしぶながらもノミコミした。保存する会は、五つ木だけでなくミサキ山全体のイトナミにも細かなミキキの目を光らせ、ゴルフ場のコナフルマイにモノイイを加えたりもした。

そんなハゲミがやがてムスビツキし、ミサキ山を鎮守の森としてイツクシミする人々のオオイトナミに高まっていった。

筆者が有栖神社にタドリツキしたのは、ゴルフ場がアキナイをやめ、ミサキ山が新たにウエコミした数々の若木でフクラミしはじめたころである。

○

蟻が問う。

筆者に問う。

〈キミ、ミチありや〉

その問いを筆者が受けたのは、松のウロに老体をヤスミさせる蟻を訪れたときだった。今から三年前になる。

そろそろ、筆者一つ身のことをカキオキしなければならない。

筆者は、サスライのハタラキアカアリである。南の湖に近い赤松林の巣で、何の変哲もない卵の一つとしてウミ落とされた。蛹から成虫へとハグクミされるにつれて、アカアリ離れしたハタラキにキヅキしはじめた。最も際立ったハタラキは、人のマナとカナがヨミカキできることだった。風で松林にフキコミされた新聞紙という人のゴミで、初めてマナとカナをヨミコミした。初めからすんなりノミコミできた。そのハタラキがナミナミでないとキヅキするのは、ある仲間のイロハからである。

〈そのゴミ、コノミにあらず。黒蟻の大群、ムクロとなりて、あり〉

なんと仲間は、新聞のマナやカナを黒蟻のムクロとミマチガイしていたのだ。他の仲間もみな同じだった。紙や墨の匂いイロハをケギライするのもいた。新聞紙をシニモノグルイでカミカミする、デキソコナイをカイマミしたこともある。いや、〈ヨミカキなどできる、我れこそ、デキソコナイだ〉と、一匹でクルシミにシズミしていったというのがマコトのところである。

クルシミから一刻も早く、ナミナミのイトナミにニゲコミしたかった。だが、クルシミやシズミをナゴミに変えてくれるものがヨミカキだったのだからノゾミはない。松林から人家の近くまでアルキしては、新聞や雑誌などのフミを飽かずヨミカキした。自然のナリユキで、巣のイトナミにはアキアキしてきた。ナジミが持てず、コノミでもないアセカキやイタダキにあくせくし、あたら虫の一生をオシマイにするのもオシミされた。ぷいと巣を出る。かつての蟻と同じように、単独のウレイにツツミコミされる昼と夜が続いた。

ひょんなことで白蟻の巣にシノビコミしたのが、ノゾミをキリヒラキする日々の始まりだった。

ただ北へ向かってアルキするサスライの道すがら、不思議なハタラキをする白蟻の群れをカイマミした。彼らは日中でも、白い身に炭粉や煤(すす)をヌリコミして、廃屋の木材にカミツキし、コノミの餌をハラにたっぷりイタダキしていた。これも、蟻が残したもう一つのオスミツキのカタミである。白蟻たちは、クロアリモドキと呼んでいた。

筆者も、蟻と同じようにイロヌキして白蟻の巣にハイリコミし、彼らのイトナミをミキキする。すぐにアカアリだとミヌキされたが、何のワザワイもなかった。かえってシタシミを寄せられた。白蟻だけでなく黒蟻もチカヅキしてきて、ヨシミを求める。

〈アカアリで、ありんすか。初めてカイマミするで、ありんす〉

白や黒の触角から、そんなイロハがもれた。イロハにはイトシミがあふれていた。

みんなにカカエコミされ、カシラの所へツレコミされた。かのノミコミのよいカルハズミから数えて五代目になる。初代のカルハズミのときからカシラツギが始まり、白蟻と黒蟻によるヒトシナミのイトナミがココロミされたという。黒蟻の中にはイロヌキできるのも、できないのもいた。できない虫が多かった。白黒両蟻がイサカイやアラソイもなくナゴミしている様子に、初めは我が眼をウタガイした。きっと眼を白黒させたことだろう。

当代のカシラから、この巣で両種族とヒトシナミにイトナミしないかと、イトシミをこめてモウシコミされたときは、アメツチがひっくりかえるほどメンクライした。止むに止まれずサスライしていたが、ナヤミやクルシミも知らず知らずハラにタメコミされていたのだろう。忘れかけていた虫の情けのアタタカミが、一つ身にシミコミした。アリガタミにもツツミコミされ、涙がニジミしてきた。が、筆者の伝えたイロハは裏腹だった。

〈我れ、サスライのイトナミに、まだオシミあり。

モウシコミにアリガタミあれど、ハラにいささかノゾミあり〉と、答えていた。

〈サスライ、すなわち「イのミチ」なれど、ハラ、タカミにあれば、ウレイありんせん。

ノゾミ大きく持ちて、アルキ、ススミすれば、きっとフカミあるキヅキありんす〉

カシラハタラキシロアリのイロハにこそ、タカミとフカミが感じられた。

それからカシラは、ヒツギしたタマヒをヒモトキして、蟻が去った後の一族のココロミやハゲミぶりをオシエコミしてくれた。蟻の残したオスミツキと卵や餌を運ぶジュズツナギのハタラキは、そのままシコミ、ノミコミすべきイトナミに加えられた。蛹の間では、カルハズミのアルキがタノシミの一つとしてネヅキしていた。カシラ身ずからハネアルキやウシロアルキなど、カルハズミのウゴキをカイマミさせてくれた。

そのほか、イタダキ、ミキキ、セワヤキといったハタラキクロアリならではのハタラキにも、白蟻たちはツツシミしてトリクミした。つまり白蟻族は、「キのミチ」と「ミのミチ」のムツミをキリヒラキしていたのだ。

カシラによると、彼らがハゲミしてきたミチは「キミのミチ」だという。人のマナを当てれば「王の道」「公の道」「君の道」である。まさにすべての蟻族がノゾミしてかなわなかったタカミのミチを、白蟻族は着々とアユミしつつあった。

かつて、かの人の好いハタラキシロアリが蟻との別れしなに、こうイイフクミした。

〈キミの「キのミチ」に、我れらが「ミのミチ」足すでありんす。

オオハタラキ、ますます、ミコミありで、ありんす〉

そのミコミを、白蟻たち身ずからココロミに移したのだ。フカヨミすれば、白蟻族には「ミのミチ」のイトナミによる十二分なタメコミがあったから、「キのミチ」のココロミからハゲミへと自然にススミすることができたのかもしれない。

『古事記』には、伊耶那岐（いざなき）の命と伊耶那美（いざなみ）の命が、マグハヒのムツミによって国すなわち言霊をウミ出した、とカキオキされている。それもまた、岐（キ）と美（ミ）のムツミする「キミのミチ」のカタだとオモイエガキできる。

白蟻族の「キミのミチ」もまた、世代を幾代も重ねた後には、言霊にニカヨヒした何かをウミ出すかもしれない。

白蟻族とヨシミを交し、「キミのミチ」にシタシミを覚えれば覚えるほど、筆者は彼らをミチビキした蟻にチカヅキしたくなった。ヨミカキのハタラキを持つ筆者をも、蟻ならマチガイのないミチにミチビキしてくれるだろう、とノゾミミした。そのノゾミがフクラミするにつれて、一つ身はクルシミにツツミコミされた。

なんとなれば、蟻は五、六世代も古い虫である。ナミナミに考えて、生きているはずがない。せめて子孫の黒蟻でもいれば、何かキキコミできるかもしれないと、筆者は淡いノゾミにスガリツキした。

結局、五日間トマリコミしただけで白蟻の巣を出る。また、北を指してアルキはじめる。と、すぐに一羽の烏が舞い降りてきた。

読者は、もうノミコミしていることだろう。そう、かの八咫烏である。

〈アカー、アカンベー。どこへ行きゃあがるんでぇ〉

こちらの触角がヒズミするほどぞんざいなイロハだった。

〈オオハタラキする蟻のところへ〉と、スクミしながら答えた。

〈カッカー。ほっ、おめえが、そうけえ。話は聞いてらぁ。おいらに任せときな〉

言いざま烏は、素早く筆者をクワエコミし、ふんっとイキツギした。筆者は、烏の鼻の穴にオイコミされた。鼻穴から頭を出すと、真夏の熱イロハと空の高さとで、眼がクラミしそうになった。

烏は何の道草もせず、無駄口もたたかず、一つ飛びに筆者を有栖神社にツレコミする。鳥居の上で、あまりにも早い別れが来た。互いに、シタシミやナジミを温める暇もなかった。

〈カァー、時間が少ねえようだ。早く行ってやんな。まっつぐ、老松ンとこへ行くんだぜ〉

カナシミのニジミするイロハを残して、烏は去った。

蟻は、松のウロでイノチをツナギし、二十余年の長寿をキザミしていた。

〈マチノゾミ、あり。キミがこと、大神より、モウシオキあり。

汝れの後に、ツヅキする虫あり、と〉

それが、蟻の最初に発したイロハだった。筆者はイロハのフクミをノミコミできずに、ただカシコミするばかり。

蟻は、歳月にイロヌキされた灰色イロハの触角を伸ばし、フカミのあるイトシミを表す。

〈キミこそ、我がヒキツギなり〉

それから二昼夜、夜を日にツギにツギしてヒツギした。蟻のハラから筆者のハラへ、タマヒのすべてがヒキツギされた。タマヒは、蟻がヒツギを受けたころの数増倍もフクラミし、アツミとオモミを加えたらしい。「キのミチ」と「ミのミチ」のアツミだけでなく、「ヒのミチ」のオモミがヒツギを長引かせた。ときどきヤスミが入る。その度に蟻は松の精をノミコミし、イキヌキをする。蟻のイタミやクルシミが、筆者の一つ身にも我がことのようにシミコミした。

ヒツギが済むと、蟻は急にシボミした。逆に筆者のハラは、全蟻族の生々世々（しょうじょうせぜ）のイトナミと歴代のカシラたちのハタラキのカキオキで、赤い膚が黒色イロハに変わるほど密にフクラミした。もちろん言霊の田も、ハラの奥深くスエオキされた。

蟻はなおも、時をオシミするように、オシエコミにイノチのチカラをシボリコミする。日もすがら、夜もすがらココロミする問答が、蟻のイノチのタノミともなった。

蟻が問う。

筆者に問う。

〈キミ、知るや、ハタラキのオモムキ〉

筆者は、おぼろげながらオモイツキのナカミを伝える。

〈「ヒのミチ」の世、マネキせんために、我がハタラキ、オモムキさせん〉

返す蟻のイロハには、神のイロハにもニカヨヒするアタタカミがある。

〈さあり。されば、キミがハタラキのうち、カキオキに大いなるノゾミあり。

カキオキのキワミをば、ノゾミし、ハゲミしたれば、タカミにも、チカヅキあるべし。

そがために、ヒモトキ、オモイエガキ、ヨミカキ、ナゾトキ、ことに大切なり〉

そうして筆者のハラのマヨイは、一つずつミソギされていった。

蟻身ずから筆者をミチビキもしてくれた。ハタラキのテビキである。

そのころ有栖神社では、連日のように宮司と氏子たちとで「ヒのミチ」のマナビが行われていた。宇摩志の脳には、蟻から言霊のシクミがヒビキとしてシミコミしてい、それを口ずから人々に伝えるのである。蟻は、宇摩志に幾度ユメミをさせたことだろう。

宇摩志のオシエコミには、十分にアリガタミはあったが、カンチガイやイイマチガイも多くあった。氏子たちの方にもキキチガイやオモイチガイがあり、宇摩志一代ではノゾミも半ばに過ぎると、蟻にも筆者にもオモイエガキされた。蟻はむしろアトツギの理寿子にノゾミをかけ、筆者には理寿子のミチビキにハゲミさせた。

筆者はまだ、蟻のようにユメミによるミチビキはできない。得意のカキオキをモチヒした。

そのハタラキは、こうである。

理寿子も宇摩志にナラヒして、カキカタをよくする。一日に一度、大概は朝まだきの一刻、文机（ふづくえ）に向かった。筆者は、一つ身を黒くイロウキさせて理寿子の筆にシノビコミし、硯の墨をハラにフクミしては紙にオスミツキした。人のハラにヒビキするフミをカキオキするためだった。

筆者が初めてテビキをしようとしたとき、理寿子はいつもどおり「ひふみ祝詞」をカキコミするつもりだったのだろう。膝を揃えて座ったまま目を閉じ、細く長いイブキをハキハキ、スイコミを繰り返す。十度も続いた。眼を見開き、筆を執る。墨を含ませる。筆が紙に着くか着かぬかに、筆者は墨をハキハキした。

「ヒフミをハラに入れよ」

カキオキは、それだけにした。理寿子は、紙を見据えて筆を止めた。オチツキがある。何が起こったのか、すぐにノミコミしたようだった。紙を両手でつまみ、額（ひたい）の上にアオギミした。一礼をして、再び机上に置く。柏手をウチコミし、しばらくオガミする。やがて何事もなかったかのように、祝詞のカキカタを続けた。

次の日は「カミはコトノハなり、イロハなり」、さらに次の日は「ひふみ祝詞といろは歌にて陰陽なり」とカルミあるフミをカキオキした。理寿子は何らマヨイもなく、筆先を筆者に委ねる。十日もたつと、筆者のオスミツキより先に理寿子の筆がウゴキするように感じられた。フミにも、だんだんオモミとフカミが加わっていった。

「アメのヒとミが二二になり、ムツミして凪になり、オチツキしてツチができた。それがヒフミのシクミなり。次にはツチのヒとミがムツミして、そのハラより生れましたのがマツであった。マツは基のキであった。マツをウエコミせよ、マツをハグクミせよ、マツをヒモロギとせよ、マツをミズガキとせよ。マツを祭るがマツリの始まりであった。いつもオナジミの松の心となってくだされよ」

「人として事を改めんとせば、ヒトとしてコトを新ためよ。コトのヒビキとナゴミ、コトのカガヤキとツツシミをヒト身ずから表せよ。それがイワトビラキなるぞ。

ミコトなるはナゴミとツツシミをフクミするコトなり。それ、すなわち美事なり。マコトなるはマゴコロにより て表すコトなり。それ、すなわち真事なり。口をヒラキしてマコトのみ言えば、世事もマコトにオモムキすべし。ハカライしてヒガゴトのみ言えば、世事もまがまがしきマガゴトにクルイすべし」

「ヒトのヒトたらんは、コトタマのヒをハラにトメオキしたればなり。人としてウミ生(な)らしめられ、ヒトとしてハグクミ成され、またヒトとしてマコト鳴らしめるが、一生なり。生り成って鳴る、それこそがヒトのイトナミなり。ヒトが他の衆生よりタカミにあるは、コトタマ知らぬ衆生のマヨイ、ウレイ、クルイ、マチガイ、ワズライ、ワザワイを正しきミチにミチビキし、世の中すべてをイツクシミとアリガタミとヒトシナミにてツツミコミせんハタラキのためなり。そうしてこそ、ヒトは他の衆生のアオギミを受けるに値する」

それらのフミは、氏子たちのフミヨミにモチヒされた。氏子のなかには、「自動書記」と呼ぶ者がいた。「お筆」「ヒフミ」「御神示(ごしんじ)」などとも呼ばれた。元来コトイミをコノミとする理寿子だけに、カキオキはおのずとタカミに上り、人々にアリガタミを与えた。

理寿子は、母親の美禰子がノゾミする幾つもの婚姻話をコバミしつづけてきた。あるいは、ずっと前から「自動書記」のハタラキをノゾミし、一つ身をツツシミしていたのかもしれない。五十鈴のフルマヒから、理寿子も何か神のカムナビをトリコミしたのだろうか。

理寿子もまた、神に選ばれし人だった。自動書記のハタラキによって、理寿子はしだいに「ヒの巫女（みこ）」と呼ばれるようになった。「ナのミチ」をタノミとすることの多い人の世で、名実ともにカムナギとなった証である。

◇

蟻がイノチのオシマイを迎えたのは、理寿子へのテビキを始めてから五日目だった。

その日も、筆者はカキオキのススミを蟻に知らせようと、松のウロにハイリコミした。

蟻のイブキには初めからヨワミが感じられた。筆者が松の精を口にフクミして、口から口へシミコミさせようとしたが、蟻は静かにコバミした。イノチのオシマイをノゾミしているようだった。

〈オシマイの時、来たり。我が一つ身、ツチに還らん〉

筆者はモノイイした。

〈ミチビキアリよ。我がミチ、まだウレイあり。さらに、ミチビキあれ〉

蟻はホホエミする。

〈大神にノゾミされし、キミよ。身ずから、タノミたまえ。

キミに、タマヒ、あり。ハタラキに、ウレイ、なし。

ただ、「ヒのミチ」の世のために、ひたすらハタラキしたまえ〉

それからモウシオキが続いた。

〈キミ一つ身の、ハタラキにあらず。世の中のために、ハタラキせよ。

ことに、人、ミチビキして、ハタラキにオモムキさせるべし。

人をして、「ヒのミチ」のキリヒラキに、オモムキさせるがオオハタラキなり。

されば、人、ヒトとなりぬべし〉

モウシオキの最中に、松がイロハを交えてきた。

〈蟻公よ。公をヒキツギしたる、この赤蟻公も、また神の子なれば、ノゾミ持ちたまえ〉

〈松のキミよ。キミのイロハに、アリガタミあり。

我れ、キミにタノミ、あり。キキコミしてたもれ。

我がヒツギの赤蟻に、松の精フクミせんこと、シミコミせんこと、許したまえ。

しこうして、我がヒツギの赤蟻のイノチ、永くイックシミしたまえ〉

〈公よ。いとも、たやすきタノミなり。

むしろ、この老木と、末永くヨシミ交すヒツギたらんことを、ノゾミするものなり〉

筆者も、松にアリガタミのイロハを表す。

〈モウシツギの大松のキミへ。我れこそ、ヒモトキ、カキオキのテホドキ、ノゾミするものなり。

ミチビキのカシラハタラキアリとヒトシナミに、我が一つ身、タノミするものなり。

どうか、ウレイ多きこの一つ身、大いなるアワレミで、ツツミコミしたまえ〉

蟻がイロハを重ねる。

〈松のキミよ。我れ、また、タノミするものなり〉

〈公よ。すべて、承知したり〉と、松はノミコミした。

それで一つ身のオモミが抜けたかのように、蟻のイブキにまた少しヨワミが差した。震える触角が筆者に触れる。

〈ヒツギのキミよ。キミこそ、ツギのカシラハタラキアリなり。

巣、なけれど、この世の、隠れたるカシラなるハラにて、オオハタラキせよ。

オモイエガキせば、この世こそ、大いなる巣と、ノミコミできるはずなり。

やがて、キミのイノチ、オシマイに近づきたれば、必ずまた、ヒツギせよ。

タカマハラのオクリコミしたる、ヒキツギの蟻、きっと訪れん。

その時の、来たるまで、「ヒのミチ」にハタラキせよ、ハゲミせよ。

オオハタラキのために、カシラとして、永きイノチ、ツナギすべし。

いざ、さらば、我れ、往かん…〉

コト、切れた。タマ、飛んだ。

前のカシラのミタマは、一つハシラとなって天に伸び、タカマハラへ昇った。

○

筆者は、蟻のイノチのオシマイから三年の間、このカキオキにハゲミしてきた。一つには、蟻のミチをカエリミし、カンガミするオモイツキからだった。それが蟻へのアオギミのカタだとノミコミもした。

このカキオキには、蟻がイノチある間にキキコミしたコトも、筆者身ずからヒモトキした事もある。カキコミをススミさせるうちに、フクラミさせたい事も増えた。そんなときは、蟻からヒキツギしたタマヒが、ヒモトキ、オモイエガキ、ヨミカキ、ナゾトキにミチビキしてくれた。理寿子ではないが、自動書記のようなヒラメキを待つ瞬間もあった。

このカキオキは、やがて宇摩志の家族か子孫、あるいは全く別の人にヒモトキされるだろう。その人はきっと、人の世にナジミできず、イノチのサスライを続ける者にちがいない。筆者のハラとヒビキ合う者でなければ、ここにカキコミされたマナとカナとを容易にノミコミできないとオモイエガキできるからだ。筆者としては、できればマコトを求める人にヒモトキしてほしいとノゾミするばかりである。

ついでに、筆者のカキオキのカタをオシエコミしよう。

まず、宇摩志の書庫にシノビコミする。本の中で、ほとんど開いた跡のないものを探す。ほどほどにアツミある本がよい。少しヨミコミしてみれば、ナカミのない本だとノミコミできる。本文のマナとカナを牙先でケズリコミする。毛羽立ったところは、粘液をスリコミして整える。白紙の本ができ上がる。これには、百日くらい費やした。次のオスミツキは、もうナゾトキするまでもないだろう。ただ本の文字は、理寿子のカキカタのように大きくはできない。墨のハキハキにも、タクミが求められる。赤蟻の小さな身にナジミするハタラキではあった。さらに一文字カキコミするごとに、イキフキをして乾かした。筆者がハイアルキした後には、一つずつマナやカナがウミ落とされた。

カエリミしてみると、新聞紙のマナとカナを〈黒蟻のムクロだ〉とモノイイした仲間のミマチガイが、それほど突飛だともオモイコミできなくなった。カキオキの半ばからは、身ずからマナやカナを黒蟻のムクロとノミコミして、一つ身一つ身をトムラヒするハラがフクラミした。これまで地球上にウミ落とされ、イノチの限りイトナミし、やがてムクロとなったクロヤマアリ族の数にははるかに及ばないが、代々のカシラハタラキアリの数ほどの文字はカキコミできたかもしれない。

蟻は、その最後にカキコミされるべき一つ身のムクロである。

○

蟻がトヒする。

タカマハラとオナジミとなってトヒする。

〈我れ、何なりや〉

蟻はイワトビラキした。

〈我れ、ヒトなり〉

ムスビ

〈作家一二三壯治〉の誕生を祝う

立川志の輔（落語家／談）

私と一二三君は、明治大学落語研究会の同期生でしてね。二人の共通点は、共に地方出身者で、東京に出て来て右も左もわからない状態で、共に落研に入って、私は落語に打ち込んだり、あちこちでアルバイトしたり、いろんなことをしながら、なんか右往左往していた感じがすごくあるんだけど、彼、昔の呼び方で言うとヒフという男は、私なんかが右往左往している時に、何か、大学時代から、早々と人生を見据えていて、長男なのに弟に家業を譲り、譲っただけの自由さとリスクと次男への配慮も引き受けて、とにかく親や弟や家族をひっくるめて人生をしゃべっている姿がとても印象的だった。

学生時代、周りはみんな浮かれてて“レレレのレ”みたいな生活をしていたんだけど、そういう「しっかりとしてる」ところがあった。それが妙に印象的なんだけど、じゃあ堅物で「石橋を叩いても渡らない」、そういう人間かというとそうじゃなくて、もう、麻雀はやるわ、酒は飲むわ、友人の下宿を泊り歩くわ、そういう破天荒さもあって、落研にいるくらいだから、洒落がわかって……。だから、意外に、なんか地方出身者のわりには、非常に江戸っ子のような気分を持っている男だったよね。

それと、私なんか落語一辺倒で、逆にいえば私のほうは、だからまあ、一途と言えば一途なのかもしれないけれど、惚れ込んでそっちのほうに集中してやってたけど、彼はその時代から、映画をいっぱい観たり、いろんな本を読んだりしてた。そうそう、忘れもしない、『タクシー・ドライバー』なんていう映画を、一緒に観に行ったなあ。その後で、当時まだ『ゴッドファーザー　ＰＡＲＴⅡ』と二本くらいしか知られていなかった俳優のロバート・デ・ニーロについて、一晩中しゃべるような男だった。だから、映画にもね、造詣が深いし、ま、とにかく、ちょっとまあ、落研の中では異質な存在だったよねぇ。今ふり返ってあだ名を付けるなら、そういう意味じゃあ、「博士」的な雰囲気は持っていた。何かわからないと、ヒフに聞けば何とかなるんじゃないかというものはあったねぇ。

そういう彼だから、醒めた眼でものが見られるなかで、ひょっとしたら唯一、「言葉」というものの面白さにのめり込んでいったんだろうねぇ。取り憑かれたというか、ちょうど私が落語に取り憑かれたようにね。あれだけ冷静で、考えの深い男がさ、虜になるくらいの世界なんだろうから、その虜になったことの証なんでしょう、今回の本はね、結局。

今にして思えば、落研の頃からずっと温めてきたものを出版するということなんでしょう。約三十年の間、温め続けてきた、自分の中での「言葉」というか、「言霊」というか、惚れたものに対する思いがこめられているわけだよね。

余計なことを言えば、今どき、こんな分厚い本は売れないよっていうくらい分厚いよね（笑）。「お前もっと手軽に出せよ」って言いたくなるけど、これだけの年数、溜まっちゃったものは、もう、これでないと完結しなかったんだろうねぇ。

でもね、やっぱりビックリしたのは、長い間、離れてて、本当に久しぶりに会ったら、こういう仕事を成し遂げてたと思うと、やっぱ、ビックリするよね。会ってたにしても、私の落語を聴きに来てくれることはあったけど、そんなことをやってるなんておくびにも出さないで、十年も二十年も前からやり続けてたはずなのに、その過程は知らせないで、突然、分厚いゲラを送ってきやがって……(笑)。だけど、やっぱり、それが、コツコツコツコツやるヒフらしいな、と思った。そのコツコツさ加減がね。

私なんかは、こう、何かいい、例えば小咄でも切り口でもネタでも、できたらもう、すぐに人に言いたくなるような商売やってるんだけど、これだけ温めてきて、自分の言いたいことを、こう、温めて温めてね、何度も推敲してやっていく作業は、だから、やっぱりヒフらしいなっていうことだよね。それができる、という。浮ついてない、こういう奴が落研にいた、というのが不思議なことだよね。ふつう、だいたい、浮ついた人間の集団なんだけどね(笑)。繰り返すようだけど、ほんとやっぱり、落研の時にいろんな交流の中で、やっぱり記憶に鮮明に残っているのは、「こいつ、人生を考えてるな」「ちゃんと決めてることがあるんだな」っていう、何かね、何も決めてない時に聞くと、やっぱりそれなりにショックなのよ。同じ年齢の人間として、「うわー、こいつ、ここまで考えているのか」と思うと……。

だけど、私情としてはとても嬉しいですよ。落研の同期生がこういうものを一つちゃんと完結させて、出版しようということは、ほんとに嬉しいよね。同期の連中と久しぶりに会うと……、この間もね、パルコ劇場の楽屋にみんな入って来て「俺は部長になった」とか「課長になった」とか、そんな話になる。そんな中でヒフだけは、肩書きのない仕事をしてて……いや、私の感覚では、彼がリクルートスーツに身を包み、就職活動をして就職をしたっていうイメージはないから、同級生の中で数少ない就職をまともにしなかった人間の一人なわけですよ。コピーラ

イター、自営業、編集者……どうも、そんなことをやって食っているらしいという……、そういう意味では私と同類なんだけども（笑）。ただ、今度、本を出版をすることになったら、彼には、さて肩書きは何と言やいいんだ、作家になっちゃったのかっていう（笑）。とにかく、肩書き以上のものをね、形にした、というのは、嬉しいことですよ。いいんじゃないの、作家で。〈作家一二三壮治〉の誕生で。

これで、もう一つ共通点ができた。やっぱり、やり方が違ってても、「共通点は結局はやっぱりコトバ」みたいなことで落ち着くところがね。同じ落研の釜の飯食って、一人はしゃべる、一人は書く、という。この面白いつながりがある、というところには、落研の縁はしっかり続いているんだな、という感じはしますけどねえ。

私は、この作品を「日本語のバイブルだ」と言っていいと思う。バイブルって言うと大袈裟かもしれないけど、私はいつも「落語は日本人が楽に生きるためのバイブルだ」って言ってるんです。つまり人生の悲喜こもごもなんでもありってことでね。彼が日本語に取り憑かれて、その面白さや表現の可能性を再発見しようとしたんだから、だれも気づかないような真実がふんだんにあるっていう意味で、〈バイブル〉でいいんじゃないの。

それで、作家一二三壮治に望むのはね、ぜひ大衆小説にチャレンジして、七〇歳とか八〇歳で最高齢の直木賞受賞作家とか、そういう記録を作ってもらいたいね（笑）。いや、ヒフならいいいを狙えるし、そういうのが、なんか彼にはふさわしい感じがするなあ。

あとがき

どうにかこうにか、これで――

一二三という変わった姓を名乗る者にふさわしい仕事を一つ果たした気がします。

初めから大仰な言い方をするようですが、私が「一二三」姓でなければ、本書のエキスである言葉遊びや言霊などへの関心もそれほど強くは持たなかったでしょうし、人生の様相もずいぶん違っていたことだろうとも思えるからです。

人生では、よく「縁」ということが言われます。人との縁が特に大きく扱われ、親子の縁、夫婦の縁などと言います。私は、境遇もまた縁の一つであり、どんな親の子として生まれたかと同様に、どんな苗字の家に生まれたかも縁なくしては定まらないと考えます。

では、「縁」とは何か、という問題が生じます。仏教思想では、衆生と仏との関係を意味します。それから「縁」に縁のある言葉、たとえば因縁などが派生し、霊魂の輪廻の中で予め定められた前世からの約束事といった意味合いに拡大された感があります。もちろん、その思想の真偽を人の科学で証明することはできません。ただ、これは一種の信仰の問題であり、私は「一二三」姓に生まれたことに因縁を感じ、それをハラで意識して、ハタラキアリ

ではない一人間として生きるための指針の一つにしてきたのは確かです。

別の言い方をすれば、私のアイデンティティー（自己同一性）は一二三の姓に徹して生きることでしか得られないという意識でしょうか。

その意味ではとてもわかりやすい。単純と言えば、単純きわまりない。

でも、大富豪の家に生まれた人は巨万の富を受け継いで人生を生きるのだし、政治家の二世、三世はその地盤・看板・カバンを引き継いで政治家にすんなりとなっていくのだから、たかが珍しい姓をここまでありがたく思って生きるのは、我ながら可憐とさえ感じるのです。

さて、そういうしだいで――

私は、「一二三」として「一、二の三」とこの世に飛び出しました。

この世は、人の姓名に限らず「ナのミチ」の支配する世界です。最初の社会である学校は「ナのミチ」を徹底して教える場でした。

ここに長々と半生記を書こうとは思いませんが、初等・中等教育の段階で、珍姓の少年はリアリティの乏しい「ナのミチ」に疑問を感じながら、もやもやした日々を過ごしたことだけ記しておきましょう。早い話が、あまり勉強好きな生徒ではなかったということです。自己弁護を交えて言えば、物事の裏表までも知りたいというこちらの欲求に対して、「ナのミチ」は「必要なことだけ機械的に覚えればいいんだ」と強圧的に迫るだけで、試験でさらに威すものとしか感じられませんでした。

教える側からすれば、そんな屈折した目で教育を見るとは、実に可愛げのない子供だったことでしょう。もっとも、そんなことを教師に言えるほど勇気も反抗心もありませんでしたが。

一二三姓に関わる子供のころの思い出としては、「ワンツースリー」とか「イチニッサン」などとよくからかわれたことがすぐ頭に浮かびます。それ自体は、かえって座が楽しくなるのであまり気にはなりませんでした。むしろ人の記憶にとどまるらしいとわかって、だんだんとプラスに考えるようになりました。

少しおちゃらけが過ぎる性格も、あまりに単純すぎる姓ゆえに培われたと言えなくもありません。教師から「おイチニイサン」なんて言われた日には、「ニイニッサン」と答えるしかありません。笑わせたのか、笑われたのかは知らず、そういうエピソードの数々が、言葉遊びの面白さを知るきっかけになったのは間違いありません。

先に「縁」と言ったのは、こういうところにも結びついてきます。

私が「一二三」でなければ、それらのエピソードも成り立たず、ついには「ニイニッサン」などと答えるいたずら心も芽生えなかったでしょう。それは、機縁という言葉が当てはまります。

そうこうして、私は身も心も正真正銘の「一二三壮治」に育っていったわけです。

話は少し変わりまして——

人はいつから大人になり、また自我の目覚めはどう始まって、どう決着がつけられるのでしょうか。

一二三と順序よく成長しようと思っても、そこは人生、一筋縄では行きません。どんな大人になるべきか、どんな人生を生きるべきかと思い悩むのが人の常。ましてや複雑な現代社会に身を投じる段になっては、職業の選択こ

そが実りある人生の必須条件と「ナのミチ」によって教導され、大人になるかならぬかに大抵の男性はハタラキアリと定められてしまいます。

日本人をハタラキアリ呼ばわりしたのは、有名なところではフランスの元首相クレッソン女史がいます。日本人みずから自嘲的にそう呼ぶこともありました。それはそれで本質を言い得ているのでしょうが、必ずしも誇らしく思っていないのが気になります。

さて、善くも悪しくも日本人をハタラキアリと想定すると、なかなか面白いことになってきます。そもそも蟻とは何か。そんな問題にもかかずらわなければなりません。いろいろ調べてみると、蟻たちはかなり高度な社会性を持っていることがわかりました。ますます魅力的です。

本書のキーワードは「蟻が問う」の一行です。言うまでもなく、感謝の言葉「ありがとう」と音韻的に重なります。言葉遊びの中で、その一行を得たことが、実は蟻について深く調べてみようというもう一つの、そして最も重要なきっかけでした。

ここでまた、創作日誌的なことをおっぱじめてしまったら、さらに膨大な紙数を要しますから、部分をもって全体を察していただくほかありませんが……。かくして「蟻が問う」話になれば、問われる相手がいなければなりません。そこで、その相手の数を蟻みずからを含めて十と決めました。蟻みずから以外の相手は、蟻となんらかの意味で対極にあり、同時に深い関係も持っていなければならないものと条件付けました。

これ以上は、野暮な種明かしになりかねないので、もうやめます。ただ、編集の高橋秀和氏から「カタカナ語が多い理由くらいは説明しておいたほうがよいのでは？」と言われたので、敢えてその点だけ説明しましょう。

新聞や科学書などでは、動植物の名前をカタカナで表記するのが一般的になっています。それにちょっと抵抗があったのが一つ。だって、アリと書いてしまったら、「義の虫」という生き生きとした蟻のイメージが損なわれます。もちろん、蛾も松も。

そこで、動植物を漢字で表記するかわりに、本書の大きなテーマである言霊に関わる「キのミチ」「ミのミチ」「イのミチ」「ナのミチ」などのモノやコトをカタカナで表記し、ことさらフクミやアリガタミを持たせるようにしました。これが二つ目の理由です。

ああ、どうも私は「あとがき」などというものを書くのはやめておけばよかったと、今さらながら悔やんでいます。だって、どうしても種明かしじみてくるでしょう。それに一つ説明すれば、なんとなく説明不足の印象を免れず、別のことも補足しなければならないような気がしてきます。

そんな煩雑なことをばっさりと片づけてしまうために、だから「ラビリンス（迷路・迷宮）」であり、いくつもの「ミチ」があるのだと言っておきましょう。これは、逃げミチかな。

ただ、どうしても申し上げなければならないのは――

本書に出てくる「ひふみ祝詞」や言霊学のことなどです。

私がその祝詞の存在を知ったのは、今から約十年前「いろは歌」と「ひふみ祝詞」だけを書き続ける一人の書家との出会いからでした。山本光輝氏と言い、合気道の達人でもあります。それを境に、それまで胸の内に掛かっていた無数のもやもやが、神事というキーワードでだんだんと晴れていきました。

その意味で山本氏は大の恩人であり、これも私の姓が「一二三」でなければありえなかった奇縁の一例です。氏の紹介で、『ひふみ神示』という本の研究を続ける人に会う縁も生まれました。橋爪一衛氏です。橋爪氏はすでに亡くなりましたが、短い交流の中で多くの示唆をいただきました。橋爪氏にはよく「ひふみの真の意味を知っていますか?」と問われました。私はどうやら宇宙を動かす真理であるらしいと知ります。

本書に記したのを復唱するようですが、火（ひ）のシクミと水（み）のシクミとがムツミ（ふ）して宇宙は生々流転するというわけです。また、火の神、風の神、水の神の三位一体とも解されます。一二三がそんな大それた苗字だと知らされては、「おイチニッサン」などとおちゃらられていられません。名にふさわしい生き方をしなければならないと、一転して殊勝なことを考えるようになりました。

ちなみに『ひふみ神示（別名・日月神示）』は岡本天明という大本教の幹部だった人の自動書記（本書では理寿子が行う）とされています。

言霊学というものに初めて接したのも、山本氏を介してでした。大学に専門家がいるような研究分野ではありませんが、神道や和歌などの研究に関連して避けては通れません。江戸時代には、国学者が国学研究の一環として重視するようになり、いくつかの学派も生まれたようです。

学問分野として文部科学省に認定されていないのに「学」の名を冠してよいのかどうかはともかく、本書が特に影響を受けた言霊学は小笠原孝次氏とその高弟に当たる島田正路氏の流れを汲むものです。島田氏はご高齢ながら小笠原派言霊学の伝承に力を尽しておられ、講演には私も何度か伺ったことがあります。今回、その成果をお借りし、そこへ私なりの解釈や空想を加えて転用させていただいたことに、ここで深く謝意を申し上げたいと思います。

ありがとうございました。

言霊と言えば、日本を古来「言霊の幸ふ国」と呼んだのは、古い教育を受けた方ならよくご存じのことでしょう。何をもって「言霊の幸ふ国」と言うのかは、また紙数を要するのでやめますが、現代の生活でも結婚式で閉会を「おひらき」と言ったりする忌み言葉の言い替え、正月料理で「よろこぶ」にちなんで昆布や「まめに達者で」と願って煮豆を作ったりするような習慣などに、広い意味で「言霊の幸ふ国」の一端を見ることができます。

また、言霊学の解釈によれば、人名だってナゾトキできます。たとえば私の名「まさはる」は、「まさ」を「はる」と解けます。「まさ」とは「まさか」の「まさ」であり、真実・真理を意味します。「はる」は張るでもよいのですが、晴る（明らかになる）の方が座りよい感じがします。「ひふみの真理が明らかになる」ですって、本当かな。

今は、日本人にとってとりあえず平和で自由な時代です。この時代に日本人として生を享けた縁にも感謝すべきであり、だからこそ私は信仰、空想、表現を拡大する自由に浴することができたのだと思っています。

それら諸々の機縁が「キのミチ」よろしく機能し、有機的に絡み合って本書に結実したと言ってもよいでしょう。

そんなこんなで、書き終えてみて——

私は五十路に達しました。処女作とか処女出版などと言って、浮かれる年齢でもありません。それに言葉遊びのような書を上梓するのも面映いのですが、日本語が言霊思想とその実践である言葉遊び的な神事・祭祀などによって豊かになってきたことを思えば、少しは日本の伝統に関わることができたのではないかと安堵できる面もあります。

たった一作で作家、小説家の列に加わったとは考えません。ただ、自己PRを許していただけるなら、私が目指すのは「言霊文学」であり、それこそ私、一二三壮治のこれからの「キミのミチ」であると信じています。

読者の皆様には、長々とおつきあいいただきましたことに、心から感謝申し上げます。次回の作品も、どうぞお楽しみに。「トゥ・ビー・コンティニュード」ってか。

一二三壮治(ひふみまさはる)

［著者紹介］

一二三壮治（ひふみ　まさはる）

昭和２８年、宮城県生まれ。明治大学商学部卒業。大学では落語研究会に所属し、落語家立川志の輔と同期。
編集制作プロダクションを経て、昭和６０年に独立。平成元年に一二三制作室を設立し、企業ＰＲ誌や広報誌、パンフレットなどの企画・編集、ディレクション、コピーライティングに関わる。この間に印刷媒体のさまざまな手法やテキストに精通。文章・言語表現の訴求性を高める編集・構成のテクニックは一貫したキャリアの中で培う。旅行、料理、俳句、麻雀を愛好。

言霊（ことだま）のラビリンス

二〇〇六年六月二〇日　初版発行

著者　一二三壮治
装幀 デザイン協力　峰田順一（遊メーカー）
組版　村田一裕
発行者　高橋秀和
発行所　今日の話題社　こんにちのわだいしゃ
東京都品川区上大崎二・十三・三十五ニューフジビル２Ｆ
電話　〇三・三四四二・九二〇五
ＦＡＸ　〇三・三四四四・九四三九
印刷　互恵印刷＋トミナガ
製本　難波製本
用紙　富士川洋紙店

ISBN4-87565-568-1 C0093